司馬遼太郎　松本清張 ほか

# 決戦！　大坂の陣

実業之日本社

実業之日本社文庫

決戦！ 大坂の陣 《目次》

# 幻妖桐の葉おとし

山田風太郎

山田風太郎《やまだふうたろう》（一九二二〜二〇〇一）

兵庫県生まれ。少年時代から受験雑誌の小説懸賞に応募、何度も入選を果たしている。東京医科大学在学中に、探偵雑誌「宝石」に応募した「達磨峠の事件」でデビュー。ミステリー作家として活躍するが、一九五九年出版の『甲賀忍法帖』からは、超絶的な忍法を使う忍者の闘争を描く〈忍法帖〉シリーズで一世を風靡する。一九七五年の『警視庁草紙』からは明治時代を舞台にした伝奇小説で新境地を開き、その後『室町お伽草紙』、『柳生十兵衛死す』などの室町ものに移行している。晩年には、シニカルな視点から人生を語ったエッセイも執筆している。

# 桐七葉

――これだけの人が一座に会することは、もはやこのさきあるまい。いや、いままでさえ、もし招待者が余人であったらとうていのぞめないことである。

招かれた七人の武将が、この茶亭でおたがいの顔をみて、はっとしたくらいであった。――とくに、そのなかのひとり、修験者《しゅげんじゃ》のみなりをした老人の正体を何者と知って、ものに動ぜぬあとの六人が、思わずあっと口の中でさけんだ。

「真田一翁《さなだいちおう》でござる。お見忘れか？」

と、その老人は、なかのひとりに挨拶してからからと笑ったが、これはいうまでもなく、元真田安房守昌幸《あわのかみまさゆき》、関ヶ原の合戦に際し、東山道を西上する秀忠《ひでただ》の大軍を上田城にさえぎった罪で、爾来《じらい》十一年間、紀州九度山《くどやま》に蟄居《ちっきょ》しているはずの人物だが、不敵にも、大御所家康がげんに上洛し、徳川勢の充満しているはずのこの京に、なんのためか飄然《ひょうぜん》とあらわれたとみえる。

あとの六人も、いずれもそれにおとらず豊家恩顧の遺臣ばかりだった。

元豊臣家の中老職、いまは出雲国隠岐《いずものくにおき》二十四万石の堀尾吉晴《よしはる》。

小牧長久手《こまきながくて》の戦いに、太閤《たいこう》のために忠死をとげた猛将池田勝入斎の子、いま播磨八十九万石の池田少将輝政。

それから、加藤肥後守清正。これは説明するまでもない。

いちばん上座にいる人は、加賀百二十万石の前田中納言利長《としなが》で、太閤終世の心友、その死なんとして、一子秀頼《ひでより》を託した利家の子だ。

あとの二人、浅野弾正少弼《だんじょうしょうひつ》長政《ながまさ》と幸長《よしなが》父子、子の幸長は清正とともに籠城した蔚《ウル》山《サン》の勇将として名高いし、父の長政は、豊家五奉行の筆頭であったのみならず――きょうの招待者の義兄にあたる。

十指のゆびさすところ、これはいま落日の豊臣家にとって、えりぬきの忠臣たちであった。

――とくに、この五日ばかりまえ、二条城における大御所と秀頼の会見に、秀頼に侍して往来した清正は、いまあらためてこのやしきの主にそのときの状況をきかれて、

「されば、清正しあわせにも冥加《みょうが》にかない、殿下のご厚恩にいささか報いえて本望でござる。……もし、二条において、大御所さま、秀頼さまをないがしろにあそばすようなふし、あいみえたるときは、清正も無腰でござれば――」

と、肌のおくからひとふりの懐剣をとりだして、

「これにて大御所さまのお命ちょうだいせんと覚悟をきめておりましたが、まずつつがなく大坂へご帰城あそばし、重畳《ちょうじょう》しごくにぞんじまする」

「その刀をこれへ」

と、主は、掌にうけとって、じっと見つめていたが、ふと刃のうえにハラハラと涙がおちた。

「肥後、苦労をかけましたのう。……おお、みれば、そなたの髪にも、この一ト月ばかりのあいだにめっきりと霜がふえたように見ゆる」

あとの六人の武将も、みんな落涙した。

七十歳になる大御所が、若き秀頼を擁する大坂城をのぞんで焦燥していることは、だれにも想像されることであった。こんど、突如上洛して、秀頼を二条城に呼びつけようとしたのは、秀頼の母、淀殿《よどどの》の反対を見越しての挑発だ。それを手切れの口実につかおうとする謀略であることはあきらかだった。

にもかかわらず、淀君は、案の定、それを拒否しようとした。秀頼にまみえたくば、大坂の城へ臣礼をとってまいるがよいというのが、この信長の姪、秀吉の愛妾の自負であった。のみならず、万一のことをおそれる母らしい心痛もあった。会見にことよせて、ふいに襲って討つ。これをしものという。戦国の世にありふれた奸策である。

この拒否は、家康の思うつぼだった。そうと見ぬいて、二条城の会見をぶじしとげさせたのは、ここにいる清正、幸長をはじめとする忠臣たちの惨澹《さんたん》たる奔走によるものだった。

ほとんど生涯を酷烈な戦陣のうちにすごしたこれらの勇将たちのレアリスチックな眼は、高慢な淀君や、そのとりまきの大野一派などにはまだよくわからないらしい時運のうつりかわりや、敵の巨大さをしかと直視していた。

沈痛に、清正はいう。

「秀頼さまのおんいたわしさ、胸もさけるようでござれど、ただここ数年は……大御所さまのお手出しにおのりあそばしてはなりませぬ。ただ、気軽う、柳に風とうけながしておらるるこそ――」

「豊家のおんながらえさせたもうただひとつの路」

と、まだ五十になったばかりなのに、亡父ににて老実な声で前田利長がいう。

「年でござる。大御所さまも百までは生きられまい。この二、三年、めっきりと弱られたようでござるが」

と、皮肉な眼で微笑したのは真田昌幸だ。

「三日ばかりまえ、この京にだれやら落書したものがあったともうすではございませぬか。――御所柿《ごしょがき》はひとり熟しておちにけり、木の下にいてひろう秀頼――とな、あはははは」

この人々が一堂にあつまったときいては、徳川のほうも深刻な眼をひからせるにちがいないが、あるいは家康だけは平然としているかもしれぬ、叛骨《はんこつ》りょうりょうたる真田一翁はべつとして、あとの六人は、いずれも豊家と徳川家との関係を平和に、安泰におくことだけが、豊臣をぶじたらしめる路と思い決していることを、よく知っているはずだからだった。いや、かつて眇《びょう》たる信濃の孤城に秀忠三万八千の大軍を翻弄《ほんろう》したこの老智将も、いまはその見解だけは他の六人と一致している。

そして、たとえ彼らに疑惑をぬぐいきれまいと、家康なら、彼らの招待者がだれであるかを知るならば、微笑してうなずくにちがいない。なぜなら、そのひとこそ、家康の人物をもっとも高く買っていることを、彼はよく知っているからだ。そしてまた、徹底した女性軽蔑論者である家康が、この世でもっとも高く買っているただひとりの女性がそのひとであった。

この京都三本木にひっそりと住んで、あけくれ太閤の冥福をいのる高台院湖月尼公《こうだいいんこげつにこう》。すなわち、もと北政所《きたのまんどころ》。——寧子《ねね》。

## 太閤城絵図

女にかけてはまったく眼がなく、またいわゆる天下人の鉄腕をもって、おのれの欲する美女をおのれの欲するときに漁《あさ》りとった太閤秀吉、むろん、そのなかでもっとも寵愛したのは、いま遺孤《いこ》秀頼を抱いて大坂城にある淀君だが、そのわがままな秀吉でさえ、「そもじにつづき候ては、淀のもの、われらの気に合い候」とはばかった正室の賢夫人。これはあたりまえだ。寧子は、秀吉がまだ織田家の軽輩藤吉郎時代から、関白になりあがるまでの疾風怒濤《どとう》の幾十年を、ともになやみ、ともによろこんだ文字どおり糟糠《そうこう》の妻だから。

もとより、彼女は、太閤の正夫人として、毫《ごう》もその位をはずかしめない。むしろ、ややもうろくぎみの晩年の秀吉よりも、諸大名の信頼をうけたくらいで、なかでも、いわゆる武将党は、淀君をとりまく石田、増田《ました》、長束《なづか》らの文吏党《ぶんりとう》と異なり、ずっとむかしから彼女と苦楽をともにしているだけに、熱情的な北政所党だった。……ここによばれた七人の武将など、もっとも彼女を愛し、彼女に愛されたものの代表格である。

その北政所も、いまはもう髪も白い六十三の世捨人《よすてびと》だが、

「――家康どのをおこらせてはならぬ。そのことが、豊臣家のためじゃということが、淀どのにはわからぬのであろうか……」

と、ふかい吐息をもらす。

太閤死後、黄金と妄執《もうしゅう》の権化《ごんげ》のごとき大坂城をサラリと淀君にゆだね、ここ加茂の清冽《せいれつ》なせせらぎのきこえる三本木に隠栖《いんせい》するこの高潔な尼も、豊家のゆくすえを憂えるところだけは容易にすてきれぬとみえる。また、だれがそれを笑うことができるであろう。その豊家こそ、太閤とともに彼女がきずきあげたものなのだ。

「あいや、それがしらが生きておりますかぎりは！」

「淀のお方さまに、めったなことはおさせもうさぬ！」

七人の武将たちは、口々にさけびだしていた。渋紙いろの頬を、涙があらっている。大坂城をまもるものは、あさはかな淀君一党ではない。捨ておけば、彼らこそ豊臣家をほろぼすであろう。それを死力をつくし、精魂こめてふせぎとどめようとしているのは、この老尼と彼らの悲心苦衷なのであった。

湖月尼は、彼らをいとしげに見まわした。

「そなたらの苦心。……よい家来をもったと、さぞ殿下も地下でたよりにしておられるであろう。この尼も、この手をつかえて、くれぐれもよろしゅうたのみ入りますぞ。どうぞ、豊臣の家——秀頼どのを見すててたもるなや」

と、彼女は、老いた手をひざからすべらせた。七人の武将はすすり泣いた。清正のごときは、声をあげて号泣した。

「さて、のう」

と、湖月尼はあらたまって、

「きょう、そなたらにおいでをねがったは、ひとつ見てもらいたいものがあってのことじゃ。……ともうすは、殿下の世をお去りあそばす二日まえ、ひそかにこのわたしを呼んで手渡されたものがある」

「……ほ」

七人の大名は、思わず顔をあげた。

湖月尼は手をうった。

「これよ、あれをもってきや」

「はい」

やさしい声がして、唐紙《からかみ》障子がひらくと、美しい娘が、金蒔絵《きんまきえ》の手文庫をもってあらわれた。湖月尼はそのなかから一枚の紙をとり出して、おしひらく。

七人は、頭をあつめて、じっと見入ったが、

「お……これは、城絵図ではござりませぬか」

「さいのう、いかにもこれは大坂の城の本丸。ところで、その隅にかいてある文字をみやい。……わたしの字ではあるが、そのおり、殿下が口ずからおおせられたを書きとったもの」

本丸の絵図の右上の空白に、実にふしぎな文字がかいてあった。

「桐華《とうか》散《ち》ラントシテ桐葉《とうよう》コレヲ護《まも》ル、
乾《いぬい》ノ竜石《りゅうせき》ヲ三円ニ割リ、六斜ニ切リ、修羅車《しゅらぐるま》ヲ以テ引ケバ、風吹イテ難波《なにわ》ノ海ニ入ル。

桐華《とうか》桐葉《とうよう》相抱キテ海ヲ走リ、南隅ノ春ニ逢ワン。

秘鑰《ひりん》紙背《しはい》ニ蔵ス、桐七葉ヲメグッテハジメテ現ワルベシ」

七人の武将は、茫然と顔をあげた。

「これは……」

「わたしにもわからぬ。息もきれぎれにこれだけもうされたとき、徳川どの、毛利どの、宇喜多《うきた》どのらが、お召しによってまいられたのじゃ。それからあとは御悩重《ごのうおも》らせられて、もはやなにももうされなんだ……」

湖月尼の暗然たる眼が、急に澄んだ。

「されど、のちのち、この絵図、この文字をつらつらながめて、わたしはこうかんがえた」

「どう……？」

「この文字は……どうやら殿下は豊家にあやうき日あることを、あらかじめ知っておわしたことを物語るものではあるまいか。桐華散《とうかち》ラントシテ――という言葉はそうではあるまいか……」

「あいや、尼公《にこう》さま！」

「待ちゃれ、不吉なことを申すようであれど、まずききゃれ。わたしのいうことは、まちがっておるやもしれぬ。しかとは申さぬ。が、殿下があのいまわのきわにのぞんで告げんとあそばしたは、万が一、大坂の城のおちるさい……その間道《かんどう》、ぬけみちのたぐいの秘密ではあるまいか？」

「——間道？」

「されば、風吹イテ難波ノ海ニ入ル。桐華《とうか》桐葉《とうよう》相抱キテ海ヲ走リ……とは、その意味あいではあるまいかのう……」

「ま、まさか！　あのお城から海まで！」

と、清正はうなりだした。

「それがしら、お城づくりには精を出してござりまするが、さようなこと、耳にもきき及んだことはござらぬ！」

「ならば肥州、そなたはこの言葉をなんと解かっしゃる？」

「…………」

「御悩乱《ごのうらん》のあまりのおんうわごととしては、あまりにも意味がありそうではないか。よいかや、周囲およそ三里、本朝無双の大城を築かせられた殿下でありますぞ。たとえ天をとび、地をつらぬく細工をあそばしてもふしぎではないと思わぬかや」

「……それがしもさようにぞんずる」

と、うなずいたのは真田一翁昌幸。

「おお、そなたもさように思われるか。——ただ、かいもくわからぬは、乾《いぬい》ノ竜石《りゅうせき》ヲ三円ニ割リ、六斜ニ切リ、修羅車《しゅらぐるま》ヲ以テ引クという言葉」

「それは……その間道の入口のあけようではござりますまいか？」

「そのあけようが、そなた、この言葉でわかるかや」

「わかりませせぬ。即座には、なんのことやら解けませせぬが……」

「おお、さもあろう。築城算法《ちくじょうさんぽう》にくわしいそなたを、ひそかに九度山から呼んでこの座に加えたは、もしかすればそなたにきけばと思うてのことであったが、……さもあろう、日をかせばべつであろうが……」

「おそれ入ってござりまする。……なかなかもって、それがしごときに」

と、昌幸はあたまをさげて、そのままじっと考えこんでいる。

## 密使花一輪

「また、桐七葉とは」

と、湖月尼は七人の武将を見まわし、

「なにをさすのか、それもわかったような、わからぬような。もしそれが人を指すならば、豊家をまもってくれるものは、わずか七人にはとどまるまい。わたしはそう信じたい。いまあたまに浮かぶものにも、福島もあり、片桐《かたぎり》もある。なれど、福島も片桐も、おり悪しゅういま病んでおるとやら。それでわたしは、ともかくいま京にまいっておられるか、あるいは大坂、あるいはそのちかくにおられるそなたたちにおいでをたのみましたのじゃ」

「お心入れ、うれしゅうござる。かたじけのうござる」

と、浅野長政がうなずいた。

「さらば、その殿下のご遺言、ちょっとかきとどめてもちかえり、それがしどもも、よっく思案いたしてみようではござらぬか」

「あいや」

と、真田昌幸はなお首をかたむけたまま、

「秘密は、そのご遺言だけでござりましょうか？」

「なんともうされる？」

「その御絵図には、なんのからくりもござるまいか」

池田輝政があわてて絵図をとりあげて、つらつらながめ、またひかりに透かしてみた。昌幸ものぞきこんで、

「秘鑰紙背《ひりんしはい》ニ蔵ス、とあるを、文字どおりに解するも愚かににたれど、この場合は、文言のみにてはあまりに難解のようにぞんぜられるが……絵図になにもふしぎなものはみえませぬか？」

「ない」

と、池田輝政はくびをふる。

「べつに……異なるものは見えぬようであるぞ」

そのとき、湖月尼がひざをすすめた。

「そのことじゃ。このごろ、何者やら、この絵図をねろうておるものがある……」

「えっ？」

「さきごろより、転々、そのかくし場所をかえておるゆえ、まだこのとおりぶじではあるが、かえたあとより、その絵図をもとめる影のような手が感ぜらるる。……たかが婆の隠居所、もはやわたしにはまもりきる自信がない。このたび、いそぎそなたらを呼びあつめたは、そのためなのじゃ……」

「それは――」

と、清正は、異様な表情で湖月尼を見あげ、

「徳川の……？」

「わたしにはわからぬ」

「いや、それは……大坂方かもしれぬ」

と、堀尾吉晴がうめいた。湖月尼はくびをたれて、

「大坂城の絵図じゃもの、大坂のものにわたしてやりたいはやまやまなれど……城にぬけみちなどあることをあの方々が知れば、なおいっそう徳川方のさそいにのるやも

しれぬ。わたしはそれを案じるのじゃ」

湖月尼は顔をあげた。

「さて、そなたらを呼んだのは、ほかでもない。どなたか、この絵図あずかってはくださるまいか？——そして、この謎を解いてもらいたいのじゃ」

「もし、そのあずかりびとが解けなんだら？」

と、昌幸がつぶやくようにいう。清正はみなを見まわし、

「一ト月をかぎり……それで解けなんだら、次にまわせばいかがであろう？」

「それはよいお考えでありましょう」

と、湖月尼は、わが意を得たようにつぶやいた。

「そうじゃ。ここに、わたしの手足となってうごいてくれる乙女がある。十の年からわたしのもとで育ててきた娘。天性利発。また武士にもおとらぬ、忠義一徹のものじゃ。——蛍火《ほたるび》」

と、ふりかえられて、さっき手文庫をささげてきた娘が、耳たぶを染めて白い両手をつかえた。

「この蛍火を絵図につけよう。七人のあいだを、この娘に絵図をはこばせるのじゃ」

みんな、くびをかしげて、蛍火をみた。あまりにもあえかに、清純白菊のような美しさに、この大役は、と不安になったらしい。——が、彼女はかがやく眼をあげて、

「お申しつけ、かしこまってございまする」
凜々《りんりん》としてこたえた。
「まちや」
と、湖月尼はひざをたたいて、
「万一の場合のために、おまえに守護の侍をふたりつけて進ぜる。……若輩なれど、これもわたしの信じておる男ども……伊賀《いが》の生まれ、安西隼人《あんざいはやと》、甲賀《こうが》の生まれ、松葉小天治と申すもの。だれかある、安西隼人と松葉小天治をよんでたも」
と、声をかけた。
そのあいだに、七人の武将は、城絵図をもちまわる順番のくじをひく。
第一番　浅野長政
第二番　真田昌幸
第三番　堀尾吉晴
第四番　加藤清正
第五番　池田輝政
第六番　浅野幸長
第七番　前田利長
浅野長政と幸長父子が同時でなかったのは、父はこのころ江戸に住み、子は和歌山にあったからだ。

そのとき、昌幸は、きっとしてふりかえった。

庭さきに、ふたりの男が平伏していた。その生まれが、甲賀伊賀ときいただけで、彼らの素姓はほぼわかる。密使の守護者に忍者をあてるとは、さすがに豊太閤夫人。

「隼人、小天治」

と、湖月尼はよんだ。ひくいが森厳な声で、

「仔細あって、蛍火を旅へつかわす。……豊家の運命にかかわるものをもっておるのじゃ。……おまえら二人、力あわせて蛍火をまもってたもれや」

「はっ」

ふたりは顔を見合わせ、蛍火を見あげ、同時に顔が紅潮した。

湖月尼の気品にみちた片頬に、かすかな微笑《ほほえ》みがよぎったようである。

## 浅野長政の死

二日おいて、浅野長政は、江戸へ帰府の旅についた。

大御所家康はなお京都にあったが、これより一足さきににげるがごとく京を去ったのは、大坂城の謎の秘図をいだいて、家康こそ知らね、長政としては微妙な警戒心、

うしろめたさなどの感情がはたらいたせいもあった。

家康こそ知らね？——はたしてそうであったろうか？

「あっ……」

四日市の本陣、清水太兵衛方の外縁《そとえん》をシトシトとあるいてきたのは、れいの蛍火という娘、突然、手にしていたものをさっと袖でおおうと、庭のほうをきっとみた。

ぱちっと、庭のむこうの樹立ちで、なにか木の折れたような、石のはねたような物音がした。空に月のない夜だ。

——と、すぐ横のあたりから、風のごとくはしってきた二つの影。縁にたちすくんだ蛍火をみて、ひとりはすぐ縁先にうずくまり、またひとりは、たちまち意を体して、樹立ちのほうへとんでゆく。いうまでもなく、これは湖月尼より、蛍火守護を命ぜられた忍者、安西隼人と松葉小天治。

はしり去ったのは小天治で、それを見送った隼人が、闇中にどんな合図をうけとったか、

「仔細ござらぬ」

と、うなずくのに、蛍火もほっとしたように気をとりなおして、袖のかげから小さな筺《はこ》をとり出して、しずしずとあゆみはじめた。

一灯のもとに、浅野長政は待ちかねていた。

京を発して三日め、馬上、乗物、もとより彼はたえずぶつぶつとあの奇怪な太閤の遺言をそらんじつづけている。――また、宿舎では、その絵図と管理人の蛍火をまねきよせて、ためつすがめつ沈思にふけるのは夜々のことだ。

浅野弾正少弼長政、このとし、六十五歳であった。

彼は、もと織田家の弓衆、浅野又右衛門の倅《せがれ》で、寧子《ねね》とは腹ちがいの兄にあたる。弥兵衛とよばれたむかしから、豊家五奉行の随一となるまで、彼は影のかたちにそうように、つねに秀吉の帷幕《いばく》にあった。秀吉が、その死せまるや、枕頭にこの義兄をよんで、

「弥兵衛、そなたとわたしは兄弟のちぎりをむすんで、ともに天下を治めようとはかったの。その弟のわしが太閤となり、兄のそなたがわしの家来となったは、さぞ不本意ではあったろうが、これ運命というものじゃ。わしをうらんでくれまいぞ。どうぞ、わしの世を去ったあと、五老五奉行相《あい》はかって秀頼のこと、くれぐれもたのんだぞよ……」

と、落涙してたのんだというのもゆえあるかなだ。

さればこそ、このたび秀頼が二条城にのりこんださい、彼の一子幸長が、いかに秀頼をまもったか――。

「浅野紀伊守、加藤肥後守両人は、秀頼さま御乗物両脇に、しょうぶ皮の立付、青き

大なる竹杖をつき、徒歩にて秀頼公の袖へあたり候ほどちかくへ寄り候て、いずれも供いたさる」

と、家康へあてつけるほどの誠忠ぶりをみせて衆人を瞠目《どうもく》させたのも、もとよりこの父の子なればこそだ。

灯の下に、長政は、城絵図をひろげた。かたわらにつつましやかに蛍火が坐っている。

わざと家臣を遠ざけているので、あたりは寂として、きこえるものは、明日わたる伊勢の海の潮騒《しおさい》と、燭台の油のおとばかりだが、このあいだにも、ふたりの手練《てだ》れの忍者にまもられていることを知っている蛍火の美しい眼には、なんの不安もない。

「……ううむ、乾《いぬい》ノ竜石《りゅうせき》ヲ三円ニ割リ、六斜ニ切リ……」

長政は、白髪に手をあててかんがえこむ。

「修羅車ヲ以テ引ケバ……」

そのときだ！　突如として、愕然《がくぜん》として蛍火はたちあがった。舞う袖にあふられて、ぱっと灯がきえた。

「な、なにごとだっ？」

「殿さま！　矢が！」

闇のなかで、ふたりの声がもつれあったかと思うと、

「……うっ」

凄《すさま》じいうめき声とともに、たたみに重くたおれ伏す音。つづいて蛍火がけたたましく、

「隼人さま！　小天治さま！」

呼びたてたときは、

「おう！」すでにふたりの忍者は、縁にはねあがっている。

「よいか、小天治！」

「ウム！」

かちっと隼人の手もとに火打石の音がすると、ぽうっと青い火がともった。忍者の早火、これは麻幹《おがら》のあたまに硫黄《いおう》をぬったもの。——浮きあがった小天治は、鍔《つば》の大きい忍者刀の柄に手をかけて。

が、障子はとじられたまま、なかはぶきみなほどしんとしている。

「蛍火さま！」

「——おおっ、殿さま！」

きぬをさくような蛍火のさけびがきこえたのは、障子の外のひかりをうけて、座敷の中になにをみとめたのか。たまらず松葉小天治は、さっと障子をひきあけた。

部屋のすみに、秘図をいだいて、蛍火は立っていた。そして座敷のまんなかにうつ

伏せに伏しているのは、浅野弾正少弼長政。――その胸とたたみのあいだからながれひろがるまっ黒な血。そして、みよ、背にかすかにみえるものすごい鏃《やじり》！

小天治と隼人はたちすくんだ。

「矢？」

「どこから？」

蛍火は、足もとをみた。そこの柱の根もとにも、もう一本の矢がつき立って、ふるえている。その矢の角度をたどって彼女は恐怖の眼を宙にあげた。――庭むきの欄間《らんま》へ。

「矢は、あそこから入ってきました。一本めが、これ。二本めが、殿さまに……」

隼人と小天治は顔を見合わせた。茫然、ともみえる表情だし、おたがいにおそろしい疑惑をたたえた眼いろにもみえる。

「浅野の殿がかかる非業のご最期をあそばすとは――」

「な、なんたる一大事――」

唇から、ようやくもれたのは、ばかのようなつぶやきのみだ。蛍火はうごかぬ長政をながめ、また二人を見つめて、

「こうしていても、せんないこと。お二人、はやくにげてくださいまし。たとえ、湖月尼さまからの付人とはもうせ、浅野家の家臣でもないあなたたちが、夜中庭を徘徊《はいかい》

していたと知れただけで、のっぴきならぬ疑いを受けましょう。湖月尼さまから託されたこの絵図を、あくまで次のお方へ——九度山の真田どのへおくりとどける大役があります。お二人とも、はやくこの場を去ってくださいまし。あとはわたしにまかせて——」

「ここを去って、どこへ?」

「さよう……石薬師《いしやくし》の宿《しゅく》で、お待ちくださいまし。明日、わたしもおいとまをねがって、ひとたび京へもどりましょう。この殿は尼公さまの御兄君、この大変をいそぎお知らせいたさねばなりませぬ」

ふたりは一礼したかと思うと、幻のように忽然《こつぜん》ときえる。

さすがに、湖月尼が見込んだ娘だ。そこまで見とどけて、はじめて本陣に鳴りわたるようなさけび声をたてた。

「一大事っ、一大事でございます。殿が——殿さまがっ——お出合いください。浅野さまのご家来衆!」

この夜、慶長十六年四月七日。

# 忍者巴

伊勢石薬師は、四日市から京の方へ、二里二十七町の宿駅だ。ここにある石薬師寺のむかい、民家のうちに林がある。林のなかに範頼《のりより》の祠《ほこら》というものがある。源《みなもとの》範頼が上洛のさい、名馬生食《いけづき》の出たところはここであろうと、馬の鞭《むち》をさかしまに土に刺したら、それが木になり林になったという伝説をつたえる祠だ。

祠のくずれた甍《いらか》に、初夏の夕月が、うすくほそくかかっていた。

その祠の縁に腰うちかけて、蛍火は、まえにうずくまる松葉小天治と安西隼人をじっとながめている。

「昨夜のこと、これより京の尼公さまに申しあげねばなりませぬなれど……」

彼女は眼をとじた。

「わたしにはわかりませぬ。……なぜ浅野弾正さまがお命をお失いあそばしたか……だれがあの矢をはなったか……わたしにはわかりませぬ……昨夜はうろたえのあまり、思わずお二人をおのがし申しましたが」

みひらいた蛍火の眼に、恐怖の影が浮動した。

「庭に、まったく、あやしい影は見あたらなかったのでございましょうか」

「不覚ながら、それがしには」

と、小天治が頭をたれると、

「それがしは、矢うなりの音さえも……」

と、隼人も途方にくれた声をだす。

「でも、そのまえに——いまから思えば、庭でだれかが忍びあるくような物音がしたが、あれはなんであリましょう」

蛍火は、まよいにまよう表情だ。

「だれが、なんのために、浅野の殿さまを失いまいらせたのか?……それは、この絵図がほしいためか、それとも、絵図の秘密を浅野さまに解かれるのをおそれるためか。……それにしても、おそろしいことです。尼公さまのおん兄君を……いいえ、豊臣家にとっての大忠臣であるばかりでなく、関東にとってもご信任あつい弾正さまを!」

隼人と小天治は、面目なげに顔を伏せたままだ。隼人はからだも大きくたくましく、小天治は名のとおり小柄で軽俊《けいしゅん》だが、おそれ入って、かしこまっている様子は、かならずしも蛍火が尼公腹心の侍女であるせいばかりではないらしい。

「下手人は、大坂方か?……それとも、関東の手のものであろうか?」

ふたりに問うともおのれに問うともつかない蛍火のつぶやきに、一瞬、隼人と小天治は、ぎらっとおたがいの眼を見合った。蛍火は気づかなかったようだが、そこに眼にみえぬ火花が散ったようである。

突如、ふたりの忍者は、ぱっとうしろにはねとんだ。

隼人がさけんだとき、小天治の手から手裏剣が、流星のように祠の屋根へとんでいった。

「なにやつッ」

愕然と蛍火も身をおこす。隼人と小天治は、それっきりだまりこんで金縛りになったようにつっ立ったままだ。縁側からとびおりようとした蛍火は、ふたりの忍者と屋根の上の何者かとのあいだに結ばれる闇黒の風炎《ふうえん》のごとき殺気にうたれてたちすくんだ。

小天治と隼人の眼は、甍の上にたつ黒い影をみていた。すっぽりかぶった忍者頭巾や、独特の筒袖にたっつけ袴《ばかま》――いうまでもなく彼らとおなじ忍者。しかも彼らが、いまだかつてめぐりあったことのないほどものすごい気迫をそなえた忍者だ！

その宙にあげたままの手に、さっき小天治がなげた手裏剣が、飛魚のようにとらえられていた。

「…………」

影は、声もなく笑ったようである。

そして、つぎの瞬間、実に無造作に、その手裏剣をポンと小天治のほうへ投げた。

「うぬかッ」

隼人の足が大地を蹴ったとみるまに、そのからだは虚空《こくう》にはねあがって、祠の屋根に立つ。

妖《あや》しい影は、忽然ときえた。隼人の眼にもそうみえたほどの神技であったが、その影は、実に一丈五尺もある夕空を蝙蝠《こうもり》のように羽ばたいて横の林の枝にとんだのである。

「ま、待てッ」

さすがの隼人も、そうさけんだきり、茫然として見送るばかり、影は梢から梢へ、ヒラヒラと風のように舞って、もうはるかな木の葉を潮騒のように鳴らしていた。

## 真田昌幸の死

紀州九度山、真田屋敷の青葉に慈悲心鳥《じひしんちょう》が鳴く。

それにまじって、どこかで、機《はた》でもおるような物音がしていた。ここに浪居する真田一翁月叟《げっそう》父子が案出した、いわゆる真田紐《ひも》の紐うちの細工《さいく》場があるのである。

「蛍火どの、お祖父どのがお呼びです」

厩《うまや》のまえで、隼人、小天治とともに、馬を洗っている大入道と話していた蛍火のところに、ことし十一になる昌幸の孫の大助が呼びにきた。

蛍火は顔をかがやかせた。

いちど京にかえって、この九度山に蛍火がきてから、もう一ト月以上になる。あの城絵図の謎を解く期間は一ト月かぎりという約束だから、もうその期限はすぎているはずで、先日から彼女は、次の堀尾吉晴のところへまわりたいと昌幸をうながしていたのだが、昌幸はどんな見込みがあるのか、もう二日、もう三日と、一日のばしにその絵図をはなそうとはしなかったのである。いそいでゆきかかった蛍火は、またすぐたちもどった。

「三好、その月ノ輪に鞍《くら》をおけ。お祖父さま、いそぎ旅をなされるとのことじゃ」

と、命じている大助の声をきいたからである。

「えっ、一翁さまが旅へ？　どこに？」

「京へともうしておられたが」

「おともは？」

と、きいたのは、馬を洗っていた三好清海入道《みよしせいかいにゅうどう》だ。

「わけあって、内密になさりたい御様子、ともはおまえひとりとのこと」

真田一翁が、京へゆく。京のどこへゆくのであろう。おそらく、三本木の高台院湖月尼公のところとしか考えられない。してみると、一翁はついに城絵図の秘密を解いたのであろうか？

　蛍火が、竹林につつまれた昌幸の隠居所にかけつけると、ちょうど障子をあけて、ひとりの小柄な男がすべり出てきたところだった。――この真田屋敷には、おそらく信州上田城のころからの旧臣であろう、たえずひそかに、山伏とか紐売りとかが出入りしているが、これも紐屋《ひもや》の風体の男だが、いままで見かけたことのない顔だ。どうやら、長い旅からいまかえってきたところらしい。

「大殿。……殿はいずれで？」

「月叟か。朝からお寺参りじゃ」

「いそぎお呼びいたしてまいりましょうか」

「いや、その要はない。いろいろとうるさい眼がある。京へまいるは、わしひとりでよい。ただ、例のこと、あとで月叟につたえておけ」

　紐売りは、平伏してから立ちあがった。おそろしくかるい身のこなしだ。ヒョイと蛍火の顔をみて、なぜかニヤリと笑った。蛍火はけげんな表情になった。はじめて会う男なのに、その笑顔がいやにいたずらっぽく、なれなれしい。

『豊国《ほうこく》大明神』とかいた軸のまえに、真田一翁昌幸は、例の城絵図をのぞきこんでいた。

　真田昌幸、このとし、六十五歳であった。かつては音にきこえた信玄麾下《きか》の名将、信玄なきあとも、信濃の孤城ひとつに北条や徳川を翻弄しつくした辣腕家《らつわんか》だが、さすがによる年波のゆえか、この乙女の使者をみる眼は、皺《しわ》のなかにおだやかだ。

「一翁さま、城絵図の謎、解かれてござりまするか？」

「いいや、解けぬ」

と、昌幸はくびをふった。しかも、彼は微笑している。

「ただ、湖月尼さまに、とりいそぎおたずねいたしたいことがある。それをうかがいに、わしはこれから京へまいる。……尼公さまのご返事しだいでは、あるいはその謎が解けるやもしれぬが――」

「さては、やっぱり、尼公さまのおんもとへ」

蛍火は、ものといいたげに一翁をふりあおいだが、この千軍万馬の老将の深淵《しんえん》のような眼をみると、その用をとうのは僭上《せんじょう》の沙汰だと気づいたのであろう、ただオロオロとして、

「それでは、この城絵図をおもちあそばして？」

「なに、これはもういらぬよ」

「では、わたくしは、それをもって大坂の堀尾さまのところへ」

「それも、わしの帰るまで待ちゃれ。……おそらくそなたの大坂行、その要もあるまいと思われるが――」

まばたきして見上げる蛍火を、たちあがった一翁は見おろして、微笑しつつ、ふしぎなことをいった。

「わしも、あやういところで、浅野どのの二の舞いをふむところであったよ。ははははは」

もとは上田城三万八千石の城主でも、いまはとにかく閑居《かんきょ》の隠士、しかも、年はってても、身がるなのがこの老将の天性らしい。彼が、三好清海入道ただひとりを供に、月ノ輪という馬にまたがって、

「木ノ目峠へ――」

一鞭、飄々《ひょうひょう》と九度山を出ていったのは、それからまたたくまのことであった。うしろから、ねじりはちまきの清海入道が、砂けむりをあげ、韋駄天《いだてん》のごとくとんでゆく。茫乎《ぼうこ》として、蛍火はそのゆくえを見送っていたが、やがてしだいにうれいの翳《かげ》が、その白いひたいにさしてきた。

「あやういところで、浅野どのの二の舞いを――」

と、つぶやいてから、急に全身をしゅくっとこわばらせて、

「隼人さま、小天治さま！」

と、呼んだ。たちまちふたりの若い忍者がとんできて、騎士のごとくそのまえに立つ。

「いま、一翁さまが、京へおのぼりあそばした。木ノ目峠をこえてゆくとおおせられましたが、なにやら、胸さわぎいたします。いそぎ追って、一翁さまをおまもりしてくださいまし！」

「うけたまわった！」

と、こたえると、隼人と小天治は、身を横に――蟹《かに》のような横歩き、いや、はやぶさか燕《つばめ》のように宙をとんで去る。

それと、ほとんど入れちがいに、門をぶらりと二人の男が入ってきた。

ひとりは、袖無羽織をきて、色白な、四十をちょっと出たかにみえる学者のような人物――むろん、蛍火はよく知っている。その智謀は父にまさるといわれる伝心月叟《でんしんげっそう》、真田左衛門佐幸村《ゆきむら》だ。もうひとりは、さっきの紐売りの小男、おそらく、高野山《こうやさん》に上っていた幸村を呼びにいったものであろう。

「それで、父上は、城絵図についてなにも申されなんだか」

「べつに――」

と、小男はくびをひねって、

「ただ、ふいに恐ろしい眼を宙にすえなされて、なにやらご思案のていでございましたが、急にカラカラお笑いだしになりこの絵図、いっそ二つにひっ裂いて、あのふたりの隠密《おんみつ》にくれてやったら面白かろうとおおせられました」

ちかづいてくるふたりの話し声を、きくともなくきいていた蛍火は、はっと顔をあげた。

「もしっ、月叟さま！」

と、かけよって、

「はしたのうはございますが、いまちらと小耳にはさんだお言葉、気にかかってなりませぬ。あの絵図ひき裂いてくれてやればという二人の隠密とは？」

幸村はこたえず、紐売りが笑った。

「むろん、あの安西隼人と松葉小天治でござるよ」

「えっ」

「お女中、よっくお気をおつけなされ。あのふたり、いつから尼公さまのおふところに入ったか、しらべてみると、太閤さまのおかくれあそばした年からもう十三年、いずれも童《わっぱ》のころに、それぞれ縁故をたどって尼公さまおつきのご家来の養子やあとつぎとなったが、その縁を逆にたどれば、安西隼人は関東の智恵ぶくろ本多佐渡《さど》につながり、松葉小天治は大坂の大野修理《しゅり》につながる。その縁をたどるに、このわしは一ト月かけまわったのでござるよ」

「なんとおおせられます？――では、尼公さまは、そのことを」

「ごぞんじか、ごぞんじでないか、そこまではわからぬ」

それでは、一翁が京へ上ったのは、それをたしかめるためであろうか。

蛍火の眼は、なにかを思いだすように、凝然とすわった。

「……よもや、と思ったが、それではあの四日市の本陣の夜のことは……」

と、色のない唇でつぶやいて、不安の波そのままに、肩がワナワナとふるえてきた。

「それが、まことなら――」

森閑とした真田屋敷が、おそろしい変事の突発に震動したのは、それから数刻ののちだ。

「いち、一大事でござるッ」

血相かえてとびこんできた松葉小天治と安西隼人をさきぶれに、一翁を背負った三好清海入道が、汗と涙に海坊主みたいにぬれてかけもどってきた。

さすがの幸村も、これには驚倒して、声もしどろに、

「こ、こ、これは……三好ッ、いかがいたしたのだッ」

一翁は、すでにことときれていた。顔に傷はないが、胸も、肩の骨も折れているらしい。おびただしい出血は、それだけで人の命をうばうに足るものだった。

「はっ、申しわけございませぬ」

清海入道は号泣しながら、

「橋本から木ノ目峠にかかってまもなくでござる。いかにせしか月ノ輪が、呪術《じゅじゅつ》にか

けられたかのごとくあばれだし、天馬のように狂奔し去りました。それがし必死に追いかけましたが、みるみる大殿をのせたまま峠の雲のなかへ消え去り――ふたたび見いだしたときは、断崖の下に、月ノ輪もろとも大殿はかくのごとき無残のご最期――」

「はて、月ノ輪が?」

「月ノ輪の死にざまよりみて、崖《がけ》の上よりとびおりたに相違ございませぬ。それを見いだしたのも、実はこれなるお二人が、さきにそれを見つけて、あとより追いのぼったそれがしを呼ばれたればこそ――」

「なに? 隼人どのと小天治どのが先に?」

と、けげんな顔で、蛍火がふりむく。

ふたりは顔見合わせて、

「されば、われら両人、一翁さまを追う途中、興づいて走法競《くら》べをやったため、路なき路もとびつづけ、しらずしらず一翁さまより先に出たものとみえまする」

と、こもごもいった。が、ふと、蒼白な顔の蛍火のうしろから、じろっとこちらをながめている紐売りの小男をみて、まばたきをし、妙な表情でのぞきかえしたが、いきなり、愕然ととびのいた。

「うっ、うぬは!」

「いつか、石薬師の祠の上で——」

小男は、するどい眼つきで、きざむようにいった。

「拙者は、ご当家の家来、猿飛佐助《さるとびさすけ》」

はっとして、蛍火もふりかえる。

——あの怪人が、この男であったのか。真田家の家来が、あのころからじぶんたち一行をめぐり追っていたのか。その意味は——佐助の役割はなんだったのか？

思わずきびしいまなざしをむけた蛍火にも気がつかぬげに腕ぐみをして、沈痛な眼を父のしかばねにおとしていた伝心月叟が、このとき、うめくようにいった。

「佐助。父上の謎々あそびを、笑ってすませぬことになったな。……こんどはわしが、あの絵図をひねって見ずばなるまい。——月ノ輪の狂乱が偶然のこととは思われぬ。父上をたおした魔手の正体をつきとめるためにものう……」

真田屋敷に、仏法僧が鳴く。

この日、慶長十六年六月四日。

## 恋　幻　妖

淀の川波にさやぐ葦から、ぱっと水鳥のむれが舞い立った。流紋を矢のようにひいて、三十石船は下る。

いわゆる人のせ三十石船だから、ほかの過書船《かしょぶね》にくらべて荷はすくないが、その荷のなかに古い家財道具などがチラホラみえるところをみると、どうやらこの三月末、秀頼と家康の二条城会見のさい、すわ大坂と関東の手切れか、との流言におびえた大坂の下民らが、あわてて疎開した荷物を運びもどす余波がまだつづいているらしい。

乗っている客も、一旗組の浪人風のものが多かった。

艫《とも》ちかい菰《こも》でくるんだ長持のかげに、蛍火はもたれかかって、夏のひかりにみちた淀の風物をながめていたが、そのうら若い頬に、さすがにやつれがみえる。

――むりもない、九度山を去っていた蛍火は、京にとどまることわずか三日、そのあいだ湖月尼公と密々になにやら話しあっていた蛍火は、もうすこし休息してゆけという尼公の慰撫《いぶ》をふりきって、「いいえ、おくれました。さぞ堀尾さまお待ちかねでございましょう」と、またもやこの密使行に旅立ってきたのである。

その胸もとには、乳房と例の城絵図がある。

その両側に侍した安西隼人と松葉小天治は、じっと蛍火の胸のふくらみを見つめては、はっとおたがいの顔を見合わせ、またあわてて蒼空に眼をそらすのだった。

「わからない。わたしにはわからない……」

と、蛍火はふとつぶやいた。

「尼公さまのおこころが……」

　ふたりの若い忍者は、ドキリとしたように、彼女の顔を見まもったが、蛍火にじっと見かえされて、まばたきした。

　蛍火は、ついに思い決したように、

「おふた方におききしたいことがございます」

「な、なにを――」

「あなた方は、ほんとうにこの蛍火をまもってくださるのでございましょうか？」

「も、もとよりでござる！」

「いいえ、あの尼公さまに、まことのご忠節をおつくしくださるお方でございましょうか？」

「な、なぜさようなことをおききなされる？」

　これらの反問は、いずれもふたりの異口同音だった。

　蛍火は、その怒った四つの眼を、まぶしげもなく見かえして、

「ありていに申せば、わたくしは……おふたりをおうたがいいたしております。あの浅野弾正さまのご最期のおりも、解《げ》せぬことがございました。真田一翁さまのご最期にいたっては、いよいよ不審でなりません……」

「あいや！」

と、ふたりがさけびかえそうとするのをおさえて、

「それに、おふたりのご素姓については、思いがけぬことを知らせてくれた人もあります……」

ふたりは、ドキリとしたようである。ややあって、安西隼人はしゃがれた声で、

「われわれの素姓とは……」

「隼人どのは関東の隠密、小天治どのは大坂の隠密と……」

「さ、さようなことを申したは、何者でござる?……そ、それは、拙者、父はたしかに……」

と、小天治はいいかけて、隼人に気づいて口ごもった。蛍火はきっと見て、

「城絵図はここにございます。なぜ、かよわいわたくしを殺してそれをお奪いなされませぬ!」

「おことばではござれど、拙者、さようなつもりは毛頭ありませぬ!」

「拙者も!……とほうもないこと! それどころか、他の何ぴとにもそれをとらせてなりましょうや。蛍火どのとこの絵図守護のこころは、八幡御照覧《ごしょうらん》!」

と、ふたりは頰を紅潮させてさけんだ。蛍火はうなだれて、

「やはり、さようでございましたか? 尼公さまも、そうおおせでございました。……わたしの申しあげたあなた方のご素姓のこと、おききあそばすやお笑いになり、

ぞんじでおる。ぞんじでおる、ふたりともまだ乳くさい童のころより子飼いにした若者じゃもの。その素姓よく知らいでか。さようなことを洗いたてれば、いまわたしのもとに仕えておる侍、女房、ことごとく関東方か大坂方であろう。なれど、同時にみなわたしへの奉公に異心あろうとは思われぬ。もし、隼人、小天治に謀叛気《むほんぎ》あれば、どうしていままで城絵図をぶじに置こうぞ。また、そうと知って、この尼が、どうしてふたりをおまえの守り役につけようぞ。あのふたりにかぎって、尼はしかと信じておる。……とおおせあそばしました……」

「はっ……」

感動に眼をうるませるふたりに、蛍火は両手をつかえ、

「もはや、蛍火、あなた方への疑心はすてまする！　どうぞわたくしの大役ぶじ果たさせてくださりませ！」

「もとより、それははじめより心得ておりまする！」

「それにしても、わたくしにあたな方への素姓を告げ口した人がうらめしい……」

「そりゃ……何者でござる？」

「あの男です」

血相かえて顔ふりあげる隼人と小天治のまえに、蛍火はゆびをあげて、

「えっ？」

おどろいてふたりは、ふりむいた。蛍火が指さしたのは、船の外の淀のながれだ。もはや枚方《ひらかた》をすぎて、守口《もりぐち》の船場にちかい。この三十石船とならんで上り下りする幾艘《そう》かの天道船《てんとうぶね》、青物船、手操舟《たぐりぶね》、くらわんか船などがみえるが、それはいまさらめずらしい風物ではない。

「あの茶船……伏見からずっとついてきています……」

「あの船頭が……」

「たしかに、真田さまのところで会った猿飛という男、あの男は、なぜかわたくしたちが浅野さまのところにまいっておるころから、ずっとつきまとっているのです……」

「やっ？」

ふたりは、眼をむいて、その小舟に棹《さお》をあやつっている頬かぶりの男を見まもった。その男の恐るべきことは、身をもって知っているが——。

「まさか、きゃつが、浅野さまを？」

「一時はそう思いましたが、それでは一翁さまをお殺《あや》めした者がわからないのでございます」

「しかし、あやしいことはたしかにあやしい。よしっ、とにかくいちどひっとらえて、窮命《きゅうめい》してみようではござらぬか？」

「あなた方に、できますか？」

ちょっと、蛍火が笑った。ふたりの若い忍者は、かっとなったらしい。つよい眼でうなずき合って、

「なに、ことと次第によってはぶった斬って！」

ふたりは豹《ひょう》のように身がまえた。小舟は、他意なげに寄りつ離れつして下ってゆく。

――そこへ、ふたりは、同時にとぶつもりとみえた。棹さす猿飛の前後にとびおりて、一瞬に襲えば、天魔といえどものがれるすべはないはずであった。

「どうぞ、おふたりのお力、お見せくださいまし！」

蛍火の激励の声にふるいたった隼人と小天治、次の瞬間、まるで二羽の飛燕《ひえん》のごとく空中へはねた。

おどろくべき光景の見られたのは、つぎの刹那《せつな》だ。無心に棹をあやつっていたその男は、こちらを見て、チラッと白い歯をみせた。同時にその身体が宙へ浮いて、棹を横にかまえたまま、ビューッと逆にこちらの舟へとんできたのだ。小天治と隼人はその棹にたたかれて、モンドり打って水へおちた。

「あっ」

蛍火の驚愕のさけびに、人々がふりかえったときは、すでにふたりの、ドボーンと河にあげた一颯《いっさつ》の水けむりを見ただけで、この声なき忍者の奇怪な争闘を見たものは

なかったろう。

「一別以来」

蛍火のまえにトンと立って、頬かぶりをとりながら、猿飛佐助はニヤリと笑った。

「どうもたよりない護衛でござるな」

と、ふりかえる水面を、隼人と小天治は、ガバガバと岸のほうへおよいでゆく。蛍火は、息つくのも忘れて、凝然と眼を見はったのみだ。

「伏見から、水をながめながめ、ずっと考えておりましたがな。やっとわかったことがあります。湖月尼さまが、どうしてあのふたりを護衛におつけなされたか――」

佐助はケロリとして、こんなことをいいだした。

「さすがは、豊太閤夫人！　関東の隠密と大坂の隠密を同時につけておけば、おたがいに相牽制《あいけんせい》して、城絵図の安泰なること、これアこれ以上のことはござるまいよ。はははははは」

「あなたは……」

と、蛍火は肩で息をして、

「まだあのふたりをお疑いなのですか？」

「もちろん！」

「それにしても、……もしあのふたりが絵図を盗む気があれば、それくらいの機会はいくらでもありましたのに……」

「いや、機会があっても、ふたりはちょっと手がだせない」

「どうしてでございます？」

「あのふたり、あなたにぞッこん惚れておりますからな。役目と恋と——おたがいへの睨《にら》み合いと、ふたりともヘトヘトになっております。ははは、ひょッとしたら尼公さま、そこまでお見とおしかもしれぬ……」

蛍火はまっ赤になって、佐助をにらんでいたが、

「あなたは、なんのために、わたくしたちのあとをおつけまわしになるのでございます？　やはり、絵図をお望みなのでございますか？」

と、怒りの眼でとがめた。佐助は蒼い天を見た。

「いや、絵図はいりません。大殿を討ったのは、関東か、大坂か、それをつきとめなければ、冥途《めいど》にいって一翁さまに合わせる顔がござらぬ。またこの浮世で、六文銭の旗を、東の風か西風か、なびかせるのに途方にくれようと申すもの……」

## 堀尾吉晴の死

大坂城の築城は、ピラミッドとひとしく、いまの世にも奇蹟である。

なかんずく、見事というよりふしぎなのは、その巨石の利用で、いまにのこる城塁のうちでも、天守の正面に、長さ約三十六尺、幅約三十六尺の巨石あり、長さ約四十二尺、幅約十五尺のものあり、大手門の正面にも約三十尺に十二尺余のものがある。

これらは遠く小豆島《しょうどしま》や御影山《みかげやま》から運んできたものと思われるが、まだ機械力というほどのものもなく、それほど浮力ある巨船のあったわけもなく、さればといって人力ばかりではいかんともしがたいものを、どうして運搬したものか、これを奇蹟といわずしてなんといおう。

まことに、これをみては、この城をつくった豊太閤の夫人すらが、「たとえ天をとび、地をつらぬく細工をあそばしてもふしぎはないお方」と讃嘆し、六十余州を掌握《しょうあく》した駿府《すんぷ》の大御所が、秀頼一族よりこの城一つに夜の目もねむれないのもむりはない。

「乾《いぬい》ノ竜石《りゅうせき》ヲ三円ニ割リ……」

いま荘厳《そうごん》華麗な落日に火の舞扇を重ねたようなその八重の大天守閣を見あげながら、西北の石垣の下を、堀尾吉晴はあるいていた。そのうしろに、扈従《こじゅう》する十人ばかりの家臣にまじって、蛍火と松葉小天治の姿もみえる。

ただ、安西隼人の顔がみえないのは、その素姓を関東の隠密だと告げられた彼を、それを信じる信じないは別として、さすがに蛍火が遠慮させたものであろう。

むろん、堀尾吉晴にしても、名目は秀頼公のご機嫌うかがいということで城に入ってきたのだが、それをすませると、早速、乾《いぬい》の方――西北のあたりを徘徊しはじめたのは、いうまでもなくあの謎の城絵図を実地に解きたい望みがあってのことだ。

そのことを、淀君や大野治長《はるなが》たちは知っているのか、どうか。もし松葉小天治がその方面からの隠密なら、事前に告げていてしかるべきであるが、どうもそんな気配はない。気配はないようだが、太閤恩顧の武将のうち、親徳川派と目されている堀尾吉晴のふしんな行動には、大野一派はちょっとおちつかない様子だ。

しかし、さすがにこの音にきこえた老将の足をとらえる勇気のある者は、大坂城内にだれもいなかった。

堀尾茂助吉晴。このとき、六十九歳であった。

かれは、秀吉と同郷で、少年時代から、秀吉のなだたる荒小姓群、福島市松、加藤虎之助、片桐助作、加藤孫六らの首領株だった。あらゆる戦場を馳駆して、のち太閤三中老のひとりとなったが、三成《みつなり》一派の策動はかえって豊家をあやうくするものとして、これに同心しなかった。慶長五年、三河国で刈屋の水野和泉守《いずみのかみ》をたずねたさい、たまたまもとの美濃加賀井城主加賀井孫八郎も来り会して盃をかわし、日くれて吉晴は酔いねむった。そのとき加賀井孫八郎は、突如起《た》って和泉守を斬り殺した。吉晴は太刀《たち》音に眼ざめて孫八郎と組みうち、これを刺し殺した。このとき和泉守の家臣がなだれをうってかけつけて、ふたつの死骸を見ると、主君を殺したのも吉晴かとかんちがいして、乱刃をあびせかけた。吉晴はこれを制したがきかず、やむなくこの重囲の中を斬りぬけて去ったが、これが実に五十八のときのこと、もってその豪勇ぶりを知るべきである。――これほどの武勇の人でありながら、吉晴は生涯「手がらばなし」など、人に語ったことがないという、地味で沈毅《ちんき》な人がらだったから、とうてい大野修理など、文句のだしようがない。

いまは出雲国隠岐二十四万石の太守。

「乾《いぬい》ノ竜石《りゅうせき》ヲ三円ニ割リ……」

吉晴はくりかえす。

わからない。「六斜ニ切リ、修羅車《しゅらぐるま》ヲ以テ引ク」云々にいたっては、さらにわからない。しかし、この絵図だけひねりまわしてみてもどうにもならないことはあきらかだから、とにかくその「乾ノ竜石」なるものを探しだすことが先決だとかんがえたのである。

「乾といってもひろいわ。ここらあたりで、一番大きな石はどれじゃ？」

「これでござるが」

と、案内の武士が、傍の石垣を指さした。

「うむ。これか。……おお、これは大きい。大きいが、ほかの御影石《みかげいし》とはチトちがうようだな。ひびが入っておるではないか」

「されば、阿波《あわ》からきた石で――」

「なに、阿波――」

吉晴のあたまに、「風吹イテ難波《なにわ》ノ海ニ入ル。桐華《とうか》桐葉《とうよう》相抱《あいいだ》キテ海ヲ走リ、南隅《なんぐう》ノ春ニ逢ワン」という言葉が浮かんだ。

吉晴の眼がひかった。石垣のすぐむこうに、桐の木のいただきがちょっぴりのぞいてみえたからだ。

「あれは、桐じゃな」

「されば、この外が馬場でござって、そこに大きな桐が一本ございます」

「よし！　そこへおりてみよう」

堀尾たちが下の馬場へおりてゆくのを追おうとして、蛍火はふと立ちどまった。

「はて？」

「どうかなされてござるか」

と、松葉小天治がふりかえる。

「あそこの武者走りに……いまチラとみえた影が」

「えっ」

「あの猿飛と申す男のような」

小天治ははっとたちすくみ、その方をにらんだが、たちまちぎりっと歯をかんで、

「ふっ――不敵なやつ！」

うめくと、刀の柄をおさえて、宙を三度ほどとぶと、その姿をけした。

それから、ひと息かふた息つくほどのちである。突如として、その一画は凄じい轟音につつまれた。

例の巨大な阿波石が、どうしたはずみか、ぬけ出して、下の馬場へころがりおちていったのだ。馬場へ――その下には、堀尾吉晴一行がいた！

夕やけの空へ、砂塵《さじん》と名状しがたい絶叫の竜巻がたちのぼっていった。

上にいた蛍火は、どこからか忽然ともどった松葉小天治を見た。はせもどった小天治は、悲鳴をあげながら下へかけおりようとしている蛍火をみた。蛍火の頬には血の気がなかった。

「もしや――もしや――堀尾さまは？」

馬場では、三人の人間が蛙のようにおしひしゃげ、血泥《ちどろ》でえがいた修羅図絵《しゅらずえ》の中で、茂助吉晴もうめいていた。下半身をおしつぶされたのである。

あとで、からくも助かった従者のひとりがいった。

「何がどうしたのやら、わけがわかりませぬ。殿が、あの阿波石を杖でおつつきあそばしたとたん、石がゆるぎ出し、まっさかさまにおちてきたのでございます……」

石のぬけおちたあとは、石のぬけたみにくいあとだけで、別に洞穴《ほらあな》もぬけ穴もなかった。

それを見聞にきた大野修理治長は、蒼い顔でひきかえしていったが、したり顔でこんなことを淀君にいった。

「そう申せば、あの石はひびが入って、まえまえよりあぶないなとはぞんじておりました。どうも阿波石は、御影石とちがって、板のようにわれやすく、また石と石とのつなぎめが粗雑なようでござる。……同様の性質は、紀伊、伊勢、志摩《しま》のあたりからきた石にも多いようです。このさい、いそぎ御影石につみかえねばなりますまいな……」

落日が、難波《なにわ》の海にしずむと同時に、一代の豪雄堀尾茂助吉晴の息もたえた。

この日、慶長十六年六月十七日。

## 加藤清正の死

浅野長政――真田昌幸――堀尾吉晴。

その三人の老武将の、不可解な、そして相つぐ死は、ようやく京大坂のちまたに、ぶきみな流言をたてはじめた。

それは当然だ。これらの三人は、いずれも、太閤恩顧の人々であり、同時に、徳川方がおのれの陣営にひきこもうと血まなこになっている人々である。いずれの側からみても、疑えば恐るべき敵の城壁と見え、信じればたのもしい味方の楯《たて》と見えた。

「みな、大御所の眼のうえのこぶじゃ。きっと徳川の手がのびたにちがいない」

「そうではない。大坂方で、太閤さまのご恩を忘れて、関東に色眼をつかうのをにくんで、これを殺してのけたのじゃ」

さまざまな想像から、ヒョイと意外に真実にせまった噂もたつ。

「これらの方々の失せなさる前後、大坂方の隠密がウロウロしていたというぞ」

「いや、わしのきいたのは、関東の隠密じゃが」

しかし、だれもが、この三人の手をわたっていった太閤城絵図のことはいわなかった。いわないはずだ。だれもそんなことは知らないからだ。

そんな噂もあと白波と、その翌日には、もう瀬戸の海を西へいそぐ船に、謎を秘めた絵図を抱いた蛍火と、ふたりの忍者の姿が見られた。

風雲の気みなぎる世で、そのたけだけしさはすべての人々の顔にもあらわれている時代であったが、それでも乗合いの客たちは、その娘と二人の若い男をつつむ異様にきびしい緊張の雰囲気をかんじて、あえてちかづこうともしない。

なにやらもののけのごとき妖気をこめた城絵図を抱いて、その恐怖と使命の重さに、じっと耐えているかのような美女蛍火。それをウットリと見まもりつつ、おたがい同士はふかい疑惑にみちた視線をかわす隼人と小天治。

みえない三角の糸にひきしばられたような三人の頭上で、帆が風に鳴る。西へ、九州へ、肥後の国へ――。

夜、また昼。

そしてまた夜。――その暗い夜の海の上で、実に他のだれしもが想像もしなかった声とうごきが、帆のはためきにもつれていた。

「隼人さま、あなたを疑っておりましたのは、ほんとうに苦しゅうございました……」

女は、やるせなげな吐息をつく。

「なぜなら、わたしは、あなたさまが好きだったからでございます……」

「おお……」

男は、感動のうめきをあげる。手と手はしっかりとにぎり合わされている。

「でも、あの堀尾さまがお亡くなりあそばしたさい……あなたは、お城の中においでではなかったのでございます。そう思い合わせてみれば、四日市の本陣で、浅野さまご落命のおりも、あなたさまは座敷のすぐ外の庭においででございました。すぐ外の庭にいるものが、欄間から矢を射込めるはずはございませぬ……」

ことばは恐ろしい回顧の推理であるが、声は詩《うた》のようだ。闇の中で、男の唇すれすれに寄せてささやく美少女のにおいやかな息は、男ののどをつまらせ、からだをしびらせる。

かすれた声で、

「こ、小天治は？」

「船酔いで、下にお休みでございます。あんな方よりは、隼人さま……」

「もしや、きゃつが！」

「いいえ、そうともいえませぬ。なぜなら、いずれのおりも、まわりにチラチラ姿のみえるあの猿飛と申す男が、わたくしは気になってならぬのでございます。ひょっとしたら、また肥後にも……？」

「ううむ、こんど出れば、きっと拙者が！」

夢中になってうめきつつ抱きしめる腕の中で、むせぶような女のあえぎがたかまってゆく。

明くれば、また蒼空。人々は帆柱のかげに、きびしい表情で坐っている三人の姿を見るばかり。――船は鞆《とも》の港に寄る。

果然、彼らはその港のさん橋の上に、驚倒すべき人間をみたのである。

その男は、こちらを見て、ニヤッと笑った。知っているのだ。そして、眼をまるくして見ている三人のまえで、ポンポンとじぶんの足をたたいた。

風は追い風であった。大坂より赤間《あかま》ガ関《せき》（下ノ関）まで百三十五里。陸路《くがじ》をゆけば、さらに遠かろう。船ならば、三夜四日でゆけるが、それとならんでこの男は、山陽道をかけてきたとみえる。

「猿飛！」

と、安西隼人は絶叫した。顔いろが変わっていた。

しかし、日に三十里、四十里をとぶことは、忍者として異とするに足りない。猿飛がその足をたたいて笑ったのを、隼人は挑戦とみた。

「小天治、ゆけるか？」

と、ふりかえったが、昨夜船酔いに苦しんだ松葉小天治は、蒼い顔をしている。陸にのぼりたいのはやまやまだが、その速度ではしることは、あきらかに不可能とみえた。

「なさけないやつだ」

隼人は舌打ちをして、蛍火をみる。蛍火は、恐怖にかがやく眼で佐助をにらんでいる。

「こんど出れば、きっと拙者が！」と壮語したのはつい昨夜のことだ。壮語をはたすべきはいまであった。しかし――。

小天治が船酔いせずとも、当然ひとりは蛍火護衛の任にのこらなければならない。

しかし、隼人は、小天治ひとりを蛍火につけておくことが、ちょっと気がかりだ。が、昨夜の陶酔を思うと、恋の勝利者は、昂然としてふるい立った。

「よし！　小倉で会うとき、きゃつをひっくくって手土産としよう」

——猿飛を追って、鞆の港におりた安西隼人をのこし、船はまた西へ帆をあげる。

そして、また夜。暗い夜の海の上で、なまめかしい声と吐息が、帆のはためきにもつれていた。

「小天治さま。ご気分はいかがでございますか？」

母性と妖婦の入りまじった、やさしい、甘美な声であった。

「あなたさまをうたがい、相すまぬことでありました。もしあなたさまが大野修理さまの隠密として、あの城絵図をお狙いあそばしていたなら、あの大坂の城を、ぶじわたくしが出られた道理がございませぬ……」

「あいや、蛍火どの！」

と、男は感激してうめく。

「拙者、たしかに大野修理さまの密命うけて、あの湖月尼公さまにおつかえはしておりましたが、それは尼公さまをめぐる諸侯の動静をうかがわんがためで、修理さまは、あの城絵図のことなど、とんとごぞんじござらぬ。……また、拙者、申しませぬ。拙者の心中にあるは、いま蛍火どののことばかり——」

「抱いて、抱いてくださりませ、小天治さま……」

女は身も世もあらぬげに、ふくよかな乳房をすりつけて、

「隼人どのは、もはや船をおりました。この船にあるは……あなたとわたくしばかり……」

どうしたんだ。蛍火よ、いったい、おまえはどうしたのだ？

あの清麗凛々《せいれいりんりん》たる娘が、このような狂おしい媚態をどこに秘めていたのか、それこそ奇怪だが、まなこくらんだ小天治には、そこをふしぎがるいとまもないらしい。恐ろしい密使行におびえ、つかれはてて、この娘は、つい弱気をだしたのか。……それとも、なんらかのふかい目的あってのことか？

船が小倉についたとき、人々は、いよいよきびしい緊張に身を鎧《よろ》っておりてゆくふたりの姿をみただけだった。

小倉には、隼人も佐助の姿もみえなかった。いそぎの旅だ。ふたりはすぐに肥後にむかった。

加藤肥後守は、二条城における家康と秀頼の会見を周旋すると、五月末、すでに熊本にかえっていた。

そのとき、堂々と秀頼をまもって、家康の舌の根をふるわせた清正が、それからわずか一ト月足らずのうちに死んだのである。

かつて、家康から、

「ただいまは、以前とかわり、中国、西国筋の諸大名方、大坂へ着岸あられ候えば、そのままただちに駿河、江戸おもてへまかり越さるる儀にこれあり候ところに、そこもとには、大坂おもてに逗留《とうりゅう》あられ、以前のごとく秀頼卿の機嫌をあいうかがわれ、それ以後ならでは、駿河、江戸おもてにはお越しなく候」

と、露骨ないやみをいわれて、

「秀頼卿のご機嫌うかがいはまえまえよりのこと、いまにいたって大坂をすどおりいたし候とあっては、武士の本意にあらずとぞんずるにつき、いまさら相やめがたきことに候」

と、平然とはねかえし、さすがの家康を、

「いま、日本国の侍に、肥後守につづくものあるまじ」

と、感嘆せしめた誠忠の武将、加藤肥後守清正。

その急死は、当然、世人を、さては！　と思わせるに充分だった。いまにのこる毒《どく》饅頭《まんじゅう》説がそれだ。家康が、二条城で清正に毒をくらわせたというのだ。いわんや、その死にようが、

「はや身もこがれ、くろくなられける」とあってみれば！

けれども、現代の常識からみて、三月にのませられて、六月にきくというような毒

物があろう道理がない。熊本城につめかけた医師たちも、急性の熱病と診断したのである。

にえくりかえるような混乱のなかに、だれもが忘れていた。その前夜、京の湖月尼公から一枚の城絵図を託されてきたうら若い女性と、その従者のあったことを――。かなしみの号泣は、城下にもわきかえっていた。さわぎの中に、だれも気がつかなかった。その夜、ようやく、つかれはてて、トボトボと熊本に入ってきた、ひとりの若い武士の姿を。――安西隼人である。彼はついに猿飛をつかまえそこねたとみえる。

その猿飛は、その西北の金峰山に忽然とあらわれて、暗い眼で、じっと熊本城と、それをとりまく夜の大地の慟哭《どうこく》を見おろしていた。

「韓の虎より恐ろしい奴に見こまれたな、清正さん」

ふりかえれば、遠く宇土《うと》半島のかなたにひろがる海に、もえる、もえる、妖《あや》しの不知火《しらぬい》。

この夜、慶長十六年六月二十四日。

## 消える蛍火

ながい夏の日がおちて、西空の朱が紫に変わってくると、その寺の影は、いよいよ巨大さを加えて、浮き上がってみえた。

ましてそれが、半ば建ちかけとあっては、百七十六尺におよぶ高さが、荘厳というより、妖怪じみている。

去年六月から起工された東山の方広寺《ほうこうじ》だ。

もともとこれは、天正十四年、秀吉が建立したものだった。それに動員した工事人は延べ一千万、その棟木につかう巨木は、日本じゅうの山々をさがしまわって、ついに家康に命じて富士山から切り出させたが、この木一本にすら五万の人賦を要したという。秀吉が、それほど信心ぶかい男とはみえないが、道楽にしても、ここにいたってはもはや人間ばなれがしている。それほどの大建築も、慶長元年の大地震に崩壊した。

これを再建するこころざしはあったが、はたさないうちに秀吉が死んだので、家康が片桐且元《かつもと》に命じて、その遺志を奉じて再建することを秀頼にすすめたのは、慶長七年のことである。秀頼は、その十一月に工事に着手したが、十二月、鋳物師のあやまちで、ふたたび堂宇《どうう》は灰燼《かいじん》に帰した。

いまとりかかっているのは、実に三度めの工事である。その費用として、大坂は、秀吉ののこした大法馬金《だいふんとうきん》を熔かしたといわれる。——あわれ、その巨刹《きょさつ》に、太閤の覇業を永遠に告げさせようとした梵鐘《ぼんしょう》の『国家安康《こっかあんこう》』の四文字が、のちに豊家の命とりになろうとは。

日がしずむと、さすがに怒濤のような槌音《つちおと》もたえ、何千人かの大工も散って、やがて、ひろい松林に蟬《せみ》しぐれがわき、それから、ぶきみなくらいの静寂がただよいはじめた。

「尼公さま……」

その松林のなかを、ひとりの娘と、ふたりの武士がさまよっていた。

「高台院さまは、どこへ？」

蛍火と、その護衛の安西隼人、松葉小天治であった。まだ、あの旅装束のままだ。

彼らは、さっき西国からかえってきたところだった。三本木の邸にもどると、湖月尼は、しのびで大仏殿の工事を見に出たというので、その足でかけつけてきたものである。

「尼公さま……」

声をあげてよんで、小天治と隼人がかけだそうとして、いきなりビクとたちどまった。そのまえに、小暗い松林のなかの路に、ふっとひとつの影が立っている。

「おそいな、貴公ら」

ニヤリと、白い歯を見せて、

「わしはもうとっくに九度山をまわってきたぞ。……もっとも女づれだからいたしかたもなかろうが、それにしても忍者の足が泣く」

「猿飛どの！」

と、声もするどく、蛍火は呼んだ。

「あなたは、なぜこうしつこくわたしたちにつきまとうのです！」

「大殿を殺《あや》めた仇を討つためでござる」

「まだ？」

「でも、おろかな――と申されたいところでしょう。まったく、わしはおろか者でござった。まず、足だけの化物ですな。いままで、伊勢、紀州、京大坂、肥後ととびまわって、下手人がわからなかったとは！」

「えっ、では、その下手人が、いまわかったとおっしゃるのですか？」

「わかりました。もっとも、わかったのはわたしではない。あたまです」

「あたま？」

「あたまは、別にある。それそこに」

凝然とたちすくむ三人のまえに、松の陰から飄然《ひょうぜん》とあらわれたもうひとつの影がある。夕明りに、なお面をかくす編笠の翳《かげ》が濃かった。

「蛍火どの」

と、錆《さび》をふくんだ声で、その人は笠のかげから、まじまじと蛍火を見つめて、

「おお、やつれたな。むりもない、ひどいご苦労でござったの」
蛍火は、その人の正体を知って、かすかにふるえた。が、なお凜《りん》と眼を見はっていう。
「猿飛どのを、わたくしたちにつけまわされたのは、あなたでございますね?」
「さよう、この笠の中の、あたま」
「それで……あの殿さま方を殺めたものがわかったとおっしゃいます?」
「あいわかった。あなただ」
と、沈痛な声でいった。
電撃されたように、蛍火は硬直した。しばらく、声も息もない。
「四日市の本陣で、浅野どののご落命のさい、この佐助が矢うなりの声をきかなかった
というのも道理、あれはそなたがわざと灯をけし、たもとのかげにかくした矢を、弾
正どのに突きたてたものであったな。……じゃが、そのまえに、縁側で庭へ石をなげ
て、曲者《くせもの》外にありと思わせ、またそのあとで、もう一本の矢を柱に突きたてて、欄間
から飛来したと見せた細工はみごとだ」
「…………」
「二人目。わしの父。父が京へ旅だつまえ、厩《うまや》で月ノ輪の耳に、毒をしみこませた針
の玉を入れたのはだれじゃ? 月ノ輪が骨となるまでわからなんだが、あれでは馬が

途中で狂い出したのもむりはない……」

「…………」

「三人目。堀尾吉晴どの。これはもとより上から大石をおとしたものだ。じゃが、ここにふしぎなことがある。そなたがあの大石の或る個所をかるく押せば、容易にぬけおちることを知っていたことじゃ」

「…………」

「四人目。加藤肥後守どの。これは茶に投げ入れた毒。ここにまたひとつふしぎなことがある。そこなる甲賀者、伊賀者、はじめよりすべてを承知していたとは思われぬふしがあるが、このあたりにいたっては、いかになんでもウスウスは感づきそうなもの、それがなおかつ、そこにそうして尾をふってついておること――」

「殿。……さかりのついた犬でござるわ」

「色じかけか。……この乙女が？　ほう」

と、この恐ろしい自問自答の中に、ふたりは場ちがいな諧謔《かいぎゃく》をまじえたが、ふたたび蛍火を見すえた編笠の声は、厳粛凄愴《せいそう》の気を加えた。

「蛍火、そなたはなんのためにあのような大それたくわだてにのり出した？　いやさ、大坂城の石垣の破れを、そなたに教えたのはだれじゃ？」

「…………」

「言えぬか。それも道理かもしれぬ。かよわい、うら若いそなたを、あのような千辛万苦の暗殺行に旅立たせた恐ろしい人の名はな」

「――くたばれっ」

金縛《かなしば》りになっていた隼人と小天治が、この時眼と眼を見合わせたと思うと、剣光が十文字となって編笠の上にきらめいた。

十文字の剣光は、星のようにくだけて、乱離と散った。その下に、あわれふたりの若き忍者は、左右に、弓のようにそったかと思うと、どうと地上にたおれている。

血刃をひっさげたまま、猿飛佐助は一礼した。

「殿。……お叱りかもしれませぬが、いまはこうせねばふせぎがないませなんだ」

それから、南無阿弥陀仏、とつぶやいて、

「ふびんや、ここまで恋に眼がくらんだか。修行次第では、まだまだものになる若者ふたり、忍者として、佐助のほうが残念じゃわい。……そっちはかえって本望であろうが……」

編笠は、ズイと一歩ふみ出した。

「蛍火、申せ、そなたをあやつった傀儡師《くぐつし》の名を！」

蛍火は、しずかに地上に坐った。じっとこちらを見あげた眼が、夕闇に、ふたつの蛍のようにひかった。それが、あまりに粛然《しゅくぜん》としていたのと、そのつぎに、うなだれて、片腕をついたのが、ついに屈服したとみえたので、ふたりは手も出さずに見まもっていたが、そのまま娘の上半身が重く地に伏したので、はっとして佐助はかけよった。

抱きあげて、黒くぬれた手をかざして、

「死んでござる！」

と、すっとんきょうな絶叫をあげた。

蛍火は、みごとに懐剣でのどをつらぬいていた。

茫然とたちすくんだふたりは、そのとき、すこしはなれたところにとまった乗物に気がつかなかった。四、五人の従者と侍女がしたがっている。乗物は地におろされ、そこから老尼僧があらわれ、ひとり、しずかにこちらに歩いてきた。

## 燃えろ太閤城

松林に、颪が鳴りはじめた。

老尼僧は、音もなくちかづいて、地に伏した三つの死骸の傍に立って、暗い眼でじっとのぞきこんだ。

おどろくより、ふたりは、その老尼の気品と妖気にうたれて、思わず四、五歩あとずさっている。

「蛍火」と、沈んだ声でよんで、

「かわいや。ようこの尼につくしてくれました」

それから、顔をあげて、はたとふたりを見すえた。

「いま、蛍火に、傀儡師の名を申せというたのは、そなたらか。……いいえ、それ聞かいでも、この場の始末をみればわかります。いってきかせよう、その傀儡師はこの尼、湖月尼であります」

影は、ぱっと笠をぬぎすてて、ピタと大地にひれ伏した。

「おそれ多きおんなのり。――紀州九度山の真田伝心月叟でござりまする」

「ほう。……左衛門佐か」

と、うなずいて、

「名は、殿下よりきいておった。世にも賢い男じゃそうな」

「うけたまわるも、はずかしきおおせ――」

「左衛門佐とあらば、かくしてもせんないことであろう。いやいや、そなたの父をこの尼が手にかけたのじゃ。わたしの申すことをきき終ったら、刺すなり討つなり、どうともしやい。……蛍火の申したところによると、すでに一翁はあらかた見ぬいていた様子、四人のあたら智勇兼備の男たちをこの世から消したは、たしかにこの尼じゃ。

ひとりはわが義兄《あに》、他の三人も、太閤閣下に二心なきもののふ、また若いころからこの尼が、ひとしお眼にかけてかわいがった人々よのう」

湖月尼の眼に、涙がひかった。

「きけ、あの城絵図の言葉には、なんの意味もない。あれはわたしのかきつけた、まったく意味のない言葉なのじゃ。ただ、あれを七人の男にもちまわらせ、ひとりひとり蛍火に殺させるためじゃ。それに、素姓知っていてわざわざ徳川と大坂の隠密をつけてやったは、徳川には、彼らを殺したは大坂方、大坂には、彼らを殺したは徳川方と思わせ、世にそのようなうわさをたてさせるためじゃ。……そのことを、さすがに一翁、感づいたのであろう、最初より、絵図の行方を忍者に追わせていたと申せば……」

松籟《しょうらい》の音も、老尼の声も、この世のものならぬようだった。

「しかし、それは両者の仲をさくためではない。仲は、とうにさけておる。見やい、あの大仏殿の大屋根を。——あれはもとより徳川が、大坂の城の金銀を——戦《いくさ》の費《ついえ》をつかいつくさせようとする謀《はかりごと》。おろかや、秀頼は、まだそのことに気がつかぬ。あか児のような秀頼を、いつうち殺そうかと関東は待っているのじゃ」

「…………」

「それをふせいでおるのが、あの七人じゃ。戦を起こさせてはならぬと、必死に豊臣の楯となっておるのが、あの七人の男じゃ。それがわたしのじゃまなのじゃ。わたしの願いは、その七つの楯をうちたおすことにあるのじゃ！」

「尼公さま！」

幸村は、ようやく戦慄した。わからなかったはそれだ。一翁が京へはせつけてきたかったのもそれであったろう。このひとは、だれか。豊太閤夫人。そのおん方が、なぜ、なぜ、なぜ――？

「それでは豊臣家がほろび申す！」

「わしのねがいは、豊臣家をほろぼすことじゃ」

「尼公さま、豊臣家は、尼公さまのものではありませぬか？」

「そうであった。……寧子《ねね》のものであった。……淀の方《かた》がくるまではのう」

その声の悲哀にうたれて顔をあげた幸村は、闇にも蒼白い微光をはなつ六十三の尼僧の形相をあおいで、五体の骨に冷気をおぼえた。もえあがっているのは、悽惨なばかりの嫉妬の背光であった。

「幾年、十幾年、こらえてきたことか？　いまの豊臣家は、わたしの豊臣家ではない。あれは、淀どのの豊臣家じゃ。あれは、淀どのの大坂城じゃ。もえよ、大坂城、滅びよ、豊臣家！　ホ、ホ、ホ、ホ！」

太閤、大御所といえども、これほどものすごい笑い声をたてたことはあるまい。さすがの幸村が、かつて彼の人生におぼえのない恐怖に、ほとんど気死したようになっている。

「左衛門佐、それをきいて、この尼をさげすむかや？　それとも不愍《ふびん》と泣いてくれるかや？……いや、そなたは、ただにくいと思うであろう。さよう、わしはそなたの父を殺した。のぞむならば、この尼を刺すがよい。生きながら、こう数珠《じゅず》をつまぐりながら、すでに黒縄《こくじょう》地獄に堕ちておるこの湖月尼じゃ。すておけば、あとの三人、きっとこの手で殺してくれようぞ。もはや、太閤の御台《みだい》と思いやるな、仇の婆と思うて、早うこのしわ首を討つがよい……」

左衛門佐はすっくと立ちあがった。

すでに黒暗々たる闇の中に、ふとい吐息がきこえ、しばらくたって、さわやかな笑い声となった。

「御遠慮申そう」

「――なにゆえ？」

「邪とたたかうが、侍の本望でござれば。はは、幸村、あくまで尼公さまにお手むかいして、かならず豊臣家を護って見せようと存ずる、と申せば、世にも恐ろしき尼公さま、なんの小倅《こせがれ》の幸村ごときに、とお笑いあろう。幸村、実は乱を好む男でござる。大坂城の炎の中に男一代の名をあげて死のうと望む男でござる。はははははは、佐助、さらばおいとまつかまつろうぞ――」
快活な声は、松風の潮騒《しおさい》を遠ざかっていった。
「どうぞ、尼公さま、この上とも豊家の楯をお倒しあれ！」

慶長十八年一月二十五日　池田輝政死す。
慶長十八年八月二十五日　浅野幸長死す。
慶長十九年五月二十日　　前田利長死す。

慶長十九年十月一日　大坂の役起こる。

# 風に吹かれる裸木

中山義秀

## 中山義秀《なかやまぎしゅう》（一九〇〇〜一九六九）

福島県生まれ。早稲田大学在学中に横光利一、小島勗らと同人誌「塔」を創刊、同誌に「穴」などを発表。また、帆足図南次と「農民リーフレット」を創刊し農民文学運動の一翼を担った。大学卒業後は、中学教師をしながら創作を続け、妻の死などの苦難を乗り越え、著作集『電光』を刊行。一九三八年には、『厚物咲』で芥川賞を受賞している。戦後は戦記文学『テニヤンの末日』、歴史小説『新剣豪伝』、『丸橋忠弥』、『塚原卜伝』など幅広い作品を発表、明智光秀を描いた『咲庵』で野間文芸賞と日本芸術院賞を受賞している。一九六九年に死去。没後に、中山義秀文学賞が創設された。

# 一

慶長五年九月十五日、陽暦の十月二十一日の中秋の季節、天下分け目の一戦関ケ原役は、西軍側の大敗におわった。

そのしらせが一度大坂にとどくと、大坂城の内外は上を下への大騒ぎである。二日後の十七日に石田三成の本拠佐和山城をおとしいれて、草津、大津に陣取った関東勢十万余の大軍が、いまにも大坂へ攻めのぼってきそうな形勢に、騒ぎは一層大きくなるばかり。

大坂城の西の丸には、西軍の総帥毛利輝元が、大兵をひきつれ在城していて、おしよせる関東勢をむかえ撃って、一戦におよぶかどうかが、安危の分れどころになっている。

しかし、輝元には戦意がなかった。関ケ原からひきあげてきた立花宗茂や、周防山口城主毛利秀元などが、抗戦をすすめてもきかない。

その筈である。一族の吉川広家、福原広俊をはじめ、重臣の益田、熊谷、宍戸達は、みな今度の戦争に反対だった。それで戦争のはじまる前からして、関東側に気脈をつうじて、宗家の安泰をはかるのに汲々としていた。

九月二十二日、輝元から家康へ誓書をだして、二心ないことを云ってやると、家康のほうからも、輝元の封土の安全は保証するというような応答がある。

彼我の勝負が一戦できまってしまったからは、その上戦をつづけるのは無駄なことだ。そのため外交交渉が行われているわけだが、下々の者にはそんなことは分らない。大坂城と関東軍とが南北に対峙しているかぎり、大坂城内外の騒ぎは鎮まりそうもなかった。

こうした外の騒動にひきかえて、大坂城の本丸内は案外ひっそりと静まりかえっていた。本丸から西の丸、二の丸、三の丸という風に、二重三重の深濠で外界から遠く隔てられているばかりではなく、此処には当主の秀頼《ひでより》と母公の淀殿《よどどの》とが、数百人の侍女と共に住んでいるばかりで、余人のたやすく出入を許される所ではないためである。

秀頼公はまだ八歳の幼児、母の淀殿は三十四歳、秀吉の唯一の忘れ形見である秀頼を、大切にまもり育てながら、本丸城内の奥深く起きふししていて、たやすく人前に姿をあらわさない。

秀吉は晩年、淀殿茶々夫人を、お袋様とよんでいたが、彼の死後も淀殿は人々から、お袋様とか御母公などとよばれている。

それにしても、若い母親だ。艶麗なので、一層若く見える。淀殿自身も事実上の大坂城主である品位をたもつため、とくに美容や身だしなみに、細心の注意をはらっている。

南蛮船ではこばれてくる舶来の化粧品、香料、呉服、装身具の類は、値を惜しまず買いもとめて、自分の美しさに永遠の若さをとどめようと努めている。

輝元が家康に誓書をだした前日、二十一日のま昼時分、お局《つぼね》の大蔵卿が淀殿の前に伺候して、

「唯今修理亮《しゅりのすけ》が、大津より早馬をもって、参上致しました。内府の使をもって、御意をえたいとのことにござります」

修理亮は大蔵卿の嫡男、大野治長《はるなが》。豊臣秀吉の近臣で、越前のうち一万千石の領地をあたえられていた。

秀吉の死後一年目、つまり昨年の九月九日重陽の祝日に、家康が秀頼母子に会うため、久々で伏見から大坂城へやってきた。

その折前田利長《としなが》と浅野長政《ながまさ》が首謀者となり、土方雄久《ひじかたかつひさ》、大野治長の二人をもって、家康を刺そうとはかった事件がある。

これは奉行の長束《なつか》正家、増田《ました》長盛の密告でばれたことだが、真偽のほどは分らない。なぜなら正家や長盛は、三成の意をうけ、家康と利長や長政の間を、離間しようとして、そのような誣告《ぶこく》をしたと、云われているからである。

この時の対面は、井伊、本多、榊原等の護衛で無事にすんだが、その後利長や長政

は帰国を命じられ、土方と大野は常陸の佐竹義宣にあずけられた。

関ケ原役がおこると、大野治長は家康の次男秀康を養子にした、結城《ゆうき》晴朝をたのんで家康の許しをうけ、福島正則の手に加わって、宇喜多中納言秀家の将、甲智七右衛門を討ちとり功をたてた。

その後二十日、大津の宿所で家康の密命をうけ、大坂城へ馬をとばしてやってきたのである。治長は淀殿とほぼ同じ年配、前からよく知りあった仲なので、淀殿はよろこび、

「おお、修理がもどって来やったか。すぐこちらへ参るよう、申して下され」

客殿は本丸内の千畳敷、その大広間が襖でいくつにも区切られている。淀殿や秀頼のおる所は、奥御殿だ。そこへゆく途中の廊下に、女中達の長局がずらりと並んでいる。

金泥、銀泥をふんだんにつかった、豪奢な桃山式屏風を背後に、客殿の褥《しとね》の上にすわった淀殿母子の前にひれ伏して、治長が云った。

「久々で君の御機嫌の体を拝し、治長祝着に存じます」

彼が云うように八歳の秀頼は、馴染の治長がやってきたものだから、にこにこして機嫌がよい。天下分け目の大戦の結果も、幼年の秀頼にとっては、さして関りのない様子だ。淀殿は西軍の敗報に気をくさらせて、これから先の事が心配でたまらないも

ののよう、美しい顔を曇らせながら、「修理、あまり機嫌がよいとは云われぬ。治部少（三成）、摂津（小西行長）、中納言（宇喜多秀家）なぞは、いかが致したことであろうな」

淀殿の名をあげた三人は、今度の役の立役者だ。立花宗茂、毛利秀元、島津兵庫、長曾我部盛親《ちょうそかべもりちか》、増田長盛等は、それぞれ国許へひきあげてしまったが、実際にたたかったこの三人の消息は知れない。

修理亮治長は初めのあらたまった態度から、しだいにくつろぎを見せながら、

「刑部《ぎょうぶ》（大谷吉継）は討死をとげ、小西摂津守は一昨十九日、みずから名乗りでたそうでありますが、三成殿や、中納言、安国寺達の行方は、いまだに相知れぬ由にござります」

淀殿は両眉をひそめ、憂の色を深くしながら、

「何処へ姿を、隠したものであろう。よもやこのお城へ、忍び来るような事はあるまいな」

治長は彼女の杞憂をわらって、

「近江路から京、大坂へかけ、関東勢が充満いたしております。また伊勢路、大和路も、関東方の諸大名や土民の溢《あぶ》れ者共が、いたる所に通路をふさいでおりますから、落人の身として此のお城へ辿りつくなど、思いもよらぬ仕儀にござります」

「さもあろうな」

淀殿は歎息するような呟きを洩して、頭をたれてしまった。そう聞かされて安心したのか、それとも三成達の身の上をあわれんでいるのか、しかとした彼女の胸中は分らない。治長は秀頼の乳母の子とはいえ、関東方からやって来たので、やはり用心するところあるのかも知れぬ。

中国十州の太守毛利輝元が、安国寺恵瓊《えけい》の弁才にのせられ、西軍の総大将として、大坂城西の丸にのりこんできたのは、さる七月十七日。

西の丸は豊臣家の大老として、徳川家康の居所にあてられてあった。家康が上杉景《かげ》勝《かつ》征伐に東下した際、佐野肥後守綱正が留守居を命じられて、家康の側室《そばめ》、お勝、お万、お茶の局の三人を保護していた。輝元が彼等を追出してその後へ居すわると、秀頼の名をもって全国の諸大名へ、徳川討伐の触状をまわした。

秀頼母子は表面にたたなかったとはいえ、この事だけでも責任がある。戦に勝てば文句はないが、一敗地にまみれたとなると後が大変だ。

淀殿の心痛も、これ一つにかかっている。様子を聞くと輝元は目下、家康側との折衝に懸命になっているそうだが、それは我が身や封土の安泰を願うばかりで、豊臣家のことには一向構わない。最後の味方である輝元が、もし城を見すてて去るようなことがあれば、孤城にとり残された秀頼母子は、家康によってどのように処置されるのであろうか。

「秀頼が成人するまで、天下の政務は五大老が相談して定める。秀頼が十五歳になったならば、政権は秀頼にかえして貰いたい」

それが秀吉の遺言だった。五大老の一人前田利家は、昨年の春亡くなり、後の四人の中、上杉景勝、毛利輝元、宇喜多秀家の三人は、家康を相手に戦をしかけてもろくも敗れてしまった。

こうなれば、秀吉の遺言はどうあろうと、天下は家康一人のもの、豊臣家の運命はしたがって、家康一人の手に握られているということになる。

秀吉が亡くなった後、群雄の間に勢力争いのおきるのは、よぎない自然の現象かもしれない。淀殿一人の意志では、どうにもならぬことだ。

しかし、勝つならば石田側に勝ってもらいたいというのが、淀殿の衷心からの願であった。三成は太閤《たいこう》が子飼からとりたてた股肱の家臣だが、家康は信長の同盟者で、秀吉の家来筋ということにはならない。

秀吉すら家康には、手を焼くところがあったのに、まして女の身の淀殿ではどうにもならぬ。すべてを家康の一存に、まかせるよりほかはなかった。

## 二

太閤の生前、全盛をきわめた淀殿の日常を知っている治長は、大坂城奥に昔にかわらぬ生活をおくっているとはいうものの、もはや天下に誰一人たよりとする者がなく、憂にしずんでいる若い寡婦の姿をみると、憐み心のわきあがってくるのを、抑えることができなかった。

かつては取るにたらぬ、秀吉近習衆の一人にすぎなかったが、今では自分一人がこの気の毒な婦人の味方であるような気がしてならない。以前には経験したことのなかった、弱者にたいする同情の念である。

石田三成が家康を相手に、西国大名を糾合して大事を企てたのも、淀殿母子《おやこ》にたいする惻隠の念から発したことであったろうか。

いや、決してそうではあるまい。三成は生れつき、政治の好きな男であった。太閤の帷幄《いあく》にあって、縦横の手腕をふるったのが彼の本領だったし、又そのために加藤、福島をはじめ諸武将の反感を買った。

もし三成がこんどの戦に勝ったとしても、それがはたして豊臣家の幸福となるかどうかは保証できない。おそらく三成は勢いにのって政権をにぎり、自分の思うように天下を支配しようとするであろう。

それが人間の本来の姿というものだ。皆それぞれに、結局自分の利益と野心のために生きている。諸将はそれを知っているから、たとえ秀頼の名をもって味方に招こうとも、石田を憎む者は彼に荷担しなかった。

大野治長にしても徳川方についたのは、石田の野心を感じていたからである。しかし、こうして淀殿母子の前にでて、以前にかわらぬ親みをもって迎えられると、やはりどっかに良心の疼きをおぼえないではいられない。

秀吉の死後、まだ半年とたたない間に、治長は淀殿との間にあらぬ噂をたてられたことがあった。

死んだ太閤は六十三歳、淀殿は三十二歳の女ざかり、治長も彼女と同年配だから、世間はすぐにそんな噂をたてる。それも彼が母との関係からして、割合自由に大奥へ出入できたことをもっての臆測にすぎまい。

家康でさえ西の丸に移り住むようになると、そんな噂をたてられた。西の丸の居館はもと秀吉の妻、北の政所《まんどころ》の住んでいた所、本丸とは濠の橋一つを隔ててちかしく往来ができる。政所が秀吉の死後、淀殿母子が伏見城から大坂城へ移ってくる前に、京都の旧邸にひきあげてしまった。その後へ家康が、入れかわったわけである。

前田利家が秀吉の遺言で、秀頼のお守のため、城内にいた時にも、淀殿を利家と一緒にして、家康に対抗させようというようなことが、恩顧の大名の間で相談されたなどと噂された。

すべて、淀殿がまだ年若く、容色がすぐれていることから起る風評である。淀殿が一々それ等の風評を耳にしたら、人一倍気位のたかい彼女のこと、どんなに口惜しがるか推察にあまりあるほどだ。

淀殿は織田信長の姪であり、浅井長政の娘であることに、大きな誇りをもっていた。それにもまして彼女の母小谷《おだに》の方が、天下第一の美人であったということ、そして自分もまた母におとらぬ美貌の持主であるという自負が、つねに彼女の内心を支配している。

たとえ世間の人々からどのような噂をたてられようとも、たやすく人にゆるす彼女ではなかった。そうでなくとも織田の一門は、みな気位が高い。信長などは天下の諸大名を、顎で使っていた。

その誇りが、淀殿をいよいよ美しくしている。治長はそうした淀殿の孤独な姿や秀頼の無心な様子を眼前にみて、思わず暗涙がうかんできた。

淀殿は容姿ばかりでなく、声音も清らかで美しい。彼女は沈む心をひきたてるように、ほほえみながら修理に優しく言葉をかけて、「大蔵の局より聞けば、そちは常陸の佐竹に預けられていたそうであるが、この度のいくさに遥々とのぼって来たのじゃな。関ケ原へは出やらなかったのか」

　治長は頭をたれ、言葉もひかえめに、

「左衛門太夫（福島正則）の陣をかり、中納言（秀家）の兵と槍をまじえて、どうやら人並の働きをすることができました」

「ほう、それは勇々《ゆゆ》しい話、二十万ちかい双方の大軍が、朝より八ツ半（午後三時）時分まで入りつ乱れつ、激しい闘いをまじえたそうじゃが、そちは怪我もなく、よう無事に戻りやったな、母の局の嬉しさも、さこそと思われる」

　治長は淀殿の慰めをうけて、重苦しい気分からとき放たれ、

「お袋より申上げたことと思いますが、本日は内府よりの使として、大津の宿より馳せまいった次第でございます」

「先刻より気にかかっていたが、内府がとくにそちを選んでの使とは、何であるな」

　治長は母子の顔を見上げながら、

「御母公、お喜び下されませ。内府におかれては御親子《ごしんし》にたいしてこれ迄どおり、いささかの隔心もなければ、その旨お伝えせよとの事でございました」

　淀殿は初め、その意味を解しかねる風で、

「隔心を持たぬと云うは、私達母子の身の上に、変りはないということか」

「はい、左様でございます」

修理亮がうなずくのをみて、茶々夫人はみるみる顔色をほころばせながら、

「では修理亮、内府は私達母子を、疑ってはおらぬと云うのじゃな」

「仰せの通り、石田、安国寺のともがらが、秀頼公の御命令と偽って、挙兵におよんだまでのこと、秀頼公はいまだ御幼少、御母公には女性《にょしょう》のお身であらせられます故、なんぞ彼等の逆意にくみせられる筈があろうや、との言葉でありました」

「ほほほほほ、内府がそちに、そう申したか。そしてそちをわざわざ、使にだしてよこしたのじゃな」

「一日、いっ時も早くお知らせして、御安心させたがよいという、内府の心と相見えまする」

「ほんに、そうあってこそ、徳川殿はひろい心を持っていると、云われるものであろう。故太閤のことを考えられればたとえどのような事があろうと、私達母子を疎略に出来ようはずはない。また内府の云われますように、私達は何も知りませぬし何もできませぬ」

茶々未亡人の声が次第に低く、なかば呟くように変ってきたかと思うと、彼女は不意にわっと声をあげて泣きだしかけたが、我が児や並居る老女、腰元等の手前、すぐに涙をおさえて、

「修理亮、使者の口上は、よく解りました。こなたよりも然るべき者をえらび、そち

に添えて内府へ挨拶の使者をつかわす故、足労ながら又大津の宿まで、復命して下されや」

誇りが強く気象が勝っているといっても、そこは女性のこと、やはり内心の感動は、抑えることができない。ことに太閤の死後、世情がとみに騒しくなり、種々の事件がまきおこった結果、ついに今度爆発したのだから、台風の中心にあるような茶々夫人の心労は、一通りではなかった。

しかも、大暴風雨《あらし》は他人の上におこって、自分達はその災厄を無事にのがれたと分れば、淀殿でなくともホッとして、大喜びせずにはおられぬであろう。

淀殿は感きわまって座にえたえられなくなったものか、秀頼の手をとるとそれなり奥へひっこんでしまった。

## 三

九月二十七日、毛利輝元に入れかわって、徳川家康が西の丸にはいった。彼のもとの居住所である。

秀忠は二の丸に入った。本丸の正面桜門に相対するところ、淀殿母子のすむ本丸は、徳川父子によって、東西両面からおさえられたような形になっている。

その日家康が西の丸の御殿に入る前に、秀頼と対面の礼があった。五十九歳の家康は、八歳の少年の前に、ぬかずいたりはしない。秀頼の方から表玄関へでてきて、家康に挨拶するのだ。

家康がこの年の六月十六日、上杉景勝討伐のために、大坂城を出陣する時もそうであった。家康は秀吉の遺言によって豊臣家の大家老ということになっているが、事実は主人筋にあたるはずの淀殿母子のほうが、家康にたいして非常に気をつかっている。三ケ月前の家康出陣の際、淀殿は秀頼の名で家康に、正宗の脇差、茶をつめたなら柴の肩衝、黄金二万枚と米二万石を贈ったが、家康はその礼も云わなかった。

秀吉の生前と死後とでは、互の地位が逆になってしまったのだ。ことに関ケ原一戦の後は、反徳川派は一掃され、淀殿母子の運命は、家康の掌中に握られている。豊臣の跡をたてようと滅ぼそうと、家康一人の了見次第、淀殿が気をつかうのもむりはなかった。

家康、秀忠が大坂へ入城すると、朝廷からさっそく勅使の下向があった。関ケ原大勝の四日後、家康が近江の草津に泊った時にも、勅使や公卿の参向があったから、これで二度目である。朝廷も豊臣家とおなじように、家康に気をつかうこと一通りではない。

家康はこれで文字通り、天下の主となった。諸大名、公卿、民間の有力者等が、祝賀の辞をのべるために、あらそって西の丸へ雲集してくる。朝の八時過ぎから夕の四時頃まで、毎日出仕の人の群が絶えない。その盛んなこと、秀吉の在世当時とまったく同じであった。

しかし、一方では西軍の巨魁、石田三成、小西行長、安国寺恵瓊等が捕えられ、大坂、堺、京都の市中をひきまわされた後、六条河原で処刑をうけ、その首は三条の大橋のたもとにさらされて、勝者と敗者の運命の大きなへだたりが、白日の下にまざまざと描きだされる。

これまで一万石以上の全国大名の数は、二百十四人あった。そのうち西軍に味方した者は、八十七人である。彼等は九州の島津と鍋島をのこして、ほかは全部領地没収や減封の憂き目をみた。

淀殿母子の所領としては、摂津、河内、和泉の三国の中、六十五万七千四百石があるにすぎない。二百万石ちかい加賀の前田、七十二万石の小早川秀秋、六十七万石の結城秀康達にもおよばぬ、諸侯なみの禄高である。

ただ他の諸侯と違うところは、彼女達母子が天下無双の名城にすみ、秀吉のたくわえた莫大な金銀を、うけついでいるということだ。

淀殿母子の将来を心配した、太閤取立の諸大名達が、浅野長政を代表者にして、家康にこう進言した。

「幼沖の秀頼公が、いままで通り堅城に御座あられては、またいかなる者が御母子をかついで、不軌をはからないともかぎりませぬ。この際御母子を他へ移し奉り、内府が大坂城にあって国政をとられたが、宜しかろうと存じます」

こんど家康に味方した、外様の彼等にたいして、家康は没収した領地を惜しげもなくわかち与えた。福島正則五十万石、加藤清正五十一万石、浅野長政四十万石という風に。

彼等が石田の反対者となって徳川についたのは、石田や小西と仲が悪かったばかりでなく、これを機会に領地をふやそうと思ったからである。

石田や小西等も内心はそうなのだから、福島や加藤がそれを望んだところで、咎めるにはあたらない。家康も彼等の心情を見ぬいているから、領地を増して彼等の機嫌をとった。

そうなると彼等は彼等で、また将来が心配になってくる。豊臣家との間に因縁をつけられ、身上をはたされるようなことがあっては大変だからだ。それで禍因である豊臣家を他へ移して、身上の安泰を保とうという、一石二鳥の計なのである。

家康は笑って、

「そのような、御配慮にはおよばぬ。この大坂城は故太閤が御母子のために残された、貴重な財産だ。それを取上げるようなことがあっては、故太閤の思召にそむく。自分はあくまでも秀頼公の後見として江戸に残り、太閤の遺言のように秀忠の娘を秀頼公にめあわせ、長く天下の安泰をはかる所存である」

これを聞くと、豊臣恩顧の諸大名は、涙をながさんばかり感激して喜んだ。

「この上は内府をば、故太閤同然に心得て、犬馬の労をつくすでござろう」

家康は長政の進言通り、やろうと思えばやれることをやらずに、淀殿母子をそのまま大坂城におき、あえて一指も触れようとしなかったのは、どういう心だったのであろうか。

織田信長は気短で有名な大将だったが、戦争にかけては意外に辛抱づよかった。朝倉、浅井の両家を相手に、姉川で大勝した時にも、追討すれば敵を殲滅できたのに戟《ほこ》をおさめてしまった。秀吉達がすすめてもきかなかった。

武田勝頼の軍を長篠に破った場合も、同様である。敵に致命の打撃をあたえておいて、それなりにほうっておくのは、遠からず敵の自滅するのが分っているために違いない。即座に打殺そうとすれば、敵は死物狂いでかみついてくる。その愚を避けたのだ。

秀吉は敵を籠絡するのがうまかった。信長も家康も、これにしてやられた。

家康は大勢を考え、自然の時間をまつ点において、信長や秀吉よりも卓《すぐ》れていた。無理はするが、その無理を通せる時期がくるまではやらない。武田信玄がそうであった。家康は信玄にたびたび苦しめられて、深く学ぶところがあったのであろう。

淀殿母子をそのままにしておくのも、まだその時期ではないと見ているからである。上杉景勝討伐のため大坂城を出て、伏見城にたちよった時、家康は秀吉の築いた城内をしらべまわりながら、独り笑をもらすのを、伏見城代を命じられた鳥居彦右衛門元忠が見ていた。

上杉景勝や石田三成が相呼応して、東西に兵をあげたのは、家康があげさせるように仕向けたからである。そしてその時期を、ひそかに待っていた。それが思うつぼにはまったので、思わず微笑がこぼれたわけで、秀吉の天下だったものが、そっくり自分の手中にはいることを期待した会心の笑だった。

そうした家康の肚の中は、誰にも見通しがつかない。狙いをつけて計画をすすめてゆくのは、家康一人の仕事、そして狙いをつけられているのは、三十四歳の淀殿と八歳の秀頼。

相手にもその同情者達にも、すっかり安心させておいて、次第にその手足をもぎとり、まったく裸にしてしまってから、おもむろにとって喰おうという計画は、残酷といえばこれほど残酷な計画はあるまい。いっそ一思いにつぶされてしまったほうが、むしろ仕合せというべきであろう。

しかし、そうなると家康は、一世の非難をあびなければなるまい。家康は戦国の武将にはめずらしい学問好きで、ことに経書、軍学、政治学をこのんだ。詩歌の類は、すきではなかった。

つまり実用学で、家康は自分の仕事に役立つものでなければかえりみなかった。それ故彼は、無学の者より先が見え、大勢をさとる叡智をそなえている。

彼が豊臣家を倒すことを急がないのは、暴力は一時で永続きしないことを知っているからだ。何事も基礎をたしかにかため、自然の成長を心がけるのでなければ、永続きはしない。

淀殿母子を大坂城において、安穏に生活させておくのは、豊臣家のためではなく、徳川家永遠のためなのだ。徳川の勢力が全国にわたって根をはり、枝葉を茂らせてゆくにつれて、主をうしなった豊臣家は、ほうっておいても、自然に枯れてしまう。

織田信長の子供達を、切腹させたり追放したりした秀吉は、瀕死の病床で信長の亡霊になやまされた。夢に信長が現れて、

「藤吉郎、もうよい時分だから、我らの所へまいれ」

我らの所というのは、あの世のことだから、秀吉は恐怖して、

「私は君のお敵、光秀を討って御無念をおはらし申上げたもの、今しばらくその儀はおゆるし下さい」

と頼むと、信長は容赦せずに、

「いやいや、我等の子供達を、ふびんな目にあわせおったな。待つことはならぬ。急ぎまいれ」

そう云って秀吉を、ひきずりだしたかと思った途端に、目がさめた。気がつくと秀吉は病床から、一間程も先に這いだしていたという。

家康は一代で身をはたした、信長や秀吉の生涯を眼前にみているから、その轍を踏むようなことはやらない。

家康と秀忠は翌る慶長六年の正月元旦、大坂城内にあって大小名の拝賀の礼をうけ、三月下旬秀忠は江戸へかえることになった。

その別れの能興行が秀頼の招待で、本丸の千畳敷にひらかれた。千畳敷の正面を四つに仕切って、奥のが淀殿、次が秀頼、家康、秀忠という順に座席が設けられた。

秀忠が帰った後、家康は伏見城にうつり、これもその年の十月十二日、伏見をたって江戸へかえった。その後の大坂城内の取締りや、豊臣家の家政は、小出秀政と片桐《かたぎり》且元《かつもと》がみることになる。

徳川父子が城内をひきあげたので、淀殿はようやくほっとした。これからは三十五歳になった淀殿が、事実上の大坂城のあるじ、彼女の責任は重いが、またそれだけの張合もある。彼女ははじめて、誰の掣肘《せいちゅう》もうけない、独立の女王となった。

# 四

大坂城の周囲は、三里八町あった。隍《ほり》の深さ五間、三丈に達している。三の丸、二の丸、本丸と、隍をもって三重に区画されている。東は大和川、西に東横堀川、北に大淀、南は空隍によって隔てられている、広大な河内平野。三の丸は馬場、諸士の居宅、二の丸には総奉行の片桐且元兄弟や、七将の屋敷。七将は親衛隊の隊長達である。

一段高い本丸が、淀殿母子や局達の住む御殿。本丸の大手門が桜門、それより唐門、玄関、楊貴の間、虎の間、それにつづくのが千畳敷、その後に八層の天守閣がある。

御殿の屋根は、あつい檜皮葺、天守閣は金箔をほどこした瓦、天守閣の二層までは、厚い壁でとりかこまれた塗ごめ、五階には廻廊勾欄がめぐらされている。

隍際の石垣には、白壁がそびえたち、その内部に檐《のき》をならべている御殿の内部は、すべて塗柱、黄金の金具などで装飾されている。

秀吉が天正十一年から六万人余の人夫をつかい、三ケ年以上を費して築きあげた、華麗きわまりない大宮殿である。その中に数百人の侍女達が住んで、一人の女王とその若君に奉仕している。

日本国内に淀殿にまさる、豪奢な生活をしている女性はいない。日本一の美女で、日本一の大宮殿に住み、日本一の贅沢をほしいままにしている。

よそ目に見れば、淀殿ほどめぐまれた女性はないようだが、内実ははたしてどうであろうか。

内大臣の徳川家康は、一年に一度上洛する毎に、大坂城にたちよって、淀殿母子を見舞うことを忘れない。西国の諸大名も江戸へのぼる折には、まず大坂によって挨拶してゆく。

禁中の諸公卿、畿内の僧侶、宮司、富商などもたえず大坂に伺候した。淀殿があまる金銀を、彼等にふりまくためである。

淀殿は太閤の死後、ひどく信心深くなった。畿内いたるところの神社仏閣に、金や領地を寄進する。また城内には白井龍珀という修験僧が出入して、彼女親子のために、加持祈禱をおこない、吉凶禍福をうらなった。

淀殿は太閤の死後、心弱くなっている。太閤には糟糠の妻、北政所のほかに、四人の愛妾があった。淀殿を頭に、松の丸殿、三条の局、加賀の局である。

松の丸殿は京極長門守高吉の娘で、はじめは若狭の領主、武田孫八郎元明の妻であったが、武田が秀吉にほろぼされた後彼の側室となり、伏見城の松の丸に住んでいたので、それを呼び名にされている。

三条の局は近江の国日野の城主、蒲生《がもう》左衛門太夫賢秀の娘で、蒲生氏郷の妹だ。伏見城の三の丸にいたので、三条の局とよぶ。

加賀の局は前田又左衛門利家の娘、淀殿をのぞく以外、みなちゃんとした親戚や後ろ楯をもっている。

正室の北政所ねね夫人は、杉原助左衛門定利、後の木下肥後守の娘だが、いかにも明朗、闊達、怜悧な人で、家康にも敬愛され、実家は二万三千石の領主として残っている。彼女は秀吉の死後、大坂城の西の丸に住んでいたが、家康のため邸をあけて京にゆき御所の南にある旧宅に住んでいた。

他の三人については、説くまでもない。いずれも実家は、徳川の世になってからも、大小の領主となって栄えている。

淀殿は秀頼の母であり、やがて天下をうけつぐかもしれぬ者の御母公であるため、かえって孤独の地位にたたされていた。

彼女の妹は若狭の国小沢九万二千石の城主、京極高次の妻で、秀吉の愛妾松の丸殿は、良人の妹にあたる。

二番目の妹は、今を時めく権大納言徳川秀忠の妻おいよ御前。淀殿の肉親といっては、この妹達ただ二人しかいない。しかも、二人とも、いわば彼女の敵側にある。

淀殿の父は江州小谷の城主、浅井長政、母は織田信長の妹小谷の方お市御前。小谷城がおちたのが、天正元年八月、淀殿お茶々の方七歳の時。

その十年後母は柴田勝家に再嫁して、翌年の晩春北の庄で、良人と共に焼け死に、十七歳の淀殿を頭に三人の姉妹は城を出て、秀吉に養われることになる。

お茶々が秀吉の寵愛をうけるようになったのは、天正十六年彼女が二十二歳の時分だ。秀吉は五十三歳である。秀吉は翌年の正月早々から、工事をはじめて山城の淀に、彼女の新居の城をつくった。

それで彼女を淀殿又は淀の局という。徳川方の者が彼女を淀君と云ったのは、大坂の遊女を江口の君などと呼んだように、彼女を軽蔑して名づけたものである。

淀殿は神社仏閣に、一家の無事長久を祈るほか、自分のまわりに近親を呼びあつめた。近親といっても、織田家の一門よりほかにはない。父方の浅井一族は、滅ぼされてしまったからである。

織田信長の弟で、淀殿の叔父にあたる、織田有楽斎《おだうらくさい》長益、五十四歳。大坂城内の長老として、二の丸の屋敷に住まわせた。

信長の次男で、秀吉のため追放され、牢人中だった織田信雄を、天満の屋敷にむかえた。

有楽斎は利休十哲の一人に数えられる茶人、信雄も武将としては落第生の道楽者で、ともに家康の鼻息をうかがい、淀殿の力にはならない人々だが、身寄りというので、彼女は二人を大事にしている。

附家老の小出秀政は六十三歳の老人で、病気のため出仕ができない。それで片桐且元が玉造口にちかい二の丸の屋敷にすんで、もっぱら城内の取締りにあたっているが、一面家康の意をくみ秀頼親子の監視にあたっているようなところがあって、油断ができなかった。

淀殿が真に心をゆるして、意中を語ることのできるのは、饗庭《おはは》の局、正栄尼、大蔵卿の局、二位の局など、彼女をとりまく老女達である。

饗庭の局は浅井の一族、石見守明政の娘だ。正栄尼は秀吉の近習だった、渡辺内蔵助糺の母、大蔵卿の局は大野治長の母、二位の局は渡辺筑後守の祖母。

これ等の中で、大蔵卿の局が、とりわけ淀殿の信任があつい。したがってその子の大野治長も無二の者として、淀殿の信任をうけている。

大野修理治長は家康の使者としてきたのを縁にして、ふたたび大坂城内へもどり、これ又二の丸の屋敷に住むことになった。一万石の禄をはみ、大坂城兵の大将である。弟の主馬《しゅめ》治房は五千石、叔父の道犬もおなじく城内にあった。

母の大蔵卿も子の治長も、女王のお気に入りで、片桐且元をのぞけば、大奥を支配する出頭人として、権勢ならぶ者がない。弟の主馬治房すら、兄を嫉妬して仲が悪かった。

淀殿にしてみれば、治長は自分と同年配で、他に親みをおぼえ頼みにする男性もないから、自然彼一人を信任するほかはなかった。治長を通して女王に進言すれば、大概のことは通る。それで治長の地位が重くなり、権威者となった。

関ケ原役後三年目の慶長八年二月二十二日、家康は内大臣から右大臣にのぼり、征夷大将軍の宣下をうけた。同時に源氏の長者、淳和、奨学、両院の別当となり、牛車ならびに兵杖をゆるされるという、武将最高の顕職である。これで家康は名実ともに、天下の第一人者である資格をそなえたわけだ。

家康は三月二十五日、参内して拝賀の礼をおこない、朝廷に銀子千枚、親王、女院達にもそれぞれ、お礼の献上品を奉った。

四月には十一歳の秀頼が、家康の跡をついで内大臣に昇任された。これは世間ではまだ秀頼をもって、天下の世つぎ人のように見なしているので、徳川と豊臣と両家のつりあいの上から、家康がそのように取計ったものである。

さらにこの年の七月二十八日、秀忠の七歳の娘千姫が、秀頼にとつぐことになった。家康が秀吉の遺託を、忠実に実行したわけである。

当時家康は伏見城におり、父の秀忠は江戸にあった。母の秀忠夫人が千姫を送り伏見まできて、娘のために婚礼の仕度をととのえた。

千姫は大久保相模守忠隣《ただすけ》をお供に、伏見から船にのって淀川をくだり、大坂城に入った。これが両家のくさびとなって、両家の和合がなればこれにこして目出度いことはない。

秀吉は生前自分の義妹南明院を、家康にとつがせたことがある。もとより政略上の婚姻だから、形式の上のことだけで、南明院は間もなく京へ帰って亡くなった。

次に秀吉は家康の次男秀康を、自分の養子とした。これも家康を、懐柔するための手段であった。さらに秀吉は、寡婦となっていた淀殿の妹、おいよの方を秀忠にとつがせた。

また、死後の遺命として、千姫を秀頼にめあわせることにしたのも、やはり豊臣家の長久をねがう一念からで、家康は以前と同様、たんにそれに従ったにすぎない。秀吉の方がいつも積極的で、家康の方は受入れるだけにとどまっている。

戦国時代政略結婚は、ふつうのことになっていたが、これほど冷淡におこなわれたことはなかったであろう。十一歳の少年と七歳の幼女の婚姻だからとばかりは云いきれないものがあるようだ。

両家が真に相互の懇親と繁栄を望むならば、天下こぞってこの婚姻を祝ったに違いない。そうでないのは底に、何かひややかなものが流れているからだ。

幼い花嫁の輿を城にむかえる時、大手の橋の上から本丸の玄関まで畳をしきつめ、その上を白の綾絹でつつもうということになっていたのを執事の片桐且元がこれをさしとめた。

「将軍家は左様な贅沢、美麗なことを好まれない。この儀は固く、中止すべきだ」

且元はかつての賤ケ岳七本槍の一人、秀吉や家康から豊臣家の家宰にえらまれただけあって、質実律儀な男である。

淀殿も彼の前には我意を通せなかった。この一事は何でもないことのようだが、ある意味で婚礼の冷やかな空気を反映しているように思われる。囮にされた幼い姫の前途が、心配されてならない。

## 五

征夷大将軍となってわずか二年後、家康は将軍職を秀忠にゆずった。秀忠はまだ二十七歳の青年、家康は六十四。家康は自分の丈夫な間に、我が子の地位を確実なものとしておくため、この処置をとったものと思われる。

征夷大将軍は武門の棟梁職だ。それを秀忠に世襲させたのは、天下は徳川家のもので、ふたたび他家に引渡す考えはないという、無言の意思表示である。この報らせを知って、淀殿はどんな気持がしたことであろう。

慶長十年の春三月、秀忠は十万にもおよぶ軍勢をひきつれ上洛してきた。建久元年十月、天下を統一した右大臣頼朝が大兵をひきい、初めて鎌倉から入洛してきた、四百余年前の盛時にならおうとするものだとあるが、じつは豊臣家にたいするこれも無言の示威運動である。

秀忠は三月二十一日伏見城につき、二十九日参内して進物をささげ、翌月の四月十六日、征夷大将軍の宣下をうけた。その四日前の四月十二日、内大臣豊臣秀頼は右大臣にのぼった。これは秀忠にたいする均合いの上から、家康の奏請によって取計われたものにすぎない。秀頼は十三歳になっていた。

家康は伏見、秀忠は京の二条城に滞在して、この盛儀に参加した諸大名の祝賀をうけたり、猿楽を興行して諸大名を招待し賀宴をはったりしている。

五月八日、織田信長の孫で信忠の嫡子である秀信が、高野山で亡くなった。享年二十四歳。秀信は二十三年前の天正十年六月二十七日、信長横死後の清洲会議で、柴田勝家と豊臣秀吉とが信長の跡つぎとして争った、問題の三法師君である。

成長の後十三万五千石の岐阜城主となっていたが、関ケ原役の際石田側にくみしたため、所領を没収されて高野山に追われ、この日花盛りの齢頃であるにもかかわらず世を早めた。憂悶の歳月が、彼の若い身心をやぶったのであろう。

勝家、三成、秀吉、いずれもすでにこの世の人ではなく、今は徳川氏の天下、しかも自分より三つ年上でしかない秀忠に将軍の宣下があり、織田氏の嫡流として生れた我が身の運命とひきくらべ、真に夢一場の感があったに違いない。同時に自分と似たような運命にある、孤児秀頼の身の上を思いやったりしたことでもあろうか。

宿命の糸車は目には見えない力によって、因果の法則を織りなしてゆくものらしい。同じくこの日、秀頼にたいして上洛の勧めがあった。全国の諸侯が祝賀にやってきているのであるから、秀頼も京都へきて新将軍に、祝辞をのべたがよかろうというのである。

これはおもてむき秀吉の未亡人、北政所からの勧誘であったが、実際は家康の内意をうけての上のことであった。北政所高台院《こうだいいん》は、家康と好かったからである。家康は自分から直接、大坂へ申込むようなことはしなかった。彼は大坂城内の空気をよく察しているので、高台院をとおしてさぐりを入れてみたまでのことだった。

大坂城へ使者としてやってきたのは、高台院につかえている局の老女である。執事の片桐且元がこれに応対して、

「政所のお気づかいは、御尤《ごもっとも》と存ぜられる。しかし、お袋様の御考えがどう御座あるか、御意を伺ってから御返事を申しあげましょう」

物馴れた且元の考えからすれば、高台院の勧めがあったのを幸い、万事を忍んでも上洛するのが、この際一番適切なことであった。秀吉の遺言や家康の誓紙をたてにとって、大坂方がいかに力んでみたところで、時勢の力はいかんともしがたい。豊臣家

の祭祀をたやすまいと思えば、高台院のいうところに従ったほうが無事である。

片桐且元の父貞直は、淀殿の父浅井長政の家臣である。その関係からすれば、且元は父子二代つづいて、淀殿に臣事するわけだ。且元はこの年五十歳の分別ざかり、淀殿の座所に伺候すると、

「京の高台院様方から、局の老女が御使者に見えました。お目通り仰せつけられますか」

高台院ときくと、淀殿はあまりよい顔をしないで、

「使者の口上は、何とありました」

そう露骨に問われると、且元も使者の口上をそのまま伝える気にはなれない。

「この度の賀儀につきまして、御当家からも何等かの御挨拶あったが宜しかろうという、御言伝にございます」

「何の挨拶でありましょう」

淀殿ははやくも使者の口上の意味を、おぼろげながら察したらしく、みるみる表情が変ってくる。利巧な上に感情が強いから、始末におけない。

「この度秀忠殿新将軍御宣下につきまして――」

淀殿はみなまで云わせず、たたみかけるようにして、

「おかしな事を云われます。それは関東方の勝手ごと、当家とはかかわりがありませ

ぬ」

彼女は将軍宣下を無視していた。すくなくともそうした態度をとらなければ、胸の中がおさまらないのであろう。

「しかし、上《かみ》にも右大臣に任ぜられました、おん礼の意味もござります」

「ほほほほほほ」

淀殿はなみいる局達の手前、わざとらしくヒステリックな笑いを声高くひびかせて、

「秀頼はまだ十三歳の童児《わらしご》、左様なれば誰ぞ代理の者をさしあげましょう」

且元は彼女の言葉を、はねかえすようにして、

「代理ですむことならば、わざわざ政所からの御注意にもおよびますまい」

淀殿はその言葉を聞きとがめて、

「高台院にはまさか、秀頼の上洛を望んできておるのではないでありましょうな」

且元は思いきった態度で、

「憚りながら、御当家の御安泰を願うてのお取計いかと存じます」

「すりゃあの、秀頼を諸大名なみに……」

淀殿はまっ青になった顔の両眼をつりあげて、

「高台院は素性が素性故、誰の前に匍《は》いつくばっても、事が穏便にすめばよいと思うているのであろう。わが身は違いまする」

淀殿は逆上して、彼女の生地《きじ》をまるだしにしてきた。高台院は秀吉が木下藤吉郎といった時分、貧窮のなかで夫婦になった、信長の弓の衆の養女である。生れから云えば、淀殿とはくらべものにならない。それで何か事があると、こういう言葉が、淀殿の口からもれる。

気位の高いことは、秀忠の簾中である妹とよく似ていた。一つには境遇のせいもあるのであろう。秀忠は一生、妻の前に頭があがらなかった。もっと悪いことは、秀忠の妻が次男の国松を溺愛しすぎたために、あまやかされた国松はとうとう身をあやまり、やがて破滅に追込まれるようになる。

淀殿にもその傾向があった。彼女等姉妹は幼くて父に死別したため、父性愛というものをよく知らない。それで彼女達の性格も愛情も、一方に偏ったものになっている。且元はこうした淀殿の気質を、よく呑みこんでいるので、その上の抗弁ができなかった。抗弁しても説きふせられるような彼女ではなく、また彼女を押えつけることのできる地位でもない。

秀吉が彼を豊臣家の執事としたのは、且元の父からの関係からばかりでなく、彼が律儀で職務に忠実であることを見込んだからであった。その上に機才を働かして、豊臣家を運用してゆけるような男ではなかった。

且元が言葉もなく、黙然としてひかえていると、淀殿は左右にはべっている大蔵卿

の局やお玉の局、木村重成《しげなり》の母右京太夫などの上臈達をかえりみて、

「お身方は、どう考えまする。お家のために秀頼を、あの家康や秀忠の前に、傭いつくばらせたがよいと思われやるか」

局達は淀殿と同じように昂奮のていで、

「とんでもございませぬ。若君様を関東者の前に、ぬかずかせるなどとは、考えたばかりでももったいない。もし左様なことでもいたしましたならば、故太閤様の御遺言にそむいて天下を関東方に投げだしてやるようなもの、それでは世間の物笑いになるでありましょう」

淀殿は彼女等の説に、いく度もうなずいてみせながら、

「ほんに、そうじゃ、そうじゃ。誓紙をさしだしながら断りもなく、天下を横取りするとは、どこまでも私達を踏みつけた仕方。もしたって秀頼に上洛せよとある時は、秀頼を刺殺して、我が身もともに死んでしまいます」

淀殿はそう云いはなつなり、人目をかまわずよよと泣きくずれた。口惜しさ悲しさで一杯になっていた胸のうちが、せきをきってどっと溢れだしてきたのである。

# 六

関東の勢威がさかんになればなるほど、世間の同情はかえって大坂の寡婦と孤児の上にあつまる。人情とはおかしなものだ。秀吉の人柄がそれだけ世間の人々に、愛されていたのかもしれない。また淀殿がおし気なく金をだして、諸方の神社、寺院に寄附をしたり、橋を修繕したりするためかもしれない。

関東に叩頭して、御機嫌をうかがうのに汲々しているのは、自家の安泰と永続をねがう諸大名ばかりで、人心は大坂の方にかたむいている。ことに京都、大坂を中心に、近畿、西国南海にかけて、その傾向がいちじるしい。関ケ原の一戦で八十余の大名を、とりつぶしたにもかかわらず、一向改まってはいないようだ。

家康はすぐれた政治家だから、そこを見抜いている。といって、人気取りの政策を行ったりはしない。どこまでも実力第一主義で、堅実ということを主眼にしている。

家康は大坂にさぐりを入れてみて、秀頼の上洛がだめだとわかると、彼の六番目にあたる子供、当年十四歳になる上総介忠輝を新将軍の名代として大坂へ派遣した。秀頼は十三歳だから、十四歳の少年をえらんだのは、似あわしい使というべきである。

淀殿はこれでまた、他愛なく家康にだまされてしまった。彼女が勝気で聡明であっても、家康相手では勝負にならない。家康は自由自在に、彼女をあやつることを知っている。

秀忠は六月、江戸にかえった。家康は伏見から二条城にうつり、また伏見にかえって、畿内の様子をさぐった後、九月なかばに伏見をたって、十月の末江戸についた。表面は何もしていないようだが、彼は日夜天下の経営に心をくだいていた。

家康が関東へかえってゆくと、京都も大坂もなんとなくホッとして、目に見えない束縛から解放されたような気分になる。家康は関東から飛来してくる、荒鷲のようなものであった。朝廷や豊臣家はこの荒鷲の爪を恐れる、群鳥みたいなものである。歌声をやめ身をちぢめて、屏息しているよりほかはない。

「修理亮、修理亮はまだ、出仕していませぬか」

淀殿は何かあると、大野治長を手許によびよせた。城内の元老は、彼女の叔父にあたる織田有楽、執事は片桐且元、用人は大野治長といった工合である。

この三人の中では大野治長が、ほぼ淀殿と同年配であり、また一番気やすく話しあうことができた。治長は彼女の機嫌をとることに、妙をえている。決して彼女に、さからったりはしない。

淀殿は治長が前にあらわれてくると、むすぼれている気持がおのずからとけた。秀吉麾下の武将の中で、彼女と気のあったのは石田三成であったが、三成亡き跡は治長がかわってその位地をしめている。彼女に仕えている局の子供なので、一層親みをかんじやすい。

淀殿は同年配の異性との間の愛の交情というものを知らない。彼女と秀吉とは、三十歳ほどの年の隔りがあった。彼女は秀吉に愛され彼の子供を二人まで生んだ唯一の女性ではあったが、やはり同年配の異性にたいするとは、感情や気持の上で格段の隔りがある。対等な男女関係という気がしないのだ。

淀殿はさっそく奥の座所へやってきた治長にむかって、

「修理亮、秋も深うなってきたようでありますな」

旧暦の十月は、太陽暦の十一月にあたる。

「左様、雁のわたってくるのが、毎夕見られるようになりました」

「秋は心細いもの、何か気晴らしをする、面白い遊びごとはないであろうか」

「猿楽の能太夫等でも、および致しましょうか」

大坂には秀吉の在世当時から、おかかえの能役者達が常住している。観世、金春などの大和四座の役者達だ。客の饗応には猿楽がほとんど唯一のものだから、詰番《つめばん》としていつでも罷り出られるように在住しているわけである。

淀殿は猿楽は見あきているものだから、

「猿楽は、もうよいわい。近年大はやりのお国歌舞伎をみたいものじゃ、今北野の舞台でやっておるそうだが、そなたは知りませぬか」

「私は存じませぬが、今京より呉服屋の栄仁が、表にまいっておりますから聞かせてみましょう」

尋ねに行った侍女の返事によると、やっているということであった。

「伏見の桃山城におった時には、よくお国歌舞伎を招いて見物したものじゃ。越前の中納言が、お国のきつい贔屓での。頸にかけた水晶の数珠がみすぼらしいと云うて、珊瑚の数珠をお国にくれてやったりしたが、あの頃がなつかしい」

越前中納言は秀吉の養子となった結城秀康、家康の次男でありながら、秀頼を実の弟のように可愛がり無二の味方でもあった。道楽がすぎて鼻がおち、越前北の荘（福井）に隠れてしまったが、淀殿は今でも彼のことをたのもしく思っている。

「その時、名古屋山三という美しい若者がおった。お国に男舞を教えたかぶき者（伊達男）だが、もとは蒲生氏郷の家人《けにん》で武勇にもすぐれ、槍師槍師は数々あれど、名古屋山三は一の槍、と世間にうたわれたほどの豪の者、今もお国と一緒に舞台をつとめているに違いない。修理亮、京へ脚力（飛脚）を走らせて、お国一座を呼んできて下さらぬか」

「畏りました。御母公お一人のお慰みばかりでなく、城内の者共がどのように喜びますか知れませせぬ」

お国は出雲大社の巫女だったと伝えられている。社殿修復の勧進のため、京へでてきて念仏踊をはじめ、それが評判となって忽ち名を知られるようになった。

念仏踊はお椀形の塗笠をかぶり、絹の黒衣をつけ、紅紐で鉦《かね》を胸につるし、それを叩きながら歌いかつ踊るものだ。

鎌倉時代に一遍上人のはじめたものだが、若くて美しい女が踊れば、なんとも云えぬなまめかしい、別様のおもむきがでてくる。そこが忽ち人気に投じた所以だ。歌は……

〽お釈迦殿も弥陀殿も、みな仏じゃと云うたも道理、嘘つきよ、大きな嘘よ、赤嘘、嘘をつかずば仏にゃせまい、そりゃ又なぜに、方便の嘘はみなほんと、歌えや飲めや、一寸先は闇の夜、歌うも舞うも法《のり》の声、されば風の声、水の面《おも》、来世も過去もあらばこそ……

念仏をだしにした、享楽の歌である。顔に白粉を塗り、眉を青くひいて、白歯を黒く染めた彼女の容姿は、小柄で可愛らしい上に声がよい。それで彼女の踊を、「やや子踊」と名づけて喝采した。

宮中でもお国一座をまねいて女院、女御、殿上人達の見世物にした。そこへ名古屋山三があらわれて、白拍子の踊る男舞を彼女にしこんだから、お国の人気はいやがうえに沸騰する。五条の橋詰、三条の堤、祇園の裏、北野神社の東などに舞台を設けるたび、見物人が雲集して制しきれないばかり、型にはまった猿楽や狂言は、彼女の踊に圧倒されてしまった。

山三がお国に教えた男舞は、坊主くさい衣をぬがせて彼女を男装させることであった。立烏帽子、白水干、緋の長袴、腰に白鞘巻の太刀を横たえ、手に扇や鼓をもって、公卿や武家をなやました白拍子の男装姿は、平安朝の末頃からあることで、べつに珍しくないが、かぶき男の名古屋山三は、そのほかお国に異風な男装束をさせた。

たとえば額に塗笠をかぶらして、腰に蓑をまとわしたり、巴御前のように額に天冠をつけさせ、腰に瓔珞《ようらく》をたれ、黄金造の太刀を佩かせる、あるいは男髷《まげ》、平絹地に鱗型刺繍の小袖、黒無地に金銀の摺箔をおいた、膝下までの袖無し羽織、その上に幅狭の縞帯をしめ、大小をさした南蛮風俗、といった好みである。

服装ばかりではなく、歌も踊りも変えた。歌は当時の早歌《はやりうた》、踊は写実味のある所作舞、踊り手も一人ではなく幾人もだして、男女にわかち物真似をする。山三自身もその一人となって舞台にあらわれ、お国を相手に色模様を演じた。

それに太鼓、小鼓、笛の下座（囃子方《はやしかた》）をそえる。これはやがて歌舞伎芝居の始りとなる過程だが、まだ三味線はいらない。しかしその賑さと変化する所作舞の面白さは、観る人の心をすっかり魅了してしまった。

山三は武士の七男坊である。建仁寺西来院の喝食《かっしき》（稚児姓）になっていた頃、天正十八年の北条征伐がはじまった。先鋒となった蒲生氏郷が伊勢松ケ島から兵をひきいて上洛し、深草で陣揃えをしていた時、多勢の見物人の中に紫の振袖姿の小姓がいた。類のない美少年で氏郷の目にとまったのが、十五歳の名古屋山三郎である。

氏郷にかかえられて会津にゆき、奥羽に一揆がおこった時陸前名生《めふ》城へ一番乗りをして兜首をあげた。その時山三郎の武者ぶりは、紅裏《べにうら》をつけた白綾の小袖に、色々縅しの具足、小梨打の兜に猖々緋の陣羽織をきて、持槍をひっさげた花やかな姿であった。

それから五年後の文禄四年、蒲生氏郷が四十歳で亡くなった時、山三郎はかたみの金銀を沢山貰って牢人し、京へ帰ってきた。男がよいのと金のあるにまかせて、山三郎は放蕩をはじめ、無頼な者の仲間に入ってかぶき者となり、評判のお国との交情がはじまる。

お国一人ではなかった。彼等の一座が御所に召されたことでも想像がつくように、禁裏、仙洞、公家の上臈衆と通じ、武家、町家の婦女子とも関係する。やがて淀殿との間にさえ噂をたてられるようになった。

# 七

大坂城内の能舞台は、西の丸にあった。内濠に橋がかかっていて、本丸の千畳敷前から、手軽にゆけるようになっている。

能舞台のある大きな居館は、もと秀吉の正室北政所の住居であった。それを家康にゆずり、家康は秀吉の死後大老として、ずうっと此処に住んでいたことがある。

京からお国歌舞伎がきたというので、城内の男女の見物人が、いっぱい詰めかけてくる。舞台の左右、前の芝居（座席）は、人だかりで錐をたてる余地もないくらい。

居館の縁ばたにも、人が溢れていた。舞台正面の居館の座敷には、幔幕をはり御簾《みす》がさげられ、その奥に淀殿、秀頼の席が金屏風を後に、一段高く設けられている。左右に老臣、お局達がひかえていた。

「かぶき」はしゃれ、好きものを意味する、当時の俗語である。それから転化して、異装の伊達風や所作を、意味するようになった。

お国に男舞を仕込んだ名古屋山三や、織田有楽斎の子左門頼長などは、当時の歌舞伎者である。彼等は頭髪の結び方や衣裳の着附、腰刀、持物などに、人と違った派手やかさと異風をきそい、横笛、尺八、風流踊、早歌などに堪能であった。

はなやかな桃山風俗を生んだ、時代の趨勢からすれば、こうした「歌舞伎者」が輩出したのに不思議はない。宮本武蔵のような兵法家でさえ、ことさら異風ないでたちをして人目をそばだたせ、名を売る手段にした。

お国歌舞伎では、女は男の装いをし、男や童子《わらしこ》は反対に女装をする。それに滑稽なしぐさをする猿若をまじえ、笛、太鼓のはやしを添えて狂言、物真似、乱舞をおこなう。それで念仏のやや子踊が、お国歌舞伎とよばれるようになった。

その日も舞台は、白龍の頭をいただく「両儀の舞」、鳥の翼をつけた「鴉舞」、「天冠の舞」などから始って、夏神楽、狂言、物真似の所作とすすみ、陽気な「花笠踊」となる。

これは十二、三歳の童子が、唐児《からこ》のいでたちで、花笠をつけ、団扇太鼓を叩きながら踊るもの、ほかに十数人の女が踊る輪舞などさまざまあって、最後にお国の出場となる。

さすがに一座の座頭、観衆は彼女の扮装をみて、思わずあっと眼をみはった。天下は徳川に移ったとは云え、浪花の繁華はまだ江戸をしのぎ、無双の名城には日本一の女王が住んでいて、その豪奢な生活は、太閤の生前とさして変りはない。それでお国も思いきり、今日を晴の装いをしたものであろう。

肌には紅梅の下小袖、上に唐渡り呉服の衣裳、萌黄裏赤地金襴の袖無羽織、それ等を紫のしごき帯で、ぐいと締めくくって、腰に黄金ののべ金を鞘にまきつけた朱塗の大脇差と、金の鍔、白鮫鞘の小脇差をおびたほか、梨地まき絵の印籠、紺地金襴の大巾着と瓢箪をぶらさげ、黒々とした男髷に雪のような両腕《かいな》、みる人の魂をとばすばかりのあで姿である。扇を舞わして、

〽わが恋は　月にむら雲　花に風とよ　細路の駒かけて

思うぞ悲しき　山を越え里をへだてて　人をも身をも忍ばれ申さん………

以下長々と歌いつづけてひっこむと、見物席の芝居に、編笠、覆面、武士姿の亡霊があらわれる。

お国は今度は黒塗傘、懸衣《かけぎぬ》、緋の火口袴で舞台に出てきて、亡霊にたいし、

〽思いよらずや　貴賤の中に　わきて誰とか知るべきいかなる人にてましますぞ

お名を名のりおわしませ

すると亡霊が答えて、

〽人の心はむら竹の　ふしぎの対面いたすなり　今はこの世に名古屋山三の　ちりぢりなりし最期ぞと　人に云われし無念さよ

〽さてはこの世に亡き人の　うつつにまみえ給うかや

お国は驚き喜ぶが、亡霊が消えると、鉦をうち叩きながら、人の身、人の世の無常迅速をかなしむ、彼女が得意のやや子踊りとなる。

観客の席の中から亡霊のあらわれる新しい趣向や、絢爛と哀愁の彼女の扮装の早変りは、人々を喜ばせるとともに、彼等の暗涙をさそった。

これで見ると歌舞伎男の名古屋山三は、すでにこの世の人ではなくなっているらしい。猿若として一座に顔をださないのも、そのためであろう。

歌舞伎が終り、本丸にひきあげてきた後、淀殿はお国をよんできいてみた。

「お国、山三郎は如何いたしたのじゃ」

「はい」

お国は彼女の前に平伏しながら、涙をぬぐって、

「昨年の夏、亡くなりました」

「おお、亡くなったと、それは少しも知りませんでした。まだたしか三十歳になったか、ならないくらいの若さであったのに、病気でもしやったのか」

「いいえ、人と喧嘩をしでかして、亡くなったのでござります」

「まァ、飛んだことを、何処で何者とじゃ」

「作州津山で、井戸宇右衛門というお人と斬合い、其に相果てたと申します」

「津山の領主は、森美作守忠政、蘭丸の弟じゃな。そのような所へ、山三郎はどうして参ったのであろう」

「山三殿の妹御は、森美作守様の御愛妾であられます。一昨年信州川中島から津山へ、

お国替えになりました時、殿様によばれてかの地へまいりました。そして新しくお城をきずく工事場で、喧嘩になったのだそうでございます」

忠政の築いた津山城は、五層の天守閣をもち、数年を費した。大工事だったことがわかる。

「喧嘩の理由は、知れませぬか」

「家中で井戸宇右衛門殿と、せりあいになったのだと聞きました。宇右衛門はもと大和の国井戸の荘の地頭、旧家のこと故家中から尊敬されておりました。そこへ殿御寵愛の方の兄で、世上にも名の高い山三殿がまいられたので、勢力争いのようなことが起ったのではないでしょうか。また別の伝えによりますと、殿のお吩咐で宇右衛門を斬りに行ったところ、逆に彼のため斬殺され、山三殿の朋輩衆が、その敵を討ったのだとも申しております」

「山三の亡霊役の者が、ちりぢりなりし最期ぞと、人に云われし無念さよと述懐いたすのは、山三が今わのきわの心をくんでの事でありまするな」

「はい」

お国は畳の上に、ぽとぽとと涙をほうり落して、

「お祭し下さりませ」

そう云ったまま、ひれ伏してしまった。

淀殿とお国とは、齢があまり違わない。淀殿が三十九歳だとすると、お国は三十五、六であろう。山三より数年、年上だ。

風流男の山三には、宮廷の官女、武家、町家の女中衆の間に幾人となく愛人があった。しかし、お国との交情には、特別なものがあったようである。

山三は年上のお国を愛するというよりも、彼女の芸と発明さを愛した。それで彼女に男舞や歌舞伎風の扮装を試みさせて、一代の女に仕立てあげた。お国にとって山三は、情人をかねた恩人というべきもの、普通の色恋とは違っている。

淀殿にしても山三はもはやこの世の人ではなくなっていると聞くと、なんとなく彼の面影が偲ばれてならないような気がする。

彼は関白秀次につかえた不破伴作とならんで、美男の代表者のように云われていた。淀殿が彼を知ったのは慶長の初、彼が蒲生家を牢人してお国の協力者になってから僅か二、三年の間のことであるが、今度お国歌舞伎を大坂へ呼びくだしたのも、山三の目のさめるような男振りを、もう一度見たいという思いに誘われたためでもある。

太閤が世をさってから、はや七年になる。年毎に世の変ってゆく有様は、潮が次第次第に遠いかなたへひいてゆくよう、豊臣家衰亡の跡がはっきりとしている。

神仏に寄進をつづけ法要に心をつくしても、心の寂寥はいやされない。せめてはなやかなお国歌舞伎でも見物しようと思いたったのは、お国歌舞伎が桃山時代の名残りとして生れでたものだからである。かの時代の豪華な風潮なくしては生れもしないし、このようにはやりもしまい。

そのお国歌舞伎をつくりあげた名古屋山三と出雲のお国は、いわば桃山時代の申し子みたいなものである。その一人が亡くなったと聞いて、淀殿の心中に一抹、寂しい思いがせきあげてくるのは、あながち彼女の感傷にすぎないことであろうか。

「しかしお国、そなたはまだ、しあわせ者であるわい」

お国は涙にぬれた顔をあげて、

「それは又、いかなる事でござりましょうか」

「歌舞伎踊であのように、亡き人を偲ぶよすがが、あるではありませぬか」

「恐れいりました」

淀殿とお国と思いは、それぞれである。山三が亡くなってもお国歌舞伎は栄えるばかりだが、太閤の死後豊臣家は年々おとろえてゆくばかり、それを眼前に見ていなければならない淀殿はお国以上にたえられぬことだ。

## 八

慶長十六年三月十七日、家康は駿府より上洛して二条城につき、さらに伏見の桃山城に移った。

後陽成天皇が十六歳になる御子の後水尾に、位を譲られることになったについて、その大儀の差図をするためだというのが、家康上洛の表面の理由である。

家康の上洛は前から沙汰されていたことなので、西国や九州の諸大名が家康をむかえに京都へのぼってきた。

近い所で紀州和歌山の浅野幸長《よしなが》、伊勢の津の藤堂高虎《たかとら》、次に広島の福島正則、九州小倉の細川忠興、肥後の加藤清正など、いずれも太閤取立の大大名達である。

彼等は関ケ原役の際、徳川に味方した恩賞として、二十万石から四十万石におよぶ大諸侯に封じられたかわり、徳川家の権威が年々ましてくるにつれ、外様大名としてのその地位が不安になってきた。

それで幕府へ人質をさしだし、邸宅をかまえ、毎年機嫌伺いに参観した。また幕府の命じることとならば、何事でも家財をなげうって奉仕する。

彼等がつくりあげた城普請ばかりでも、江戸城、彦根城、伏見城、駿府城、丹波の笹山城、亀山城、名古屋城、越後の高田城と、十指にもおよぶほどである。

二百近い全国諸大名のうち、徳川家にたてつこうなどという大名は一人もいない。自分の家を安全にするため、誰もかれも、幕府の前に匍いつくばり、その鼻息をうかがうのに懸命になっている。

残されているのは、大坂城による豊臣ただ一家、それも今では摂津、河内、和泉三国のうち、六十五、六万石を所領する平大名にすぎなく、しかも諸侯なみに幕府から課役を申附けられるまでになっている。

家康上洛三日後の三月二十日、太陽暦の五月二日、大坂城の元老織田有楽斎を通じて家康から、

「将軍秀忠の婿である秀頼とは、ながいこと会わない。さぞ大人びたことであろう。外祖父にあたる家康が、久々で対面したいと思うから、豊国神宮参拝かたがた、二条城にまいるように」

という申入れがあった。淀殿がこの前はっきりと上洛をことわってから、足掛け七年経っている。家康はもう七十歳、淀殿は四十五歳、秀頼は十九歳の立派な青年になっている。

秀頼は普通の者よりも、身柄が大きかった。ならんで立つと彼の袴の腰が、相手の胸の高さまであった。

すでに男女二人の父親にもなっている。妻の千姫はまだ数えの十五歳だから彼女の子供ではなく、侍女に生ませたものである。関東に聞えると事がやかましくなり、殺されてしまうかもしれないので、ひそかに城外へおくりだされ民間に隠されていた。

秀頼はそんなに大きくなりながら、まだ一歩も城外に出たことがない。淀殿が彼の

身の上を案じて外へ出さないのだ。

　豊臣家の勢威がなくなってくるにつれて、茨組などという江戸を追われたならず者が、大坂の府下を横行するようになった。そして大坂の城兵とみると、喧嘩をふっかけてくる。

　淀殿の老女正永尼の倅、渡辺内蔵助糺は兵法自慢の者だが、城外の福島あたりで七、八人の相手に喧嘩をしかけられ、ようやく切り抜けて帰ってきたことがある。また天《てん》王寺《のうじ》へ花見にゆき、薩摩者とあらそって、重傷を負うた者もあった。

　豊臣恩顧の諸大名が、一人残らず徳川の前に膝まずいてしまった以上、淀殿からみると四面みな敵であった。大切な一粒種子の秀頼を外へだしてやって、徳川方からどんな危害を加えられるかも分らない。城下に徘徊しているならず者共は、徳川方のまわし者のようにさえ疑られる。

　それで秀頼を、外へ出さなかった。大坂城は秀吉がきずいた廻り三里もある鉄壁の城、その中に住み母の側に居りさえすれば、どんな大敵がおしよせてきたとて安全である。

　かりに安全でなかったとしても、母と子と一緒に死ぬものならば、淀殿にとっては本望であった。彼女が側にいない所で、秀頼の身の上に万一のことがあっては堪えられない。秀頼にしても恐らく、母と同じ心であろう。淀殿は小谷と北の庄と二度も落城を経験して、父母とはなればなれになった孤独の悲みを満喫しているので、三度その歎きをくりかえしたくはなかったし、子供の秀頼にはなおのこと味わせたくなかった。

当然のことではあるが、秀頼が大きくなるにつれ、それに比例して淀殿は老いてくる。息子が成長してたのもしく思われてくればくる程、彼女は自分の手で育てあげた創造物を、自分の手許から離したくなくなる。秀頼は彼女の唯一の希望であり、第二の生命でもある。秀頼をとられたら、もう彼女という者はない。

こういう母性感情は、理性を超えたもの、理窟や言葉で説得はできない。家康から申入れをうけた大坂方は、それで手をやいてしまった。

まず淀殿の叔父にあたる織田有楽斎が、利害を説き秀頼の上洛をすすめたが彼女はきかなかった。

「いかにうらぶれたとは云え、秀頼は故太閤の跡継ぎであります。太閤殿の御遺言にも、秀頼をみること我の如くせよとありました。亡くなった前田大納言をはじめ、内府（家康）も五大老の一人として、それに血判をつかれたではござりませぬか。しかも前々は内府の方から見舞にまいられたのに、今になって上洛せよとは何事でござりましょう。七年前にも内々その話があった時、私は秀頼を刺殺して私も死ぬと申しました。今もその気持に変りはありません。総見院（織田信長）の御身内ならば、私のこの気持はよくお解りのことと存じます」

有楽は信長の末弟だから、こう云われると一言もなかった。それに彼は大坂城内の二の丸に住み、大坂方の元老と仰がれながら、関東方にも意を通じている弱味があるので、淀殿にむかって強いことを云いえなかった。

有楽の内報をうけて秀吉の正室高台院が、淀殿を説得するため京から大坂へのりこんできた。高台院はまっとうな気質の人で、心から豊臣家の前途を心配している。また豊臣家は彼女の内助の功によって、基礎をきずかれたようなものだから、彼女が豊臣家の祭祀を絶やすまいとして気遣いするのもむりはなかった。

しかし淀殿はこの前と同様、高台院のせっかくの心尽しをはねつけてしまった。有楽と云い高台院といい、淀殿は徳川方とみなしているのだから始末にゆかない。淀殿は秀頼の母であることを唯一の楯にして秀頼を独りじめにしてしまい、豊臣家を一人で背負ってたっているつもりでいる。寡婦の一人よがりと云おうか、ヒステリーとでも呼ぶべきであろうか、はたから勧められるといよいよ反対に硬化してしまう。

最後に加藤清正と浅野幸長が、淀殿の説得にあたった。清正は秀吉の母の姻属であり、虎之助といった時代からの股肱である。浅野幸長は秀吉の相婿長政の子供で、これまた豊臣家とは切っても切れないつながりがある。

ほかに福島正則や細川忠興がいるが、二人はあいにくと病気で、正則は大坂の屋敷、忠興は京都で病床に呻吟していた。加賀の前田利長も病気で、上洛できずにいた。

清正はこの年五十三歳、幸長は三十八歳、この二人と福島正則は太閤亡き跡、とにかく豊臣家柱石の臣といってよかった。三年前秀頼が疱瘡《ほうそう》をわずらった時、徳川方の監視をはばからず、公然と見舞に馳せのぼってきたのは、福島正則唯一人であった。

こういう人達の勧めまでしりぞけたら、淀殿はまったく孤立におちいってしまわなければならぬ。有楽や高台院とちがい加藤清正は肥後五十二万石の太守、浅野幸長は紀州三十九万五千石、それに福島正則広島五十万石の兵を加えれば、徳川にとっても容易ならぬ相手だ。

淀殿一人が強情なために、これ等の味方をうしなったならば、淀殿一人がいくら力んでみたところで、秀頼の手に天下を取返すことはおろか、大坂城一つを守ることすら危くなってくる。

それでも淀殿は迷うた。秀吉の死後いやというほどに思い知らされた人心の頼みがたさと、大坂城の奥深く孤独な生活をおくりつづけて、世間の空気にふれず大勢の動きにもうとくなっていることが、彼女の心を不安にさせよろず物おじさせるのであろう。

家康の申入れをうけてから、四日たち五日経っても彼女の決断がつかない。清正と幸長とは、とうとうしびれをきらして、

「お袋様、この度の内府（家康）の覚悟は、せんどとは大きな相違でござりまするぞ。もし秀頼様の御上洛がなければ、それを口実に兵力をもってしても御当家を、取潰す決意をかためておじゃる。左様な形勢を導きだした源は、お袋様のお胸のうちに覚えがおありのはず、この際とつおいつして、大事な秋《とき》をうしなっては相成りませぬ。禍の落ちくるのを未然にふせがんため、まげて御決断願わしゅう存じます。不肖ながら某《それがし》一人、必死を心がけて秀頼様の万全をはかり、万一の場合はお命にとって替るでござりましょう」

鬼将軍と云われた清正や幸長が、声をはげましてそう云うのだから、さすがに女《にょ》性《しょう》の身の一言の反対も述べえなかった。

二人から胸に覚えがあろうと、釘をさされたことも、淀殿の胸にぎくりとこたえた。

昨年の秋淀殿は加賀の国へ密使を派遣して、前田利長に内々頼むところがあった。あまりにも周囲の心細さに、堪えられなかったためである。利長は太閤から秀頼のお守役につけられた前田利家の子供で、豊臣家とはこれ又特別な縁故があったからだ。その上淀殿と仲のよい、加賀の局の兄でもあった。加賀の局は淀殿とおなじく秀吉の側室で、利家の娘である。

淀殿が密使にことづけた手紙の内容は、「太閤の御厚恩、さだめて忘れ申されまじく候。一度お頼みあるべき間、左様に相心得らるべく候」云々といった意味のものだが、これが大事となった。

利長は慶長十年、代を子供の利常に譲って、当時は越中の魚津城に隠居しておったが、淀殿にしかるべく返事を認めた後、この密書の内容を家康に報告したからである。利長が隠居したのは、はやくも大坂と関東間の摩擦を見こして、それから身を避けようとしたためなのだから、もとより淀殿に味方するはずはなかった。

結果から云えば女のあさはかさだが、淀殿にしてみれば一番頼みに思った人に裏切られたことになる。このような秘事が家康に洩れたのでは、淀殿としてもかえす言葉がない。

淀殿は清正達に強迫された後もなお心配のあまり、日頃信心している易者の白井龍珀を召して、秀頼の上洛の吉凶をうらなわせたところ大凶とでた。

龍珀は如才ない男だから、これをそのままお袋様の御覧にいれては、また一騒動になると思い、執事の片桐且元に相談すると、

「私は易のことは何も知らないが、たとえ大凶にしろ上洛しなければ、当家の没落をまねき結果は同じことじゃ。しかし上洛して無事に相すめば、大吉となる故、お袋様には吉じゃと申上げろ」

清正、幸長、あるいはこの且元にとっても、秀頼の上洛するかしないかはまさに危機の関頭、彼等が家の安全のためにも遮二無二、母公の淀殿を説き伏せないではおか

なかった。

淀殿はとうとう我を折って、秀頼の上洛を承諾したが、さァその後が心配でたまらない。

秀頼はすでに十九歳、丈のひくかった秀吉と違って体軀堂々、上背は群をぬき、一目でそれを知られる公達《きんだち》ぶりである。

淀殿が手塩にかけて、これまですくよかに育てあげた彼女の宝を、むざむざ敵の手にわたしてやる。

——これが母子一生の別れとなるのではあるまいか。

そう考えると、いても立ってもいられない。縋りつくように秀頼の手を、しっかりと握りしめて、いつまでもいつまでも離したくはない気持。

「母上、御案じなされますな。内府は今では我が祖父、悪しう計られる筈がない。私も美しうふるもうて、明日の晩景には無事にもどってまいります」

秀頼は世間知らずの深窓育ちではあったが、すこしも恐れている風はなかった。風貌も挙措もおっとりとしていて、人間にたいする疑惑などはみじんも持っていない。ただ人の云うままを信じ、云われる通り素直に動いている。

秀頼は慶長十六年三月二十七日、大坂城をでた。七つの歳、伏見の桃山城から大坂城へ移ってきて以来、はじめての出来事である。

乗物は御座所づきの桜船、それで淀川をゆっくりとさかのぼってゆく。お付の人々は大叔父の織田有楽斎を頭に、家老の片桐市正、おなじく主膳兄弟、大野修理以下七手組の将校三十余人。

淀殿は大蔵卿の局、正栄尼などの老女、腰元達をしたがえ、天守閣の頂にのぼって、その船をいつまでも見送っている。

陰暦三月二十七日は、太陽暦の五月はじめ初夏の候だ。沿岸の河内、摂津の両平野は、ようやく田植えを終って田野ともに浅緑の一色でつつまれる新緑の世界。

そのただ中を大淀の流が、陽光をキラキラと反射しながら、北から南へ長蛇の姿をえがきだしている。その上に浮び漂う船の黒影、乗っている秀頼はどんな気持で、この新緑の世界を眺めていることであろう。それとも母に心をひかれて、河下に遠ざかってゆく大坂城を、ふりかえりふりかえりしているのでもあろうか。

知らず知らずの間に、淀殿の両眼から涙があふれだしてきて、彼女の白い両頬をしとどに濡らしはじめた。大蔵卿の局や正栄尼、木村重成の母右京太夫の局なども、それとみて瞼の裏を熱くしながら、

「母公様、閣の上は冷えまする。おからだにお障りがあっては大変、御殿にさがって、ひとやすみ遊ばされませ」

そう口々にすすめながら、淀殿を階下へともなってきた。

その夜淀殿は老女達を相手に、二更（午後十時）すぎまで夜ふかしして、寝につくがねつかれなかった。夜半すぎて、急に身体がはげしく顫えだしてくる。

帳台（寝所）のまわりに寝ずの番をしている小女を呼びおこして、淀殿は熱い茶を命じた。お茶道の控えになっている炉の間には、いつでも茶釜に湯がたぎっている。

淀殿ははこばれてきた抹茶を一服のんで、思わずほうっと吐息を洩した。

「浅茅、まだ丑の刻（午前二時）はすぎまいな。春の短か夜というけれど、こよいはいつもより永うおぼゆる。早う夜が明けてくれればよい」

浅茅と呼ばれた腰元の娘は、常にない主人の歎息を聞いて、おそるおそる、

「何ぞ恐しいお夢でも、御覧なされましたか」

「怖いも怖い、大きなおろちに狙われている夢を見ました」

「えッ」

浅茅が気味悪そうに、あたりを見まわすのを笑って、

「ほほほほほ、昼間見おろした、あの淀の流が、おつむにあったからであろう。もう一服、茶をたててまいれ」

「はい」

浅茅はいざりよって、淀殿の手から茶碗をうけとろうとした刹那、あやうくそれを取落しそうになった。

「お、お顔が、まっ青であられます」

灯台のほの暗いあかりで見てもそうなのだから、真昼の光で見たら恐らく、死人に近い顔色だったに相違ない。

「寒いのじゃ。はよう茶を、たててきてたもれ」

「は、はい」

「あ」

淀殿は浅茅をよびとめて、

「とのいの者は、誰ぞおらぬか。老大斎でも永翁でもよい。もし詰めておれば、ついでに此処へ呼んできてくりゃれ」

「畏りました」

老大は織田信長の弟上野介信包《のぶかね》のこと、竹田永翁は秀吉のお伽の者で、諫め役もつとめた。いずれも六十過ぎ、七十近い老人達で、城内に飼殺しにされている。

二人は都合よく本丸に寝泊りしていたとみえ、さっそく浅茅の後について淀殿の御座所へやってきた、やはり秀頼の留守を、心配していたのであろう。

「ふだん気強いお袋も、さすがに今夜はお寂しいと見えますするな」

そういう老大の後につづいて永翁が、

「いや、しかし御無理もない、夜明け次第、使の者がまいるであろうから、それまで私達がお相手を勤めましょう」

二人は老人達だけに、淀殿の心情をよく察していた。

淀殿は身内にひとしい二人の老人の姿をみると、いくらか元気づいて、

「やすみのところを起させて、まことにお気の毒、酒《ささ》でもまいられまするか」

「遠慮なく、いただかせて貰いましょう。じつは我等もなんとのう眠りがたくて、この永翁と、昔今の寝物語をしていたところでした」

老大は武将としては弟の有楽や、甥の常真（織田信雄）にも劣る落第生だが、そのかわり無類の好人物で、書画にたくみだった。

彼は兄信長の力で、北伊勢の豪族長野家の養子となり、後に従三位左近衛中将までのぼったが、信長の死後京都に退隠していたところ、秀吉のお伽衆によびだされて、永翁とおなじく大坂城に住みつくようになった。

信長の兄弟の中では、割合に波瀾のない生涯をおくってきているが、それでも移りかわる時代の変遷には、心驚かせるものがあるらしい。

老大や永翁は淀殿を敬愛し、秀頼を愛していた。母子の身の上の万全を、願う心では人後におちないが、身を挺して二人を守ってやるだけの力はない。それで老人のせめてもの力添えに、城内に寝泊りして蔭ながら母子の上を見まもっている。

「老大斎、あ子は今日のいつ時分、二条城へまいるのでありましょうな」

「おそらく五つ半（九時）か、四つ（十時）頃でありましょう。それから三献の儀式をすませ、豊国神社にお参りして、伏見から御乗船ということになれば、御帰城はどうしても夕刻となります。それまで今日一日の御辛抱、加藤肥後や浅野紀伊がしっかりお護り致しておることなれば、すこしも御案じなされますな、のう永翁」

「左様左様、内府は大腹者じゃ。めっきり大人びられた和子様に会われて驚かれると も、そのためとやこう小細工を弄するような小量者ではありませぬ。おそらく今日の御対面がくさびとなって、御両家のお交りはかえって堅固さを加えることと相成りましょう」

二人の老人がこもごも淀殿を慰めているところへ、大蔵卿の局や正栄尼、右京太夫や宮内、饗庭、お玉の局達も、報をうけて集ってきた。彼女等もやはり、よく寝つかれずにおったものと思われる。

秀頼の身の上についての心配は、大坂城内ばかりにかぎらなかった。大げさにいうと京、大坂の人々はもとより、天下をあげてこの会見の成行きを見守っていたもののようである。

御座船で一泊した秀頼は、朝早く伏見に下船した。そこへ加藤清正と浅野幸長とが、家康の子息十二歳と十歳になる少年、後の尾張義直と紀伊頼宣の供をして、六百の騎馬武者をひきつれ迎えにきた。

古兵衛督義直には浅野紀伊守の娘、常陸介頼宣には加藤肥後守の娘をめあわせるよう、すでに婚約が定められていた。ほかに池田三左衛門輝政や藤堂和泉守高虎も、桂川の鳥羽河原まで迎えにやってくる。すべて秀吉取立の外様大名ばかりで、徳川親藩の大名は一人もふくまれていない。秀頼や大坂方の城兵を、刺戟《しげき》させまいための遠慮であろう。

秀頼は四方輿にのせられ、輿の左右の扉をあけはなたれたままにしてあった。京の人々に成人した秀頼の姿を見せてやろうという、清正のはからいからである。

清正と幸長は馬をのりすて、菖蒲皮の裁附け袴に草鞋ばきの姿で、大きい青竹を杖に、輿中の秀頼の衣服の袖にふれるばかり、ぴったりとその両側につきそい、伏見の竹田村街道を京へのぼって行った。

片桐市正且元の京の屋敷にはいって、装束を肩衣袴にあらため、二条城についてみると、城前の大広場に見物人が雲集している。

彼等ははじめて上洛する、秀吉の忘れ形見の成人した姿を見ようとして、夜のまだ明けないうちから待ちかまえていたものだ。来る途中の沿道も、両側ともにいっぱいの人だかりで、堀川や竹原町のあたり、見物席の六畳一間の代が、黄金五両したほどの人気だった。

しかも秀頼の姿をみて、黒山のような群集の中、誰一人として歓声をはなつ者がない。それまで押しあいへしあいして、どよめき騒ぎたっていた人垣が、一瞬ぴたりとしずまってしまったかと思うと、いっせいに秀頼を凝視して声をのみ、まるで無人の天地でもあるかのような静寂境に変化する。

そのうち一種の戦慄が、波のように群集の胸の中をおそってきて、そこここに嗚咽の声がもれおこり、ついには「わあっ」という号泣の声にかわった。

強者に強制されて余儀なく上洛してきた、薄幸の孤児にたいする同情の念が、天の叫びとなって爆発したものであろう。長い顎鬚をたくわえた、大きな身たけの清正はもとより、浅野幸長をはじめ輿の前後をとりまいている百人あまりの従兵も、歯を喰いしばって涙をこらえ、ただ前方を睨みつけているばかりだ。

秀頼は二条城の唐門の前で、輿からおろされた。門内から玄関前まで、藁莚が敷かれてあった。その上をあゆんでゆくと、入口に家康が老中達をひきつれて出迎えていた。

そこで互に腰をかがめて丁寧に礼をかわし、殿上にのぼって客座敷の南北に、主客対座して三献の祝がおこなわれる。

まず北に座した主人の家康から盃が秀頼にさされ、酌は秋元但馬守、おとりもちは家康の愛妾お夏の方、そこで秀頼にたいする刀、馬代などの引出物がある。秀頼が盃を家康にかえした時に、こんどは秀頼のほうから家康へ、やはり刀や馬代、その他の目録を進上する。

　一献をめぐる毎に料理をかえて出すのが三献の礼だが、この場合酒と吸物ばかりで料理はわざとはぶかれた。つまり天下の人心注目の折柄毒殺などという嫌疑をさけるためである。

　次の間では家康の直臣、平岩親吉を伴食にして浅野幸長、池田輝政がもてなされ、さらにその次の間では本多上野介正純《まさずみ》を伴食に、藤堂高虎、片桐且元、大野修理治長がもてなされる。伴食というのは、一種の毒見役だ。

　清正一人はさだめられた饗応の席につかずに、秀頼の側にひッついていた。そして家康を最初にして、義直、頼宣の二人の子息、お万、お亀、お茶などの家康の愛妾や多勢の近臣、出入りの商人達から医師、庖刀人にいたるまで、銀子、巻物（織物）をすすめ、三献の祝がおわると、清正が秀頼に云った。

「これで目出たく、御対面がすみましてござる。お袋様におかれても、さぞかしお待ちかねと思われまする故、これにてお暇を、願われたが宜しゅうござりましょう」

　すると家康も、それに口添えして、

「肥後守が申すとおりじゃ。無事御成人の体を拝見いたして、我においても満足のいたり、本日は、御退儀でありました」

　そして秀頼が辞退するにもかかわらず、ふたたび玄関前まで見送ってきた。秀吉の妻の高台院も招かれてきて、秀頼の相伴をつとめたが、これも見送ってでる。

これで気づかわれた対面の礼も無事にすみ、後は豊国神社に参拝して帰路をいそぐばかり、付添いの人々も胸をなでおろせば、天下の人々もホッと安堵の息をついた。帰りは来る時よりも、お供の人数が数倍にもましていた。秀頼の安否を気づかい、夜をこめて京へ馳せつけてきた大坂の城兵が、多勢加わったためである。秀頼の御座船が、大坂についたのはその日の午後六時。清正は最後まで秀頼につき添っていたが、秀頼の手をとって船をおりる際、不覚にも一滴、秀頼の手に熱い涙をほうりおとした。清正はわずかこの二ケ月後、帰国の船中病んで亡くなった。

## 九

城が焼け市街も焼かれ、大坂は一日で廃墟となった。三里離れた堺の街も、戦火に焼きはらわれて、一望の焼け野原。

元和《げんな》元年（一六一五）五月七日、陽暦六月九日のこと。その日の午後四時頃、城内の裏切者によって台所に放たれた火は、本丸の中に檐《のき》をならべた御殿、楼閣、唐門を焼き、千畳敷を焼き、金色の光をはなって、燦然とかがやいていた八層の天守閣を焼き、一夜をもえつづけて八日の朝になっても、所々に余燼がくすぶっている。

大坂城の外郭はまわり三里八町、三重に深濠をめぐらせ、秀吉が三十余国の諸大名に命じ、日々数万の人数を使役して三年後に成就した天下無双の巨城。前年の十二月、三の丸の外濠を埋められ、二の丸の濠にまでおよんで、まるで羽ぬけ鳥同様の裸城にかわってしまったが、それでもなお一夜を燃えつづけたほどの規模をそなえている。

八日の朝九時時分、片桐市正且元が駕籠にのって、まだ黒煙のうずまいている本丸内にのぼってきた。且元はこの年六十一歳、胸を病んでいて乗物でなければ城へのぼってこれないほど弱っている。

彼が城内へ出入りするようになったのは、秀吉が大坂城へ山崎から移った天正十一年（一五八三）以来であり、ことに秀吉の死後淀殿親子が桃山城をでて大坂に常住するようになった慶長四年（一五九九）以後は、ずうっと二の丸の屋敷に住みきりになっている。

三十余年間もなじみになっている所であれば、城内がどんなに広くあっても、隅から隅まで知っているはずだ。

冬の陣に講和談判がなかなかはかどらなかった際、家康は淀殿をおびやかすため彼女のお座所へ大砲をうちこませた。侍女二人がみじんになって砕けとび、そのため講和が促進されたが、彼女の座所の方向を教えたのは且元である。

彼が病をおして城へやってきたのは、焼け跡見まわりのためだ。十六年間自分の手でとりしきってきた大坂城が、一夜で灰燼にきしたかと思うと、且元もさすがに無関心ではいられない。

追手の桜門から本丸内にはいって駕籠からおり、千畳敷跡、焼け崩れた天守閣などを見まわって、背後の山里くるわの方へきた。どこもかしこも余煙をはいているむざんな焦土とかわりはて、金粉をぬった屋根のいらか、極彩の彫刻をほどこした勾欄、金銀をもって飾られた御殿の中、一切が夢のよう眼前から消えうせてしまっている。桃山時代を代表する、豪華と絢爛をきわめた大坂城は、これで永久にほろびてしまった。

山里くるわから濠をへだてた対岸は、二の丸の西側、もと且元の屋敷のあったところ、昨年の十月はじめ且元兄弟が淀殿の嫌疑をうけて、城兵に襲撃されようとした時、且元はそこにたてこもった。

元老織田有楽斎等の調停で、且元兄弟はすみなれた大坂城をひきあげ、居城茨木へたちのくことになったのだが、今はその屋敷もなくなっている。彼にしてみれば、感慨無量だ。

京方広寺《ほうこうじ》の大仏の鐘銘に、国家安康とほったのは家康を呪詛するものだという不審をうけ、且元は家康の隠居所駿府へよびくだされたが、家康は彼を城下にとめおいたなり、いつまで経っても会おうとしない。且元はその蟄居の間に、豊臣家将来のため三つのことを決意した。

難攻不落の大坂城を徳川の手にひきわたして、他国に現在の六、七十万石の所領をもとめて引移ること、秀頼を他の大名なみに江戸へ参勤させること、最後は淀殿を家康へ人質にだすこと、つまり七十三歳の老人家康に、まだ残んの色香をとどめている四十八歳の淀殿を、人身御供にあげようというのである。

これ等のことが淀殿や秀頼を怒らせて、且元は城を追われた。もしこの三ヶ条が淀殿側にも家康側にもうけ入れられていたならば、眼前に眺めわたされるような悲惨な結果にはならなかったに違いない。

しかし、何事も宿命のいたすところ、それにしても淀殿や秀頼はこの廃墟の中で、どのような最期をとげたであろう。前日七日の大会戦に淀殿はもとより、総大将の秀頼はついに姿をあらわさなかった。してみると親子は、この城と運命をともにしたものとおもわれる。且元が城へのぼってきたのは、一つには彼等の跡を弔う志もあった。

山里くるわの西の反対側は、帯曲輪になっていた。濠にのぞんで築かれた石垣が、うねうね曲っている所、そこに糒倉があった。間口二間、奥行五間、土壁の米倉である。それだけが濠端に一つ、ぽつりと焼けのこっている。城内の建物から風上に隔っておるため、火をかぶらなかったものと見える。

且元はその赤土の倉をみつけた瞬間、なんということもなくドキリとした。後に跟

いてきている、従者の侍の一人を呼んで、

「惣右衛門、あの蔵を、調べてまいれ」

惣右衛門はいっさんに駈けだして行ったが、すぐにひっかえしてきて、

「殿、あの中に人声がしております。それも一人二人ではなく、だいぶ多勢の者がこもっております模様――」

「なに、多勢の人声が聞えるとな。何者であろう。惣右衛門のほかに、橋爪、片岡の両人も同道いたして、しかと確めてまいれよ」

三人はそれぞれ手分けして、倉の前後から内部の様子を窺っていたが、やがて顔色をかえてもどってくるなり、

「殿、大変でござります。倉の入口には速水甲斐、毛利豊前、奥の方には御袋様親子が、御座あるように窺われました」

「へえッ」

老年の且元も、舌をまいて愕き、

「やはり、母公親子がこの中に――」

「人々の囁きかわす語音に、一々聞きおぼえがござります。人の数も二、三十人余にのぼるかと存ぜられます」

且元の家臣達はいずれも城内の人々をよく知っておるから、彼等の報告に聞き間違

のあるはずはなかった。

且元は青い顔色を、さらに蒼白にして、

「ああ、お城とともに最期をとげられたと思いのほか、まだ御存命であられたか。この期におよんでも、まだ未練がましゅう……」

彼は老いと病にかすんだ両眼を、いく度もしばたたきながら、かなたの濠端にぽつんと一つ横たわっている糒倉を、ややしばらくの間じっと見つめていたが、苦しげに吐息をついて、

「母公はやはり、女性の身じゃ。死なれるまでわれ等の心は、お解りになるまい。源五、乗物をこれへ」

病体の且元は、もはや歩く気力もなくなったらしい。彼の十六、七年にわたる母公親子への献身、関東側と大坂方の板ばさみとなった彼の苦衷、それ等はすべてむだに終った。

且元も賤ケ岳七本槍の一人に数えられて以来、百戦の錬磨をへた武将だから、家康の奸譎な心事は見ぬいている。

秀頼母子の命を救うためには、彼が決意した三ケ条の非常手段をとるよりほかはなかった。加藤清正や浅野幸長が生きていたとしても、おなじく彼の思案以上の方策を考えだすことはできまい。

助かるためには、みずから、身体を敵の前に投げだすこと、それまでにしても家康がなお、豊臣家をほろぼそうとするならばその時こそ、且元自身先頭にたち、采配をふって家康に立向おう、その決心であった。

家康もそういう彼の心事を察しているから、且元に会おうとしなかった。つまり豊臣家をほろぼす口実のなくなることを、おそれたのである。

淀殿にはそれが解らない。今にいたってやっと且元の苦衷がわかったにしろ、すでに手遅れだ。

「母公親子は豊太閤の築かれた、このお城と運命をともにするがよいのだ。それであってこそ一世から天下の名花と仰がれた、淀殿の佳名がとわに残ろうというもの、何という未練がましい――」

且元は駕籠に乗って、その扉がハタと閉ざされた瞬間、家臣等の前でこらえていた老いの涙を、思わずバラバラッとほうりおとした。

## 十

淀殿母子一行三十余人が本丸を蔽う火と煙をさけ、糒《ほしい》倉に避難して、落城の翌日まで生き残っているのは、家康や将軍秀忠からの返事をまっているためだ。

外濠、二の丸の濠をうずめられてしまった大坂城兵は、冬の陣の時のように城にたてこもることができず、天王寺、岡山方面の広野におしだして敵の大軍をむかえうち、一日でつぶれてしまった。

七日の午後五時頃、敵の先頭は城内に乱れいり、城内の各所からそれに呼応するかのように火事がおこる。

淀殿親子や秀頼夫人千姫等二百余人は、天守閣にのぼって自害しようとしたが、速水甲斐がおさえて山里くるわの糒倉に避難させた。その時は従者は大部分遁げおちて、三十余人となった。

主将の大野治長は速水甲斐とはかって、千姫に刑部の局、堀内主水、南部左門などの侍をつけ、千姫の父将軍秀忠に命乞いのため、城をおとしてやった。

さらに治長は老臣の米村権右衛門を、家康の本陣茶臼山につかわして、淀殿親子助命の嘆願をさせた。

その結果をまちわびているわけだが、千姫と権右衛門は翌日になっても帰ってこない。秀忠や家康が二人をおさえて、帰さなかったからである。

八日は曇り日だった。いまにも雨の降りだしそうな天気模様で、灰色の密雲があつく頭上の空をとざしている。

夜明け方その密雲の中を、ほととぎすがしきりと啼いて通る。東の生駒山脈の方から平野を越えて、摂津の箕面方面へ飛んでゆくのであろう。

伝説によると血を吐くような杜鵑《とけん》の声は、蜀王の亡魂の絶叫だとされている。蜀の望帝が王位を人に譲って国を遁げだしたが、後に王位をとりもどそうとしてえられず、杜鵑となって春月の候つねに悲鳴するのだそうである。

その故事にむすびつけて、密雲の間に異様な啼き音を響かせながら、遠く飛びさってゆくほととぎすの声をきくと、望帝のうらみはひとごとではないように思われてくる。

淀殿と秀頼は、終夜ねむらなかった。そしてそれぞれの感慨で、ほととぎすの声をきいている。

「母上、お疲れではござりませぬか」

「いいえ」

淀殿は頭をふって、

「御台は昨夜、とうとう帰ってまいりませんでしたな」

秀頼は寂しい笑をもらして、

「あれは今朝になりましても、おそらく戻って来ないでありましょう」

「良人のお前を、見殺しにするつもりであろうか」

「千の方は、私の妻ではありませんでした」

「そうでありましたね」

千姫はいわば、徳川方の人質、七歳の時大坂城へ輿入れしてきて、今年で丁度十二年、しかし離れてしまえばもうそれぎりである。

「父の許へ無事にもどしてやったのが、せめてもの事と考えております」

「秀忠殿の妻は私の妹、どうしてかようなことになったのであろう」

淀殿は往事をふりかえるように、こぶしを額にあてながら、

「私が父と別れましたのは七つの歳、腹を召される父長政を後にのこして、母や二人の妹達と四人小谷の城をだされ、伯父信長の許におくられました。それから十年後、母は柴田勝家殿と一緒に越前北の庄で御最期をとげ、私達姉妹三人はふたたび城から送りだされた。こんどは三度目、どうやらこれが終りになるような気がしてなりませぬ」

「私も父太閤の築かれたこの城を出てまで、生きながらえていようとは考えませぬ」

「修理や甲斐が心配しやる故、こんな土倉につぼんでおるが、あてにならぬ人の帰りを待つくらいならば、昨晩お前と一緒に天守閣で死んだがましであったな」

「母上、またほとときすが、啼いて通るようです。父上の亡魂が、私達を呼んでいるのかもしれません」

「そう、そう、早く太閤殿の許へゆきたい。私は骨身をけずられるような思をして、

この上生きてゆくのが厭になりました。私達親子は野中の一本杉、これまでは精一杯吹きめくる嵐とたたこうてきたが、もうおよばなくなりました。ただ若い身空で世をいそぐ、お前がふびんでなりませぬ」

「はははは、何を申されます、母上。私は韓、明までも名をとどろかした英雄を父にもち、総見院（織田信長）の血をひかれる母上を母として、この世に生れでたことを誇りに思っています。父や母の子らしゅう、誰の前にも膝まずかずに、死んでゆければ本望ではありませぬか」

「ほんに左様でありましたな。お前がそのお覚悟ならば、何も思い残すことはない。あの杜鵑のように大空を飛びまわれる、自由の身の上に生れかわってまいりましょう」

この日の十時すぎ、井伊掃部《かもん》を先頭にして、家康や秀忠の旗本、加賀爪民部、近藤石見、豊島主膳等が数百人の従兵をひきつれ、焼け跡の本丸内にのりこんできて、糒倉のまわりをひしひしと取囲んだ。

片桐且元の報告によって、淀殿親子の隠れ所がわかったためである。倉の中から大野修理治長を呼びだすと、修理は黄の陣羽織、青木綿の鉢巻をしめ、顔に薄手をおうた姿で現れてきた。

加賀爪や豊島、近藤などが彼と応対して、

「秀頼殿を高野山にのぼらせ、お袋へは隠居料として一万石を下さるとの御諚だから、おふたりを倉からお出しありたい」

と徳川方の意向をつたえた。じつは秀頼親子をひきだして、捕虜にしようという口実である。その上で秀頼に、切腹申しつける肚なのだ。修理も徳川のやり口はわかっているから用心して、

「秀頼公はともかく、お袋様はかねがね、片時でも和子様から離れて暮すのは厭だと仰せられているので、その儀はなかなか御合点なさるまい。しかし、口上はお伝えつかまつるであろう」

加賀爪は修理の用心をみてとり、

「しからば二位の局を、大御所の許へ使者につかわされたい。大御所よりじきじきの御挨拶があることと存ぜられる」

家康は二位の局を知っているので、とくに彼女を助けだすため、その旨云いふくめておいたものとみえる。

修理が倉の中へひっこみ、代って二位の局が出て行ってから、かなりの時がたった。そろそろ正午に近づいてきたが、二位の局はもどって来ない。

修理にかわり速水甲斐が倉の中から現れて、

「ようやくお袋様を御合点申させたから、駕籠乗物を二、三梃、お貸し下されたい」

と申しこんだ。加賀爪は笑って、

「陣中に、乗物の用意はない。馬をまいらせよう」

速水はむっとして、

「おふた方を馬にのせ、衆人の見世物にいたされる気か」

「はははは、命を惜む親子が、見世物にされたからとてなんの腹立つことがあろう」

「黙れ」

甲斐守が憤然として倉の中へひきかえし、戸をはたと閉ざした瞬間、井伊直孝《なおたか》の従兵が銃口をそろえ、倉にむかって一斉に発砲した。もう待ちきれなくなったという合図である。

倉の中はそれっきりひっそりとして人声もしなくなったが、やがて戸の隙きま、屋根のひさしの合間から、濛々と白煙がふきだしてきた。

倉の中にはさきの豊前小倉六万石の城主、毛利豊前守勝永兄弟をはじめ、真田幸村《さなだゆきむら》の嫡男大助幸綱など、覚えの侍がこもっていた。

彼等はあらかじめかかる場合を予想して、倉の中に乾草を敷きつめそれに焔硝をふりかけて火を放つ用意をととのえておいた。倉の中の三十余人にとり、死は覚悟の前だったわけである。

毛利勝永が秀頼を介錯し、氏家内膳改め荻野道喜が桃山時代の女王、淀殿の左乳下を刺した。大野治長の母大蔵卿の局、木村重成の母右京太夫、秀頼の事実上の夫人だったと伝えられている宮内の局わごの方、饗庭の局、お玉の局たちが淀殿に殉じた。

# 長曾我部盛親

東　秀紀

東《あずま》　秀紀《ひでき》　（一九五一〜）

和歌山県生まれ。早稲田大学理工学部建築学科卒業。ロンドン大学大学院都市計画コース修了。NKK（現JFE）都市総合研究所長、清泉女学院大学教授を経て、首都大学東京大学院都市環境科学研究科教授。都市計画の視点から文学を論じる『漱石の倫敦、ハワードのロンドン』、『荷風とル・コルビュジエのパリ』を発表した後、『鹿鳴館の肖像』で歴史文学賞を受賞。その後、建築家の辰野金吾の実像に迫る『東京駅の建築家』、安土城を題材にした『異形の城』など、建築の専門知識を活かした歴史小説を発表。一級建築士。日本建築学会文化賞受賞。

# 1

関ヶ原は霧が出ていた。

夜から降りつづいていた強い雨は、日の出とともにようやく上がったものの霧はなお深く、わずかの先も見えない。野辺の草に吹き付ける風も冷え込んでいる。ただあたりを覆《おお》っているのは、どこまでも広がる白い闇だけであった。

先ほど帰ってきた斥候《ものみ》からの報告によれば、一里（約四キロメートル）ほど北の垂《たる》井《い》村には一万の兵が忙《せわ》しなく行き来しており、旗差し物から池田輝政、浅野幸長《よしなが》ら敵軍の隊と見受けられるという。

総大将徳川家康に率いられた東軍およそ七万の主力は、既に中仙道を西へ通り抜けていってしまったらしい。

そして彼らの行く手には、石田三成、宇喜多秀家ら西軍本隊約四万が、夜のうちに大垣城を出て、豪雨の中を泥だらけの間道《かんどう》づたいに進み、関ヶ原で待ち受けている筈であった。

慶長五年（一六〇〇）九月十五日朝、天下分け目といわれる戦いが、いま始まろうとしていたのである。

しかし、嵐の前の静けさというのだろうか。長曾我部盛親《ちょうそかべもりちか》の布陣する栗原山には、まだ鉄砲の音も武者たちの雄たけびも聞こえてこなかった。関ヶ原とは道のりにして三里ほどだが、南宮山《なんぐうさん》の蔭に隠れているので、視野に入らないのである。

「夜が明けたな」

栗原山の上に立った盛親は口を開いた。昨年父元親《もとちか》の病死により四国土佐の領地を継いだばかりの二十六歳。背は高く、鼻筋が通った細面《ほそおもて》の青年で、こけた頬の下に一つまみほど先が尖った顎ひげを生やしている。

「もうすぐ六つ（朝六時）かと」

盛親の脇に控えている五歳ぐらい年上の、色の黒い侍が、そう答えた。目は小さく、鼻は平べったいが、太い唇が意志の強さをあらわしている。かつて盛親の小姓を務めた者で、名は桑名弥次兵衛《くわなやじべえ》。戦場では常に先陣をつとめる豪の者である。

畿内にやって来た長曾我部勢二千の中でも、実際に将兵を切り盛りしているのは、この弥次兵衛であった。長曾我部家を牛耳る、国家老久武親忠《ひさたけちかただ》の甥でもある。

「治部少輔《じぶのしょう》殿（石田三成）が来てから、すでに二時《ふたとき》（約四時間）か……」

盛親は同意を求めるように、家臣たちを見まわした。しかし、先ほどの評定《ひょうじょう》で、今日の行動方針を既に決めた彼らは、何も答えない。三成と共に関ヶ原に向かおうとする盛親を、桑名弥次兵衛らは無謀と決めつけ、否定してしまったのだった。

長曾我部家の方針——それは、戦いの最中には一貫して中立的態度をとり、西軍が負ければ即座に伊勢方面に退いて、帰国するというものである。

「夜の行軍には、土佐守殿の焚《た》かれている篝火《かがりび》が役立ちました」

石田三成がそう言って盛親を訪ねてきたのは、未だ雨の降っていた頃である。

今日の戦いは、三ヵ月前近江佐和山《さわやま》の居城に隠退していた三成が大坂城に乗り込み、諸国に反徳川の決起を促す書状を送ったことに端を発している。太閤《たいこう》秀吉の死後二年間、徳川家康の専横は目に余るものがあり、遺児秀頼《ひでより》を差し置いて、天下を己《おのれ》のものにしようとしているというのが、書状の主旨であった。

檄に応じて毛利輝元ら西国の大名たちが大坂に上《のぼ》り、徳川を中心とした東国の諸大名たちも、反撃のため集結、ちょうど中間地点にあたる濃尾平野で、両軍は睨《にら》み合った。西軍の前線基地大垣城に三成を取り囲んだ家康は、城攻めに利あらずと見て、矛先を直接大坂に向ける姿勢を見せた。気配を察知した三成らは夜ひそかに大垣城を出て、西進する東軍を素早く先回りし、大垣の西方約四里の関ヶ原で待ち構える作戦をとったのである。

西軍は移動を敵に知られぬよう、声を呑み、馬の口に藁を含ませ、松明《たいまつ》をも消して、豪雨の降りつづく間道を泥まみれになって進んだ。深夜のため、山の形も、あたりの様子も全く分からない。ただ城外に野営している長曾我部隊の、盛んに燃やしている真紅の炎のおかげで、地理的状況を知ることができた、と三成は感謝の言葉を述べた。

「関ヶ原に向かう本隊と別れ、それがしは先ほど毛利、吉川《きっかわ》、安国寺《あんこくじ》、長束《なつか》殿らの陣を訪ねてまいりました」

三成は思いつめた表情で、盛親の目を真正面から見つめた。

毛利秀元を主将とする約二万の、伊勢方面から駆けつけてきた別働隊は、同じ西軍に属しているが大垣城には入らず、近くの南宮山付近で傍観の姿勢をつづけている。彼らおよび松尾山に陣取る小早川秀秋隊あわせ三万六千の合流がなければ、関ヶ原においての、西軍主力はわずか四万にすぎず、七万の東軍と互角に戦うことはできない。それが豪雨の中、三成が諸隊を回った動機であった。

しかし、その結果を、三成は口にしなかった。

急いで薪《まき》を増やした囲炉裏《いろり》の火が、めらめらと燃えている。

雨中の行軍で全身がびっしょりに濡れた三成の口髭《くちひげ》から、雨水が滴《したた》り落ちた。

(これが太閤が生きていた二年前まで、威勢のあった人の姿か)

盛親は今更ながらに思った。

小田原攻めや文禄《ぶんろく》・慶長《けいちょう》の役《えき》で父元親に随行した折に見た、石田三成の颯爽《さっそう》たる姿は、今も盛親の目に焼き付いている。

末子であった自分を長曾我部家の後継者に指名するとき、父はその手続きや太閤へのとりなしを三成に頼んでおり、挨拶に行った盛親は、はじめて治部少輔三成に会った。驕慢《きょうまん》な彼の態度に、武骨者の父元親は怒ることなく、脂汗《あぶらあせ》を流しながら、ただ三拝九拝するのみであった。

（その治部が豪雨に打たれ、泥だらけになって、今度は武将たちの間を拝んで回っている……）

盛親は感慨を覚えずにはいられなかった。しかし、かつて覚えた三成への反感はもはやない。むしろ盛親は、ともに伊勢を転戦しながら、自家の保全ばかりを優先させる毛利家の参謀長吉川広家、口先ばかりで行動の伴わぬ安国寺恵瓊《えけい》、長束正家といった仲間の諸将たちの方に、嫌気がさしていた。

「われらと共にすぐ関ヶ原へ向かって頂けませんか」

大垣城を出た経緯《いきさつ》、そして夜が明ければ関ヶ原で家康と雌雄《しゆう》を決するという作戦を説明し終わった三成がそう言ったとき、

「承知しました」

と、盛親が即座に答えたのは、そのためである。

確かに、吉川広家によってあてがわれたここ栗原山は関ヶ原と遠く離れ、戦いに加わることも、さらには戦況を知ることもできない。たとえ二千とはいえ、強悍《きょうかん》をもっ

てなる土佐兵が西軍主力に加われば相手への威嚇となろう。また、煮え切らない態度をつづけている毛利・吉川らに戦闘参加を促す効果もある。

盛親の答に、三成は相手の両手を握った。

「ありがたい。土佐守殿だけが、この治部と共に関ヶ原で戦うとおっしゃって下さった」

ここにやって来るまでに回った武将たちを、三成は罵《ののし》った。若い毛利秀元は大坂城にいる義父輝元から全権を託されたにもかかわらず、一族の有力者吉川広家の同意なくしては何事も決断することができずにいた。しかも三成と日頃から仲の悪い吉川は、深夜という理由で会うことさえ拒んだ。安国寺恵瓊と長束正家は、毛利・吉川の不審な動きに疑心暗鬼して、三成の要請に返答をすることもできないほど、臆病風に吹かれていた。

三成はいま寒さと緊張で腹をこわしているらしい。だが、火で身体を暖められよ、という盛親の親切な言葉に、彼は下腹を抑えたまま、にっこりと笑っただけだった。

仮設の厠《かわや》を借りただけで、三成は再び馬上の人となった。

「これから松尾山の金吾中納言殿（小早川秀秋）のところへ参ります」

毛利・吉川と同様に、曖昧《あいまい》な態度を続けている小早川秀秋に対しても、三成は戦いへの積極的参加を要請するつもりらしかった。確かにこうなると、一万六千の兵をもつ小早川勢の帰趨《きすう》は、今日の戦いを決定する要素となるであろう。

「では再び関ヶ原で」

そう叫んだ三成の声に、盛親と交わした約束への疑いはなかった。

闇の中に消えていく治部少輔の後ろ姿を眺めながら、盛親は感動を覚えた。自分は今まで三成という人が好きではなかったし、反感さえ覚えていた。しかし、今の三成は、たとえ泥だらけになり、諸将の間を拝み倒すように回っていたとしても、それに値する大義をもっているのだ。

（人間は、ただ保身のみで生き方を決めてはならない。大切なのは志をもつことだ……）

彼は若者らしく、そう思った。そして、これが三成を見る最後の機会となるかもしれない、という不吉な予感を掻き消すように、首を強く横に振った。

だが夜が明けても長曾我部隊は、霧の中をなお出発していない。

三成が去ってから、盛親はすぐ主立った家臣たちを集め、関ヶ原に向かう決意を述べた。

「もはや時《とき》は残されておらぬ。これよりすぐ関ヶ原へ向かいたい」

盛親がそう言っても、家臣たちは当惑げに、お互い顔を見合わせるのみであった。

「どうしたのだ。わしの決断に何ぞ不満でもあるのか」

土佐の侍は、戦闘が始まれば無類の強さを発揮するが、長曾我部元親というカリスマ性がある指導者の指令に従うことに慣れてきた。それが未だ若い盛親に突然関ヶ原に向かうと言い出されても、ただ不安を感じるだけだったのである。

その中で桑名弥次兵衛は、かつての小姓として、自分が盛親を諫める役目を引き受けなければ、と思ったらしく、前へ進み出た。口下手の者が多い土佐者の内で、彼は珍しく弁が立つ。

「殿、三ヵ月前、土佐浦戸を出帆した折のことを思いだされませ」

と、弥次兵衛は言った。

六月、東西両軍から兵を募る書状が着いたとき、土佐はとてもそれに対応できる状況にはなかった。父が死んだばかりで、盛親はまず葬式を執《と》り行《おこな》わねばならず、さらに煩《わずら》わしい襲封事務もあって、土佐の国を治めているというには程遠い状態にあった。

そんな苦しい状況にあって、盛親が畿内へ上る決意をしたのは、天下分け目ともいうべき戦いに参加しなくては、家名をあげることはできず、一族の未来はないと思ったからである。また四国の辺境から天下の表舞台に躍り出たい、という若者らしい功名心もあった。

家中の者たち多くが反対するにもかかわらず、盛親は土佐浦戸の湊《みなと》を無理やり出帆して大坂湾に向かった。『慶長見聞書《けいちょうけんもんしょ》』によれば、付き従う兵はわずか二千。この数字は、土佐二十二万石の実力からすると、あまりに小規模であり、筑前三十五万石の小早川秀秋が一万六千の兵を引き連れ、関ヶ原の戦いの勝敗を握る立場にいるのとは好対照である。

しかも彼の失敗は、出発の時点で東西両軍のいずれに与《くみ》するか、はっきりと決めていなかった点にあった。

土佐では情報量が少なく、いずれが有利なのか、見当がつかない。しかも偉大なる父は若い息子に、生前そのことで何も遺言していなかった。

だから大坂にまず入って情勢を見極め、その後の行動を決めようと盛親は気楽に考えていたのである。

だが大坂天満《てんま》の控屋敷に着くや、彼はもはや悠長なことを言ってはいられないことを悟った。大坂城には既に毛利輝元、宇喜多秀家らが陣取り、東国への街道には関所が設けられていて、蟻《あり》の這《は》い出《で》る隙間《すきま》もない。

困惑した盛親は、桑名弥次兵衛の策を入れ、徳川に向けて、十市《といち》新右衛門、町三郎左衛門という二人の密使を送り、次のように伝えさせることとした。

――大坂に上ったわれらは、西軍に取り囲まれ、彼らに属さざるを得ない状況に追い込まれている。これは当方の本意ではなく、正直言って困惑しているので、今後どうすればよいか、ぜひ内府（徳川家康）のご指示を賜りたい。

しかし、不運なことに、この二人も、長束正家が設けた近江水口の関所で引っかかり、追い返されて戻ってきた。

こうしてはっきりとした意志のないまま、長曾我部家は西軍に組み入れられてしまったのである。

「ですから、われらは治部少輔殿には何の恩義もございません。生死をかけて共に戦う義務はないのです」

「………」

「確かに大坂城西ノ丸に集まったときには、幼き豊臣秀頼様を奉じ、毛利輝元公が大将、宇喜多秀家公が副将、石田治部少輔殿が軍師格となって、西国の諸大名がこぞって集まったその威勢に、われらも西軍の勝利を信じて疑いませんでした」

されど、と弥次兵衛はつづけた。

戦いの帰趨は亡き太閤の遺児を擁しているという大義名分や、集まった諸将の数によって決まるものでもない。

「勝利を決めるものは大将の器量です」

その器量によって、この人のもとで死んでも構わない、という下の者の信頼感が生まれ、戦意が高揚するに至る。土佐の一豪族でしかなかった父の長曾我部元親が、わずかな軍勢で四国を制覇することができたのも、器量の大きさによるものであろう。

「残念ながら、ここ三ヵ月をみると、毛利公には天下を治める意欲もなければ、器量もないとお見受けしました。それは若い宇喜多秀家公でも、治部少輔殿でも同様です。太閤亡きあと、天下を継ぐ力をもっているのは徳川しかおりません」

盛親は沈黙した。弥次兵衛の言葉の正しさを認めないほど、彼は愚かな将ではなかった。しかし、戦場までやって来て日和見《ひよりみ》を決めこむことに、若者は違和感を覚えずにはいられない。それなら自分はなぜ皆の反対を押し切って、土佐を出航し、関ヶ原までやって来たのか。

弥次兵衛はなおも言った。

「われらは、西軍に加わって、伏見城を攻略し、伊勢で安濃津《あのつ》城を落としました」

だが、いずれの戦いにおいても、長曾我部隊を含む二万の西軍は苦戦続きであった。陣内には厭戦《えんせん》気分がはびこり、わずか十分の一程度しかいない敵軍を破るのに、多大の手間と期間を要した。大将毛利秀元を補佐する吉川広家には、全く戦意が感じられず、東軍と内通しているとの噂が常に流れていた。総大将である筈の毛利家内部がこういう状態では、戦いの結果は既に見えているといわざるを得ない。

「殿は、もはや若いときのような千熊丸《ちぐままる》様ではございませぬ。土佐の太守として、現実的に物事を判断し、行動なされませ」

千熊丸とは、盛親の幼名である。桑名弥次兵衛の言葉に他の家臣たちも頷いた。そしてそれこそ盛親に付いてきた二千の兵の総意に違いなかった。

かくして、

——すべては毛利・吉川の動きに応じて行う。

という方針が確認され、荷駄部隊には、遠く伊勢街道の辺りまで退散させておくということまで決められた。足手まといの彼らを先発させておいて、戦いが負けと決まれば即座に土佐へと逃げ帰るという手筈である。

(臆病な安国寺、長束と同じだ)

盛親は下唇をかみながら思った。四国全体を制覇し、勇将と謳《うた》われた父長曾我部元親なら、決してこのような中途半端な行動には出まい。また部下たちも主人の命令に疑うことなく従い、死をも恐れず戦う決意をもったであろう。先ほどの、大将の器量という弥次兵衛の批判は、毛利輝元や宇喜多秀家だけではなく、自分にもあてはまるのである。

偉大な父をもった二代目の悲哀。しかもそれが、かつて小姓として仕えた者の口から明らかにされたことが、盛親には悲しかった。

鉄砲の斉射《せいしゃ》の音が、遠く関ヶ原の方角から聞こえてきたのは、五つ時を過ぎた時分

（午前八時頃）のことである。

しかし、銃撃の音もすぐやんでしまったので、単なる小競《こぜ》り合《あ》いか、それとも本格的な開戦か、盛親の旗本たちには判断がつきかねた。

「どういうことだ」

「たしかに鉄砲が鳴った。しかし、あとがまだ聞こえてこぬ」

家臣たちはどよめいて狼狽し、小首をかしげた。

分からないのは、合戦経験の少ない盛親も、同じことである。しかし、つわもの揃いの長曾我部の侍たちも、同様の反応しか示せないのが、彼には腹立たしかった。

「確かに福島隊と宇喜多隊の衝突でございます」

関ヶ原の見える丘までやった斥候が、そう言って戻ってきたのと、南宮山を経て、法螺貝《ほらがい》の音と鬨《とき》の声がかすかに聞こえてきたのが一緒であった。

ようやく霧も晴れ、戦いが本格的に始まったことを盛親は知った。

しかし、陣取った栗原山からは、戦いを目《ま》の当《あ》たりにすることもできず、ただ戦況の知らせをきくのみである。

報告には、福島隊が宇喜多隊に攻め入ったところから戦いが始まったとするものもあれば、東軍の先陣はどうも井伊直政《いいなおまさ》らしい、というものもあった。関ヶ原は武者たちの色とりどりの鎧《よろい》の色で埋め尽くされ、天下を賭けた戦いが繰り広げられているようだった。

　やがて石田、宇喜多隊が福島、黒田、細川隊らを押し気味に戦いを進めているとの報告が届いた。弥次兵衛らの予想と異なる西軍の善戦である。

　昼前になって、三成の陣取る笹尾山の方角から、濃い煙がむくむくと空に駆け上るのが望見できた。同時に宇喜多秀家のいる天満山南方からも、黒煙が上がった。それは先ほど、三成からの使いの者が知らせた毛利・吉川らへ参戦を促す合図であった。

　約束通り、関ヶ原にあらわれない長曾我部盛親に対し、三成から使いもやって来た。毛利・吉川には狼煙《のろし》の合図によって、山を下り、東軍本隊に攻め入ることを要請しており、長曾我部隊も同様に行動されたい、という。

　徳川家康は南宮山を背にした桃配山《ももくばりやま》に布陣している。確かにいま毛利・吉川を中心とした二万の軍勢が背後から徳川本隊を衝《つ》けば、家康の首級をあげることも夢ではない。

　しかし、盛親が南宮山の様子を窺《うかが》っても、毛利・吉川の軍勢に動きは見られなかった。念のため、山頂の毛利秀元に使者を送っても、

　――いま弁当を使わせているので、攻撃はしばし待たれたい。

　という間の抜けた答が返ってくるのみである。毛利勢は実質上、秀元の前面に布陣している吉川広家に握られており、秀元が盛親同様、どうにも動くことができないの

は明白であった。

　安国寺恵瓊に出した使いも、毛利に参戦を促している、との返事だけをもらって空しく帰ってきた。かつては毛利の外交僧として腕をふるった恵瓊も、いまは年老いて発言力を失っているのであろう。

「いっそ、われらだけでも押し出すか」

　盛親は焦って言った。

　しかし、そこでも自重を説いたのは、桑名弥次兵衛である。

「われらは兵二千ほどしか、土佐より連れてきておりません」

「………」

「対するに池田、浅野ら東軍の抑えは約一万ほどと見受けられます。長曾我部だけが逸《はや》っても、家康の背後を衝くことはおろか、彼らの格好の餌食になってしまうだけでありましょう」

　池田、浅野だけではない。もはや内通が決定的な毛利も、自分たちを攻めてくる恐れがあると言う。

　盛親は自らが戻ることのできない道を、既に選んでしまっていたことを覚った。天下分け目の戦いをただ傍観し、敗北が決まれば即座に退散するという道を。思えば弥次兵衛の言葉によって関ヶ原に向かうことを今朝断念したとき、その道はもはや選び取られていたのである。

いま彼ができるのは、戦いに加わることでも、見ることでもなく、栗原山で床几《しょうぎ》に腰掛け、情勢の報告をきいて時を過ごすことのみであった。

山頂で弁当を食べているという、若くて人の良い毛利秀元の、憂鬱な表情を盛親は思い浮かべた。

しかし、再び南宮山を見上げても、そこにいる毛利隊は静寂を保ったままで、動く気配は全くなかった。


関ヶ原の戦況を大きく変えたのは、正午頃に突如西軍の大谷吉継《おおたによしつぐ》隊に攻撃を仕掛けた小早川秀秋の裏切りである。

毛利・吉川と同じく、松尾山で日和見《ひよりみ》をつづけていた秀秋は、苦戦に業を煮やした徳川家康に鉄砲をつるべ打ちにされると、裏切りに踏み切った。朽木、脇坂、小川、赤座ら付近にいた西軍の小大名たちも、連鎖反応を起こして大谷隊攻撃に加わり、刑部少輔《ぎょうぶのしょう》吉継は激戦ののち自害、西軍の戦線は大きく崩れ去ったのである。

小早川隊が松尾山を下りはじめたとの報から吉継の討死、小西、宇喜多隊も敗走を始めたという知らせが届くまで、わずか半時《はんとき》（約一時間）であった。

既に関ヶ原で戦っているのは、石田三成隊のみ。その石田隊も朝からの激戦で消耗は甚《はなは》だしいものがあり、壊滅は時間の問題だという。

「やはり、西軍の負けでございますな」

桑名弥次兵衛は、盛親に淡々と言った。彼は有能な武将だが、実務型で物事に感傷を感じない。

「予定していた通り、栗原山を退去し、土佐に帰ります」

「待て」

と盛親は言った。

「自分は西軍に加わったものの、関ヶ原で行われた戦いの様子を何も見ることができなかった。せめて一度は戦場を見て、この地を去りたい。それもしないまま逃げるのは、あまりに無念でならぬ」

若い主君の言葉に、弥次兵衛は一瞬返答を躊躇《ちゅうちょ》した。既に長束正家、安国寺恵瓊両隊の姿はなく、南宮山山頂にいる毛利・吉川隊も下山しようとしている。盛親たちがこの地に長居をすれば、関ヶ原で勝利した東軍が襲いかかってくるのに、さして時間はかかるまい。

しかし、弥次兵衛がそう答える前に、盛親は馬を引くことを命じた。押しとどめようとする部下たちの叫び声を背後に聞きながら、栗原山を下り、伊勢街道を北西に進む。従うのは急いで馬にとび乗った吉田孫左衛門という老臣ら、二、三騎である。

盛親たちは安国寺恵瓊、長束正家が布陣していた南宮山の麓までたどり着いた。どこに消えたのか、既に両隊の姿はない。馬から降り、歩いて坂を上ると、遠く戦場を望める丘に出た。

丘から遥かに見える関ヶ原では、斥候《ものみ》の報告通り、はや戦闘が終わりかけているようすだった。

中仙道と北国街道が行き合う地点を中心として、相川、寺谷川、藤川の三本の川が流れる関ヶ原村一帯の大地の突起やくぼみに、石田、宇喜多、大谷といった西軍諸隊の旗が投げ捨てられ、多数の死体がころがっている。あちこちに動いているのは東軍の兵士ばかりで、彼らは北西の笹尾山深くに追いつめた石田隊を囲んで、まるで飢えた野獣のように群がっていた。黒い煙があちこちから空に舞い上がっているのは、置き捨てられた西軍の幟《のぼり》や幕に東軍の兵が火をかけたためであろう。

西軍の旗が一つ一つと倒れていくのを目のあたりにしながら、盛親は今日未明に見た三成の切実な表情を思った。あの残り少なくなった石田隊の中で、三成はまだ采配《さいはい》をふるっているのだろうか。あるいは既に背後の伊吹山中に落ちのびることができたか。島左近、蒲生《がもう》備中といった石田家の名ある武将たちは、既に討死したとの報もある。

「あれは何だ」

石田隊近くになお西軍の旗が、わずかに揺らめいているのに気が付いて、盛親は声をあげた。

薩摩の島津義弘、豊久の部隊およそ一千である。

彼らは長曾我部と同様、今回の戦いにわずかの兵しか連れてきておらず、その存在はほとんど無視されていた。加えて、のちに盛親が知ったところによれば、関ヶ原では三成と戦術をめぐって対立していたらしい。

しかし、いま盛親の目に映っているのは、島津隊が長曾我部と違って関ヶ原に赴き、なおも戦場の真只中に踏みとどまっていることであった。

背後は険《けわ》しい山々が連なり、前方は三方から敵軍に囲まれて、彼らは既に退却する機会を失なったかに見えた。

（どうするつもりなのだろう）

盛親、そして並んで丘から見ている長曾我部の侍たちも、そう思った。北国街道を東へ、あるいは中仙道を近江に駆け抜ければ、街道は他隊の落武者たちで溢《あふ》れかえっているから、すぐ東軍に追いつかれ、餌食とされてしまうのは目に見えている。

（精一杯戦ったのち、ここを死に所と定めようというのだろうか）

盛親がそう思ったのと、不意に風が立ち、やや強い雨が来たのとが同時であった。天候の変化が合図であるかのように、馬標《うまじるし》はたたき折られ、旗差し物が一斉に消えて、島津隊はひしと固まった。

「前面の敵を、一気に突破しようとしております」

側にいる侍の一人が叫んだ。

確かに、まわりを囲まれた島津隊は、敵の真正面を突き抜け、前へ前へと進むことによって、文字どおり活路を開こうとしているようだった。

一本の鋭利な刃物となって目の前の敵にぶつかって行く、その戦意に藤堂、筒井らの敵軍は瞬時にして分割され、家康本隊も危険を感じて、島津隊の進路から退いて道を開《あ》けた。

「良いものを見ましたな」

背後で吉田孫左衛門の声がした。盛親が振り返ると、父元親以来の一徹な老将の顔がそこにある。天正十年（一五八二）、中富川の戦いでの活躍は、伝説的なものがあるが、五十歳を越えてからは、戦いに出てくることも稀れとなり、彼の時代は去った、といわれていた。それが何故か、今回の戦いには盛親のもとに馳せ参じてくれたのである。

その黒く焼けた顔に刻まれた皺《しわ》と落ち窪んだ目は、彼の古武士的風格と孤独とをあらわしていた。

「あるいは退散することばかり考えていたわれらより、殿の方が正しかったのかもしれません」

孫左衛門の言葉をきいたとき、土佐を出て以来、沈みがちでほとんど口を開くことのなかった、この老将の意見を、盛親はもう少しきいておきたかったと思った。

## 2

長曾我部隊が栗原山を下り、待ち構えていた浅野、池田の兵に、街道の両側から鉄砲で連射された瞬間から退却戦は始まった。勢いに乗じて攻めかかる敵軍の攻撃は、殿軍《しんがり》を務めた吉田孫左衛門の巧みな用兵がなければ、免れることは難しいほど、厳しいものであった。

首をかせごうとする追撃隊や土寇の群れの間をすり抜けながら、盛親たちは篠つく雨が降り注ぐ伊勢街道を南へと急いだ。戦いにおいて退却ほど難しいものはない。

「勇将驍卒《ぎょうそつ》も一時皆踏留《ふみとど》まりて飽迄《あくまで》奮闘するも、大勢遂に叶《かな》わず身に三ヵ所四ヵ所の疵《きず》を負わざるはなく」とこのとき盛親に付き従っていた侍は述懐している。

伊賀路にさしかかったときに兵を集めて調べてみると、討死は百十三騎、隊から脱落した雑兵は数知れず、二千の長曾我部隊は、もはや五百余となっていた。

それは敵の真中を突破し、家康の心胆を寒からしめた島津隊とは異なって、勇壮さの微塵《みじん》もない敗走だった。

盛親と侍たちの心の中で幾度悔悟と絶望が交錯したことであろう。いわば自分たちは本格的な戦いを一度も経験せず、敗走するためにだけ、土佐から出てきたようなものなのである。それならいっそ関ヶ原で華々しく戦い、元親以来の長曾我部の勇名を天下に轟《とどろ》かせるべきではなかったか。

紀伊半島を横断した盛親たちは、泉州岸和田に出た。行く手を阻もうとした東軍の小出播磨守らを白昼威圧しつつ、堂々と岸和田城下を突き破ったのが、彼らの唯一の晴れ姿だったといっていい。

その後高津で一揆に襲われたりしながら、一行は大坂天満の控屋敷にたどり着き、すぐ船の支度をさせ、四日後に大坂を出航した。

丸二日の船旅ののち、竜頭岬《りゅうずみさき》の小高い崖に建つ浦戸城を三ヵ月ぶりに望見すると、五百余名の傷だらけになった侍たちは懐かしさに声をあげた。伏見で青春時代を過ごしたため、土佐の記憶が薄い盛親も、安堵感で部下たちの声に和したほどである。

しかし、関ヶ原で長曾我部の属した西軍が敗れたとの報は、土佐にも彼らの帰国より一歩早く入ってきていた。

「数日前より、孫次郎様に不穏な動きがあり、城は厳戒態勢に入っております」

国家老久武内蔵助《くらのすけ》親忠はそう言って、盛親を出迎えた。

内蔵助は長曾我部家譜代の重臣だが、奸佞《かんねい》な性格で、陰謀家との評判がある。伏見で成人した盛親は、父が死んで土佐に戻るまで、この太った老人の悪評を知らなかった。彼が当初聞いたのは、自分が後継者に指名されたとき、内蔵助が率先して賛成し、実現に努力したという事実である。だから内蔵助の方には、盛親が自分のお膳立てで土佐守になれたのだという優越意識があり、単なる操《あやつ》り人形《にんぎょう》としてしか、若い主君を見ていない。盛親を後嗣《あとつぎ》にすることに賛成したのも、元親に迎合するためと、甥の桑名弥次兵衛が小姓だったので、自らが権力を保つのに好都合だと思ったからであった。

「不穏な、とはどのような意味か」

盛親が訊《たず》ねると、内蔵助は腹の出た身体を盛親にすり寄せた。

「養家と連絡しあい、岩村を脱出しようとされている由。ただ孫次郎様が集められる兵力は、三百程度にすぎず、香宗我部《かそかべ》氏をはじめとするご重臣方の多くは、加わっておりません」

孫次郎とは、津野親忠《つのちかただ》といって、盛親より三歳年上の三兄である。幼い頃から地元の豪族津野家に養子に出ていたこともあって、二人の兄が死んだあと長曾我部家の後継者になることはできなかった。

天正十四年（一五八六）長曾我部元親は、親忠を差し置いて四男盛親を後嗣と定めるにあたり、反対した家老たちを粛清した。さらに自らの死の直前、お家騒動が再燃することを恐れ、当の孫次郎も香美郡《かみごおり》岩村の寺に幽閉している。

久武内蔵助が伝えたのは、その兄が盛親の関ヶ原敗北を聞くや、幽閉地を脱け出す準備を進め、浦戸城を攻めようとしているらしい、という風聞であった。

「殿には今でも五百の兵がございます。早急に岩村を攻め、危険の種を手早く刈り取ってしまいなされませ」

久武は手を盛親の膝に伸ばして、そうささやいた。老臣の言葉には、主人を唆《そそのか》す毒が含まれている。

盛親を後嗣とした際の騒動で、反対した重臣たちを元親が切腹させ、その一族を処断したのも、これを機に自分の対抗者を葬り去ろうとした内蔵助の讒言《ざんげん》によるものであったという噂がもっぱらであった。

以後どうしても盛親の存在は、内蔵助の悪評と結び付けられてきた。昨年帰国した盛親が、彼の美しい養女を側室にしたことも、世評を助長している。

だが見目麗《みめうるわ》しく、最初は夢中になった、お万というその娘も、一緒に暮らしてみると、気質が合わないことが分かって、盛親は潮が引くように興味を失っていた。

三ヵ月前、久武内蔵助の反対を押し切って、盛親が関ヶ原に向かった理由には、彼の傀儡《かいらい》であることから脱却したいという気持ちが含まれていたのである。

「奥はどうしたか」

「お万は本丸に移しました。身辺の警護も充分にしております」

内蔵助は、自分の養女を婿が心配していると早合点した。狎《な》れのため、側室に上がっている娘に敬語を使うことも忘れている。

だが若い主君の反応は、年老いた陰謀家の想像を越えたものだった。

「お万ではない」

盛親は怒って言った。

「奈々のことだ。そもそもお万を本丸に移すなど、誰が決めたのか」

「お万は蒲柳《ほりゅう》の質《しつ》で、その方が便利かと。奈々様は二ノ丸に……お健やかときいております」

内蔵助は驚きを示した。奈々は盛親の十五歳になる正室であるが、目が不自由で、家中では忘れられた存在である。しかも、おそらく盛親も触れたことのない、形ばかりの妻ではなかろうか、といわれている。

「すぐ奈々の元に参る」

盛親は二ノ丸へと急いだ。浦戸城は父元親が十年程前に築いた城で、未だ新しいが、秀吉に従った九州征討や朝鮮の役への遠征費用が嵩《かさ》んだため、二ノ丸にまで配慮が行き届いておらず、建てつけもよくない。そんな所に奈々を押し込んでしまったことを、盛親は悲しく思った。

「あにうえ様」

部屋に入ってきた物音を聞いて、すぐ盛親だと分かった奈々はそう叫んだ。

夕暮れの光線が、障子を通して部屋に射し込んでいる。奈々はそこで侍女に『源氏物語』を朗読させていたのだった。目がよく見えないため、話している相手に向ける表情が、普通の者と異なっているが、それが如何にもひたむきなので、地味な顔立ちにもかかわらず、不思議に人を惹きつけるものがある。

奈々を、盛親は生まれたときから知っていた。元親の長男信親《のぶちか》の娘だから、叔父姪の関係でもあるのだが、十歳くらいの年齢差なので、子供の頃は城内の庭で兄妹《あにいもうと》のように親しく遊んだ。ことに奈々の母が病死し、彼女が孤児の身の上になってからは、訪れて言葉をかけてやるのが盛親の役割となった。奈々が五歳のとき病にかかり、大《たい》熱《ねつ》を発したときなどは、手を握ったまま一晩中寝ずに看病した。

そのときの熱がもとで、以来奈々は目が不自由になり、ほとんど何も見えない。にもかかわらず明るく育ったのは、持ち前の性格もあるが、「あにうえ様」の前で、ことさら彼女がそう振舞《ふるま》っていることにもよるだろう。

晩年の長曾我部元親が、津野孫次郎を差し置いて、弟の盛親を後嗣に指名したのは、彼と奈々の仲の良いようすを見ていたからかもしれない。期待をかけていた長男信親が秀吉の九州攻めに参加して戦死し、その忘れ形見が身障者となったときの元親の悲しみは大きかった。何としてもこの不幸な孫娘を幸せにしてやりたい。少なくとも自分が生きている間に、道筋だけはつけてやりたい。かつて四国の雄と呼ばれながら、いまや老いさらばえた虎は、ただそのことだけを晩年思いつめた。

こうして四男盛親を後継者と定めたとき、元親は条件として彼と奈々との婚姻を命じたのである。

長曾我部家の騒動は、元親のこの決断に端を発したといっていい。

盛親を世子とすることへの反対は、彼の器量に対してよりも、叔父と姪を結婚させることの倫理性に集中したからである。

——礼記《らいき》に、同姓を娶《めと》らざるは其《そ》の禽獣《きんじゅう》が近きがためなりとあり。叔父姪の婚姻甚だ以て然《しか》るべからず。御遠慮あるが至当《しとう》なり。

吉良左京進《きらさきょうのしん》、比江山掃部助《ひえやまかもんのすけ》といった重臣たちはそう言って、元親を諫めようとした。久武内蔵助が元親の老耄《ろうもう》ぶりを利用して、彼らの発言を曲げて告げ口し、討滅に成功したことは既に述べた通りである。

昨年元親は病床にあって、盛親に奈々と自分の前で婚礼を挙げることを望んだ。急ぎ土佐から奈々が呼び寄せられ、形ばかりの式が挙げられるのを見て、安心した老父は伏見屋敷で眠るように世を去っている。

今も盛親と奈々は形ばかりの夫婦にすぎない。叔父と姪という関係が、そして後嗣決定時の騒動が、盛親の心に重くのしかかっているからだ。このまま形だけの夫婦を続け、ただ優しい「あにうえ様」として奈々を守ってやりたい、彼はそう心に決めている。久武内蔵助の養女であるお万を側室にしたのも、一族を保持するために子を早くなさねば、という周囲の勧めと、女の表面的な美しさが、彼の悩める心に一時的な安らぎを与えた結果であった。

だが、お万が正式に側室として城に入ったときの、奈々の底知れぬ悲しみを、盛親は知らない。

「ご無事に、大坂からお帰りになられたのですね」

奈々は侍女に朗読をやめさせ、盛親の方を向いて言った。たとえ目が見えなくても、彼女は相手の方に真っ直ぐ向いた話しかたをする。

「もう心配することはない」

盛親は昔そうしたように、奈々を思わず抱き寄せた。香《かん》しい肌の香りが、若い彼を包む。だが、幼さを残しながら、成熟しつつある危うさを、最近の盛親は奈々に感じている。盛親はその危険から逃れるように、すぐ身体を離した。

「本丸から移されてしまったようで迷惑をかけた。すぐ戻させよう」

「必要ありません」

「なぜだ」

「お万殿に言って、本丸に入って頂いたのは私の方ですもの」

　奈々は、そう言って笑った。幼い頃からよく知っている筈の、その笑顔が今の盛親には謎のように感じられる。

「ただ、あにうえ様が時折、わたくしの元へ、こうして会いに来てくだされば、奈々はそれ以上何も望みません」

「…………」

「ところで、孫次郎様をお攻めになるのでございますか」

　奈々は心配そうな顔をして、話題を転じた。

「そうだ。どうやら不穏な動きをされているらしい」

「兄弟《あにおとうと》でお戦いになることは、どうかやめて下さりませ」

　奈々はそう言って、盛親の手を握り締めた。

　そして相手が無言のままでいると、さらにその手を自分の胸に圧《お》しつけた。

「あにうえ様にも、孫次郎様にも、そして奈々の胸にも、長曾我部の血は流れております。お家が大事のときに、内輪で戦っていてはならないと奈々は思います」

「…………」

「孫次郎様は、お気の優しい方です。だからあにうえ様に歯向かうことなど、決して

の嘲《あざけ》りの入り交じった声が盛親の耳
なされますまい」

殿は感傷に流されている、という久武内蔵助の、嘲《あざけ》りの入り交じった声が盛親の耳の奥で聞こえた。桑名弥次兵衛もまた、それに和していた。

しかし、いま盛親は、内蔵助や弥次兵衛よりも、奈々の言葉を素直にききたかった。

これから土佐には、藤堂、蜂須賀といった周辺の東軍諸大名が攻め込んでくるであろう。いまは一族が一致団結して、長曾我部家存亡の危機にあたるべきときなのだ。

「分かった。奈々の言う通りにしよう」

盛親は、そう言って立ち上がった。外には夕闇が訪れ、まわりは既に薄暗い。本丸へ帰る途中、盛親は自分の袖《そで》がかすかに濡れているのに気付いた。それは先ほど抱きしめたとき、奈々がこぼした涙の滴《しずく》かもしれなかった。


二日後、盛親は長曾我部家の家臣一同に、浦戸城へ参集するよう命じた。

それは徳川家の外交担当者である井伊直政から、梶原源右衛門、川手内記という二人の侍がやって来て、次のような口上を伝えたためである。

――関ヶ原において、長曾我部殿が徳川に敵対する意志がなかったことは、よく存じ上げております。そこでわが主君井伊直政が申しまするには、盛親殿ご直直《じきじき》に少数で大坂に上られ、申し開きをなされたい、とのことでございます。

直政からの誘いに、どう返答し、今後如何《いか》に行動すべきか、盛親は迷った。親切そうにみえるが、果たして信じてよいものか。むしろ籠城して、関ヶ原では貫くことのできなかった徹底抗戦の道を選び、長曾我部家の武名を天下に知らしめるべきではないか。

しかし、そうした盛親の気持ちに対し、久武内蔵助らは、徳川に降伏の意をあらわすため、井伊の申し出を受けるべきだと主張した。

結局意見は分かれ、盛親は内蔵助ら一部の家臣とだけでなく、家中一同で話しあう、と決心したのである。

「今日は議をつくそう。皆思う存分のところを述べてくれ」

盛親の呼びかけに応じて、最初に前へ進み出たのは大黒主計《おおぐろかずえ》という侍だった。土佐郡杓田《ひしゃくだ》城主吉良親貞《ちかさだ》の婿で、お家騒動のときに粛清された吉良親実《ちかざね》の親戚筋にあたる。

「恐れながら申し上げます。このたびの井伊殿お取り持ちは、確かに良きようにみえますが、相手の真意は分かりませぬ。不用意に大坂へ上って捕えられ、臍《ほぞ》を噬《か》んでも後の祭りでございます。それよりも家中皆で団結し、敵に当たれば、土佐は山国であり、四、五年はもちましょう。ここは運を天に任せ、籠城することこそ、われらが取るべき道と存じまする」

聞いている者の中から、賛同の声が湧き起こった。

「主計殿のご意見に、それがしも賛成でございます」

と次に言ったのは、やはり粛清された比江山一族の戸波右兵衛《となみうひょうえ》である。

「もっとも、籠城と最初から決めてかかるのは如何《いかが》なものでしょうか。いくら山国といっても、昔と異なり、いまは交通が発達し、土佐の道路も整備されております。全国の兵を相手に、まともに戦っては、われらの兵力からいって勝ち目はございません。むしろ敵が押し寄せてくれば、北は種崎、仁井田の浜、西は長浜、日出野の浜に打って出て、お家存続の道を探ることの方が妥当でございましょう。ここは長曾我部の武名を重んじ、断じて徳川に弱腰をみせてはなりません」

二人の意見は、盛親を力づけた。日頃は評定で拗《す》ねたような態度をみせている吉良、比江山一族の冷や飯組が、今日は長曾我部の将来のため、必死に考え、建言しようとしているのも、彼には嬉しい。

しかし、久武内蔵助は唇を捩《ね》じれさせて、彼らを嘲笑《あざわら》った。

「各々方《おのおのがた》、一時的な激情や思いつきで、お家の将来を誤ってはなりませぬ」

と彼は嚙んで含めるように言った。

「われらが西軍に付いたのは、いわば偶然であり、内府とは先代元親様の頃に同盟を結び、太閤を東西から挟み撃ちにして以来のつながりでござる。井伊殿はそういった事情をよく理解され、お言葉をかけてくださったのであろう。それなら好意に甘えて、

られぬのか」
殿が大坂へ上り、真実を申し述べることこそ、適切な道だと、どうしてお分かりにな

盛親は父元親が病気中、一、二度伏見屋敷に見舞ってくれた徳川家康の風貌を思い出した。確かに、律義な人という評判通り、一見物柔らかそうな性格に見えた。だが、あの人は相手が利用できると思ったときは鄭重《ていちょう》な態度に出るが、一度その価値を失うと見向きもしない冷たい性格を、隠しもっているのではないか。盛親には、そう思えてならない。

久武内蔵助が発言すると、評定の議論は途絶えた。家臣たちの表情をみると、必ずしも賛同していないが、彼に弁で優る自信はないようである。

「皆のご意見は、ほぼ出尽くしたようですな」

内蔵助は議論を打ち切った。

「やはり、徳川に頭を下げざるを得ぬのか」
「それしか長曾我部家存続の道はございません」

久武は断言した。

関ヶ原のときと同じような寂寥感が、盛親の胸に広がる。果たして井伊の申し出だけを信じて大坂に行くのが正しい選択だろうか。しかし、国家老久武内蔵助の意見を退け、徹底抗戦を決心するには盛親は未だ若すぎるといってよかった。

主が自信のない素振りを見せれば、家臣たちの間でも、長いものには巻かれよ式の空気が支配してしまう。

こうして盛親の大坂行きは決定された。盛親の希望が通ったのは、今日の評定にも欠席している吉田孫左衛門を、その供に長老格として据えるということだけであった。

評定が終わり、家臣たちが下城した夜、あらためて盛親に面会を願い出た者がいる。盛親が書院に招き入れると、久武内蔵助と桑名弥次兵衛であった。

「何ぞ用か」

人払いをされた近習が残していった灯火に、二人の顔が浮かんでいる。

「殿、あれより考えてみましたが」

内蔵助は目を細くあけ、相手の表情を窺いながら言った。

「不安なことが、一つ残っております」

「津野孫次郎様のことで」

今度は桑名弥次兵衛が言う。

「徳川は長曾我部の家督を孫次郎様に譲れ、と言い出すのではないでしょうか」

津野孫次郎親忠は、隣国である伊予宇和島の領主藤堂和泉守高虎《たかとら》と親しい。そして高虎は豊臣譜代の臣でありながら、関ヶ原では東軍に属し、家康の覚えも目出度いとの評判である。そう考えれば、現在の状況は、孫次郎にとって、一度は失った長曾我部家の後嗣となる、絶好の機会といっていいのではあるまいか。

「大坂へ上り、申し開きをされるべき、という私どもの意見はいまも変わっておりません。ただそのときに、孫次郎様がおられることは、長曾我部家を守るという目的に齟齬《そご》をきたすと思うのです」

弥次兵衛は、そう言った。

「いずれにせよ」

久武内蔵助は膝をすすめ、声を低めた。

「孫次郎様を仕物《しもの》（謀殺）にかけられませ。この策にしくはございませぬ」

「兄を殺せだと……。そんなことまでして、長曾我部家当主の地位を保つ気など、わしにあるものか」

盛親は二人に向かって、高い声をあげた。彼らが自分たちの権力保持しか考えていないことが、若い主君には悲しかった。

「弥次兵衛、幼い頃から仕えてきてくれたお前までもが、このような愚かなことを内蔵助と一緒に考えているのか」

「殿」

桑名弥次兵衛は盛親の視線に耐え切れず、平伏した。

「この弥次兵衛、関ヶ原でも殿をお諫め致しました。それは退却こそが、殿のおためと信じたからでございます。このたびも、大坂で申し開きをされるとともに、内蔵助殿の申されたような手を打っておくべきことが、長曾我部家を守る唯一の道と存じまする」

「言うな」

盛親は、顔を赤らめて言った。持っていき場のない興奮が、彼を満たしている。

「許さぬ、許さぬぞ」

「ならば殿自身は、何もご存じなかったということになされませ。あとは、この内蔵助が致しまする」

薄笑いを浮かべて、なおも言われると、盛親はもはやそれ以上何も言葉を発することができなかった。

盛親の命により、二人は退出していったが、納得したようすはない。

関ヶ原のとき、桑名弥次兵衛に言われた、大将の器量という言葉が、自分の上に再び重くのしかかるのを盛親は感じた。

土佐を出発した盛親一行が、堺の湊に入ったのは、十月三日。泉州の山々が秋の色づきをみせる頃である。侍十一名と雑兵たちよりなる一行は、天満にある寺に入った。

大坂で彼らは、三ヵ月前に上ってきたときと同様、世の移り変わりが急であることに驚くほかはなかった。徳川家康は既に大坂城西ノ丸に入り、全国の大名、京の公卿や門跡、京・堺の富商たちが挨拶に訪れて引きも切らない。本丸に住む秀吉の遺児秀頼の存在は、もはや完全に無視されている。

西軍の石田三成、小西行長、安国寺恵瓊は捕らえられ、大坂、堺、京の市中を引き回されたのち、十月一日京の六条河原で斬罪に処せられたという。辞世の句もなく、僧が授けようとした十念も断って、三成が死んだという話をきいたとき、盛親は関ヶ原合戦の日の朝、土砂降りの雨に濡れながら、西軍諸侯の間を走り回っていた彼の悲壮な後ろ姿を思い出した。

傍観を決め込んでいた毛利の運命も惨めだった。関ヶ原の敗北を知った輝元はあわてて大坂城を退去し、木津屋敷に謹慎したが、入ってくる噂は、家康が毛利の分国をすべて取り上げるというものばかりである。これでは日和見の張本人たる吉川広家は男が立たない。焦った広家は、わが身にかえて毛利家を存続させるため、自分がもらう予定だった周防・長門の二ヵ国を毛利家に残してほしい、とする血判起請文を、福島正則、黒田長政ら東軍の友人たちに送り、巻き返しに躍起となっていた。

しかし、徳川からの返答は未だなく、絶望した毛利輝元は京都紫野大徳寺で出家し、高野山へ向かうとの噂である。

関ヶ原を一千の将兵で駆け抜け、退去した島津家については、毛利と少し事情が異なっていた。家康の本陣前をすり抜けることに成功した彼らは、伊賀を通過し、奈良、大坂を経て、堺から船を仕立て、ようやく故国に帰ったが、そのとき大将島津義久に付き従っていた兵は、わずか八十余に減少していた。

全国がまたたく間に徳川の支配下におかれる中で、島津だけがなお家康に服していない。島津を討伐するには、降伏した毛利輝元を遣《や》ればよいだろう。そんな残酷な案が徳川家中では出ていたが、家康は何故かこの辺境の強国を攻略することにためらいを見せていた。

彼には自らの眼前を、壮烈に駆け抜けていく黒い群れへの恐怖があった。もっと正確に言えば、死を決意した集団と戦う危険性を、百戦錬磨の家康はよく知悉《ちしつ》していたといえる。表面上はともあれ、徳川の天下は未だ定まったばかりであり、思わぬ所で足を取られれば、関ヶ原における乾坤一擲《けんこんいってき》の勝利は、脆くも瓦解してしまうだろう。

島津側もまた、そんな家康の心理を見抜いているかのように、上洛せよという徳川の要請を退け、強腰の外交をとりつづけていた。

こうした状況をみて、盛親は関ヶ原のときと同様、自らの見通しが甘かったことを後悔せざるを得なかった。

土佐兵の強さは、薩摩と肩を並べるといわれる。もし盛親が浦戸城に籠城すれば、家康は危険を感じて、よい条件を出し、本領安堵を確約してきたかもしれない。しかし、毛利の例にみるように、服従の意をあらわした負け犬には、歯を剝《む》いて襲いかかり、完膚《かんぷ》なきまでに相手を倒そうとするのが、家康のやりかたであった。

その内に出入りの商人から、土佐一国は長曾我部から没収され、山内対馬守一豊《やまのうちつしまのかみかずとよ》に与えられる、との風説が入ってきた。既に山内には、その旨の内示があったという。

一方仲立ちしてくれる筈だった井伊直政からは、数日を経ても、なお連絡はない。

久武内蔵助が兄孫次郎を謀殺したという知らせがとびこんできて、盛親の心は、ますます暗くなった。それは桑名弥次兵衛からの書状によるもので、内蔵助の手勢が、岩村の孫次郎がいた寺を取り囲み、

――盛親様の仰せである。覚悟を決めてご自害なされよ。

と追いつめたというものであった。

郎党たちは口惜しがって、藤堂高虎の領する隣国へ落ち延びることを勧めたが、孫次郎はそれを制止し、従容《しょうよう》として腹掻ききったという。

かくして長曾我部家の憂いは取り除かれ、心置きなく、潔白を申し述べるよう、弥次兵衛は書いてきている。しかし、大坂に着いてから、徳川の西軍諸侯に対する苛酷な措置を目の当たりにしている盛親には、むしろ逆に焦燥感がつのった。

主君の不安は、家来たちにも急速に広がっていく。とくに雑兵たちは、日々目立っ

て数が減少していった。

中でも、本多忠勝、榊原康政らが討手《うちて》に命じられ、盛親らの滞在する寺に向かっているという噂に対する皆の混乱ぶりは大きかった。付き従う家来たちは我先にと逃亡し、翌日残る顔ぶれを見てみると、雑兵はほとんど姿を消し、家臣も吉田孫左衛門以下、七名のみとなっていた。

兵の潰散《かいさん》を待っていたかのように、井伊直政から下屋敷に移られるよう、との連絡があった。

移ったその夜、盛親はようやく井伊直政に会うことができたが、相手の態度は、予想以上に厳しかった。

「土佐守殿。このたびのこと、もはや難しくなり申した」

井伊直政はそっけない口調で、若い長曾我部家の当主に言った。直政は関ヶ原で島津隊を追い、鉄砲で右肱《みぎひじ》を撃ち抜かれたため、今でも患部を肩から下げた包帯で蔽《おお》っている。直政の態度は島津を逃した口惜しさを、まるで長曾我部にぶつけるようだった。

「それがしが使いの者を送ったときは、確かに大殿（徳川家康）も長曾我部殿が西軍に付かれたのは心底より発したものではないとお思いになり、かつての元親公との付き合いもあって、罪も許される状況でござった」

されど、と彼はつづけた。

「昨日藤堂和泉守殿が大坂城に伺候され訴えられるには、盛親殿のご命令によって、ご舎兄津野孫次郎殿が、詰め腹を切らされたとか。大殿はこれを聞かれ、血を分けた兄を殺して知行《ちぎょう》安堵を図るなど、不義この上なし、長曾我部元親の子とも思えぬ、とたいそうのお怒りでござる」

孫次郎の郎党が、主君が謀殺された次第を、藤堂高虎に訴え出たらしい。津野親忠の知己である高虎は、すぐさまこのことを家康に知らせたのであった。

「ついには、盛親殿を速《すみ》やかに誅戮《ちゅうりく》せよ、と仰せられました」

しかし、大坂まで呼び付けておいて、腹を切らせたのでは、あまりに酷であると取り成した結果、助命嘆願だけは聞き届けられた、と井伊直政は押し付けがましく言った。

「かくなる上は、領国はことごとく召し上げ、今後は全くの牢人として生きて頂かねばなりませぬ」

盛親自身は兄を殺せと命じてはいない。しかし、それを申し述べたところで何になろう。結果として孫次郎が死んだ以上、責任は大将たる自分が負わなければならないのだ。

「で、土佐は今後いずれの方が、お治めになるのでございますか」

「山内対馬守殿でござる」

やはり、と盛親は覚った。

要は謀《はか》られたということなのだ。最初から家康は長曾我部の所領を剝《は》ぎ取《と》るつもりであった。毛利家をはじめ西軍諸侯を襲った苛酷な運命は、同様に関ヶ原で傍観を決め込んだ長曾我部に対しても例外ではなかったのだ。

いずれにしろ孫次郎の死は格好の口実であったにすぎず、自分は大坂に呼び出されたときから、こうした処罰とすることが、予《あらかじ》め仕組まれていたのだろう。

（あるいは兄が生きておれば、わしの身はともかく、長曾我部の家と家来たちは守ることができたかもしれない……）

そう思う盛親に対し、井伊直政はさらに意地悪く言った。

「明朝には、この屋敷を出て、京へ移って頂かねばなりませぬ」

もはや土佐に戻って、家臣たちと別れを惜しむこともできぬという。

盛親の胸を、後悔の念が襲った。無防備に大坂へ上るのではなく、土佐にいて、徳川と外交的取り引きをつづけておれば、長曾我部は、島津のように、もう少し存続のための行動をとれたであろう。しかし、今はそれを悔いても詮ないことである。彼はもはや国主でも、武将でもなく、一介の牢人として、厳しい現実の中に放り出された。それが関ヶ原で戦わずして傍観し、遁走した報いなのだ。

（自分はついに土佐を失ってしまった……）

暗い絶望が、盛親の心を、そして全身を支配していった。

翌朝早く、長曾我部盛親は、吉田孫左衛門ら家臣たちに見送られて、井伊家下屋敷を出た。

彼はすでに土佐守の地位を失い、これから井伊家数名の付き添いとともに、謫居《たっきょ》の地として指定された京に向かう予定である。そこでは所司代板倉勝重《いたくらかつしげ》の監視下に置かれ、同行を許されている家臣は、江村孫左衛門一人しかいない。

関ヶ原のときのような深い朝霧が出て、小雨が降っている。脇には井伊家の侍がいるが、長曾我部主従と少し離れているのは、彼らにわずかでも別れの時間をあたえようという武士の情けであろう。

「皆の者、さらばじゃ」

盛親は六名の家臣たちに言った。彼らも、今日昼過ぎには、国受取りの準備を行う井伊家の使者、鈴木平兵衛らとともに、土佐へ出立することになっている。

「お前たちから、土佐の者には、よく言い含めて、決して軽挙妄動せぬように説いてくれ」

盛親は昨日までの大名にふさわしい身なりを、井伊家から支給された牢人らしい服装に既に着替えていた。その着物が霧で、早くも冷たく湿っている。

「これもすべて、一年前に家督を継いだわしの責任だ。付いてきてくれたお前たちには、本当に申し訳なく思っている」

「殿」

侍たちは泣きながら、首を強く横に振った。いつもは言葉少なく、動揺の色をあらわさない吉田孫左衛門も泣いている。

「落胆されてはなりませんぞ」

孫左衛門は盛親を力づけるように言った。

「確かにわれら家臣は先代元親様を尊敬し、それが長曾我部の強さに結びついておりました。しかし、長曾我部は武田とは違います」

彼の言う武田とは、かつて信玄に率いられた甲斐の騎馬軍団である。その強さは、織田右大臣信長をも恐れさせるほどであったが、信玄亡き後に信長が甲斐に攻め入ったとき、主立った武将たちは後継者の勝頼を裏切るか、早々に信長に降参して、抵抗はわずか一ヵ月で終わった。勝頼が天目山《てんもくざん》で自害したとき、付き従う者は妻子と供の者あわせ、わずか四十余名にすぎなかった。

「近くは勇名をとどろかせた柴田勝家公が越前北ノ庄に亡んだときも、付き従う者、わずか三十余名であったといいます。大将の運が尽きたとき、それについて行く者が少ないのは世の習いでございましょう」

「………」

「しかるに、殿の場合には、なお数千の長曾我部の侍が残っております。この者たちは先代のご遺徳だけでなく、殿ご自身をも、慕っているに相違ありません」

俺にそのような徳があるだろうか、と盛親は自問した。自分は、ただ関ヶ原に闇雲《やみくも》に出かけて、戦わずして遁走し、土佐に帰ってからも、おびき出された挙げ句、捕らわれて国を失ってしまった愚か者にすぎない。その証拠に、堺に着いてからも、多くの者が自分の元を去っていったではないか。

彼は吉田孫左衛門に、素直にそう言った。

「いいや、違います」

老臣は首を横に振った。

「殿には優しさがおありになります。兵一人一人の命を気遣うお優しさが。関ヶ原でのためらいも、また大坂へ申し開きに出向かれたのも、殿が臆病だったからではなく、われら家臣が及ばなかったからです」

「しかし、優しさだけでは国は保てぬ。そして国が保てぬということは、家臣たちに悲惨さを味わわせることにつながるだろう」

「われらは、殿が優しさをもちつづける強い武将として生きていただきたい、と思っております。殿が再び戦おうという意志をもちつづけておられる限り、長曾我部の侍たちは各所に隠れながら、今後もご出馬をお待ち申しあげるでしょう。先日逃げ出した者たちも、今頃は後悔しているに違いありません」

ですから、と孫左衛門は、井伊の者たちに聞こえぬよう、低い声で言った。

「殿はお一人ではございません。われらが付いております。皆、殿のもとで再び戦える日を待ち望んでおります」

盛親は深く頷いた。関ヶ原でも、そして土佐でも、戦わずして敗れ、なすところなく国を奪われた長曾我部は、次の機会にこそ、強悍さを天下に示さなければならない。それは盛親にも、家臣たちにも、共通した思いであった。

「必ずや、戦場で鳩酸草《かたばみ》の旗標《はたじるし》を、再び打ち立てようぞ」

鳩酸草は長曾我部家の紋様に長年使われつづけてきた草木である。瞼の奥に関ヶ原で壮烈な戦いを挑んだ石田三成や、島津の黒い集団を浮かべながら、盛親は身体の底から血がたぎるのを感じた。

「その日まで皆の者、堅固に暮らせ」

主君の言葉をきいて、六名の家臣たちは号泣した。

彼らの泣き声が周囲をはばかって、やがて低くなっていく。井伊家の侍が、盛親に出発を促した。

霧はなお濃くかかっていて、少しの先も見えない。思えば、人生とはこの霧の中を、あてどなく彷徨《さまよ》うことに似ているのではあるまいか、と盛親は思った。誰もその先は分からないが、志をもって前へ進まなければ、人生はただ浮遊するか、傍観するだけで終わってしまう。そして人の上に立つ者は、この霧の中で、己が志を皆に示し、確《かく》たる方向へと導いていかなければならないのだ。

(俺にそうした志が見出せるだろうか……)

その自信はない。しかし、今度こそ戦場で旗標を立てようと孫左衛門たちに約束した以上、盛親はそうしなければならないと思った。果たして、その日まで、どれくらいの歳月が残されているか、分からないまでも。

なおも晴れようとしない霧に向かって、長曾我部盛親は挑むように、ゆっくりと前へ歩きはじめた。

## 3

それから十年後――。

大阪城に放っている密偵から、京都所司代板倉伊賀守勝重のもとに、最近お袋様(淀殿)が事あるときに頼りになる者として、福島正則、加藤清正など豊臣譜代の大名のほか、真田幸村、長曾我部盛親といった関ヶ原以降に処分され、今は牢人となっている者の名をあげている、という情報が入ってきた。あるいは大坂城に蓄えられている資金が、これら牢人たちに送られているかもしれぬという。

（確かに関ヶ原の際に、わずか七歳だった豊臣秀頼は、もはや十七歳。このままでは幕府の憂いとなろう）

と、勝重は思った。

——秀頼が成人すれば、家康は天下を豊臣に返すべきである。

と母の淀殿は信じているし、京大坂の人々も願望している。大名たちの多くは徳川に心服しているかにみえるが、加藤、福島といった豊臣譜代だけでなく、島津、毛利など、関ヶ原で敗れ、どうやら命脈を保っている大名たちの動静も油断はできない。

こうした状況から、徳川・豊臣の争いは必至と板倉勝重はみていた。しかも、関ヶ原で敗れた西軍、あるいはその後取り潰された大名たちに属していて禄を失った侍たちは、あわせて二十万とも、三十万ともいわれ、いまひとたび世に出る機会を窺っている。争いが起きれば、これら多くの牢人たちは大坂城に入り、天下が騒乱することは間違いないだろう。

（しかし、長曾我部盛親が、世に不満をもつ食い詰め牢人の一人だろうか）

という点に、勝重は確信がもてなかった。

盛親は、京の相国寺《しょうこくじ》門前近く、柳《やなぎ》ノ図子《ずし》と呼ばれる街の一角に住んでいて、京都所司代の厳しい監視下にある。東に神楽岡、その遥か先には叡山、如意ヶ岳を望むことができ、賀茂川の川霧が漂う日が多い。

このあたりは、もはや京都の郊外に属し、板葺《いたぶ》きの農家が目に付いて、盛親の住む家も草野原の中に建つ一軒の陋屋《ろうおく》であった。庭には藤、松の木が植わっている。

盛親は、自分の名を「大岩祐夢斎《おおいわゆうむさい》」と変えていた。すでに長曾我部という姓を名乗ることは許されず、祐夢斎という名も、世を捨てる意をあらわしたものである。

服装は俗体のままだが、頭は剃髪《ていはつ》している。身柄は拘束されないとはいうものの、京都に留め置いて、市外に出ることは許されない「放《はな》し囚人《めしゅうど》」であった。

寺子屋の師匠が、彼の職業《なりわい》である。教えることに熱心で、読み書きを習いにくる近所の子供たちからは、

——祐夢おじさん。

と呼ばれ、人気があるらしい。生来子供たちが好きで、なつかれる性格をもっているのであろう。

ただ本人と、土佐からやって来た、目の不自由な夫人との間に子はない。

家にいるのは、盛親と従者の江村孫左衛門、明神源八《みょうじんげんぱち》のほか、夫人と二人の侍女を入れて六名である。奈々という正夫人は、目がよく見えないのに自分でしっかりと歩

き、近所の者にも礼儀をつくして、明るく振舞っているらしい。

柳ノ図子に着いて、ここはお前が住んだことのないような、ひどいあばら家だよ、と盛親が説明したときも、

「よいではありませぬか。私には見えませぬもの」

と陽気に答えたという。夫人はさらにこうも言った。

「それより奈々は、あにうえ様と一緒に暮らせることが嬉しいのです。今まではお仕事で私のことなぞ、構ってくださらなかった。でも、ここでは毎日私と一緒です」

そういう報告を密偵から受けているので、今の長曾我部盛親は徳川に刃向う気持ちも失せ、夫人との小さな幸せだけに満足しているように思えてしまう。この十年間に土佐で起こった幾つかの事件も、盛親夫妻にはまるで念頭にないかのようである。


盛親が土佐守の地位を奪われた十年前の十月半ばのある朝、彼の帰国を一日千秋の思いで待っていた長曾我部家の家臣たちは、浦戸沖に大きな船がこちらに向かってくるのを見て、出迎えるため浜に集まった。だから艀《はしけ》に乗って、吉田孫左衛門らがまず陸に上がり、集まっていた家臣たちに国を奪われた経緯を述べたとき、彼らの衝撃は大きかった。

「やはりそうであったか。やすやすと敵に捕らわれてしまうとは。やはりわれらが身

命を賭《と》して、反対すべきであった」

「そうだ。関ヶ原に行かれるときも、このたび大坂へ上られるときも、冷ややかな目で見がちのわれらが悪かったのだ。それが今回のような事態を生んでしまった」

家臣たちはそう後悔したが、今となっては後の祭りである。

浜辺に集まった者の内、過激な一派は、

「これだけ徳川に欺《あざむ》かれ、主君を虜《とりこ》にされて、城をやすやすと明け渡しては、長曾我部家の恥辱である。山内など、この土佐に一歩も入れてなるものか」

と叫んで、磯際に駆け出、鉄砲を船に向かって撃ち始めた。思いもかけぬ抵抗に、渚近くまで漕ぎ寄せていた井伊・山内家の兵士たちから、何人か手負いも出た。

「そのようなことをしてはならぬ。これが内府の耳に入れば、京にいる盛親様のお命も危うくなろう」

そう説得した重臣たちが、ようやく井伊家の使者鈴木平兵衛らを上陸させ、長浜の雪蹊寺《せっけいじ》を宿所として提供したが、寺はたちまち過激派によって、取り囲まれてしまった。

「重臣どもが腰抜けだから、このような結果になったのだ」

「それならわれらが、使者と交渉し、殿を取り戻すしかない」

「そうだ、土佐を渡してなるものか」

彼らの多くは、「一領具足《いちりょうぐそく》」と呼ばれる長曾我部家独特の下級武士たちである。いつもは田のあぜに槍を突き立て、具足を結び付けて耕作し、戦いが始まれば、鍬《くわ》を捨て、槍を握り、馬一頭を駆って戦場に馳せ参じる。長曾我部元親が四国全土を切り従えた秘密は、この下級武士たちの強さにあった。

一揆の首領たちは、寺に井伊の使者を訪れ、

「どうか土佐半国でよいから、盛親殿のために下しおかれたい」

と交渉するが、聞き届けられる筈もない。さらに譲って、

「では一郡か一村でも、長曾我部家のために残してもらいたい」

と言ったが、これも拒絶されるだけであった。

交渉は五十余日に及び、十一月も終わりに近づいた。

困惑したのは、長曾我部家の重臣たちである。

彼らは一揆にも与《くみ》せず、城で事態を見守っていたが、一領具足たちの行動は自分たちの身をも危うくすると判断した。久武内蔵助は、同僚たちに言った。

「殿がおられぬ以上、われらだけで籠城してもしようがない。かといって城を明け渡そうとすれば、一揆の血祭りにされるだけだ。かくなる上は、一旦彼らの言うことをきいたように見せかけ、鎮圧するのが上策であろう」

こうした内蔵助の考えは一領具足たちにも分かっている。彼らは、重臣たちと徳川

からの使者の双方を討ち取ってしまうことを決意していた。

「しかし、それには誰か頭《かしら》になってもらう人がいるぞ」

「はて何方《どなた》がよいか」

そこで一領具足たちが思いついたのが、桑名弥次兵衛である。悲しいことに、彼らは弥次兵衛が久武と同心であることを知らなかった。

「弥次兵衛殿なら、かつて盛親様の小姓も務められ、譜代のお家柄じゃ」

「主な戦いにはつねに先陣をつとめられている」

「しかし、久武内蔵助の甥じゃぞ」

「何の、縁戚というなら、ご重臣方は、ほとんどがそのような関係をもたれておるわ」

こうして一領具足たちが桑名弥次兵衛に内々、城占領の秘事を漏らし、指導者になってもらうことを要請すると、弥次兵衛は承諾した振りをみせ、すぐこれを久武内蔵助ら重臣たちに連絡した。

明日は城を占領しようとした十一月末日の夜、雪蹊寺を囲んでいた一揆の徒党は、内蔵助らの指揮する軍勢に不意を襲われた。城を攻め落とす評定のため弥次兵衛を待っていた八名の頭目がまず討たれ、烏合《うごう》の衆となった一領具足たちは右往左往して切り崩されて壊滅し、およそ三百名の者が首打たれた。

一揆の衆は指導者と仰ごうとした桑名弥次兵衛に裏切られ、長曾我部家の重臣たちによって鎮圧されたのである。

その後桑名弥次兵衛は二千石で藤堂高虎に召し抱えられ、久武内蔵助もまた一族を引き連れて土佐を去ったという。


以後も土佐では一領具足たちによる一揆、および新しく領主となった山内一豊による彼らへの弾圧が相次いだ。

とくに郷士たち七十余名が、浦戸城下の浜に欺かれて集められ、皆殺しにされた一件は、遠く京にも聞こえている。

これは度重なる一揆に手を焼いた山内一豊が、将来禍根となる一領具足たちを一網打尽にして殺し、一揆の根を絶とうとしたものであった。

一豊は自らの名で土佐国中に、

――種崎の浜で角力《すもう》の大試合を行い、土佐で最強の者を選びたい。ついては腕自慢の者たちはこぞって参加するように。

という布令を出し、浜に鉄砲隊を伏せておいて、集まってきた七十余りの者たちをことごとく討ち取ったのである。

最初の銃撃で大半の者が浜で殺されたが、海を越えて対岸に逃げようとした残りの者も波間にただよっていたところを、小舟に乗った足軽たちに狙い撃たれ、あるいは槍でとどめを刺された。

死体は浜で一ヵ所に集められ、首打たれて、その首は城下に晒《さら》されたと伝えられる。獄門台のそばには、罪状を書いた高札が立てられ、彼らが謀反の罪によって死罪に処せられたことが述べられていた。

しかし、実際には、彼らは領主が主催した角力試合の、単なる参加者にすぎない。中には新しい領主に不穏な態度を示している者も含まれていたかもしれないが、大多数は力自慢を競いたい、という呼びかけに応じただけの素朴な者たちである。付き添いの子供たちまでも犠牲になっているのを見れば、事件の無惨さが分かるであろう。

新領主である山内一豊は、一揆の予備軍である郷士たちに前もって打撃をあたえることにより、彼らに恐怖心を植え付け、土佐を治めようとしたのであった。


（やはり、このような仕打ちをされれば）

板倉勝重は思い返した。本人にその気はなくても、家来たちが放ってはおくまい。問題はそれで、盛親が日々強大となる徳川政権に刃向う覇気をもっているか、あるいは安穏な寺子屋の生活を楽しむ腰抜けのいずれであるかにかかっている。

（所詮は関ヶ原でも漫然として動かず、勝敗がついてから慌てて逃げ出しただけの臆病な男だったが……）

結局勝重の分析はそこに行き着いてしまう。その後土佐の国を召上げられた経緯も、まるで赤子の手をひねるように容易《たやす》かった。長曾我部の一両具足がたとえ強兵であったとしても、世間知らずのお坊ちゃんが殿様では、徳川の脅威にはなり得まい。

（まあ、一度は呼びつけて、盛親の顔ぐらいは見ておくか）

と思ったものの、日常の忙しさにかまけて、勝重は実行に移さぬままでいた。

## 4

盛親を調べるように、という指令が、駿府にいる徳川家康から板倉勝重にもたらされたのは、慶長十六年（一六一一）の夏である。

この年三月二条城で豊臣秀頼を引見した家康は、若者が大坂城を出て京に至るまでに湧き起こった人気に愕然《がくぜん》とし、徳川幕府の将来のため、豊臣家を攻め滅ぼすべきことを覚った。その方針にそって、親豊臣派の公家たちの粛清や、京に集まっている不穏な牢人たちの逮捕に着手するよう命じた家康は、さらに勝重に向かって、

——長曾我部盛親を厳しく詮議せよ。

と言ってよこしたのである。国受取りの際の騒乱からみて、土佐侍たちの徳川への

恨みは深いとみなければならない。当主たる盛親が動けば、畿内や四国に隠れている数千の旧家臣たちはいっせいに立ち上がるであろう、というのが家康が抱いた危惧であった。

勝重は、直接、盛親に会ってみることを決意した。

「明後日、茶にお招きしたいと存ずる。駕籠を差し向けるので、二条の拙宅へお越しくだされよ」

という手紙を出すと、盛親は時間を違《たが》えず、やって来た。

相手を正客の座にすわらせて、これまで幾度も報告で聞いている盛親に、勝重ははじめて直《じか》に接した。既に四十歳に近い筈だが、外見は三十歳ぐらいにしか見えないのは、政務に忙しい六十六歳の勝重と違って、隠遁した生活を送っているからであろう。血色がよく、少し太っているのも、土佐の旧臣たちから扶持を送られているという諜者からの報告を裏付けているように見えた。

四国出身にしては、肌の色も白い。長年京で寺子屋の師匠として暮らしてきたからか、あるいは土佐の前国主とはいっても、元来伏見で青少年時代を過ごしてきたからか。

勝重を見つめる目も柔和で澄んでいた。

茶の席上、二人の話は、書画、茶器、食べ物といった数寄《すき》の分野に終始した。その物腰、動作、声によって、相手の本心を知ろうとするが、妙に気圧《けお》されて、自分の言葉がそのまま撥ね返されてしまうような不思議な感じを、勝重は覚えた。

それでいて何か放っておけないような、奇妙な魅力といったものが、盛親にはある。

（この魅力が、長曾我部の家臣たちをとらえ、国引き渡しの折をはじめとする一揆の原因になっているのかもしれぬ）

ということが、所司代の盛親に対する印象であった。

取り留めのないまま、茶の席が終わろうとする頃になって、

「大坂方にご謀反という噂がございますが」

と盛親の方から持ち出してきたので、二人はようやく本題に入った。

「さあ……大御所にとって、右大臣家は、千姫さまの夫、すなわち義理の孫にあたる訳ですから」

さりげなさを装いながら、相手の表情の動きを少しも見逃さぬよう、勝重の視線は盛親にこらされたままである。

「ただ根も葉もない噂を利用しようとする輩《やから》が、お袋様を扇動する恐れはございます」

という勝重の言葉に盛親も肯《うなず》き、床にゆっくりと両手をついて言った。

「実は伊賀守殿に、折り入って、お願いしたき儀がございます」

「何でございましょうか」

「万が一、大坂ご謀反の節は、この盛親にぜひとも板倉殿御陣屋の軒端《のきば》をお貸しくだされたい。それがし、必ず武功をあらわして、褒賞に一地半地なりとも所領を頂戴し、長曾我部家をささやかながら再興したいと念じております」

「と申されると、祐夢斎殿には、すでに徳川への恨みはないと仰せか」

「いかにも。それがしも戦国の世の厳しさは、とうにわきまえております。いま望んでおりますのは、たとえささやかなりとも、長曾我部家を再興し、一人でも多く、かつての家来たちを再び召し抱えてやりたいということだけでございます」

「…………」

　勝重は果たしてこれが盛親の真意であろうかと疑った。しかし、相手はじっとこちらを真っ直ぐに見つめたまま、視線をそらそうとしない。その目に嘘はないように、所司代には思われた。

（これが盛親の願いだとすれば、応えてやることこそ、後味の悪かった土佐の処理に決着を付け、十数年間続いた騒ぎを静めるのに役立とう）

　勝重はそう判断し、次のように言った。

「大坂との将来の関係がどうなるかは分かりませんが、ご誠意については心に留めておきます。大御所（家康）にも祐夢斎殿のお言葉は伝えておきましょう」

こうして徳川の盛親に対する疑いは解かれたのである。

慶長十九年（一六一四）七月二十六日、洛中は思わぬ事件で騒然とした。太閤の遺財を傾けて竣工した方広寺《ほうこうじ》大仏殿の落慶法要《らっけいほうよう》が、行われる直前になって、幕府の要求により中止となったのである。新鋳の梵鐘《ぼんしょう》に付けられた銘文の中で、「国家安康」「君臣豊楽」の八文字が、家康という名前を二つに割《さ》き、豊臣の繁栄を祈念していると抗議が出たためであった。

これをきっかけに、徳川・豊臣の断交は決定的なものとなった。

大坂方も家老大野治長《はるなが》らが、秀頼の名をもって、豊臣ゆかりの大名や、有力牢人らに兵を募る書状を発しているという。

その多忙な時期に、勝重を訪ねて盛親がやって来た。

盛親のもとへも、大坂方からの檄文は届いているに違いない。そう思って勝重は、早速会うこととした。

「今日は、かねてよりの願いを確かめにまいりました」

盛親は書院に入るなり、そう口を開いた。いつもと変わらぬ、さりげない風体《ふうてい》である。

勝重は親しげに頷いた。三年前の会合以来、盛親について謀反の兆しはないという報告ばかりが勝重には来ている。

「いよいよ戦いが始まるときいております」

「左様。大御所、大樹（徳川秀忠《ひでただ》）のご両人も、ご出馬されましょう」

「では」

と盛親は控えめに言った。

「盛親、伊賀守殿の軍勢に加わり、人に後《おく》れぬ功をたてたいと存じております。どうか、今までの交友に免じて、ご周旋下さるまいか」

やはり盛親は自分が考えていた通りの男であった、と勝重は安心した。同時に、この怜悧《れいり》な能吏には珍しい同情の念が、相手に対して湧いた。思えば関ヶ原で西軍として戦った多くの大名は滅ぼされたが、島津は強腰の態度をとりつづけたまま生き残り、毛利もまた紆余曲折《うよきょくせつ》はあったものの、許されてこんにちに至っている。長曾我部も毛利と同様、傍観していたに過ぎず、城受取りの際の混乱や兄の死も、盛親の直接的責任ではない。彼が何ほどかの武功をたて、旗本程度の所領を与えれば、幕府も名目を立てることができ、土佐の騒ぎも円《まる》く治まるであろう。

「よきお心掛けでござる。貴殿のことは大御所も、お心にかけていると存ずる。喜こんでおとりなしつかまつろう」

勝重の言葉に、盛親は喜こんで、所司代屋敷を退出していった。

……その足で柳ノ図子の庵《いおり》へ帰った盛親は、家の者に、

「伊賀守殿より、有り難いお言葉を頂いた。今宵は祝いの宴をとりおこないたい」

と言って、里の人々を集めて酒盛りを行う準備を命じた。

盛親の呼びかけに、近所に住む町人や百姓たちは喜こんでやって来た。中には所司代の命令で、彼を見張っていた者も含まれていたであろう。

盛親は集まった里の衆に、勝重との話の内容を語り、

「それがしの勘当が解ける日も近い。これも日頃から、暖かく見守ってくれた皆のお蔭で、お礼の申し上げようもござらぬ。先ずはお祝いを受けて頂きたい」

といったから、人々は手をたたき、酒盛りをはじめ、種々の善味に舌鼓《したつづみ》を打った。

盛親は一人一人に杯を注《つ》いで回り、おのれも呑み、酔いつぶれた。

客人たちが大いに酔って帰宅した、深夜のことである。

あたりをはばかりながら、盛親と二人の従者、そして奈々が庵を出て、月の光を頼りに、河原へと早足で歩きはじめた。自分たちの影を踏んで、彼らはひたひたと進む。

目の見えぬ奈々も、あたりが暗いため、行き遅れることはない。

四人はようやく川のほとりに出た。そこに小舟が一艘《いっそう》つながれている。

舟の中から人影があらわれ、低い声で言った。

「殿、お迎えにまいりました」

吉田孫左衛門である。土佐へ帰った後、一揆の扇動者と疑われ、大和に移った。この数年間は、各地にいる長曾我部の侍たちと盛親との連絡役をつとめている。元親の時代には勇将と言われた彼も、既に七十代、最近はとみに老いが目立っていたが、今夜は矍鑠《かくしゃく》として十歳以上も若返ったかにみえる。

すぐさま四人は舟にとび乗った。伏見までは舟で行き、そこで他国へ逃れる奈々と供の明神源八と別れて、盛親は長曾我部の旧臣たちと合流し、大坂城へ向かう手筈である。

舟はすべるように鴨川を南へと下った。正面から向き合っている盛親と奈々の二人を、三日月の薄い光が照らし出している。

「奈々、許せ」

盛親は言った。

「十四年間、俺はお前と平穏に暮らし、実に幸せであった。その静かな日々を捨て、いま再び戦いの中に、身を投じなければならぬ」

「この日が来ることは、種崎の浜で、多くの一領具足が殺されたと聞いてから覚悟しておりました」

その事件を知ったとき、奈々は衝撃のあまり、気を失い、意識が回復するのに数刻を要した。以来、彼女は明るさを失い、口数も少なくなっている。

「殿は、あのように家来たちが殺《あや》められて、平気にされている方ではありませんもの」

盛親は奈々がはじめて自分のことを「あにうえ様」ではなく、「殿」と呼んだことに気付いた。この十四年間も、婚姻の最初に彼が決心した通り、兄妹として接し、肉の交わりのないまま、ただ精神的な結びつきを信じて、生きてきた二人である。

「わしは弱い人間だ」

と、彼は言った。

「確かに土佐を取り上げられた日、今度は戦場で長曾我部の旗を立ててやろうと決意し、孫左衛門らにもそう宣言した。しかし、所司代に会い、お家復興の話をするたびに、わしはいつも迷っていたのだ。勝重に語ったことは、欺くための嘘というよりも、自分の本音を含んでいた。徳川方に付き、情を乞うて、僅かであっても所領をもらった方が、自分や奈々にとっては幸せではないか。そうすれば長曾我部の家も再興でき、残された家臣たちも召し抱えてやれるのではないか。そう思えて仕様がなかった」

「………」

「その悩みは昨日伊賀守と話しているときも続いた」

奈々は黙ってきいている。

「だが、昨日帰りの道すがら、わしはこう思った。自分はいつも悩み抜いた末に、誤った道を選びつづけてきた。結果ばかりを考えすぎたために、貫かなければならない武将としての志を、いつも忘れてきたのだと」

「私は目が見えませぬが、殿のおっしゃることは分かるような気が致します」

奈々は悲しげに言った。

「それで今度こそは、殿ご自身が正しいと思われる道を、最後まで貫きたいとおっしゃるのですね」

「そうだ」

「ではどうぞ、貫きなされませ。家臣たちも、そんな殿に、どこまでも付いてまいりましょう」

奈々の見えない目が潤んでいる。

盛親はいきなり手をのばして彼女を抱きしめた。

「この十四年、わしはお前と一緒にいて幸せだった。これから大坂で戦ってくる。しかし、犬死はしないつもりだ。きっとお前のもとへ帰ってくるぞ」

小舟が五条に着くまで、盛親は奈々の頰を撫でつづけた。

吉田孫左衛門が、きらびやかな馬具をつけた鹿毛《かげ》一頭をひいてきて、盛親を乗せた。

盛親は従者の明神源八に、奈々を安全に逃れさせるよう命じた。戦いが敗北すれば、これが永遠の別れとなるであろう。

「では、奈々は殿のお帰りをお待ち申しあげております」

暗い闇の中を進む盛親の背後で、奈々のそういう声がきこえた。


盛親は馬を小走りに駆けさせた。そのうち、いずこからともなく、二人三人と侍があらわれて隊に加わる。みな長曾我部の旧臣たちで、錆びてほつれかけた鎧に身を固めた老人、古びた槍をもち、襤褸《ぼろ》の具足櫃《ぐそくびつ》を背負う中年の侍、手には亡き父譲りの錆びた鉄砲を握り締めている少年、さまざまであった。いずれも、この日が来るのを永年にわたって信じ、待ちわびてきた者たちである。

伏見城下に入った頃、夜は白々と明けた。彼の周りにいる侍たちの数は、既に百名を越え、盛親の脇では年を経た武士が鳩酸草の旗をしっかりと手に支えている。侍たちの武具が古びているのと対照的に、旗だけが真新しいのは、出立にあわせ、新しくつくらせたからであった。

舟番所に着くと、一人の侍がしわがれ声で呼ばわった。

「われらは前右大臣家のお召しにより、大坂に向かう長曾我部土佐守盛親の一行でござる。これより罷《まか》り通るゆえ、ご異存あれば弓矢にて防がれよ」

その声に役人たちが狼狽し、無抵抗のまま四散するなかを、盛親たちは伏見城下を押し通った。

淀川沿いに進み、山崎までくだったときには、人数は二百名を越えていた。空はもう明るいが、淀川の川面から出る朝霧で、先はよく見えない。

思えば、十四年前関ヶ原のときも、このような白い闇が、あたりにたちこめていた、と盛親は思った。そして事の成否にとらわれ、今までの彼はこの霧の中を前に進むことをためらって、彷徨いつづけていたのだった。

いま彼は、この霧を突き抜けて前へ進もうと決意した。大坂城へと、過去から未来へ向かって。その先に何があるか分からない。しかし、そこには人の魂を揺り動かす、生きる価値を示す大きなものがある筈だった。

時に慶長十九年十月五日の早朝である。


大坂の陣における長曾我部盛親の活躍については、よく知られている。

盛親が大坂城へ入ったときいて、長曾我部の遺臣たちは、土佐や各地の山野から海を渡ってやってきた。他家に仕官していた多くの侍たちも、徳川方の包囲網を突破して盛親のもとへ馳《は》せ参《さん》じた。なかには新国主である山内家に仕えていながら脱走し、一族で船を仕立てて、大坂へ航海中に追手にかかって殲滅《せんめつ》された者もいる。

大坂に集まった長曾我部の遺臣の数、およそ四千。城内でも、盛親は温厚で、口数が少なく、おのずと長者風であった。評定のときには、つねに後藤又兵衛《またべえ》と真田幸村《さなだゆきむら》を立てながら、まとめ役を務めたといわれる。

長曾我部盛親と彼の部下たちの戦功の中で、特筆すべきは、慶長二十年五月六日、夏の陣における八尾《やお》の戦いであろう。

それは内濠まで埋められ、城を出て圧倒的多数の敵と戦う以外になかった夏の陣における豊臣方唯一の勝利で、徳川方の先鋒、藤堂高虎隊を大いに撃ち破ったというものである。

このとき藤堂隊に加わっていた桑名弥次兵衛は、かつての同僚たちに取り囲まれた末、首を預けた。

翌日大坂城は落ち、豊臣秀頼、淀殿のほか、主な武将たちは自害し、あるいは戦死したが、その中に長曾我部盛親の名は見当たらなかった。古書は盛親が落城とともに血路を開いて落ち延び、山城の男山で蜂須賀家の兵に見つけられたことを伝えている。

徳川方は、捕らえた男を最初盛親だと認めることができなかった。当時板倉勝重は所用で京におらず、ほかに彼の顔を知る者も、相手の変わり果てた姿に確信がもてなかったからである。そんななか、盛親が命乞いしているという報告を聞いた大御所家康は激怒し、即座に六条河原で首を刎ねよと命じた。

しかし、それが盛親ではなく、影武者の詮議を欺く策略ではなかったかという疑いは、そののち長く残って、認知に立ち会わなかった板倉勝重を悔ませることになる。

奈々の消息は全く分からない。九州に向かったという噂もあれば、奥羽に逃がれたという説もあった。いずれにしろ、子もいない彼女の消息は何の意味もなく、やがて探索は打ち切られた。

以後長曾我部盛親は生きて歴史に姿をあらわしていない。

ただ、逃亡に成功した盛親と夫人の二人が、平和に暮らしたという言い伝えが、北陸道、すなわち日本海沿岸の数ヵ所に残っているだけである。

# 若江堤の霧

司馬遼太郎

**司馬《しば》遼《りょう》太郎《たろう》**（一九二三～一九九六）

大阪府生まれ。大阪外国語学校蒙古語科を仮卒業で学徒出陣。一九四五年に帰国し、新日本新聞社などを経て、産経新聞社に入社する。講談倶楽部賞を受賞した「ペルシャの幻術師」でデビュー。一九六〇年には『梟の城』で直木賞を受賞、翌年には作家専業となっている。初期作品には剣豪小説や忍者小説も多く、『燃えよ剣』などで新選組ブームを作るが、次第に「作者」が史料や取材経過を交えながら物語を語る歴史小説に比重が移り、『竜馬がゆく』、『国盗り物語』、『坂の上の雲』などの名作を残す。『街道をゆく』など文明史家としての仕事も評価が高い。

関ケ原の役《えき》ののち、摂河泉《せっかせん》六十六万石の一大名の位置にまでおちた右大臣秀頼の大坂城が、江戸の政権との決戦を決意したのは、慶長十九（一六一四）年秋である。

そのころ、家康は駿府《すんぷ》にいた。数日間、やや風邪気味でうとうと臥《ふ》せていたが、大坂の変報をきくや、年甲斐《としがい》もなく陣太刀をぬいて床の上でおどりあがった。七十三歳の老人が、である。よほど、うれしかったにちがいない。この瞬間、天下は徳川のものになった、と信じたのであろう。

事実、この数年、家康はいくぶんにあせり気味であった。秀頼《ひでより》が二十歳であり、かれは七十を越えている。もし家康が老衰死すれば、太閤《たいこう》の死によって政変がおこったように、天下はどう動くかわからない。げんに家康の老衰死を待って、ふたたび豊臣家に走ろうとしている肥後の加藤、芸州の福島のような大名もあった。江戸政権を保障するものは家康の寿命だけであり、新政権はここ数年、老人の寿命というもっとも当てにならない絹糸のようなもので吊《つ》りささえられていることを、家康自身がいちばんよく知っていた。かれが駿府城内の病床で血ぶるいをして文字どおり雀躍したのは、開戦によって、絹糸の不安から解放されるためである。

家康はきょうあるがために、周到な戦備をととのえてきた。かれは十七歳の永禄元（一五五八）年、駿河今川家の陣を借りて参州寺部《てらべ》城に鈴木日向守を攻め降《くだ》して以来、すでに半世紀以上を戦乱のなかですごしてきている。世界戦史上、どの国家の将軍もかれ以上に豊富な戦歴をもたなかったし、それ以上に奇蹟《きせき》的なことは、七十三歳でなお現役の軍人であることだった。しかし、かれの才能にも短所がある。かれはひどく気のながい男といわれてきたが、奇妙なことに、短期間に兵力を集中して火の出るような野外決戦をすることに長じ、気のながい要塞《ようさい》攻略戦がにが手であった。性格と才能とは、ときに逆の方向をとるのかもしれない。ところがこんどの敵は、海内《かいだい》随一という巨城である。自分の短所をよく知っていたかれは、攻城戦の準備には慎重だった。この三月から五月にかけて、イギリス人から新式鉄砲や鉛を買い入れる一方、攻城用の火砲を鋳造せしめ、それをのせて照準する砲架としては、幕府の鉄砲方井上外記《げき》と中村若狭守に命じて考案させた「旋風台」という新式のものを整備していた。

家康が駿府城を出発したのは、慶長十九年十月十一日である。

「要《い》らぬ、要らぬ、このとしよりにそんな重いヨロイを着せて歩かせるつもりか」

と、青竹一本をもって城を出た。関ケ原のときは、わざわざイスパニア製のカブトをかぶって戦場にでたかれにしては、たいそうなちがいである。アミ笠をかぶり、白絹のアワセに茶羽織をはおって、あきんどの隠居のようないでたちであった。「関ケ原のときとはちがい、敵にはさしたる大将もおるまい。具足《ぐそく》をつけるほどのことか」と家康は考えていたのであろう。

十四日、浜松についたとき、京で大坂の情勢を探索している板倉《いたくら》伊賀守勝重《かつしげ》から、家康が待ちかねたものが到着した。大坂の諸将の名簿である。

家康は一覧すると、「見ろ、みろ、弥八郎よ」とひどくうれしそうな顔で、傍らの本多正純に声をかけた。

「このぶんでは戦さもたいしたことにはなるまい。このなかで人らしい者は、後藤又《また》兵衛《べえ》と御宿《みしゅく》勘兵衛ぐらいのものか」

「左様」

と、正純も異見はなかった。「武功雑記」にはそう出ている。のちに家康をさんざんになやました真田幸村《さなだゆきむら》以下はまったく無視された。この編に登場する木村長門守重《ながとのかみしげ》成《なり》などは家康の陣営で話題にも出なかった。

なるほど、又兵衛と勘兵衛の名がとくに注目されたのはむりはないはずであった。

このあたりの名はそれほど古くから世間に知られていた。又兵衛は、大坂に召しだされるまでは、京、奈良、伊勢で物乞いをするまでに落魄《らくはく》していたという風聞があったが、かつては筑前黒田家で一万六千石を食《は》み、主人長政を見かぎって退転してからは、肥後細川家、芸州福島家などの諸侯が数万石をもってむかえようとしたほどの男である。御宿勘兵衛政友の閲歴もふるい。はじめ小田原の北条家に属し、北条滅亡後は、とくに家康がひろいあげて一万石を給し、越前中納言秀康の家老にした。又兵衛とおなじく性格が不羈《ふき》で、気儘《きまま》にその禄をすてて退転し、家康を激怒させたことがあるが、家康のこの男への評価はかわらなかった。夏ノ陣の終結後、勘兵衛が首になって家康の首実検の座にあらわれたとき、「これが御宿の首か。ながく会わぬうちに見ちがえるほどに老いたわ。この男がひとまわり若ければやみやみと右近（越前松平家の家来野元右近）づれに首をわたす男ではあるまい」と嘆いたという。

——ところが、家康によって無視された他の諸将は、この二人とはすこし事情がちがう。

秀頼の名で大坂に招かれた牢人《ろうにん》出身の客将は、関ケ原でほろんだ大名の子が多い。つまり、没落した華冑《かちゅう》の子弟たちである。

「おう、おう、よい家のきんだちがズラリならんでいることでござりまするな」

名簿をのぞきながら、本多正純があざわらった。

その代表的人物は、長曾我部《ちょうそかべ》宮内少輔盛親《もりちか》だろう。かれは、一時はほとんど四国全土を征服した元親の子で、父の死後ほどなく秀吉歿《ぼつ》後《ご》の複雑な政情にまきこまれ、関ケ原では西軍に属したが、戦場の外の南宮山に滞陣しているうちに戦いがすんだために実戦の経験はなかった。戦後、所領の土佐二十二万石を没収され、京に隠棲《いんせい》して寺子屋の師匠をしていたが、こんどの東西手切れとともに旧臣をひきいて入城した人物である。むろん、かれの名よりも亡父の名のほうが世上に高い。

盛親とおなじく京で寺子屋をひらいて世をすてていた仙石宗也も、かつては信州小《こ》諸《もろ》の城主仙石越前守秀久の子だった。毛利豊前守《ぶぜんのかみ》勝永も同様で、かつて豊前小倉六万石を領した吉成の子であり、大谷大学は、関ケ原で死勇をふるった西軍の謀将大谷刑《おおたにぎょう》部少輔吉継《ぶしょうゆうよしつぐ》の子であり、増田《ました》盛次は、秀吉の吏将で大和郡山二十万石の増田長盛の子であった。同種の例は、あげればきりがない。

「この子らが、どれだけやることかい」かれらの実力を知るには、家康は戦ってみる以外にない。

かつての信州上田の城主真田《さなだ》安房守《あわのかみ》昌幸《まさゆき》の子幸村についても、同じことがいえる。幸村の名をみたとき、家康は「これはたしか昌幸の子じゃな」と念をおしたほどであった。のちに不世出の名軍師の名をのこした幸村の実力については、このとき家康だけでなく、東軍の諸将もほとんど無智だった。

もっとも亡父昌幸は、すでに伝説的にまで名のある戦さ上手だった。慶長五年西軍に属し、東軍の秀忠《ひでただ》の大軍をわずか三万八千石の上田の城池でくいとめ、いかにも信州型の巧緻《こうち》のかぎりをつくした攻防戦ののち、ついに秀忠をして関ケ原の戦場に参着させなかったほどの物師《ものし》であったが、子の幸村の実力はわからない。

このことについては、亡父昌幸自身がいっている。昌幸は関ケ原ののち、幸村とともに紀州高野山のふもとの九度山に流され、慶長十六年六月四日、病死したが、死の床にあるとき、

「どうやら、わしはこの病いで死ぬらしい。あと三年たてば、かならず駿府の老翁は大坂討滅の兵をおこすであろう。もしわしに三年の寿命をかせば、秀頼公のために天下をとりかえして差しあげるものを。さても右大臣家（秀頼）は御運のないことじゃ」

看病していた幸村が、「父上万一のせつは、それがしがかわって仕《つかまつ》りましょう。その秘策と申されるのをおもらしくださりませぬか」とせがんだが、昌幸はあざわらい、

「教えたところで、そちにはできぬ。あるいはわしの才はそちより劣るかもしれぬが、世に名のあるわしが采《さい》をふってこそ、この籌略《ちゅうりゃく》はあたる。世間の機微とはそうしたものじゃ」

昌幸の作戦というのは、家康が西上するときけばただちに軽兵三千ほど率いて城を出、まず伊勢の桑名まで押して展開する、という壮快な戦略であった。

桑名まで兵を進出させるのは、戦術的には無意味なのだが、このあいだに時間をかせげば、西国の諸侯のうち、大坂に馳参《ちさん》する者は二、三にとどまるまいという政治的

な作戦なのである。桑名進出は昌幸以外に出来まいというのは、家康が昌幸一流の奇計かとおもい、容易に仕かけて来ないであろうと見るからであった。人の心理とはそういうものである。やがて家康が押し出してくれば、短切に兵をひき、要害をみつけては小戦闘をくりかえしつつ、打撃をあたえ、ついには近江《おうみ》の瀬田のこなたまで退き、沿岸に柵を構え、橋を焼きおとして射撃を専一にすれば数日はささえることができる。そのあいだに、天下は西軍有利とみて西国大名の大半は大坂になびこう。大坂に大軍の集結するのを待って、一気に決戦する、というのであった。――しかし昌幸は、何度もいう。

「無名のそちにはできぬぞ。名アルと名ナシでは、世人の受けかたがたいそうにちがう。味方の大野修理《しゅり》でさえが、そちの器量を知らぬためにこの策を容《い》れまい」

幸村でさえそうである。他の同類はおして知るべきだが、諸将の名簿のなかで世間に名がない者といえば、木村長門守重成ほどはなはだしいものはいなかった。

なぜといえば、かれは父の名さえ知られていなかった。かれの木村姓は近江の大姓であるために、父は同国出身であろうことは臆測《おくそく》できる。巷説《こうせつ》では、地侍佐々木三郎左衛門の子で、関白秀次の家老だった木村重茲《しげこれ》の養子、ともいう。よくわからない。

もし、征西の途上、家康が幕将たちに、

「この男、何者か」

とたずねたとしたならば、一同はくびをひねって、古い時代の大小名のなかから木村姓のものを二つ三つあげ、

「あるいは、その子孫ではありませぬか」

と答える程度であったろう。いや、やはり話題にもされないにちがいない。かれはあまりにも若すぎた。このとき二十二歳である。


木村重成について語るには、これより二カ月前の慶長十九年八月、城内二ノ丸郭内で屋敷をもつ、くぬぎどのという老人が、秀頼の家宰大野修理亮《しゅりのすけ》治長《はるなが》の使いをうけた夜から、はじめねばならない。この夜、老人は不審におもい、

「わしを、修理どのが？　まちがいではあるまいな」

といった。この老人がここ数年、本丸の顕臣からよばれるようなことは、たえてなかったのである。老人の名を、かつては薬師寺掃部助《かもんのすけ》道宗といった。いまは、閑斎とよぶ。

しかし、屋敷に、目じるしになるほどのくぬぎの老樹があったために、城内では「くぬぎどの」とよばれていた。すでに忘れられたような存在で、おそらく若い城士のほとんどは、この男の本名も閲歴も知らなかったにちがいない。使いの者は、

「まちがいではございませぬ。夜目ながら、お屋敷のくぬぎの樹を見確かめて参りました。あるじは、たしかに二ノ丸のくぬぎの殿をおよび申せ、ともらされましてござりまする」

「たしかか、わしは、薬師寺閑斎であるぞ」

「はっ」と、家士は名までは知らなかったらしく、あわてて、

「左様でござりましょうとも」

と、意味不明のことをいって平つくばった。

閑斎は、尾張の人である。年少のころ、織田《おだ》家につかえ、のち信長の命で北陸の柴田勝家の寄騎《よりき》となった。柴田滅亡後は、宇喜多家で一万石を食んだこともある。かつて柴田家にいるころは、三十三度の首供養をしたというほどの槍仕《やりし》であったが、関ケ原で宇喜多家がほろんでからは武士をすてた。痛風の気《け》があったせいらしい。その後大坂にすみ、風雅のすきな町衆の扶助をうけてかれらに連歌《れんが》を教えて暮らしていた。

その薬師寺閑斎が秀頼に召しだされて再び奉公したのは、慶長十年ともいい、十六年ともいわれる。すでに年は六十をすぎていたために何度かことわったが、役目が御《お》伽衆《とぎしゅう》であるというので受けた。この役目は、閑斎のように世をすてた男にとってひどく都合がよかった。秀頼によばれないかぎり、詰間《つめま》に出仕しなくてもよいのである。

御伽衆というのは、閑斎のほかに何人もいた。織田有楽《うらく》のように大名級の御伽衆もい

るかとおもえば、家禄のひくい学芸の師匠もいるし、諸国の地誌にあかるいというだけの技能で仕えている男もいた。要するに、秀頼のために武将としての教養や常識をあたえる耳学問の師匠とでもいうべきものである。閑斎のばあいは、かれが半生のあいだに体験したり見聞したりしてきた合戦について、下問されれば物語るという役目であった。しかしどういうわけか、奉公してこのかた、一度も閑斎は召されなかった。秀頼は合戦に興味がなかったのかもしれない。このことについて閑斎は多少不満で、秀頼という男は、うわさのとおり愚者ではないかと思ったりしていた。

——大野修理亮治長は、閑斎の来訪をきくとすぐ書院に通し、人払いをした。

「ご息災のようじゃな」

「左様」

「相変らず、連歌にお凝《こ》りか」

ひまにまかせてやっている、と閑斎は落ちついて答えた。治長は「重畳《ちょうじょう》々々」と気ぜわしく相槌《あいづち》をうってすぐ話柄《わへい》を変え、

「駿府のおきなはきつい横車じゃ。このぶんでは、ひょっとすると、戦さになるかもしれぬ」

「そのような雲行きでござるな」

「ついては、どうであろう」

これが用件らしかった。

「戦さがはじまれば、いま一度むかしの薬師寺掃部助にもどり、一手をひきうけて働いてみるおつもりはないか」

「――――」

閑斎はだまった。しわばんだ顔に血の気がのぼったのは、いま一度、といった治長のことばが閑斎の心をそそったのである。しかしすぐ平静にもどって、

「そのつもりはござらぬ」

と答えた。理由は明瞭《めいりょう》である。ちかごろとみに気根がおとろえた、と閑斎はいった。足腰もさだかでない。人なみに槍をもてば恥をさらすのみであろう、と云《い》いながら、自分のようなおいぼれ武者にまで一方の防ぎをあずけねばならぬほどこの城は将領の器が不足しているのだろうか、といまさらのようにおどろいた。

治長はなおもつづけ、

「話はこうじゃ」と、一帖の懐紙を畳の上に置いた。これを城とおもえ、というのであろう。

治長が物語った構想では、本丸にある秀頼の親衛部隊をのぞき、大坂防衛のための決戦部隊を七個軍団にわかち、それぞれに上将をおき、その七人の将をもって最高軍議にも参画せしめるというのである。この七人衆こそ、大坂の運命を決するものとい

っていい。

「七人とはどういう殿ばらでござる」

「すでに、五人まではきまっている」

真田左衛門佐《さえもんのすけ》幸村
長曾我部宮内少輔盛親
毛利豊前守勝永
後藤又兵衛基次《もとつぐ》
明石《あかし》掃部助《かもんのすけ》全登《たけのり》

「これはたのもしい。そのなかでは明石どのとはそれがしおなじ家中《かちゅう》であったし、後藤どのとも面識はござる。この顔ぶれなら、関東の兵は、一泡も二泡も吹くことでござろう」

「しかし、譜代《ふだい》衆はおらぬ」

なるほど、そろって、牢人あがりばかりである。いわば傭兵《ようへい》隊長であった。豊臣家といえばかつて武をもって天下を統一した家だが、それが太閤歿後わずか十六年で、こうした傭兵隊長の手に家運の興亡をゆだねねばならぬところに、時のうつりというもののおかしみがあった。

治長も、弓矢の御家の体面もある、といい、

「あと二人は、ぜひとも譜代衆から出さねばならぬ。客将たちはいずれも器量人であるが、牢人衆ではわからぬ城内の事情もある。さいわい、貴殿は新参とはいえ譜代の列にあるお人じゃ。どうであろう、考えなおしてもらえぬか」

「他に人はいましょう」

「なるほど、高禄の者はいるが」

たとえば、渡辺内蔵助糺《ただす》、織田左衛門尉長頼、大野道犬治胤《はるたね》などがそれであることは閑斎にもわかる。事実、かれらは門地も高く、秀頼、淀殿の側近で枢機に参画し、年来城内で権勢をふるってきたが、いずれも吏僚ではあっても、大軍を統率できる武将のうつわではない。また、武辺の者としては弱年のころ岩見重太郎の名で諸国を遍歴したという薄田隼人正兼相《すすきだはやとのしょうかねすけ》などのような者もいるが、性格が軽忽《きょうこつ》で大将のうつわではなさそうであった。

「はて、ないものでござるな」

「いや、一人だけはすでに心にきめている者がいる」

「どなたでござる」

「舎弟の主馬首《しゅめのかみ》である」

「それは」

妥当な人物である、と閑斎はいった。主馬首治房《はるふさ》は、二十七歳の若さながら、大野一族としてはめずらしく武将型の人物であったし、また治長の弟ということで寄せあつめの牢人将士への威令もとどくであろう。

「あと一人は？」

「ない。——」

と治長は、しばらく考えてから、

「じつは、貴殿が承知くださらぬとあれば、いま一人のことも考えてはある。ただ難は、いささか若すぎることじゃ」

「なに、若うてもざえ（才）があれば、つとまるものでござる。将器だけはうまれつきのものじゃ。むかし、九郎判官義経公が義仲を討ちやぶったのが二十五歳ときく。どなたでござる」

「いや、年はそれよりも若い。例のながとよ」

閑斎は知らなかった。

「それ、木村長門守重成であるわい」

「ああ」いわれてみて、そういう名の青年が、秀頼の側近にいるということをきいたおぼえがあった。閑斎は期待していたほどの名でなかったことに失望を覚えながら、

「長門守どのは、どなたのお子でござる」

「宮内卿局《くないきょうのつぼね》どののお子じゃ」

そうきいたとき、薬師寺閑斎は、これでは豊臣家もほろびるわい、とおもった。

「女官のお子でござるな」

「ふむ」治長は、いやな顔をした。

この城は、女官の子が多い。閑斎からみればそのいずれもがろくでなしであった。大野治長もまた、淀殿の筆頭老女である大蔵卿局の長子なのである。

ついでながら、「大蔵卿局」といえばたいそうにきこえるが、ありようは、淀殿が江州小谷《おだに》の浅井家で出産したとき、乳母として奉公にあがった女であった。亭主の道犬は、丹後大野村の地侍だったという。

この老女の城内での権勢は非常なものだった。

あるいは当然なことかもしれない。関ケ原以後、豊臣恩顧の諸大名が没落したり、関東に荷担したりしてのこらず大坂城から消えたあと、事実上の実権は、城内で「御袋様」とよばれる淀殿がにぎった。自然、彼女の女官たちが、権力の座につき、豊臣家の家政をきりまわした。たとえば慶長十九年八月、東西断交寸前の最後の使者として駿府にくだったのも、女だった。正使が大蔵卿局、副使が正栄尼《しょうえいに》である。

こうした女官たちの子は、いずれも顕職にのぼっていた。正栄尼の子が秀頼の謀将渡辺内蔵助糺であり、饗庭局《あえばのつぼね》の子が城の玉造口をまもる浅井周防守《すおうのかみ》長房である。大蔵卿局の系統が最も尊貴で、治長をはじめ、亭主の道犬、次子の治房などが重臣の座を占めていた。いずれも太閤以来の老臣の上に立っているところからみれば、これは女官閥といっていいであろう。城内では、女官の子にあらずば人にあらずというほどの抜きがたい勢力になっていた。牢人出身の諸将が亡父の盛名のおかげで城内で重要な位置をしめているのに対し、譜代方は母系のおかげで采配をとる身分になっていた。父系と母系の珍味な寄合世帯なのである。閑斎は、これで勝てるか、とおもった。治長が、

「譜代の者から上将を出さねば」

といったのは、女官閥から人を出そうということとおなじことであろう。つまり治長にすれば、木村重成は、女官閥のなかでは、希望のもてる人材というのであろう。母宮内卿局は秀頼の乳母である。これは、大野兄弟が淀殿の乳母の子であるように、城内ではひどく筋目がよかった。

「さて、長門守と申すは」

と治長がいった。

「それがしの母大蔵卿局が可愛がっていためいの婿でもある。それゆえ大蔵卿局も案じ、もし長門守が未熟のゆえに戦さをしくじってはならぬというので、ぜひ後見を閑

斎どのにたのめ、と申されている。陣の立てかた、弓組、鉄砲組のつかいざま、士卒の心のとらえよう、戦場の駈けひきから兵糧《ひょうろう》のつかいかたにいたるまで、なにかと後見してやってもらえぬであろうか」

「軍監でござるか」

「いや、それほどにたいそうに思うてもらわずともよい。後ろにあって、教導してくだされればよいのじゃ」

「よろしゅうござる」

と閑斎はうなずいたが、しかし、心のすみでは、うわさどおり治長という男はもってまわった頭のはたらきをする男だともおもった。最初からそういえば話がはやいのに、はじめに閑斎の自尊心をよろこばせるような話をし、ことわることを見越して、重成のこの話を用意していたのであろう。女官の子らしい芸のこまかさである。

閑斎の屋敷には、女がいる。かれが町ずまいをしていたころに手なずけた少女で、濯《すす》ぎものをさせるために出入りさせていたが、いつのほどか伽までさせるようになっていた。城に入ってからも、婢女とも妾《めかけ》ともつかぬかたちで、屋敷うちにくらしている。名を小りんといい、しれしれとよくふとった気のいい女である。閑斎はその夜、

伽にきた小りんに、

「そもじ、人のうわさにくわしいが、木村重成という仁を存じておるかいの」

となにげなくたずねてみたところ、

「ながとのかみ様じゃな。おれはよう知っておるわいな」

これは意外だった。かれは、この夜屋敷にもどってから若党二人に重成のことをきいても、かれらはほとんど知る所がなかったからである。

「なぜ、そもじがごときが存じておる」

「おいさ、旦那さまこそうかつな。お城のおなご衆で、ながとのかみ様のことを知らぬうつけ者はおじゃるまい」

「これ、左様にはずむでないわ」

閑斎は、にがい顔をしてみせた――。小りんが語りはじめたところでは、この城に一万人のおなごがいる。そのぜんぶが長門守を慕うているとはいわぬまでも、かの殿のうわさを好まぬ者はない、というのであった。

「それほど清げなおとこかいの」

「おう、きよげでおじゃりまするとも」

「やさおとこか」

「やさしゅうおじゃるがりりしゅうもおじゃる。数年前も、剛力できこえた鬼阿弥陀仏と申す者が、酒を啖《くろ》うてやにわにながとのかみ様に打ちかかったときも、かるく鬼阿弥陀仏のこぶしをにぎられただけで、鬼めはジリリとも身うごきできなんだという話でおじゃりまする」

「その鬼阿弥陀仏とは何者じゃ」

「お坊主《どうぼう》でおじゃる」

「お坊主相手では詮《せん》あるまい。ほかに話はないか」

「へい、それならば青柳さまとのことを物語りましょうず。ながとのかみ様とこのお女《ひと》とのことは、城下の町衆でも知らぬ者はおじゃりませぬ」

「よほど長門守とは、名のきこえた男じゃな」

「いかにも、いかにも」

「ひとことでいえば、どのような男じゃ」

「たとえば、はなしできく名古屋山三《さんざ》のような」

閑斎は、ばかばかしくなった。長門守とは、歌舞音曲の者と同様、婦人のあいだでのみ名の高い人物のようである。

――長門守の艶聞《えんぶん》とは、こうであった。

青柳は、真野蔵人頼包《よりかね》のむすめで、大蔵卿局のめいにあたる。少女のころから、淀殿のそばに仕えていたが、国色《こくしょく》ならぶなしといわれたほどの美人で、うわさは、城下はおろか、河州、泉州にまできこえていた。

城下の者にまで木村長門守重成という名がひびきわたったのは、青柳がこの青年のもとに輿入《こしい》れしたためであろう。冬ノ陣以前の重成は、とくに城下の町家などでは、母と妻の名で知られていたといっていい。

かれの結婚は尋常なものではなく、いかにも町衆のよろこびそうな咄《はなし》がある。青柳はある日、重成の姿を垣間《かいま》見たという。それ以来想いをこがし、ついに病いの床に臥すまでになったというのである。伯母《おば》の大蔵卿局が案じてさまざまに問いつめるうち、思いあまって、彼女は一首の歌を示した、――恋ひわびて、絶ゆる命はさもあらばあれ、さても哀れといふ人もがな。

「まずい歌じゃな」

閑斎はあきれた。おそらく青柳の自作ではあるまい。城下の町衆がおもしろがって話に尾ひれをつけ、歌まで偽作したものであろうと閑斎は想像した。しかし、ちまたに偽作の歌まで出るほどの人気というのは容易なものではない。

大蔵卿局は気はしのきく老女らしかった。この旨を重成の母の宮内卿局に告げ、歌を重成にみせるようにたのんだ。重成は母から歌を示されて、青柳に返歌をおくったという、――冬枯の柳は人の心をも春待ちてこそ結《ゆ》ひとどむらめ。

「これも、調べが弛《ゆる》んでいる」

恋をする者みずからが作ったものでないことは、連歌にあかるい閑斎にはわかる。しかし歌の真偽よりも、こういう偽歌がつくられるまでに、城の内外で艶聞をはやされる人物とは、一体どういう男であろう。

(よほどの痴《し》れ者か)とも思い、

(それとも逆に、ここまで衆にもてはやされるとは、万人に一人という魅力の持主かもしれぬ)

閑斎は、重成に会うのが楽しみになった。大将の器量とは、元来、生れつきのものである。天分の要件は、まず、へんぺんたる策謀の才よりも、衆をしてよろこんで死地につかしめる魅力であろう。合戦の場かずや修練だけでできるものではない。閑斎は、会ってみなければわからないが、重成があるいはこの天与の福の持主なのであろうかとおもった。


西上中の家康が、江州矢橋《やばせ》から四十挺艪《ろ》の飛舸《ひか》を駈って一気に琵琶湖《びわこ》を渡り、京の二条城に入ったのは十月二十三日のことである。京の大仏を鋳た炉を復旧してかれ自身の考案による移動本陣用の大鉄楯《てつじゅん》をおびただしく鋳造させる一方、片桐且元《かたぎりかつもと》を茨木から召して、大坂城内の地理、濠《ほり》の深度などを説明させ、連日作戦会議をひらいた。

薬師寺閑斎はその後、病いをえてひと月ばかり臥せていたため、木村長門守重成にはじめて会ったのは、やっとこのころになってからであった。

場所は、重成の屋敷である。母の宮内卿局と室の青柳が、酒間の周旋をしてくれた。なるほどと息をのむ思いだった。青柳は、老人の閑斎がみてさえ、身のうちが小刻みにふるえてくるほどの容色なのである。

(ややをやどしてござるな)

母の宮内卿局も、大蔵卿局などとはちがい地味な老女で、終始微笑をたたえては、ときどき、

「ながとどののこと、よろしゅうにお頼み申しまするぞえ」とまろやかな声でいった。そのつど、青柳も微笑して、小さく頭をさげるのである。閑斎はついよい気持になり酒をすごした。

屋敷にもどってから、ふと内心うろたえるものがあった。ハテ、かんじんの長門守は、とおもったのである。どのような男であったか、ついぞ観察せずじまいであった。これは重成のほうにも罪があった。どうやら、ひどく無口な男であったらしい。

二度目に会ったときは、傍らに母親、嫁がいなかったため、十分に観察した。なによりもおどろいたのは、この若者の声である。年のわりにはひどくしわがれてはいたが、革鞭《かわむち》で馬の琵琶股《びわまた》をたたくような締まりがあり、聴いていると、身に沁《し》み入るよ

うに快い。一重まぶたが重く垂れ、唇がやや厚目である。なるほどうわさどおりの美丈夫であったが、顔に滑稽《こっけい》味があるためいやらしくはない。骨格はたくましくはあったが、いささかも粗豪なところはなく、室町風の作法をよく身につけて、母親に似た微笑を口辺にたやさない。閑斎は、目の洗われるような思いがした。

（なるほど、これは将器であるな）

茶を馳走《ちそう》してくれたが、点前《てまえ》をする身ごなし、眼の動きをみると自然の律があり、刀槍、騎乗の術に長《た》けていることが閑斎にも容易にわかる。さらに意外であったのは、重成は、この女どもの支配する城で、いつ学んだのか、古今の軍法に通じていることであった。とくに三河ぶりの軍法にくわしい。おそらくかれは今日あることを考え、年少のころから、家康の半生における大小の合戦をつぶさに聴きしらべ、その曲癖、長所、作戦心理まで知りぬいているのではあるまいか。

（麒麟《きりん》かもしれぬ）

閑斎は、すっかり魅了されたが、役目がら、気づいたことをのべた。

「かようなことを申すのは憚《はばか》りがあるが、長門守殿と、大野主馬首殿の御陣とくらべて、ひとつ無念なことがござる」

「はて」と重成は物やわらかに微笑し、「どういうことでありましょうか」

「人でござる」

「と申しますと」

「手だれの衆がおりませぬな」

閑斎は知っている。治長にえこひいきがあった。治房と重成という若い譜代の将に寄騎衆を配属させるにあたって、治長は、舎弟の主馬治房の軍団には、牢人衆のなかから千軍万馬の諸領袖《りょうしゅう》をえらび、御宿越前守（勘兵衛）政友、塙《ばん》団右衛門直之、米田監物《けんもつ》、それに鉄砲隊を指揮させては海内無双といわれた桑山十兵衛などをつけていたが、重成の軍団には、そういう者をつけていないのである。

重成の侍大将には、山口左馬助弘定という者がいた。譜代の士で、元気はあるが、まだ前髪がとれたばかりの若者であった。おなじく侍大将の内藤新十郎政勝、それに青木七左衛門、また、ながく木村家に出入りしていた河内若江の庄屋の息子飯島三郎右衛門などが重だつ者だが、いずれも二十五歳前後の部将ばかりで、合戦の経験者は一人もいなかった。そのうえ風がわりなのは、他の六軍団の部将連のほとんどが牢人出身であるのに対し、重成の軍団だけは、のこらず大坂譜代の士なのである。

「いかがでござろう。それがしが修理どのに乞うて、御宿勘兵衛ほどの古豪の者を貰《もら》い受けて参ろうか」

「いや、折角《せっかく》なお心づかいなれど」

無用です、と重成はいった。経験者の牢人を用いず、未経験ながら譜代軍団を編成したのは、自分の意図だと重成はいう。

「それでは、勘兵衛や団右衛門のごとき者は無用じゃとおおせあるのか」

「閑斎どののような古豪のお人を前にして不遜《ふそん》をいうようでありますが、重成のような未熟者にとっては無用でござる。牢人衆は合戦にあたって名をあげんがためにおのれの槍先の功名のみを大事にし、全軍の足なみをみだすおそれがござる。弱輩の重成では、それをおさえきれませぬ。それよりも、重成には未熟な若者がようござる。かれらは命も名も惜しみませぬ。かれらはおのれの功名をたてるよりも、重成の下知《げち》のままに死ぬる者でござる」

「卒爾《そつじ》ながら、そのお下知が、万一拙くとも？　また、貴殿の拙戦のために犬死するはめになっても？」

「左様」

「そのため戦さに負けてもよろしゅうござるか」

「よろしゅうござる」

閑斎は感嘆した。（この若者はおそろしいほど戦さというものを知っている）とおもった。

いわゆる大坂冬ノ陣は、城方十二、三万、東軍三十万をもって戦われ、慶長十九年十月十二日、堺《さかい》における小競り合いからはじまったが、家康は力攻めを避け、城の周辺に多くの対城《むかいじろ》を築いて、長期攻囲の態勢をとった。

両軍対峙《たいじ》するうち、十一月二十六日早暁《そうぎょう》、城外の北東のあたりでにわかに銃声がわきおこった。

閑斎は、頭巾をかぶり、真綿の入った袖無羽織《そでなし》で寒気をふせぎながら、本丸の重成の陣所にいたが、銃声をきいて重成のもとにかけつけたときは、この者はすでに馬上にあった。

「音は、よほど遠うござるぞ。敵の野陣で同士討ちをしているのではないか」

「いや、御老。お言葉ながらちがう。この鉄砲の音は、どうやら川の水面にひびいているように思われる。とすれば方角が北東ゆえ、天満《てんま》川のむこうじゃ。今福・蒲生《がもう》ではないか」

結果は、閑斎のまけだった。今福・蒲生は城外ながら、青屋口ののどもとにあたるため、城方では開戦の寸前、四重の柵を急造し、矢野正倫《まさとも》、飯田家貞の両将に六百の兵をあたえて守備をさせていたが、この柵に、夜陰、東軍の佐竹右京大夫義宣（出羽秋田の城主）千五百の兵が忍びより、払暁とともに火の出るような攻撃を仕かけてきたのである。銃声はそれだった。

たちまち城方の柵はくずされ、第一柵で守将矢野正倫、第二柵で次将飯田家貞が討死し、勢いをえた佐竹勢は第三、第四の柵をうちやぶって、ついに片原町にまで乱入した。

　このとき重成は軽兵二千をひきいて青屋口の城門から突出し、片原町で佐竹勢と激闘した。重成の名が歴史の上に登場するのは、このときの合戦からである。このときの重成の下知は、ただ「掛かれ掛かれ」と絶叫するのみで、単純無類のものだったが、奇妙なことに、兵はその声をきくと憑《つ》かれた者のように突進した。このため佐竹勢はさんざんに突き白まされ、ついに片原町をすてて敗走した。重成の勝利である。

　同時に、重成の敗北がはじまっていた。かれはここで追撃をとめるべきであった。なおも猪突《ちょとつ》したため、隊形は鴫野《しぎの》堤の上で点々と一列縦隊にのびきった。

　おりから、向う岸に、東軍の上杉隊の鉄砲組三百が進出していた。その銃口の前に横腹をみせて通るなどは最も拙劣な隊形だった。果然、上杉隊は乱射しはじめた。そのため木村隊の後続兵は撃ちすくめられて堤の下で動けなくなった。先頭の重成の一団だけは孤立してしまい、そこを引きかえしてきた佐竹勢に包囲されたのである。こういう戦さは、牢人あがりの将ならしないところであろう。

　重成の戦場付近の葦《あし》の中で布陣していた東軍上杉景勝《かげかつ》の侍大将原常陸介親憲は、重成のはたらきを遠望し、

「木村長州といえば、一軍の采配をとる役目からみて二十万石の大名にも相当の者じゃが、あの槍働き、一騎駈けの武者のごとくにぎやかであるわ」

といったのは、驚嘆と嘲笑《ちょうしょう》がまじっている。

このときの重成を救ったのは、閑斎であった。みずから戦場にかけつけたのではなく、青屋口の城壁の上から重成の働きを気づかわしげに遠望していたが、ついにたまらなくなり、本丸へ走った。本丸には、予備隊の総司令として後藤又兵衛基次が待機した。閑斎は牢浪時代にこの男と面識があったから、「長州が、急じゃ」とたのむと、

「応」とすぐ出馬してくれた。

又兵衛は戦場につくと、手なれた下知で佐竹勢を蹴《け》ちらし、

「長門どの。朝からの働きでお疲れであろう。この手はそれがしが代わり申す」

といったが、重成はきかず、

「貴殿は百戦の御老巧におわす。しかし、拙者はこの場が初陣《ういじん》でござる。初陣には少々無理戦さをしても、あとあとの戦さのためには敵にわが名の怖《おそ》るべきことを知らしめておかねばなりませぬ。いま一働きいたしまする」

「おう、お若いながら武辺というものをようわかっておいでじゃ。さればそれがし加勢にまわりましょう」

基次は、後方より自隊の兵をさしまねき、付近の小舟を掻《か》きあつめて、銃隊を分乗させた。木村隊が堤上を進撃するのにつれて、船上の後藤隊は水上から援護するという、新しい戦法だった。しかし、戦闘の主舞台を同僚にゆずって、自分はその働きを

寛闊《かんかつ》にするだけの役目にまわるなどは、武将としては、異例の好意であった。重成には、老輩たちがつい手をさしのべたくなるようなふしぎな魅力があった。

この水陸作戦は予想以上の効果をおさめ、佐竹勢で討死した者は、先頭隊長渋江内膳政光をはじめとして二百余人におよび、ついに柵をすてて潰走《かいそう》した。

冬ノ陣のめぼしい戦闘は、この今福・鴫野方面の合戦と、十二月四日、真田丸、平野口、八丁目口、谷町口、松屋町口の五方面にわたって東軍が総攻撃を加えた戦闘だけにおわったが、この合戦でも、重成はすさまじい働きを示して勇名をあげた。

閑斎は、沈黙せざるをえなかった。

（教えるどころか、これは教えられるわ）

うれしかったにちがいない。かれは重成の本営に入りびたって、なにかと世話を焼いた。重成がべつに頼んだわけではないから、閑斎は照れかくしに、「長門殿はずるい。この老人に、ついつい犬馬の労をとらせてしまうわ」と将士を相手に笑った。

――冬ノ陣を終結させたのは、家康の砲兵戦術であったと云っていい。

それ以前にすでに家康は開戦と同時に城方に対し和平工作をおこなってきたが、らちがあかぬとみるや、十二月十六日、旗本、諸大名のなかから数十名の砲術家を選抜し、諸陣に散在している砲百門ほどを城北備前島の築山《つきやま》に曳《ひ》きずりあげて特設の砲兵陣地を作った。さらに城南では、井伊直孝《いいなおたか》、松平忠直、藤堂高虎《たかとら》の三陣地にも砲を集結させ、この日の早暁から火砲による史上最初の一斉射撃をおこなった。

家康の射撃目標は、ただ一カ所であった。本丸である。それも淀殿や女官たちのいる本丸千畳敷にしぼられた。ねらいは、彼女らの心理的動揺である。

ところが効果は予期以上に大きく、百門の砲が一時に咆《ほ》える発射音は天地をゆるがさんばかりであったし、二貫目、三貫目、五貫目などの鉄丸がつぎつぎと落下してきて、城内一万の女たちは悲鳴をあげて逃げまどった。やがて豊臣家にとって運命的な一弾が、淀殿の居間に隣接する三ノ間に落下して、そこにすえられていた茶箪笥《ちゃだんす》を打ちくだいた。淀殿は色をうしない、講和を決意した。

それから四日後、淀殿は、講和の予備談判をさせるために、茶臼山《ちゃうすやま》の家康の本陣に例によって老女たちを派遣した。常高院、二位局、饗庭局である。

翌二十一日、公式の調印のために右大臣秀頼の使者に立ったのが、木村重成である。木村重成がその後の庶人の伝承のなかで、大坂落城にともなう象徴的な英雄になったのは、この場面があるからであろう。副使は郡良列《よしつら》、このほか淀殿のための女使者として常高院が立った。

重成は茶臼山本営に入ったとき、玄関、廊下に居ならぶ東軍諸将に目礼もせずにずいと罷《まか》り通ってしまったという。その不遜な態度に諸将は憤慨し、

「若僧、礼をならわぬものとみえる」

とささやきあったが、それ以上にかれらにとって我慢しかねたのは、調印の席上での重成の態度だった。

席上、家康は、和平条件の五項目を認《したた》めた熊野牛王《ごおう》の誓紙に署名し、さらに短刀をぬき、小指を刺して血判をおしてから重成にわたした。

重成は受けとってしばらく黙読していたが、やがて顔をあげ、

「お血が薄うござりまするな」

といった。

居ならぶ家康の諸将は立ちあがらんばかりに緊張したが、重成は微笑し、

「これでは見えかねまする」

家康も一瞬顔色をかえた。しかしこれで和平が崩れてはと思ったのか、「どれどれ、よこせ」ととりあげ、

「年をとると、血も薄うなるものとみえる」

と、もう一度指を切ったという。

ところが帰路、重成は豹変《ひょうへん》した。退出するとき、先刻の廊下、玄関をふたたびとおったが、こんどは別人のように微笑をうかべていんぎんに会釈《えしゃく》し、

「こんにちは右大臣家の名代でござったゆえ、先刻は自然のこと失礼つかまつった。ただいまおかげにて無事役目が相すみ申しました。いずかた様も、ごめんなしくださ

れよ」

一同、この二十二歳の男に翻弄《ほんろう》されるような思いで、答礼することもわすれた。重成は、この当時としてはひどく芝居気のあった男にちがいない。


木村長門守重成が、われわれの歴史のうえで演じた最後の戦闘は、その半年あとのことである。慶長二十（元和《げんな》元＝一六一五）年五月六日、河内若江堤における遭遇戦であった。夏ノ陣という。

すでにそのころには、淀殿と女官達とその子らが宰領する大坂城は、家康にだまし ぬかれ、二ノ丸、三の丸の城池をこぼたれ、こっけいなことに、城は本丸のみの裸城のまま、天に曝《さら》されていた。家康がだましたというよりも、淀殿らのおそるべき無智が、みずから裸になる道をえらんだといったほうがあたっている。

それでも五人の傭兵隊長たちは戦わねばならなかったし、重成も治房も同様だった。この悲劇的な立場に、後世の追慕者たちは香煙を燻《くす》べるのであろう。

戦いは、野戦によらざるをえなかった。野外での決戦は家康の得意とするところであったし、ありあまる兵力も用意していた。東軍三十万、城方は、その三分の一である。勝敗は戦う前から知れている。

このころ、東軍三十万は、いったん大和盆地に集結し、生駒《いこま》、葛城《かつらぎ》山の諸峠をこえて河内平野に入ろうとする気配があった。

これを迎えうって、河内平野に撃滅しようとする最後の総合作戦計画は、後藤又兵衛が立案した。「これで勝てるか」と、淀殿、治長にきかれたとき、又兵衛は小さな可能性をいくつか説きならべたあげく、「あとは御運でござる」と答えた。かれが考えていたのは、味方の勝利よりも、自分の死をいさぎよくかざることだけだったのだろう。

又兵衛の案は、東軍主力が国分《こくぶ》の開口部を越えるものと判断し、城方の主力をあげていちはやく国分の丘陵地をおさえ、主決戦場をそこにおこうとするものだった。ここで大打撃をあたえてから、城へ退《ひ》く。あとは運である。しかし、その運は来ないであろうということは、七将のたれもがわかっていた。

五月六日、午前零時から二時すぎにかけて、全軍が大坂を出発し三街道にわかれて東進を開始した。こんにちの電鉄地図でいえば、阿倍野《あべの》のターミナルから出ている近鉄南大阪線の沿線を主力決戦部隊がゆく。後藤又兵衛の隊がまず先行し、つづいて薄田兼相、井上時利、山川賢信、北川宣勝、明石守重、長岡正近、それに、城方で最大の兵力をもつ真田幸村、毛利勝永の諸隊がつづく。

この別働隊として、奈良街道、十三《じゅうさん》街道、八尾街道から河内に入りこんでくる東軍をたたくために、長曾我部盛親五千の兵が、こんにち、上六《うえろく》のターミナルから出ている近鉄大阪線の沿線を東進する。

重成は最初これらとはべつに京街道のおさえを命じられていたが、細作《さいさく》（間者）の報告で敵がその方面から進出しそうにないことがわかり、みずから進んで長曾我部隊とほぼ並行する近鉄奈良線の沿線を東進することになった。

重成は出動の前夜、屋敷にもどり、新妻とふたりきりでしずかに別盃をかわしたという。重成の行動はつねに劇的要素に富んでいるが、この場面が、後世の、庶人のイメージのなかにおける重成像の美しさを決定した。かれは死後まで自分が美しくあることを考え、妻に命じて兜《かぶと》に空薫《そらだ》きをさせた。しかも、出立にあたって、兜の忍び緒のはしを切った。再び生きて帰らないつもりである。おそらく家康をはじめ、かれの諸将は、この首をみてほろんだ豊臣家の遺臣の美しさに感動するであろう。それが重成の最後の作戦であったし、それしか手のない戦況でもあった。重成は又兵衛や幸村ほど天才的でなかったが、かれにはうつくしい演技力がある。

城門進発は午前零時の予定であったが、城内の各宿陣にちらばっている諸小隊の整列がおくれたため、午前二時になって、やっと玉造門を出た。

閑斎は城門のわきに立って、出てゆく四千数百の木村隊を送った。

重成は中軍にいた。

「閑斎どのか」

「さん候《そうろう》」

「……………」

　重成はだまった。閑斎がかざす松明《たいまつ》の光のなかで重成はあざやかに微笑を残したきり、通りすぎた。城内の女どももあらそって、玉造門に参集し、重成の出発を見送ったという。

　この夜は、霧が深かった。

　最初、若江に行くつもりであったが、すでに若江方面に人影の動くのをみて、

「遅れたり、敵に先着されたか」

　八尾へ迂回《うかい》するため、濃霧のなかで軍を転進させた。重成の若さによる誤認である。若江の人影は戦場を避難する百姓たちであった。あわてて軍をもとどおり若江へむけさせた。暗夜と濃霧のために兵の混乱はまぬがれなかった。

　戦闘の詳述は避けるが、払暁、木村、長曾我部隊は、西進してきた藤堂高虎の先頭部隊を撃破し、潰走させた。

　夜が明けきるとともに、重成は若江村の南端を中心に東にむかって野陣を展開し、右翼に山口弘定、左翼に内藤政勝を配置し、玉串よりこなたの小堤を切りとらせ、全軍に早昼の兵糧《ひょうろう》をつかわせて、敵を待った。

押しよせたのは、東軍のなかでも最強といわれた井伊掃部頭《かもんのかみ》直孝の三千二百である。

かれらは、直孝以下全軍赤具足を着けていたところから、井伊の赤備えといわれた。かつて甲斐武田家がほろんだとき、家康は、いわゆる武田の赤備えといわれた精兵《せいびょう》を多数ひきとり、一括して井伊直政の手につけた。米軍における海兵隊や、かつての日本陸軍における熊本第六師団のように、最強部隊を作ってつねに難戦に投入するのが用兵の常識である。徳川軍のなかでは、井伊隊がそれに相当した。藤堂勢は撃退できても、老練の井伊隊が同様の目にあうとは思えなかった。

井伊隊のなかに、安藤長三郎重勝という十七歳の少年がいた。家康の老臣安藤帯刀《たてわき》の縁者で、その縁で井伊家につけられ、こんどの陣に従軍していた。生意気ざかりの年ごろでもあり、権門の枝葉であることを鼻にかけるところもあって、陣中ではあまり好かれていなかったらしい。数夜来、部隊が宿営するごとに近在の百姓が忍び入って馬をぬすみとる事件が頻発した。このため馬の見廻りを厳にするようにしばしば軍令が出たが、長三郎は注意を怠り、今未明、出発したときは馬がなかった。やむなくこの少年は、正午前後からはじまった戦場を徒歩で走りまわっていたが、徒歩では武功の望みもうすい。走りながら、長三郎は泣きだしたい気持だったろう。

木村隊の主力は若江堤の上にあり、井伊隊は下から攻めた。このため第一戦は井伊隊のさんざんの敗北になり、重成みずからの槍で突き伏せられた山口伊豆守重信をはじめ、住山三右衛門、水野八十郎、同儀大夫、長谷川兵左衛門ら、井伊家の名ある士が討ちとられた。

午後にまわって、烈日が灼《や》きはじめ、戦闘は惨烈の極に達した。組み敷いて首を掻こうとする者が、背後からきた敵に突き伏せられ、その首をとる間もなく敵手にかかって斃《たお》れ、その血ですべって負傷者の上にたおれかかった者が、起きあがろうとすると不意に負傷者の腕に締めあげられて首を掻かれた。

格闘はなお一時間余つづいた。両軍の疲労がめだちはじめたが、後詰《ごづめ》のない、木村隊の疲労の度が、よりはなはだしかった。この場合、早く疲れた側のほうが敗《ま》けである。木村隊の多くは討ちとられ、一部は崩れはじめた。

井伊家の侍大将で、菴原《いおはら》助右衛門という者がいる。かつての甲州武者で、このときすでに七十を越え、ひじに数珠《じゅず》をかけ、念仏をとなえながら戦場を指揮していた。馬を駆って若江村の入口まで入ったとき、土蔵のかげで腰をおろしている武士がある。

武士は首をたれていた。全身、泥と血で具足の色目もさだかでなくなっている上に、顔に生色がなかった。

(死んでいるのか)

と思ったとき、武士はやっと助右衛門の姿をみとめて、立ちあがり、

「ひと槍、お相手仕ろう」

といったが、馬に乗る力もなくなっている様子だった。すでに後生《ごしょう》を願う心のつよい助右衛門老人は、このまま去ろうかと思ったが、槍をあわせてみると意外に手ごわい。

「何人におわす」

武士はだまって二間一尺五寸の直槍《すぐやり》をつきだした。老人はあやうく避け、十文字の槍をとりなおして数合するうち、武士は動かなくなった。よほど疲労していたのであろう。そのすきに槍先で相手の白幌《ほろ》をひっかけて一息にひくと、べつに抵抗もなく、相手は朽木のように鞍《くら》から落ち、顔をうつむきにして田の中に伏せた。

そこへ駈けこんできたのは、安藤長三郎である。

「お待ちくだされ。おねがいでござる。今日の合戦にまだ一級の首もえておりませぬ。その首、それがしに賜わり候え」

「ほしければ、とるがよい」

菴原は、殺生《せっしょう》をきらったのである。長三郎は倒れている武士に駈けよって数槍刺し、首をあげた。死者は重成である。

「何者でありましょう」

「わからぬ」

菴原は、後日の証拠のために死骸《しがい》の腰をさぐり、金のヒネリ竹に白熊の毛をつけた旄《はた》をひきちぎって、自分の腰につけた。

この首があとで木村重成であることがわかり、長三郎は、五百石に加増された。が、かれはその禄を不満とし、井伊家をすてて、同族の長者安藤帯刀のもとに訴え出た。木村長門守ほどの大将を討ちとって五百石とは安すぎるというのであった。帯刀は激怒し、「よく聴くがよい。惣《そう》じて総大将の討たるるは、敗軍して士卒の離れたときである。これを討ちとったところで、さのみ武辺のすぐれたることにはならぬ。また、そのほう、敵将が士卒に離れるまでの乱軍のなかで、それまで何をしていたか。このこと、第一の不審である。そのほうごときに掃部頭どのが、よくも五百石も賜わったものであるぞ」といいきかせ、みずから連れて行って井伊家に帰参させた。井伊家でも帯刀の手前を考え、あとで千石に手直ししたという。この長三郎の子孫は明治まで井伊家で栄え、いまも、重成の祥月命日には供養をかかさないといわれる。

重成自筆の遺言書というものが、江戸時代骨董《こっとう》商の手で偽造され、これが諸国で飛ぶように売れたという。いまもその一通が大阪城の大阪市立天守閣に保存されているが、重成という人物は、生前よりもむしろ死後になって名が異常なほどに隆盛した。理由はおそらく、落城当時万余もいた城中の女たちが諸方に散り、それぞれが孫子や近隣の者に彼らの理想的男性としての重成のはなしを語りつたえたからであろう。

――ところで、文政八（一八二五）年といえば、すでに幕末にちかいころだが、このころ、「無念詣《まい》り」という奇妙な俗信が大坂で流行し、大坂西町奉行所が手入れしている。
重成の墓は、戦死の地である現在の八尾市西郡《にしこおり》にあり、碑はそれよりすこし前、前記安藤長三郎の子孫の彦根藩士がたてた。当時、大坂の庶人はこの墓を「無念塚」とよんでいたらしい。

「無念詣り」とは、夜陰、重成の最後の出撃とおなじ時刻に隊伍を組んで大坂の市中を押し出し、払暁にこの墓にまいるという俗信で、途中、もみあい押しあいながら、「無念じゃ、無念じゃ」とわめきすすんだという。諸式が昂騰《こうとう》して庶人の暮らしが窮迫しはじめているころのことである。おそらく公儀の政道に対するこの町の者の反撥《はんぱつ》が、長門守無念という表現になったのであろう。

かれらは、墓石をしきりと欠き割った。いまでもこれを粉にしてのめば諸病にきくといわれる。しかし小児の寝小便にまで効くというのはどういうわけであろう。

——重成の妻青柳は、落城後、ゆかりをたよって江州蒲生郡馬淵村に落ち、男子を分娩したのち、髪をおろして法体《ほったい》となり、翌年、夫の命日の日をえらんで自害して果てた。重成夫婦の生涯は、どこまでも劇的にできている。

なお、その子孫は、馬淵村で栄え、この村から多くのいわゆる江州商人が出た。こんにち、大阪の江州系商人のうち木村姓の大半は、木村重成の子孫であるという口碑《こうひ》を、その家系にもっている。重成の血が江州商人になるという発想は、陽気でいい。

# 老将

火坂雅志

### 火坂雅志《ひさかまさし》（一九五六〜）

新潟県生まれ。早稲田大学在学中は早稲田大学歴史文学ロマンの会に所属、歴史文学に親しむ。一九八八年に『花月秘拳行』でデビュー。当初は『神異伝』、『西行桜』などの伝奇小説を得意としたが、吉川英治文学新人賞の候補作となった『全宗』からは、最新の歴史学と伝奇性を融合させた独自の作品世界を構築。堺の豪商・今井宗久を描く『覇商の門』、金地院崇伝の実像に迫る『黒衣の宰相』など、従来とは異なる角度から戦国を捉える作品で注目を集める。直江兼続を描き二〇〇九年大河ドラマの原作に選ばれた『天地人』で、中山義秀文学賞を受賞した。

一

少年は老人の顔を見ていた。

深い皺《しわ》が刻まれた老人の肌は、長年の戦場灼《や》けのために褐色のシミが浮き出ている。白髪《しらが》まじりの太い眉毛《まゆげ》、ややたるんだ頬《ほお》の肉、何か物言いたげに半開きになった唇。唇のまわりには、使い古した箒《ほうき》のようにまばらな髭《ひげ》が垂れ下がっている。

（この老人が槍《やり》を持って馬に乗り、戦場を駆けめぐったことなど、ほんとうにあったのだろうか……）

少年は、老いの醜《みにく》さをさらす男の顔をみて思う。

老人の灰色がかった瞳は、ときとして猛禽《もうきん》めいたするどい光を放つことがあるが、そのようなことはごく稀《まれ》で、つねは山上の湖のごとき深い静謐《せいひつ》が目もとに物憂くただよっている。

「じきに冬じゃ」

草庵《そうあん》の縁側に腰をおろした老人が、渓谷を見下ろしてつぶやいた。

一筋の白い渓流が奔湍《ほんたん》となって流れ落ちる谷は、ナナカマド、山モミジ、ミズナラなどがしたたるように美しく色づいている。

「みちのくは、冬が早いであろうな」

「はい。あと十日もすれば、山に初雪が降りましょう」

「まだ山は、あざやかな錦繍《きんしゅう》につつまれておると申すに、はや雪が降るのか」

「みちのくでは、紅葉のうちから雪が降りまする」

「雪がふれば、さぞかし寒さが身にこたえようのう」

と言うと、老人は痩《や》せた肩をふるわせ、咳《せき》込んだ。

「背中をおさすりいたしましょう」

「うむ」

老人の骨の浮いた背中をさすりながら、少年は、

(戦場ではなばなしく死んでこそ、まことの武者輩《むしゃばら》というものだ。生きながらえて老いをさらすのは醜い……)

胸の底に、かるい侮《あなど》りの気持ちが湧き上がるのを押さえることができなかった。

老人は、名を和久宗是《わくそうぜ》といった。

齢《とし》はすでに八十に近い。

宗是が奥州伊達政宗《だてまさむね》の領内へやって来たのは、いまから半年前、慶長十七年の春三月のことである。

仙台の城下にあらわれたとき、宗是の姿は誰の目にも、尾羽《おは》打ち枯らしたみじめな

老武者としてうつった。

　またがっている河原毛《かわらげ》の馬も、これまた主人に負けず劣らずの老いぼれだった。宗是が吹けば飛ぶような痩身《そうしん》だから、どうにか持ちこたえているようなものの、乗っているのが大兵肥満の若武者だったら、いっぺんで潰《つぶ》れてしまいそうな古馬である。

　老武者の宗是と古馬の組み合わせは、古さの塊《かたまり》以外の何物でもなく、そのみじめな姿は仙台城下の人々の嘲笑《ちょうしょう》をさそった。

　――どうせ、関ヶ原くずれの食い詰め牢人《ろうにん》だろう。

　城下の者たちは噂《うわさ》した。

　去る慶長五年、徳川家康ひきいる東軍と、石田三成ひきいる西軍のあいだで戦われた天下分け目の関ヶ原合戦は、東軍の勝利におわり、敗れた西軍方の武者の多くは、禄を失って牢人となった。

　食い詰めた牢人は、あらたな仕官先をもとめて諸国へ散った。奥州で六十万石の大封をほこる伊達家へも、自薦他薦を問わず、おのれの売り込みをする牢人者がたびたびやってきた。

　河原毛の古馬にまたがって、仙台城下にあらわれた和久宗是なる老武者も、また、仕官口をもとめる関ヶ原くずれの牢人にちがいないと人々は思った。

　たしかに、和久宗是は関ヶ原合戦で西軍に属して戦った武将であった。

「あのような老いぼれ、仕官したくとも、伊達の殿さまが相手になさるはずがない」

「門前払いを食わされ、しょげかえって川に身投げでもせねばよいが……」

人々の無責任な噂に反し、和久宗是は二千石の高禄をもって客分として召し抱えられた。

領地は、黒川郡の大谷邑《おおやむら》（現、宮城県大郷町）、仙台の城下より北へ四里離れたのどかな幽寂境である。多島美で知られる名勝の松島《まつしま》へも、丘陵をこえてわずか一里あまりの距離だった。

伊達家の客分となった和久宗是は、仙台城下に屋敷を持たず、中間、小者のほかは、これといった家臣も雇わなかった。

所領の大谷邑のはずれ、

――みなり沢
という閑《しず》かな谷あいに、侘《わ》びた草葺《くさぶ》きの庵《いおり》を結び、晴耕雨読の暮らしをはじめた。

少年――今年十三歳になる桑折《こおり》小十郎が、みなり沢の宗是老人の身のまわりの世話をするようになったのは、みずからの意志ではない。藩主、伊達政宗じきじきのお声がかりだった。

「老いたりとはいえ、和久宗是は天下に隠れなき武者じゃ。そなたも人生の大先達《だいせんだつ》に教えを乞い、武者たる者の心構えを学んでまいるがよい」

小姓として近侍していた小十郎に、政宗は命じた。

(殿さまのもとを離れ、なにゆえ、見ず知らずの老人の世話をせねばならぬのか……)

少年は、おおいに不満だった。

小十郎の生家の桑折家は、小禄なりとはいえど、伊達家に累代仕える大番組の家柄である。目鼻立ちすずしく、利発な生まれつきの小十郎は、主君政宗にかわいがられ、大のお気に入りとなっていた。

城を去って、得体《えたい》の知れぬ老人の世話を仰せつけられたのも不満だが、もっとわからぬのは、

(このような隠居同然の老人に、殿はなぜ二千石もの高禄をお与えになるのだろう)

ということだった。

小十郎の見たところ、和久宗是は何の役にも立たぬ年寄だった。

しかも、関ヶ原の牢人である。

関ヶ原合戦から十二年、徳川幕府による牢人追及の手はゆるんだとはいえ、かつて徳川家に弓を引いた者を厚く遇するのは、幕府への聞こえも良くはあるまいと思われた。

主君の政宗は和久宗是のことを、天下にきこえた武者だという。だが、老人には少

しも大剛の武者らしいところがなかった。

（朽《く》ち葉のような老人から、いったい何を学べというのだ……）

少年は憂鬱《ゆううつ》になった。

二

みちのくに冬が来た。

みなり沢も、宗是の草庵も、真っ白な雪に埋もれた。

小十郎は外へ出ることもままならず、軒を吹きすぎる寂しい風の音を聞きながら日々を過ごした。

和久宗是は、冬のはじめにかるい風邪をひいた以外はいたって壮健で、雪に降りこめられた穴蔵のような境涯をむしろ楽しむように、書見《しょけん》に明け暮れている。

小十郎は、ありあまる若さを持てあました。

（城におれば、小姓仲間と相撲を取り、退屈などせぬものを……）

活気にあふれた城の暮らしが、むしょうに懐かしかった。

みなり沢の草庵では、年の近い話相手もいない。宗是は、必要なこと以外はめったに話さぬ寡黙《かもく》な老人だった。

小十郎がようやく外へ出る機会を得たのは、年が明けた慶長十八年の正月だった。

「せっかくの正月じゃ。実家《さと》へ帰り、母者に甘えてくるがよい」

宗是は言った。

（わしはもはや、母に甘える年ではない）

小十郎は頬をふくらませて不服な顔をしたが、そこは明けて十四になったばかりの少年である。ひさびさに親兄弟のいる家へ帰れることが、嬉《うれ》しくてならない。

「されば、三日ほどお暇《いとま》をいただきまする」

老人への挨拶《あいさつ》もそこそこに、雪道を飛ぶような足取りで仙台城下の塩蔵丁《しぐらちょう》の実家へもどった。

伊達家では、古来、衣装や武具に金をかけ、きらびやかに飾り立てるならいがある。見栄をはって、華美な装いをする者のことを、

——伊達者《だてもの》
と呼ぶのはそのためだが、反面、食事はきわめて質素だった。もっとも、それは平素のことで、晴れの正月料理ともなれば、伊達者らしく金をかけ、山海の珍味をふんだんに使った豪華な雑煮《ぞうに》を食べる。諸国に知られた〝仙台雑煮〟である。

久しぶりのわが家で母の手作りの雑煮に舌鼓をうち、小十郎は思わず涙をこぼしそうになった。

そのとき、うしろから肩をたたく者があった。

「小十郎、正月から何をしめっぽい顔をしておる」

振り返ると、すぐ近くの東一番丁に屋敷をかまえる、母の弟の茂庭助右衛門《もにわすけえもん》が立っていた。

六尺を超える堂々たる体軀《たいく》の助右衛門は、藩内でも指折りの管槍《くだやり》の名手としてきこえている。

「しばらく見ぬ間に、ずいぶんと背丈《せたけ》が伸びたようじゃの」

酒豪の助右衛門は蒔絵《まきえ》の銚子《ちょうし》と朱塗りの盃《さかずき》を手に、小十郎の横へあぐらをかいた。

「大谷邑での暮らしはどうだ、小十郎」

「つまりませぬ」

「何、つまらぬと」

「はい」

小十郎は叔父の酒くさい息に、かすかに顔をしかめた。

助右衛門は憮然《ぶぜん》とした表情になり、

「近ごろの若い者は、贅沢《ぜいたく》をぬかしおる。そなたが仕える和久宗是どのは、天下に隠れもなき武者ぞ。それを、つまらぬなどとは……」

「殿も、宗是どのを立派な武者と申されておりました」

「さもあろう」

「わかりませぬ、叔父上。あの宗是どののいったいどこが、立派な武者なのです。わたくしには、ただの退屈なご老人としか見えませぬが」

「そなた、宗是どののことを何も知らぬのか」

助右衛門が、おどろいたように目を見はった。

「存じませぬ。殿からは何もうかがっておりませぬし、宗是どのも、ご自分のことは何ひとつ語ろうとなさいませぬゆえ」

「そうか」

助右衛門はにわかに酔いのさめた顔つきで、朱盃《しゅはい》を置いた。

「あのご老人はな、小十郎。わが伊達家の救いの神なのだぞ」

「救いの神……」

「そうじゃ」

助右衛門はうなずいた。

叔父が語った和久宗是の経歴は、それまで小十郎が老人に対して抱いていた印象とは、およそかけ離れたきらびやかなものだった。

和久宗是は、戦国乱世ただなかの天文四年、上方《かみがた》に生まれた。

和久家は、室町幕府に代々仕えてきた侍の家柄である。若いころ、宗是は室町幕府の実力者の三好《みよし》三人衆に従っていたが、三好一族が織田信長に滅ぼされると、織田家に属し、のち本能寺の変で信長が斃《たお》れたあとは、豊臣秀吉の昵懇衆《じっこんしゅう》のひとりに列するようになった。

天下取りをめざす秀吉が、奥州伊達政宗の攻略に乗り出すと、宗是は秀吉から命じられて、伊達家との交渉役をつとめた。

そのころ——。

伊達政宗は微妙な立場にあった。

奥州の南半分を力で切り取ったものの、すでに天下の趨勢《すうせい》は秀吉に傾いていた。秀吉に逆らうことは、滅亡を意味した。しかし、〝独眼竜《どくがんりゅう》〟の異名で呼ばれた伊達家の当主の政宗は、野心を捨て去るにはまだ若く、壮気に満ちあふれていた。

そうした政治状況にあって、和久宗是は、奥州にいて天下の形勢にうとい政宗に、

「秀吉さまに逆らうことは、貴殿のためにならぬ。身の処し方をあやまれば、伊達家は滅びますぞ」

と説き、ひそかに上方の情報を与えて、秀吉に従うことをすすめた。

宗是の説得を受けた政宗は、おのれの立場を思い知り、小田原北条攻めをおこなっている秀吉の陣にみずから出向いて、恭順の意をしめした。

このときの政宗の賢明な判断によって、伊達家は戦国を生き残ることができたので

ある。

また、奥州の葛西、大崎一揆で、騒動の背後に伊達の策謀があるのではないかと疑いをかけられ、政宗が秀吉の審問を受けるはめになったとき、

「関白さまは、しかじかのことをお尋ねになる」

と、審問の内容を事前に知らせてくれたのも、ほかならぬ和久宗是であった。これにより、政宗はあやういところで嫌疑をまぬがれることができた。

「重ねがさね、宗是どのには世話になった。それにしても、なにゆえ、わしにそれほど好意をお示し下さる」

政宗は、宗是に聞いた。

宗是はかるく笑い、

「なに、わしは貴殿のような、戦国の荒武者の気風を残した男が好きなのよ。おそく生まれてきたゆえに、関白さまの後塵《こうじん》を拝したが、十年早く生まれておれば、天下は伊達どののものだったかもしれぬ」

と、答えた。

秀吉の死後、世の流れが徳川家康に傾いてゆくなか、和久宗是は最後まで豊臣家に対する忠義心を捨てなかった。関ヶ原合戦では、西軍方の一将として死力をつくして戦った。

「そういう俠気《おとこぎ》にあふれた御仁《ごじん》じゃ」

語り終えた助右衛門が朱盃をあおった。

「わが殿は、宗是どのに対し、幾重もの恩義を感じておられる。このたび、宗是どのを奥州へ呼び寄せ、禄をお与えになったのも、あの御仁の高い人徳あったればこそのことじゃ」

「…………」

小十郎は、老人の褐色のシミと皺に埋もれた面貌《かお》を思い出した。少し眠そうな老人の顔には、どこか憂愁の翳《かげ》りがあった。

（あれは、信長、秀吉の世と、戦国乱世そのものを生き抜いてきた漢《おとこ》の、戦い疲れた姿だったのか……）

人生の奥深さの一端を、小十郎は生まれてはじめて垣間見たような気がした。


正月三カ日が終わり、小十郎はみなり沢の草庵へ帰った。老人に対する認識は、ややあらたまったものの、日々の退屈な暮らしは相変わらずである。

小十郎は、宗是を見ならい、書物を読むようになった。

「『六韜《りくとう》』を読んでおるのか」

書見台の軍書にしかつめらしい顔で向き合っている小十郎を見て、宗是が声をかけてきた。

「そなたの年で、まだ『六韜』は難しかろう」

「難しゅうございますが、わかるところだけ拾い読みしていると、何となく意味がわかったような気になってまいります」

「ふむ」

老人はうなずき、

「武者にとって、槍術《そうじゅつ》、刀術を学ぶことは、むろん大事なことだ。しかし、それだけでは猪《いのしし》武者になってしまう。書物を読み、知識を広げるのも武者の心得のひとつじゃ」

白く冷えびえとした障子の明かりに目を細めるように言った。

小十郎は、少しだけ老人が好きになった。

三

やがて、草庵の裏山に真っ白なこぶしの花が咲いた。

まだ雪の残る山に、こぶしの花が咲くと、春はもうそこまで来ている。沢の水が雪《ゆき》代《しろ》で濁り、それが玻璃《はり》のごとく清冽《せいれつ》に澄みわたると、里にほんとうの春がやってくる。

かさである。

奥州の遅い春は、梅、桜、桃の花がいっぺんに咲きそろい、息もつまるほどの賑《にぎ》や

「たまには、遠駆けにでも出るか」

春のいぶきの立ち込める谷を眺めて、宗是が言った。

「遠駆けでございますか」

「うむ」

「では、さっそく馬を用意いたしてまいります」

小十郎は、古来より名高い馬産地として知られるみちのくの生まれである。馬に乗るのは、三度の飯より好きだった。

(しかし、あのご老体に遠駆けをする力が残っているかな……)

小十郎は心配したが、それは杞憂《きゆう》であった。

宗是は、小十郎が、

(これが、あの老人か)

と、目を見はるほどのあざやかな手綱《たづな》さばきで、河原毛の馬を駆って、春の野を疾駆していく。

小十郎のほうは、栗毛《くりげ》の若駒だった。

頬にあたる風が、心地よい。まだ刺すような冷たさを底に含んでいるものの、山か

ら吹きおろす風には甘やかなブナの若芽の匂《にお》いがまじっている。

半里ほど駆け、カタクリの咲く野で老人は馬をとめた。

「さすがは、みちのくの男の子《おこ》じゃ。馬のあつかいに馴《な》れておるな」

小十郎を振り返り、宗是が目をほそめた。

「好きです、馬が」

「好きこそ、ものの上手《じょうず》なれという。そなたの馬も、よき馬じゃ。口浅く、上首が長く、耳が狭く短い。しかも、愛相《あいそう》がある」

「愛相とは、何でございますか」

「見よ。そなたの馬は、鼻づらの上に旋毛《つむじ》が巻いておる。鼻の上の旋毛は愛相と申してな、古来より馬の吉相とされておる」

「存じませなんだ」

「その馬は、父御よりゆずられたか」

「はい」

「千頭に一頭の名馬じゃ。大事にあつかってやれば、十五、六年は役に立ってくれようぞ」

「宗是さまの馬は、幾歳になるのでございますか」

小十郎は、宗是のまたがった河原毛の老馬を見た。

「こやつは小田原北条攻めのころより、わしとともに戦ってきた馬じゃ。かれこれ、二十六、七歳になるかのう。老いぼれているが、まだまだ気力は満ちている」

かすかに笑うと、宗是は馬の尻《しり》に鞭《むち》をくれ、ふたたび野を走りだした。

（馬も古馬だが、宗是どのも仙人のようなお方だ……）

老人の背中を追いかけながら、小十郎は思った。

その日、小十郎は宗是から、手綱の水付きを取って輪乗りをかける〝水車《みずぐるま》の技〟、勇み立つ馬を御する〝野笹《のささ》の法〟、悍馬《かんば》の気をしずめる〝嵐の鞭〟など、馬術の秘技の数々を授けられた。

全身に気持ちのいい汗をかき、みなり沢に帰ってきたときには、あたりに薄い夕闇《ゆうやみ》が満ちていた。

厩《うまや》に馬をつなぎ、草庵にもどってみると、縁側に小十郎の見知らぬ男が腰を下ろしている。髭の濃い、壮年の男であった。

深編笠《ふかあみがさ》を小わきに置き、褐色《かちん》の袖《そで》無し羽織に、埃《ほこり》にまみれた裁《た》っ着《つ》け袴《ばかま》をはいている。一目で旅姿とわかる身なりだった。

男は、宗是の姿を見て縁側から立ち上がると、かるく目礼をした。

宗是のほうも、会釈を返す。

どうやら、ふたりは知り合いのようだった。

「今日は疲れたであろう。そなたは部屋にもどり、ゆるりと休むがよい」

「宗是さま、あの方は……」

「わしの古い知り合いじゃ。昔語りをしに、たずねてきたのであろう」

老人の目もとに、かつてない険しい表情が刻まれているのを小十郎は見た。

（あの客人は、何者であろう……）

男は、夜おそくまで宗是と話し込み、翌朝、まだ陽ののぼらぬうちに姿を消した。

老人が変わったのは、その日からだった。

口数が少ないのはあいかわらずだが、ときおり、庭に笹穂の槍を持ち出しては、するどい気合とともに槍をしごいた。もろ肌ぬぎになり、赤樫《あかがし》の木刀で素振《すぶ》りを繰り返すこともある。

そうしたときの老人は、近寄りがたい鬼気《きき》と殺気に満ちていた。

またあるときは、馬の遠駆けに行くと言って出かけたきり、一晩帰ってこないこともある。そのようなことが二度、三度と、たび重なった。

（いったい、どうしたのだろう……）

小十郎は胸騒ぎをおぼえた。

自分の知っている、物静かでおだやかな老人が、日々、壮者の精気をよみがえらせつつあるように思われる。なぜか、理由はわからなかった。

謎《なぞ》が解けたのは、小十郎がようやく草庵の暮らしになれ、老人にじつの肉親のような情愛をおぼえはじめた、翌年の初秋のことだった。

「仙台のお城へ行ってくる」

紋付の麻裃《あさかみしも》に身をつつんだ宗是が、腰に大小の刀をたばさみながら言った。

「殿にお会いになるのでございますか」

「うむ。政宗どのに会って、暇乞《いとまご》いをしてまいらねばならぬ」

「暇乞い……」

小十郎は、突然の話に肝《きも》をつぶさんばかりにおどろいた。

「伊達家を去るのでございますか」

「その覚悟じゃ」

「なにゆえでございます。せっかく、土地にも馴染《なじ》まれたというのに。何か、わたくしに不都合でもございましたか」

「いや、そなたはわしのわがままに、よく付き合《お》うてくれた。今日までのこと、礼を言わねばならぬ」

老人は、湖のようなおだやかな瞳を少年に向けた。

「わしが伊達家を去るのは、この土地に飽いたからではない。みなり沢は、よいところだ。わしははじめて奥州にたどり着いた日から、ここに骨を埋めるつもりでいた」

「ならば、なぜ……」

「このような老人でも、まだ必要としてくれている者がいる。武者たる者は、おのれを乞《こ》うてくれる者のために働くものじゃ」

「どこぞの大名家から、わが伊達家よりも高禄で召し抱えようと言われたのですか」

かつて、庵に老人をたずねてきた武士のことが、いまさらながら、小十郎の脳裏《のうり》によみがえった。

「いや、ちがう」

宗是は首を横に振った。

「江戸の徳川家のもとに、幕藩体制が固まりつつあるいまの世では、わしのような老骨の働き場は、もはやただひとつしかない」

「…………」

「わしはな、小十郎。大坂を、わが死に場所と定めたのじゃ」

語尾に哀愁をただよわせた老人のひとことに、

——あッ
と、少年は息を呑んだ。

（大坂……）

といえば、宗是がかつて仕えた太閤《たいこう》秀吉の遺児、豊臣秀頼《ひでより》がいる大坂城のことにちがいない。

関ヶ原合戦の敗北で、徳川家康に天下の覇権を奪われた秀頼は、摂河泉《せっかせん》六十五万七千石の一大名として、豊臣家の命脈を保ちつづけていた。

しかし、秀頼の存在は、幕府の安泰をめざす家康にとって目の上の瘤《こぶ》である。遅かれ早かれ、両者のあいだで合戦が起きるであろうと、遠く離れたみちのくにも不穏な噂が届いていた。

「秀頼さまは、江戸幕府の挑発を受けて立つおつもりじゃ。諸国の豊臣旧臣が、すでに大坂城へ集まりはじめているという」

「いつぞや、庵をたずねてきたのは、宗是さまに大坂入城をうながす使者でございましたか」

「さよう」

宗是はうなずき、

「わしは、わしを欲してくれた大坂に、命の残り火を燃やしに行く。いまさら挙兵したとて、豊臣が勝つことは難しかろう。だが、いくさとは、たんに勝ち負けの問題ではないのだ」

胸をそらせて言ったときの、老人の双眸《そうぼう》は夏の夜の月光のごとく輝き、頬に若々しい薔薇《ばら》色の血の気が立ちのぼった。

「政宗どのに挨拶したのち、庵を引き払い、さっそく大坂へ行く。そなたのことは、政宗どのに、よしなに頼んでおく。また城へもどり、もとのように御奉公に励むがよい」

老人の言葉に、

「わたくしも、ともに大坂へ連れて行って下さいませ」

小十郎は口から言葉をほとばしらせ、頭を下げていた。

「宗是さまとともに、戦いとうございます。戦いのなかで、まことの武者の道というものをお教え下さいませ」

「何を申す……」

ちらりと見上げた宗是の顔には、困惑の色が広がっていた。

「そなたは政宗どのに仕える桑折家の子じゃ。わしのような者について来て何とする」

「わたくしの家には、跡取りの兄がおります。お屋形さまへのご奉公は、兄者が立派に果たしてくれましょう」

「…………」

「お願い申し上げます。つき従わせて下さいませ。まだまだ、宗是さまから学び足りのうございます」

「困ったやつじゃ」

老人は眉をひそめたが、目もとはかすかに笑い、少しばかり嬉しそうでもあった。

## 四

九月初旬、和久宗是は大坂へ向けて旅立った。

河原毛の古馬にまたがった老将のあとには、故郷に別れを告げた少年、桑折小十郎が従っていた。小十郎の愛馬は、首を勇むように反《そ》らせた栗毛の愛馬である。

秋風の吹く奥州街道から、東海道をつなぎ、黄瀬《きせ》川のあたりで、少年は生まれてはじめて富士山というものを間近に見た。

「美しい山でございますな」

思わず嘆声を洩《も》らす小十郎に、老人は、

「世の中には、そなたの知らぬことがまだまだ、山のようにある。それをしっかりと、眼《まなこ》に刻みつけておくがよい」

冬の薄ら陽のように、ほのかに微笑して言った。

二人が大坂へ着いたのは、奥州を発ってちょうど二十日目、摂津の山々が紅葉《もみじ》に染まりはじめる季節のことである。

「見るがよい。あれが、太閤殿下がお築きになった天下一の名城じゃ」

宗是は馬鞭《ばべん》の先で天にそびえる巨城をしめし、誇らしげな顔で言った。

大坂城を見たときの驚愕《きょうがく》と感動を、小十郎は生涯忘れることができないであろう。

(まことに、人の築いた城か……)

それほど大坂城は豪奢《ごうしゃ》、かつ壮麗であった。

高石垣の本丸の上に築かれた大天守は、壁が青く塗られ、破風《はふ》をかざる黄金の蒔絵《まきえ》、金具が陽に輝いて目にまばゆい。絢爛《けんらん》たる大天守をはじめ、表御殿、奥御殿、千畳敷御殿のある本丸。そのまわりを二ノ丸、三ノ丸、山里廓《くるわ》が取り巻き、外側に武家屋敷、さらに町家が広がっている。

東は大和川をはじめとする大小の河川、北は淀川、西は海と、三方を天然の要害に囲まれ、さらに南を惣構えの外堀で守られた広大な城は、鉄壁の防御を誇りながら、なお優雅にして華麗であった。

そのさまは、

——地の太陽が天の太陽に光り勝った。

と、切支丹《キリシタン》宣教師にたたえられたほどである。

いままで、仙台城ほど美しく気宇壮大な城はあるまいと信じ込んでいた小十郎は、天下人の城の圧倒的な迫力の前に打ちのめされた。

（自分は井の中の蛙《かわず》だった……）

小十郎は、このような巨城に入ることが急にそら恐ろしくなり、尻込みしたくなった。

「行くぞ、小十郎」

少年の臆《おく》した心を鼓舞するように、老将が城へ向かって馬を進めた。

大坂城にはすでに、真田幸村《さなだゆきむら》をはじめ、明石掃部《あかしかもん》、長宗我部盛親《ちょうそかべもりちか》、後藤又兵衛《またべえ》など、天下に名の通った、錚々《そうそう》たる武将たちが入っていた。

小十郎がおどろいたのは、それら二百騎、三百騎をひきいる一流の武将たちが、宗是の姿を見かけるたびに、

「これは、宗是どの。お懐かしゅうござる」

わざわざ馬を下り、辞を低くして挨拶にやって来たことである。

相手のまなざしには、老人に対する侮《あなど》りはみじんもなく、むしろ万軍の将に対するような畏敬《いけい》と尊崇の念がこもっていた。

（殿や叔父上が申されていたとおり、やはり宗是さまは天下に隠れもなき武者だったのだ）

つき従っている小十郎まで晴れがましく、誇らしい気持ちになった。

戦端がひらかれるまでには、まだ間があった。

いくさを前にして、大坂城には大量の兵糧が運び込まれ、豊臣秀吉が遺した莫大な黄金で雇われた牢人たちがぞくぞくと入城した。

いくさを前にして、小十郎は宗是の肝煎《きもい》りで元服をはたした。烏帽子《えぼし》親は、宗是と親しい真田幸村がつとめた。

「元服したからには、そなたも立派な武者じゃ。これよりは、桑折小十郎幸盛と名乗るがよいぞ」

宗是は、小十郎がまるで我が孫であるかのように、相好《そうごう》をほころばせて言った。

慶長十九年、十月十九日――。

大坂城を包囲した徳川方の先鋒が、木津川口の出城に攻めかかったのをきっかけに、戦いの火ぶたは切って落とされた。

徳川軍は城南の台地つづきに主力を展開したが、敵の攻め口をあらかじめ予想していた真田幸村が、惣構えの外に真田丸を築いて防御したため、徳川方の兵は城に近づくことさえできなかった。

攻め手を失った徳川家康は、

「大砲を撃《う》てッ！」

最新の兵器に膠着《こうちゃく》状態を打開する突破口をもとめた。

もっとも、最新の兵器とはいっても、当時の大砲は鉄の弾丸が轟音《ごうおん》とともに放たれるだけで、飛距離も短く、命中精度も低い。鉄壁を誇る大坂城の前には、ほとんどこけおどしに近かった。

徳川方は、いたずらに無益な砲撃を繰り返すのみで、あいかわらず惣構えに近づくことすらできない。

これに対し、天下無双の要塞に守られた豊臣方は、砲撃の合間を縫っては出撃し、攻城軍に少なからぬ損害を与えた。

和久宗是は、真田幸村隊に客分として属していた。むろん、小十郎もいっしょである。

惣構えの外に突き出た真田丸にも、徳川軍の砲撃の音は地鳴りのように響いた。

砲撃の音が鳴り響くたびに、両手で耳をふさぐ少年を見て、宗是が目尻に皺を寄せて微笑した。

「恐ろしいか、小十郎」

「恐ろしゅうなどありませぬ」

むきになって言い返したが、じつは肝が縮み上がるほど恐ろしい。

それもそのはずである。小十郎はいくさを体験するのもはじめてなら、大砲の音を聞くのも生まれてはじめてだった。

「我慢《がまん》することはないぞ。いくさは誰でも怖い」

「宗是さまも、怖いのでございますか」

「おうさ。わしも、十五のときに初陣《ういじん》を飾ってより、数え切れぬほど場数を踏んでいるが、いまだに明日は合戦というその夜は、目が冴《さ》えて眠れぬわ」

「信じられませぬ」

小十郎は、大坂城に入ってからの宗是が、齢《よわい》八十という老齢からはおよそ考えられぬ、水ぎわ立った武者ぶりを発揮していることを知っていた。

篠山近くに陣取る徳川軍の前線に夜襲をかけたときは、河原毛の古馬とともに味方の先頭を切って突っ込み、敵の首ふたつを取って城へもどった。

日ごとに老人は潑剌《はつらつ》とし、若返っていくように見える。はじめて奥州へやって来たときの枯れ木のごとき老人とは、まるで別人であった。

「宗是さま」

「うん？」

「どうすれば、わたくしも宗是さまのような、猛《たけ》き武者になれるのでございますか。わたくしは、戦場へ出ると足がすくみ、思うように働くことができませぬ」

「戦場で一流の働きをするためには、まずおのれの力を知ることじゃ」

「おのれの力でございますか」

小十郎は聞き返した。

「さよう。そして、第二に敵の力を知ること。おのれと敵の力を知れば、戦いの仕方もおのずと見えてこよう。戦い方がわかれば、臆する心も消える」

「戦う敵が、こちらが及びもつかぬほど強壮であった場合は、いかにすればよいのでございます」

「そのようなときには、あえて戦いを挑まず、いち早く逃げ去ることじゃ。それもまた、彼我《ひが》の力を知っているからできること」

苛酷な戦国の世を生き抜いてきた宗是の言葉には、重い実感が籠《こ》もっていた。

大坂冬の陣は、二カ月にわたってつづいた。

和議を提案したのは、城攻めをおこなっている徳川家康のほうであった。このままいたずらに包囲戦をつづけても、大坂城は容易に落ちぬとみた家康は、和議による政治的な決着をはかったのだった。

一方の豊臣方にとっても、和議の申し入れは渡りに舟だった。籠城《ろうじょう》が長引くにつれ、秀頼の母の淀殿らに厭戦《えんせん》気分が高まり、そろそろ和睦《わぼく》をしたいと願っていた矢先であった。

「和議を結び、時間かせぎをしていれば、遠からず老齢の家康が死に、天下の覇権はふたたび豊臣家のもとにもどってくるかもしれない」

淀殿ら、大坂城の首脳部は、先行きにそんな甘い幻想を抱いていた。

その年の暮れ――。

利害の一致した両者のあいだに、和議が結ばれた。

停戦の条件は、大坂城の物構え、および二ノ丸、三ノ丸の外堀を埋めることであった。

鉄壁の守りを誇った大坂城はわずかに本丸を残すのみとなり、丸裸同然の姿をさらすことになった。

## 五

「これはもはや、太閤殿下の大坂城ではない」

櫓《やぐら》が壊され、堀が埋め立てられた城を見て、和久宗是がため息をついた。

「羽を毟《むし》られた鷹《たか》も同じじゃな」

「はい……」

小十郎も、宗是と同じ思いだった。

はじめて大坂城を目の当たりにした日、城は陽光に燦然《さんぜん》と輝き、地上のすべてを圧するがごとく君臨していた。

（しかし……）

いま眼前にある大坂城は、本来持っていた力強さ、美しさを失い、いかにも脆《もろ》く頼りなげな姿に見える。
老人は悄然《しょうぜん》とつぶやいた。

「無残じゃ」

「宗是さま。城方はなぜ、かほど一方的に身の不利になる和議の条件を呑んだのでございましょうか。城がこの姿になっては、もはや籠城戦は難しゅうございましょうに」

「敵が老獪《ろうかい》だったのだ」

「…………」

「家康は、わしと同じく、戦国乱世を野太く生き抜いてきた武将じゃ。駆け引きを知り尽くし、いくさというものを知り尽くした家康にとっては、大坂城の淀殿やその取り巻きを籠絡するなど、赤子の手をひねるも同然。城方は、家康の仕掛けた老獪な罠《わな》にはまったのじゃ」

「この先、どうなるのでございましょうか」

「家康がこのまま、大坂城を放っておくはずがない。いずれまた、いくさが起きるであろう」

「しかし、お城は……」

宗是はそれ以上、何も答えようとはしなかった。

和久宗是と小十郎は、城にとどまった。真田幸村をはじめとする多くの武将たちも、またしかりである。和議による平和がつかの間のものに過ぎぬことは、城内にいる誰もがわかっていた。

やがて——。

兵を引き揚げて駿府《すんぷ》にもどった家康は、豊臣秀頼に対し、

「大坂城を明け渡し、伊勢か大和へ引き移るがよい。それが嫌なら、城内にいる牢人どもを、すべて追放せよ」

と、無理難題を吹っかけてきた。

丸裸になった大坂城相手に、飲めぬ要求を突きつけ、ふたたびいくさを仕掛けようという意図は歴然としていた。

家康の要求を聞いた淀殿は激怒した。

「和議を結んだ舌の根も乾かぬうちに、ぬけぬけと約束を破るとは許せぬ」

家康の術中にはまり、豊臣方は再度、挙兵の意志をかためた。

あわただしく、いくさの準備がはじまった。

大坂城では埋め立てられた水濠《みずぼり》や空堀《からぼり》の掘り返しがおこなわれたが、遅々として作業は進まない。櫓、塀まで取り壊された大坂城が、往時の姿を取りもどすのは無理な

話であった。

「籠城戦は、もはやできぬ」

宗是が乾いた声でつぶやいた。

「いくさは家康の得意な野戦となろう。勝利の目は、十中八九あるまい」

「大坂城が落ちるのでございますか」

小十郎の問いに、老人は答えず、

「馬のしたくをせい。ひさびさに遠出をいたそう」

城中の重苦しい雰囲気とは正反対の、どこか突き抜けたような明るい顔で言った。

宗是と小十郎は天満《てんま》口の大手門から城外へ出て、淀川岸を走った。

水がぬるみだした淀川を、荷を積んだ三十石船が上り下りしている。のどかな春の景色だった。

「どちらへ参られるのでございます」

小十郎が問いかけても、宗是は行く先を告げない。

河原毛の古馬は、主人と同様、若さを取りもどしたかのような軽やかな走りをみせ、川べりを一刻《とき》あまりさかのぼった。

やがて、宗是の馬は川岸を離れると、水田のなかの一本道を進み、竹林につつまれた閑寂な里へ入っていく。

もう、京の近くまで来ているはずだった。

「ここはどこでございますか」

畿内の地理にうとい小十郎は、あたりを見まわしながら聞いた。

宗是は馬の手綱をゆるめつつ、

「深草《ふかくさ》の里という」

「深草……」

「そなた、知らぬか。このあたりには、むかし、深草ノ少将なる貴公子がいた。京一の美女、小野小町に思いをかけた少将は、百夜《ももよ》のあいだお通い下さればなびきましょうという小町の言葉を信じ、女のもとへ通った。しかし、百夜を目前にした九十九夜目、少将は小町の家へ通う途中に力尽き、命絶えてしまった」

「哀しい話でございますなあ」

「いや。恋に死ねる男は、それはそれで幸せというものだろう」

深草は、里ぜんたいが竹林のなかにあると言ってよい。翠《みどり》すずやかな竹林の奥に埋れるようにして、小さな古寺や庵がたたずんでいる。

老人が馬をとめたのは、小柴垣《こしばがき》にかこわれた草葺きの庵の前だった。

「たしか、ここだったはずだが」

馬から下りた宗是は、垣根の柴折戸《しおりど》をあけ、庭に足を踏み入れた。

こぢんまりとした庭だった。狭いが綺麗《きれい》に手入れされ、隅のほうに白椿《しろつばき》の花がひっそりと咲いている。

「ごめん下され」

宗是は庵の奥へ向かって声をかけた。

しばらく待ったが、庵の障子は閉ざされたきりである。物音ひとつしない。

低いがよく通る声で、二度、三度と、おとないを告げた。

「誰もおらぬようでございますな」

声をひそめるようにして、小十郎は言った。

「留守なのでしょうか」

「うむ……」

「ここでお待ちになりますか」

「いや、よい。もしかしたら、すでに庵を引き払い、よそへ引っ越してしまったのかもしれぬ」

老人はかすかに首を横に振ると、庵に背を向けて歩きだした。

そのときである。

庵の横の笹藪《やぶ》が揺れ、小柄な人影が姿をあらわした。

墨染《すみぞめ》の衣を身にまとった老尼であった。年は、七十過ぎといったところであろう。

品のいい小づくりな顔を、白い頭巾《ずきん》でつつんでいる。

裏山に仏にそなえる花でも取りにいっていたのか、尼の左手には桃の枝を入れた竹《たけ》籠《かご》があった。

「宗是さま……」

小十郎は老人の袖を引いた。

ゆっくりと振り返った宗是と、老尼の目が合った。

次の瞬間、老尼の手から竹籠がこぼれ落ちた。淡い紅色をした桃の花びらが、掃き清められた庭に散るのを少年は見た。

それから――。

老尼は、宗是と小十郎を庵に招き入れ、手ずから茶を点《た》てて馳走してくれた。

（誰なのだろう……）

老尼と宗是は、ろくに話をするでもなかった。ただ、しずかに茶を喫し春の日暮を過ごした。

宗是の横で、時を持てあましながら、

（なんと、優艶《ゆうえん》なる尼御前《あまごぜ》か）

小十郎は老いた尼に、気高い美しさを感じた。

蕭条《しょうじょう》たる竹林のなかの庵にいると、老尼が妙齢の女のように若やいで見え、八十を越えた宗是までが潑剌たる壮者のごとく目に映じてくる。なぜなのか、小十郎にはわからなかった。

四半刻ほどして、ふたりは深草の庵をあとにした。

「あの尼御前は、宗是さまとは、いったいどのような由縁のお方なのです」

柴折戸のところで宗是を見送る老尼の姿が竹林に埋もれ、すっかり見えなくなってから、小十郎は聞いた。

「あれはな……。遠いむかし、わしが恋をした女人よ」

「えっ……」

「おどろくこともあるまい。わしにもそのような若き日があった」

老人は馬上でつぶやいた。

「口では言い尽くせぬわけが、さまざまあってのう。わしと別れてから、女は世を捨て、この深草に庵を結んだのだ」

「宗是さまも尼御前も、いまだ、たがいにお心を残しておられるのではございませぬか」

「そなたの目にも、そう見えるか」

「はい……」

老人が小さく笑った。

「たしかに、わしは俗世への妄執をいまだ捨て切ってはおらなんだのかもしれぬ。だからこそ、この世の最後のなごりに、女へ別れを告げにきた」

一本道をゆるゆると進み、淀川岸までもどってきたとき、いきなり宗是が馬をとめた。胸をそらし、こちらを振り返ると、

「ここで別れじゃ、小十郎」

決然とした口調で告げた。

「どこかへ行ってしまわれるのですか」

「わしが行くのではない。そなたがみちのくへ帰るのだ」

「いまさら何を……」

小十郎はうろたえた。小十郎も、老人とともに大坂城で最後まで戦う気でいた。

しかし、宗是は、かつて少年が目にしたことのない冷厳な顔で、

「そなたには、武者たる者の心得はすべて伝えたつもりだ。このうえ、教えるべきことは何もない。わしとともに、城へもどる必要はない」

「嫌です。わたくしも大坂へ参ります」

「ならぬッ。今度のいくさは、間違いなく大坂方が負ける。豊臣家とは縁もゆかりもないそなたを、城を枕に討ち死にさせたくはない」

「ならば、宗是さまも、みちのくへ参りましょう。かつて、宗是さまはおっしゃったではございませぬか。彼我の力を知り、負けるとわかったら、いちはやく逃げ去るの

が肝要と……」

「わしにとって、今度のいくさは、勝つためのいくさではない。死に花を咲かせるためのいくさなのじゃ」

「………」

「若いそなたには、まだわかるまい。武者には、死ぬためのいくさというものもある」

老人はゆっくりと、腰の大刀を引き抜いた。青光りする刀の切っ先を、小十郎の喉《のど》元《もと》に向けると、

「去《い》ねッ！　去なねば、容赦なく斬るぞ」

「宗是さま……」

「そなたは生きよ。生きて、乱世を闘い抜いた男の死にざまを見届けるのじゃ」

言い放つや、宗是は刀の峰で小十郎の馬の尻をたたいた。

川べりの道を、馬が狂ったように走りだす。

馬の背に必死でしがみつきながら、うしろを振り返ると、老人が刀をおさめ、一礼して駆け去るのが見えた。

＊　＊

小十郎が、和久宗是の姿をふたたび目にしたのは、それから二月後のことである。

小十郎は、家康から出陣を命じられた伊達政宗の軍勢に属していた。

前日の戦いで力を使い果たした豊臣方は、その日、最後の決戦をおこなうべく、大坂城を打って出た。

軍勢の先頭に、ひときわ目立つ、真っ白な浄衣に一ノ谷の兜《かぶと》ばかりをつけた武者の姿があった。

白い衣を風にはためかせ、朱槍を小わきにたばさみ、まっしぐらに突き進んでくる武者を見て、

(宗是さまだ……)

小十郎は、すぐにわかった。

宗是はまわりに群がる雑兵を槍で突き伏せ、蹴散らし、徳川の本陣めざして進んでゆく。

一羽の白鷺《しらさぎ》が、空を翔《か》けていくように見えた。

孤高の白い姿は、やがて、入り乱れた両軍の将兵のなかに消えた。

(漢《おとこ》だ、漢がいる……)

小十郎は、硝煙と血の匂いに満ちた戦場を栗毛の馬で駆けめぐりながら、

「宗是さまッ、宗是さまーッ!」

声を嗄《か》らしながら、老将の名を何度も、何度も、叫びつづけた。

# 旗は六連銭

滝口康彦

滝口康彦《たきぐちやすひこ》　（一九二四～二〇〇四）

長崎県生まれ。父の死後、母が再婚したため佐賀県多久市に転居。以降、生涯のほとんどを同地で過ごす。尋常高等小学校卒業後、運送会社の事務員や炭坑の鉱員を経て、ＮＨＫの契約ライターとなる。一九五八年、「異聞浪人記」でサンデー毎日大衆文芸を、翌年には「綾尾内記覚書」でオール讀物新人賞を受賞して注目を集める。『仲秋十五日』や『薩摩軍法』など、武家の論理に押し潰される下級武士の悲劇を題材にした時代小説を得意とした。また故郷である九州の風土と歴史を愛した作家としても知られ、作品の大部分は九州が舞台となっている。

一

ねたみやそねみは、女の世界のものとはかぎらない。男にもいくらもある。いや、時としては、女以上に陰湿なことさえあった。

秀頼《ひでより》の懇請にこたえ、百余名の家臣を率いて入城した、真田左衛門佐幸村《さなださえもんのすけゆきむら》を迎える大坂城内の空気にもそれがあった。

「左衛門佐、よくこそ」

涙を流して喜んだ秀頼が、ただちに五千の兵を幸村に預けたことを知って、さもありなん、と心から喜ぶ者もむろんいたが、その反面、城中の武将のなかには、

「昌幸《まさゆき》どのならいざ知らず、左衛門佐どのではな」

と舌うちした者もいる。

「なにをいう。関ヶ原合戦のおり、父昌幸どのとともに、信州上田城に立てこもって、秀忠《ひでただ》の大軍をくいとめられた、左衛門佐どののお働き、世に隠れもない」

「なんの、あれは九分九厘《りん》まで、昌幸どののご功績よ」

幸村への評価もまちまちだった。

「たしかに、あれでは心もとない」

秀頼に目通りする幸村を一目見て、失望した者も何人もいた。

紀州九度山《くどやま》に陋居《ろうきょ》すること十四年、幸村は四十八になる。四十八といえば、この当時としては、すでに老境であった。それに、幸村の風貌《ふうぼう》そのものが、はなはだ貧相で見ばえがしない。

前歯は欠け、しわは深く、うすくなった髪には白いものが目立って、しかもからだつきが小柄《こがら》だったから、ひどく頼りなかった。

幸村を迎えるにあたっては、支度金として黄金二百枚、銀三十貫が贈られた。家康と戦って、大坂方勝利の暁《あかつき》には、五十万石を与える約束でもある。それを耳にして、

「高い買い物につくわ」

と露骨に毒づいた者もいる。だが、それくらいならまだしもいい。なかには、

「油断はならぬ。左衛門佐どのの兄は、家康の覚えめでたい真田信之《のぶゆき》じゃ」

幸村の入城を、家康や兄信之となれあいといわんばかりに、吐き捨てる者もいた。

穴山小助はじめ、家臣の面々は、歯ぎしりしてくやしがったが、当の幸村は、

「なんとでもいわしておけ」

と歯牙《しが》にもかけない。

幸村の大坂城入城は、慶長十九年（一六一四）十月六日であった。

それに先だって、紀州の九度山へ、大坂から使者がきたとき、使者が去るのを待っ

て、

「大坂方に勝ち目がございましょうや」

穴山小助は、幸村にそうただした。

「わしが入城すればな」

いとも無造作に幸村はいい切ったものの、小助は気がかりだった。

幸村の知謀や戦略を軽く見るわけではないが、なにごとにも、時の勢いというものがある。

「おそらく、大名はただ一人として、大坂にはせ参じはいたしませぬ」

大坂方が、豊家《ほうけ》恩顧の諸大名に、必死に入城を呼びかけていることは聞いていたが、だれもまだ応じてはいない。

呼応すると見られている長宗我部盛親《ちょうそかべもりちか》、毛利勝永らは、元は大名といえ、いまは浪々の身にすぎなかった。小助はそれを強調した。

「わかっている。兄の信之からも、進退を誤まるなと申してきた」

幸村には、大坂に味方すべき義理はない。故太閤《たいこう》に、それほど恩顧をこうむっているわけでもなかった。

「義理なら、大御所さまにこそ」

と小助はいった。

「関ヶ原のあと、兄のとりなしによって助命されたことか」

「御意《ぎょい》」

「しかし、恨みもある」

幸村の目が光った。

「恨み……」

「助命はしてくれたものの、家康は二度と世に出る機会を与えなかった」

幸村みずからもだが、父昌幸のためにもくやしかった。昌幸は三年前に、九度山で六十五年の生涯《しょうがい》をとじた。昌幸には、秀忠の大軍を上田城にくいとめた誇りがある。

「それほどのわしを、このまま老い朽ちさせてしまう気か」

助命された当座の感謝の念は、いつしか不満に、そして恨みに変わった。おりにふれ、信之から多少の援助はあったが、それとても、せいぜい飢餓をまぬかれる程度にすぎない。

「関東と大坂が手切れになれば……」

昌幸はその日を夢見たが、寿命の方が、その日を待ってくれなかった。

「父が哀れでならぬ」

「そのため、大坂へお味方を……」

「それもある」

ぷつんと幸村は答えた。そして、すぐことばを継いだ。

「家康のあくどさ、許しがたい」

方広寺の鐘銘にいいがかりをつけて、大坂方を挑発《ちょうはつ》したやりくちは、男のすべきことではなかった。

「それが第一のご理由で……」

「理由はほかにもある」

「なんでございましょう」

「それはいえぬ」

「小助にでもでございますか」

「さよう」

にこっと幸村は笑った。小助には、とんと見当がつかなかった。それよりも、気がかりは大坂入城後の成算であった。

「重ねておたずねいたします。まことに大坂方に勝算がございましょうや」

その問いにはとりあわず、

「人数が足りぬ。上田へ急使を出せ」

それが、幸村の返事だった。

昌幸や幸村の旧臣のうち、九度山や、周辺の村々に住みついた者はわずかにすぎず、大半は、関ヶ原の敗戦以来、帰農していたし、昌幸について九度山へきた者も、昌幸が死ぬと、思い思いに故郷へ去っていた。

二

大坂城には、徴募に応じて、名ある前大名や浪人が、ぞくぞく集まってきた。幸村のほかには、

長宗我部盛親
毛利勝永
明石《あかし》全登《たけのり》
後藤基次《もとつぐ》
塙直之《はなわなおゆき》

といった面々である。大坂城内では、真田幸村に、長宗我部、毛利を加えて、

「三人衆」

と称し、ある場合には、右三人に、陪臣ながら、かつて万石以上を領していた明石、後藤の両名を合わせて、

「五人衆」

とも呼んだ。豊家の直臣には、大野治長《はるなが》、治房《はるふさ》、道犬《どうけん》の三兄弟をはじめ、真野豊後《ぶんごの》守《かみ》以下のいわゆる七将、さらには、
　渡辺内蔵介糺《くらのすけただす》
　木村長門守重成《ながとのかみしげなり》
　薄田隼人正兼相《すすきだはやとのしょうかねすけ》
　といった勇将がそろっている。
「家康なにする者ぞ」
大坂城内の戦意は大いに上がったが、その間にも、幸村については、兄信之とのかかわりから、その忠節を疑う声がひそかにささやかれつづけた。
「そのようなお方か」
　穴山小助は腹が立ってならなかった。幸村は、いきどおりも見せず軍議の席で、
「この大坂城は、故太閤の築かれただけのことはあって、難攻不落の名城なれど、仔《し》細《さい》に検分しまするに、玉造口《たまつくりぐち》御門の南がいささか手薄に存ぜられます」
　されば、そこに出丸《でまる》を築き、真田の一隊のみにて守備にあたりたいと申し出た。賛否二通りの意見が出て、結着がつかない。ことに大野修理《しゅり》治長が強い難色を示した。どうやら治長は、真田隊のみに出丸を守らせるのを危惧《きぐ》しているらしい。
「さようなことを申されては、真田どのの立つ瀬はございますまい。真田どのは、城中と

かくの風評があるゆえ、わざわざ出丸を築き、手薄な個所を固めるとともに、おのれの一隊のみをもって守ろうとのお心じゃ。それを疑うとはなにごとぞ」

たまりかねた後藤基次の大音声《だいおんじょう》で、出丸の構築が決定した。こうして築かれたのが、名高い真田丸である。

大坂方に属して戦った山口休庵《きゅうあん》の『山口休庵咄《ばなし》』によれば、玉造口御門の南、東八町目御門の東に、一段高い畑地があったので、その三方に空濠《からぼり》を掘り、塀を一重かけ、塀の向こう、空濠のなか、濠ぎわと、柵《さく》を三重にめぐらせ、所々に矢倉と井楼《せいろう》を上げ、塀の腕木の上には、幅七尺の武者走り（通路）をもうけてあったという。

その真田丸を、幸村は兵五千で守った。伊木七郎右衛門遠雄《いきしちろうえもんとおたけ》が、城中から軍監として差し向けられた。

十一月十五日、家康は二条城を出て大和路を、秀忠は伏見城を発し河内路《かわち》から、それぞれ大坂に向かった。

総勢二十余万といわれた。

こうして、後に「冬の陣」と呼ばれる戦いが始まる。

戦いに先だって幸村は、軍議において籠城《ろうじょう》の不利を説き、出撃を主張した。なき父昌幸が、息絶えるまぎわまで、練りに練った策だった。

敵の大軍が結集する前に、秀頼みずから出陣、天王寺《てんのうじ》口に旗を立て、兵を山崎に出して幸村と毛利勝永がその方面の先鋒《せんぽう》をつとめる。大和路からは後藤と長宗我部が進み、伏見城を攻め落とし、京都を焼いて、宇治、勢多《せた》を固める。

「その上で、家康打倒の檄《げき》を諸方に飛ばせば、畿内《きない》、中国、九州の諸大名は、争って味方にはせ参じましょう」

というのである。後藤又兵衛基次も、幸村の説を支持した。しかし、この主張はしりぞけられ、籠城ときまった。これは、古くからの武将たちの間に、

「浪人あがりの新参者が出過ぎたことを」

そんな空気が強かったからだった。

名声があっても、一武将にすぎぬ幸村、基次は、それ以上は押せなかった。ずるずる日がたち、家康に十分な攻囲体制をととのえさせてから、戦いの火ぶたを切る形になってしまった。

緒戦に、博労《ばくろう》が淵《ふち》の南方の砦《とりで》を、浅野、蜂須賀《はちすか》勢に攻め落とされ、ついで、剛勇を知られた薄田兼相が、遊里に出かけた留守に、持場の博労が淵を奪われて、正月の飾り以外には役にも立たぬとの意味から、

「橙武者《だいだいむしゃ》」

という芳《かんば》しからぬ異名をとった失態をのぞけば、城方はおおむね善戦した。十一月二十六日の鴫野《しぎの》、今福合戦では、初陣の木村長門守重成が、今福口で、上杉、佐竹勢

を相手に人目を驚かせる働きを見せて、ともに戦った歴戦の勇将後藤基次を感嘆させた。

だが、冬の陣を通じて最強の戦いぶりを示したのは、やはり真田丸を守った真田勢であった。

わけても、十二月四日の戦いでは、勇猛で鳴らした越前《えちぜん》勢、加賀勢、彦根《ひこね》の井伊勢などが、

「たかが出丸一つ」

と、功にはやって押し寄せたのを、一方的に撃破した。この戦いで、越前勢は四百八十騎、加賀勢は三百騎、井伊勢もまたかなりの士卒を失った。

本城の総攻めならともかく、出丸にすぎぬ真田丸一つに手こずって、これほどの犠牲を出すとは、申しひらきのしようもない惨敗《ざんぱい》であった。それぞれの主将、越前少将松平忠直、前田利常《としつね》、井伊《いい》直孝《なおたか》が家康の本陣に呼びつけられ、頭から大目玉をくったことはいうまでもない。

「さすがは真田」

幸村の名は大いに上がった。これまで幸村を軽んじていた城将たちのなかにも、ひそかに不明を恥じる者がいた。しかし、幸村への反感やねたみや疑惑が、すべてぬぐい去られたわけではない。

三

和議の動きが出はじめた十二月なかば、陣中見舞いにことよせて、叔父隠岐守信尹《おきのかみのぶただ》が、真田丸に幸村をたずねてきた。一別以来の儀礼的な挨拶《あいさつ》のあと、信尹が形を正すと、

「なにも仰せられますな」

幸村は機先を制した。信尹は押して口説いた。

「お味方に参ずれば、十万石をあてがおうとの大御所の仰《おお》せじゃ」

幸村が承諾すれば、本多正純《まさずみ》が誓書を出すこともいい添える。

「せっかくなれどお受けできませぬ。乞食《こじき》同然におちぶれていた身を、一手の大将にしてくだされた右大臣家（秀頼）の恩義にそむいては、人の道にはずれます」

ことばづかいはおだやかだが、不退転の信念がうかがわれた。数日たってから、信尹はまたきた。こんどは、

「信濃《しなの》一カ国を賜わる」

という条件だった。幸村には、むろん応ずるつもりはない。

「この左衛門佐がどういう人間か、叔父御はご存じでござろう」

「この上おっしゃれば、叔父上をさげすむことに相なります」

「でもあろうが」

こうまでいわれては、返すことばもなく、信尹はうなだれた。やがて幸村は、信尹を真田丸の出口まで見送って、

「これが今生《こんじょう》の別れでございます」

と涙を浮かべた。

関東と大坂方のあいだに、和睦《わぼく》が成ったのは、それから間もなくである。

「城攻めに手を焼いた、大御所の策略でござる。和議などもってのほか」

幸村は、後藤基次とともに、真っ向から反対したが、その説はしりぞけられた。一手の大将とはいっても、幸村も基次も、いわば浪人あがりの雇われ武将にすぎない。

和議が結ばれた夜、失望した幸村が一人でいると、穴山小助が顔を出した。

「いつぞやのおことば、ようやく思いあたりました」

「なんのことだ」

幸村はとぼけた。小助は身を乗り出して、

「大坂へ入城なされた理由の一つは、なきお父上への意地でございましょう」

といった。

九度山で病死する前、昌幸は病床で大坂、関東手切れの日を待ちつつ、家康撃破の

策を練ったが、再起不能を悟るや、

「無念じゃ……」

と、悲痛な声をもらした。

「お志はこの左衛門佐が、受け継がせていただきます」

「いや、そちでは貫禄《かんろく》が足りぬ。諸将がいうことを聞くまい」

歯に衣《きぬ》着せぬことばが、幸村の胸を鋭く刺した。小助は、そのときのことを思い出したのである。

小助の推測はあたっていた。

「だが、わしが負けたわ。父上のおことばどおりになった」

練りぬいた昌幸の策を進言しても容《い》れられず、和議の阻止も果たせなかった。

「いいえ、たとえ安房守《あわのかみ》（昌幸）さまご存命でも、同様だったと存じます。それに殿は、戦略戦術では一歩を譲っても、安房守さまに勝るものをお持ちでございます」

「父に勝るもの……」

「武将としての生きざまの、すがすがしさ、いさぎよさでございます」

昌幸には、それがなかった。幸村が父に抱いた唯一《ゆいいつ》の物足りなさだった。

「なれど小助、武将としての出処進退のいさぎよさは、時として、部下に不幸を押しつけることにもなる」

いまのおれがそうでないか。幸村はみずからかえりみた。その心の動きが、読みとれたのであろう。小助がすかさずいった。

「しかし殿、その不幸を、甘んじて受ける部下もございます」

「巻き添えを喜んで食うというのか」

「少なくともこの小助は……」

「わしは、そちをあざむいた」

「わかっております」

小助に聞かれて、幸村が大坂方に勝算ありと答えたことであった。

「ご本心より、大坂方に勝算ありとお考えだったとすれば、小助は悲しい思いをしなければなりませぬ」

それはとりも直さず、幸村が武将として失格ということになる。先の見通しもつかぬ愚将ということの裏づけにもなる。

「わしは、悪いあるじよ……」

幸村はしみじみもらした。小助には、そのことばの底が読みとれた。幸村が大坂に入城した理由は、一つだけではない。

見果てぬ夢を残して世を去った、父昌幸の志を継ごうとの思い、あまりにもあくどい家康へのいきどおり、父への意地、その一つ一つが、入城の理由の一端ではある。

が、それよりも、さらに大きく、幸村の胸をゆすぶっているものがある。それが、わしは悪いあるじよ、ということばにつながっていた。

「まことに……」

小助は、ただそれだけいった。

## 四

年が明けた。後に元和《げんな》元年となる慶長二十年（一六一五）である。

この年四月、和議は破れた。

家康にとっては、暮れに結ばれた和議は、詐略《さりゃく》にすぎない。遅かれ早かれ、いずれ再戦に持ちこむための和議だった。

和議の条件の一つとして、二の丸、三の丸は、まわりの塀や土居、部分的には石垣《いしがき》まで崩され、堀はことごとく埋めつくされて、大坂城は本丸ばかりの裸城になった。

こうなっては、もはや籠城は不可能で、城外へ打って出るほかはない。勝利の望みは皆無といってよかった。

世にいう夏の陣は、四月二十九日、泉州樫井《かしい》で戦いの火ぶたが切られた。この日、城中からは、大野治房が出撃したが、先鋒の将、塙直之、岡部大学の両名が、つまらぬ先陣争いをしでかし、満を持して待ちもうけた浅野長晟《ながあきら》の陣にわずかな手勢のみで突入、塙は討死、岡部は傷ついてしりぞいた。この塙の無謀な討死は、城方に、心理的に大きな打撃を与えた。

「おろかな意地立てを……」

幸村は、いうべきことばもなかった。

五月五日、城中では軍議がひらかれた。その結果、

「明六日、夜明けを期して有無の決戦をこころみ申すべし」

という後藤又兵衛《またべえ》基次の策がみとめられた。後藤基次、真田幸村、毛利勝永、薄田兼相らが、道明寺《どうみょうじ》付近に落ち合って、大和口から国分方面へ出てくる東軍の出鼻をたたこうという作戦であった。

六日未明、深い霧の中を、基次の隊が真っ先に、藤井寺に到着した。だが、真田、毛利、薄田の諸隊はなかなか姿を見せぬ。そこへ、前方をさぐっていた物見がはせもどって、

「東軍はすでに国分に布陣しております」

と報告した。これが第一のつまずきであった。基次の顔色が変わった。

「真田、毛利、薄田はまだか」

「いっこうに見え申さず」

何度か同じやりとりがくり返されたが、真田以下の諸隊はなおあらわれない。これが第二のつまずきだった。

「これでは戦機を逸する」

基次はついに進撃を決意し、道明寺を過ぎて、道明寺と国分の中間に位置する小松山を押さえた。それと見るや、東軍の先鋒松倉重政、奥田忠次が小松山へはげしく攻め立てた。

基次はめざましい戦いぶりを見せたが、後続部隊が間に合わず、この小松山のふもとで壮烈な討死をとげた。そこへ、やっと薄田兼相が到着した。

「後藤どのを死なせたか」

その悔いに加えて、兼相には冬の陣における博労が淵の失態がある。さんざんに戦って、道明寺磧《どうみょうじがわら》で死をとげた。毛利、真田隊の到着はその直後である。

濃霧のためにおくれたのだという。もし、それが事実ならば、幸村らしからぬ不覚といわねばならぬが、おそらくは、相互の連絡不十分であろう。

ともあれ、六連銭の旗をなびかせ、赤ずくめの真田隊はようやくあらわれた。と、いきなり、幸村の馬のくつわにとりついた者がある。

「真田どの、お恨み申す」

一目でそれとわかる後藤隊の生き残りであった。幸村にかわってかたわらの騎馬武者が叫んだ。

「許されよ。霧にわざわいされたのじゃ」

「さようなこと、いいわけにはならぬ。わが後藤隊は、霧の中でも、刻限どおりに着き申したわ……」

語尾がすうっと消えて、その武者は、幸村の馬のくつわから手を放し、ずるずるとくずれて息絶えた。折から、名高い騎馬鉄砲を先頭に、伊達政宗《だてまさむね》の部隊がはるか前方にあらわれた。

「兜《かぶと》をぬげ。槍《やり》は従者に渡せ」

幸村を信じきった部下は、いわれるとおりにする。伊達隊が、十町あまりに迫った。

「兜をつけよ」

さらに間を置いて、初めて槍をとらせ全員を折り敷かせた。伊達家の騎馬鉄砲にかかって、つぎつぎに死傷者が出る。それでも、幸村を信じて部下は動かない。いまにも蹄《ひづめ》にかけられるかというとき、

「かかれっ」

幸村の大音声がとどろいた。このため、さしもの伊達家の騎馬鉄砲隊が、突きくずされて七、八町も潰走《かいそう》した。その乱戦のなかで、幸村の長子、まだ十六歳の大助幸綱《ゆきつな》が、痛手に屈せず兜首をとった。真田隊に手を焼いた伊達政宗は、進撃中止を令した。

この日、八尾《やお》、若江方面でも激戦が展開され、若江では、井伊勢に突入して木村重成が討死した。

秀頼の使者や大野治長の使者が、真田陣へきて重成の死を伝え、諸軍に引き揚げを命じたのは二時すぎであった。幸村は、もっとも困難とされる殿軍《しんがり》をつとめた。

# 五

その夜、茶臼山《ちゃうすやま》に陣した幸村のもとへ、大野治長がきて、明日の作戦を相談した。今日の戦いで、後藤、薄田、木村ら諸勇将を失ったが、城中にはなお五万余の兵がいる。九分九厘勝利は望めないにしても、乾坤一擲《けんこんいってき》の勝負をいどむ余力はあった。

「秀頼君おんみずから、ご出陣いただくことが肝要でございます」

それ以外に手はない。秀頼が出馬すれば、味方の士気が大いにふるうことは目に見えている。

「されば、ご出馬を合図に、主力が大御所の本陣めがけて正面より突入し、船場《せんば》に陣した明石全登の隊が、迂回《うかい》して背後より奇襲をかけますならば、大御所の首を見ること、夢ではございませぬ」

幸村はそう進言した。むろん、治長にも異存はない。

「かならず上様をご出馬させ申す」

確約して治長は去った。

やがて夜が明けた。

幸村は茶臼山、その左方、天王寺南門付近に毛利勝永、さらにその左手に大野治長の家臣団、その左後方に大野治房が陣をしいた、船場には明石掃部《かもん》全登がひかえる。

当時の五月は、夏の盛りで、茶臼山の緑は、真田勢の赤一色にぬりつぶされていた。

幸村は秀頼の出馬を待ったが、待てども待てども知らせはない。

「殿……」

穴山小助が、悲しいまなざしをした。その意味が、幸村にはすぐわかった。

「この期《ご》に及んでも……」

唇をかんだ幸村は、大助を呼んだ。

「上様のおそばへ行け」

「いいえ、大助は、お父上とともに死にとう存じます」

「ならぬ」

きびしい声であった。

「いいえ、いかにお父上の仰せでも、こればかりは承服できませぬ」

そのとき、小助が進み出た。

「若君、お父君は、あなたさまに、二つの大事なお役目をお命じなされているのでございます」

「二つの役目」

つかの間思案して、大助はなにか思いあたった顔になり、軽くうなずくと、

「父上、おさらばでございます」

といった。

「うむ」

幸村はわずかに首をふった。大助の二つの役目というのは、一つは、人質の役をすることだった。秀頼が出馬をしぶったのが、秀頼側近が、幸村の心事をなお疑っているためと幸村は見たのである。

「この期に及んでも……」

ともらした一言も、そのくやしさから出たことばだった。大助のいま一つの役目は、どたん場で秀頼に、見苦しい死にざまをさせぬことだった。

「わかってくれた……」

本丸へ去るわが大助の後ろ姿を見送って、幸村は涙ぐんだ。

「上様には、桜門までお出まし遊ばされました」

と知らせがあったのは、それから間もなくだった。秀頼はしかし、桜門まで出たき

り、すぐまた千畳敷御殿にもどってしまったらしい。

「故太閤のお血を受けながら、なんと不肖なお子よ……」

幸村はもう、それをなげくひまさえなかった。目の前には、越前少将松平忠直の率いる勇猛な越前勢がひしめいていた。めざす家康の本陣にせまるには、まず越前勢を突きくずさなければならない。

幸村は、燃えるような緋縅《ひおどし》の鎧《よろい》に、白熊《はぐま》つきの兜をかぶり、河原毛の馬にまたがって、越前勢のただなかへ突入した。

「浅野どの裏切り」

どこかで、聞き覚えのある声がした。幸村はとっさにその声を聞き分けた。

「小助め、やるわ」

敵を混乱に陥《おとし》れるための、穴山小助の機転であった。赤ずくめの真田勢の戦いぶりは、まるで火が走っているように見える。そのなかに、六連銭の旗がひるがえった。赤一色のなかだけに、黒地に六連銭を染め出した旗は、いっそう目だった。

「六連銭じゃあ、六連銭じゃあ」

敵はその旗を見ただけで、死神にでも出会ったようにくずれ立った。いつか、家康の本陣までが、壊滅に瀕《ひん》して、一時は、さすがの家康も自害を決意したほどだった。

「浅野どの裏切り」

と叫んでさっき越前勢を混乱させた穴山小助が、こんどは、

「真田左衛門佐幸村これにあり」

と名乗りつつ、槍をふるい、槍が折れると太刀をかざして荒れ狂っていた。

「殿は死花を咲かせるつもりで、大坂に入城なされた」

いまそれがわかった。不遇のうちに世を去った父昌幸への思い、また、その昌幸に、

「そちでは貫禄が足りぬ」

といわれたことへの意地、さらには、悪辣《あくらつ》をきわめた家康へのいきどおり、それらはすべてつけたしにすぎない。

「小助、許せ。わしは悪いあるじよ」

あるいは遠く、あるいは近く、穴山小助があげる、真田左衛門佐幸村これにありという名乗りを耳にしながら、死神のふところに武者ぶりつくように、家康の姿を求めて、幸村は敵陣深く突進した。

四十九という年よりもずっとふけ、前歯が欠け、うすい髪にしらがまじり、小がらで風采《ふうさい》のあがらぬ幸村の実像は、冬夏両度の戦いで、あとかたもなく消え去った。

落城後、巷《ちまた》では、つぎのような歌が、ひとしきりもてはやされた。

花のようなる秀頼さまを
鬼のようなる真田がつれて

# 退《の》きも退いたよ鹿児島へ

# 大坂落城

安部龍太郎

安部龍太郎《あべりゅうたろう》（一九五五〜）

福岡県生まれ。久留米高専卒業後、図書館司書を務めながら新人賞への応募を続け、「師直の恋」でデビュー。古代から近代に至る日本の歴史を全四六の短編でたどる『血の日本史』で注目を集める。その後も、朝廷と戦国武将の関係から戦国史をとらえ直した『関ヶ原連判状』、『神々に告ぐ』、ヨーロッパとの外交を軸にして本能寺の変の意外な真相に迫る『天下布武』など、独自の解釈で歴史を切り取る重厚な作品を発表し続けている。源平の争乱に新解釈で迫る『天馬、翔ける』で中山義秀文学賞を、戦乱を駆け抜けた絵師・長谷川信春の生涯を描く『等伯』で直木賞を受賞した。

一六一五年（慶長二十）五月、大坂落城、豊臣秀頼《とよとみひでより》・淀君《よどぎみ》ら自殺する。

一

激しい轟音《ごうおん》とともに、城がグラリと揺れた。雷でも落ちたか。誰もがそう思ったほどの衝撃だった。

「主水《もんど》、見て参れ」

大坂城の天守閣で朝粥《あさがゆ》を食べていた豊臣秀頼は、眉《まゆ》ひとつ動かさずに近習の堀内主水に命じた。

「申し上げます」

あわただしく階段を登る足音がして、背に黄色の小旗をさした伝令が駆け込んできた。

「敵の大筒が、御天守二層の壁に命中いたしました」

秀頼は天守北側の欄干に走り出た。大坂城の北には天満《てんま》川が流れ、備前島と名付けられた中洲《なかす》がある。その小さな島に徳川方の旗印がひるがえるのが、朝もやをすかしてかすかに見えた。

「備前島が、敵の手に」

秀頼は茫然《ぼうぜん》と立ちつくした。備前島は城外から天守閣を砲撃できる唯一《ゆいいつ》の場所だ。それを防ぐために、島に四重の柵《さく》をもうけ、千挺《ちょう》あまりの鉄砲を配して守備を固めていたが、徳川方の夜襲にあって陥落したのだ。

「しかし、何故」

その報告がなされないのか。秀頼は誰にともなくつぶやいた。理由は二つしかなかった。守備兵が全滅したか、逃亡したかである。

空気を切る鋭い音がして、二発目が来た。柱を直撃したらしい。前より激しい衝撃と揺れがあった。

「申し上げます」

お袋様が至急来てほしいと申されている。伝令がそう告げた。

「分った」

秀頼はそう答えたが、欄干を動こうとはしなかった。風が少しずつもやを払っている。備前島の様子を見なければ、次の判断が出来なかった。

「主水、見えたぞ」

島の中央に怪物がいた。砲身一丈（約三メートル）、口径一尺（約三十センチ）はあろうかという大筒が、島の南端に据《す》えられ、筒先をぴたりと城に向けていた。

「オランダあたりから買いつけた新型砲でございましょう」

家康は昨年来、オランダ、イギリスから大量に大筒、火薬、鉛を買い込んでいた。その新兵器をこれ見よがしに投入してきたのだった。

「秀頼どの、早《はよ》う和を、和を結んでたもれ」

淀君は浅ましいほどに取り乱していた。二度の砲撃で侍女三人が犠牲になったという。

「殿、あれが大筒の弾にございます」

大野治長《はるなが》が言った。居間の片隅《かたすみ》に直径一尺ばかりの鉛の玉が二つ転がっていた。表面が火薬で真っ黒になり、熱のために畳をくすぶらせていた。

「このようなものを撃ち込まれては、この城は終わりじゃ。のう秀頼どの、意地もたいがいにして和睦《わぼく》を」

「母上、日頃《ひごろ》の勇ましさはどうしました」

身の丈六尺を越える秀頼は、皮肉な目で淀君を見下ろした。

三カ月前、家康が方広寺の梵鐘《ぼんしょう》の銘文に難癖をつけて戦《いくさ》にもち込もうとした時、秀頼は片桐且元《かたぎりかつもと》とともに戦をさけようとした。だが、淀君や大野治長は強硬な態度を崩さなかったのだ。

「今は、そのようなことを言うておる時ではない」

淀君が甲走《かんばし》った声で叫んだ。四十九にもなるというのに、小娘のように我ままなところがあった。

「治長、何か策はないか。この城を崩されては、太閤《たいこう》殿下に申しわけが立たぬ」

「ないことも、ございませぬが」

治長が秀頼にこびるような目を向けた。淀君の乳母大蔵卿《きょう》の局《つぼね》の子なので、側近として威をふるっていたが、何の能力も見識も持ち合わせていなかった。

「遠慮は無用じゃ。申してみよ」

「朝廷に和睦の仲裁をお願いすることでございます」

そうすればいかに家康とはいえ、和を破ることは出来まい。治長はいかにも大物ぶってそう答えた。

「では、なぜ且元が和をとなえた時にあれほど反対したのじゃ」

秀頼は鋭い皮肉を込めて言った。

「それは……」

まさか淀君の機嫌《きげん》を取るためだとは言えなかった。

「それは、家康が臣従を強《し》いたからでございます」

家康は秀頼が江戸に参勤するか、淀君を人質として出すか、国替えに従うか、ひとつを選ぶよう迫った。いずれも豊臣家を臣従させるための踏み絵だった。

「ここで和を乞《こ》うことは、臣従することにならぬのか」

秀頼は怒りに頰を染めた。治長が強硬論をとなえたのは、片桐且元を追うためだということを知っていたからだ。

「朝廷の仲裁で和を結べば、両者はあくまで対等ということになります」

「そうじゃ。家康さえ死ねば、太閤殿下に恩を受けた大名たちは再び当家に戻ってこよう。のう、秀頼どの」

淀君が秀頼の鎧直垂《よろいひたたれ》の袖《そで》をつかんだ時、三発目の砲弾が城の庇《ひさし》を吹き飛ばした。淀君は短い叫びを上げて、秀頼の胸にしがみついた。小刻みに震える肩を見ているうちに、秀頼はどうしようもない無力感にとらわれ、気力が萎《な》えていくのを感じた。

# 二

大坂冬の陣の和議が整ったのは、慶長十九年（一六一四）十二月二十二日のことだった。和議の条件は、大坂城の惣構《そうがま》えを徳川方で、二の丸、三の丸を豊臣方で破却することだ。

これは豊臣方にとってかなり有利なものだった。

第一に徳川家とはいまだ対等であることを天下に示した。第二に全長四里に近い惣構えを壊しても、二の丸、三の丸の工事を何らかの理由をつけて遅らせれば、大坂城の構えは揺るがない。第三に家康が朝廷の仲裁を受け入れた以上、和議を破ることは出来なかった。

だが、百戦練磨《れんま》の家康とは所詮《しょせん》役者がちがう。家康は十二月十七日に陣屋に着いた朝廷からの使者を、和議が成立した二十二日まで待たせた揚句、仲裁の斡旋《あっせん》を拒否した。

二の丸、三の丸についても、豊臣方のお手伝いをすると称して矢倉を壊し、堀を埋めたて、数日の間に平地にしてしまった。

「何とも浅はかなことじゃ」

天守閣に立った秀頼は、本丸だけとなった城を見下ろしていた。

こうなることは和議の交渉が始まったときから予想していた。だが、母の懇願に抗しきれなかったのだ。淀君の手の中で育てられた秀頼は、二十三歳になっても自分の意志を貫き通す強さを持たなかった。

「お呼びでございますか」

六文銭の家紋を染めた帷子《かたびら》を着た真田幸村《さなだゆきむら》が平伏した。大坂城に集まった者の中で、秀頼が最も信頼している武将だった。

「こちらに」

幸村は欄干に出た。秀頼の肩までの背しかなかったが、がっしりとした鍛え抜かれた体をしていた。

「家康どのは、いつ攻めて来られる」

「おそらく夏までには」

「今度は支えきれまいな」

「………」

「城中の者は何と申しておる」

「皆、城を枕《まくら》に討死する覚悟でございます」

冬の陣の前に大坂城に集まった浪人は十万を越えた。主家を亡《ほろ》ぼされたり、幕府の酷政によって取り潰《つぶ》された者たちが、豊臣家の勝利に出世の望みをたくして集まったのだ。だが、堀を埋め立てられ、勝利の望みがなくなった今も、七万人ばかりが城に残っていた。

「何故、勝てる見込みのない戦に命を賭ける」

「死に華を咲かせたいのでございます」

生き長らえても、徳川の世に入れられる望みのない者たちばかりである。彼らは豊臣家の姿に自分の運命を重ね、生死を共にすることに無上の歓《よろこ》びを感じているのだ。

「ですから、殿にもそのお覚悟を」

「分った」

今度の戦では、自分も陣頭に立って戦おう。秀頼はそう言った。金瓢箪《きんぴょうたん》の馬印と共に疾駆する自分の姿が、脳裏をかすめた。

五月五日、家康は再び大坂城に攻め寄せた。十六万の軍勢を大和路と河内《かわち》路の二手に分け、大坂城の南方から攻めかかった。夏の陣の始まりである。

冬の陣と同じように、家康は茶臼山《ちゃうすやま》の南方に本陣を敷いたが、今度は鎧、兜《かぶと》をつけなかった。

「あんな小倅《こせがれ》を相手に鎧などいるものか」

鎧をつけるように勧める家臣を、そう言って叱《しか》り飛ばしたという。

配下の軍勢にも三日分の腰兵糧《ひょうろう》だけ持参せよと下知していた。裸城となった大坂城など、三日で落とせる自信があったからだ。

対する大坂方は悲惨だった。本丸だけの城に籠城《ろうじょう》することも出来ず、打って出たとしても敵の半数以下の兵力では勝ち目は薄かった。

しかも総大将たるべき者がいなかった。秀頼には合戦の経験がなく、大野治長は闇《やみ》討《う》ちにあって重傷をおい、総大将と目されていた織田有楽斎《おだうらくさい》に至っては早々と城を逃げ出していた。

真田幸村、毛利勝永、後藤又兵衛《またべえ》、木村重成《しげなり》、長宗我部盛親《ちょうそかべもりちか》ら、大坂方の武将は、誰が全軍の指揮をとると決めることが出来ず、互いに横の連絡をとりながら戦わざるを得なかった。

「後藤又兵衛どの、討死」

伝令が息せき切って駆けつけたのは、五月六日、巳《み》の刻（午前十時）過ぎだった。

「毛利、真田隊はどうした」

秀頼は膝下《しっか》に広げた作戦図を喰《く》い入るように見つめた。

「いまだ、姿が見えませぬ」

信じられないことだった。後藤、毛利、真田隊は、丑《うし》の刻（午前二時）に道明寺に結集して、敵に夜討ちをかける手はずだった。それが今に至るまで一兵も到着していないのだ。

「後藤隊は、やむなく……」

わずか三千ばかりで一万五千の敵に向かい、三刻《とき》（六時間）にわたって戦った揚句全滅したという。

「即刻、毛利、真田隊の動きを調べよ」

秀頼は膝頭《ひざがしら》を小刻みに震わせた。

戦場は巨大な生き物である。わずかの手違いで作戦のすべてが崩れる。そのほころびを直観的な采配《さいはい》で食い止め、有利な展開へと立て直すのが武将の役割だが、実戦の経験のない秀頼にそれが出来るわけがなかった。

「長宗我部隊、藤堂高虎《たかとら》の兵五千を破り、八尾方面に追撃中」

別の伝令がそう告げた。

「木村隊、井伊直孝《いいなおたか》の四千と交戦中」

「毛利隊、ただ今道明寺に着陣」

「真田隊、今宮方面で伊達政宗《だてまさむね》の兵一万と互角の戦いを続けております」

次々と伝令が告げるたびに、秀頼はめまぐるしく絵図に目をさまよわせた。

「主水、各隊に伝令を送り、身方の動きを知らせよ」

それが秀頼に出来る精一杯のことだったが、戦場は生き物である。城からの伝令が届いた頃には、木村重成は討死し、長宗我部隊は敵の新手に追われて敗走していた。

三

翌五月七日、大坂方は茶臼山、天王寺に布陣した真田幸村、毛利勝永の軍を先頭に、五万五千の全軍が段々に陣を敷いて大坂城を死守する構えを示した。

この朝、秀頼も五百騎ばかりの旗本と本丸の桜門に出て出陣の機会を待っていた。

「真田隊が家康どのの本陣を奇襲する。出陣はその時じゃ」

秀頼は落ち着いていた。とうに死は覚悟している。今は太閤殿下の名を恥ずかしめぬ戦をしよう。ただそれだけを考えていた。

「見事な武者ぶりでございます」

堀内主水が頼もしげに目を細めた。

六尺を越える体を梨子地《なしじ》緋縅《ひおどし》の鎧に包み、背丈四尺七寸の黒馬にまたがっている。この堂々たる若武者が、太閤殿下相伝の馬印をかかげて打って出れば、豊臣家に命を捧《ささ》げた武士たちはどれほど勇気づけられることだろう。

「一気に家康どのの本陣に攻め入って、心胆を寒からしめてやりましょうぞ」

主水が手にした槍《やり》を、どんよりと曇った空に向けて突き上げた。

「申し上げます」

桜門に伝令の早馬が駆け込んできた。

「真田隊三千五百、茶臼山から敵の本陣を急襲。家康公の旗本衆総崩れにて、平野方面に敗走いたしております」

「出陣じゃ。わしに続け」

そう叫んで本丸を出ようとした時、一丁の女駕籠《かご》が馬前に止まった。

「母上……」

「ならぬ。出陣はならぬ」

転がるように駕籠を出た淀君が、両手を広げて立ちはだかった。

「そなたが出陣すれば、城は内通者に奪われるのじゃ」

「敵の流言にまどわされてはなりませぬ。気を確かにもたれませ」

「ならぬと申しておる。どうしてもと言うなら、わらわを蹄《ひづめ》にかけて行くがよい」

秀頼は鐙《あぶみ》をけった。馬の勢いに怖《おそ》れをなして道を空けると思ったからだが、淀君は眉を吊《つ》り上げた形相のまま立ち尽くしていた。秀頼はやむなく馬手《めて》のたづなを引いた。

淀君は馬の轡《くつわ》にとりついた。

「行かせて下さい。戦場に出させて下さい」

秀頼は手を合わせんばかりにした。今行かなければ、真田隊は全滅するのだ。

「ならぬ。そなたに行かれては、わらわはどうなる」

「母上」

秀頼は無我夢中で太刀を抜き放ち、上段にふりかざしていた。

「わらわを斬《き》るか。さあ、斬るがよい」

淀君は轡をつかんだまま、秀頼をにらんだ。

「おのれ……」

力まかせに腕を振り降した。誰もが一瞬色を失ったが、太刀は淀君の一尺ほど手前にぐさりと突き立ったばかりだった。

秀頼は鞍《くら》の前輪を握りしめ、嗚咽《おえつ》に肩を震わせながら天王寺の方をながめた。二十万の軍勢があげる喚声、銃声、馬のいななき、地を揺るがすどよめきが、ひっきりなしに聞こえた。

これが夏の陣で大坂方におとずれたただ一度の勝機だった。真田幸村の軍勢は家康の本陣を崩し、三里ばかりも追撃していた。

もし、この時秀頼が出陣し、全軍一丸となって家康を追撃していれば、奇跡的な逆転が出来たかもしれない。だが、淀君のためにその機会は永久に失われたのだった。

その日の夕方、二の丸が落ち、本丸の天守閣にも火がかけられた。秀頼は淀君、千姫らと天守閣で自決しようとしたが、大野治長らの勧めで山里曲輪《くるわ》の矢倉に避難した。

ここで秀頼と淀君との間に最後のいさかいが起こった。千姫の処遇をめぐってである。

「ならぬ」

千姫を城外に逃したいという秀頼の願いを、淀君は言下に拒んだ。

「もはや豊臣家は終わりました。千まで道連れにすることはありますまい」

「千は徳川方から差し出された人質じゃ。家康が誓約を破った以上、千にはその責を負うてもらわねばならぬ」

「千は人質ではない。私の妻です。さあ、早く仕度をするのじゃ、主水、千を城外まで送り届けよ」

秀頼は堀内主水に命じた。城内は敵の乱入で修羅場《しゅらば》と化している。城外まで出るのは容易なことではなかった。

「ならぬと申しておるのが分らぬか」

淀君は地団駄《じだんだ》を踏まんばかりに身もだえした。

「母上、あれを見られよ」

秀頼は淀君の手を取って矢倉の外に連れ出した。天守閣が巨大な炎の柱となって、闇《やみ》の中で燃えさかっている。銃声も喚声も今は消え、城が燃え落ちていく音だけがしていた。

「いやじゃ。いやじゃ。見とうない」

淀君は顔をそむけ、地べたに座り込んだ。秀頼と淀君が二十年にわたって君臨してきた城の最期《さいご》だった。

「この城と運命を共にするのは、我々だけで充分ではありませんか」

哀れな人だと思った。過酷な運命が、この人から優しさとおおらかさを奪ったのだ。常に身構えて生きることを強いたのである。

「さあ、母上」

秀頼は淀君を抱き起こした。これほど優しい気持になったのはいつ以来だろう。秀頼はしゃくり上げる淀君を支えながら、久々に心が安らぐのを感じていた。

# やぶれ弥五兵衛

池波正太郎

池波正太郎《いけなみしょうたろう》（一九二三〜一九九〇）

東京都生まれ。下谷西町小学校卒業後、株式仲買店などを経て横須賀海兵団に入団。戦後は都職員のかたわら戯曲の執筆を開始、長谷川伸に師事する。一九五五年に作家専業となった頃から小説の執筆も始め、一九六〇年に信州の真田家を題材にした『錯乱』で直木賞を受賞。真田家への関心は後に大作『真田太平記』に結実する。フィルム・ノワールの世界を江戸に再現した『鬼平犯科帳』、『剣客商売』、『仕掛人・藤枝梅安』の三大シリーズは、著者の死後もロングセラーを続けている。食べ物や映画を独自の視点で語る洒脱なエッセイにもファンが多い。

# 一

徳川家康は、六十四歳になった慶長十年四月、将軍位を息・秀忠《ひでただ》へゆずった。江戸から上洛《じょうらく》した家康父子は将軍宣下《せんげ》の儀式をすませた後、伏見城へとどまり、三日にわたる賀宴をひらき、諸大名これに参集して、徳川の世の万々歳を祝った。

このとき、家康は大坂城にある豊臣秀頼《ひでより》に、

「久しく対面もせぬことではあるし、この機《おり》に伏見までおはこび願えまいか」

と、高台院《こうだいいん》（秀吉未亡人）からつたえさせたが、これをきいた秀頼の生母・淀君《よどぎみ》が、

「ゆめゆめあるまじきことなり。もし強《し》いて秀頼殿の上洛をすすめられるならば、秀頼母子とも大坂において自害すべき……」

と、こたえてきた。

徳川実紀に、

「これは故太閤恩顧《たいこうおんこ》の輩、秀頼上洛あらば不慮の変あるべきなどと、うちうち告げし者ありしためなり」

さらに、

「京洛の農商等このことをききおよび、すわ京摂の間に戦争おこらんこと近きにあり

とて、老いたるをたすけ幼きをたずさえ、家財を山林に持ち運び、騒動ななめならず」

と、記している。

徳川家康が、この淀君の返答をきいたのは、伏見城内・月見櫓《やぐら》においてである。五月十日の夕暮れの空をながめつつ、家康は、謀臣・本多正信《まさのぶ》からの報告をきき終えると、

「ふむ……」

かるくうなずき、侍臣を遠ざけてから正信に、

「こうなっては……仕様もあるまいの」

と、いった。

これまでに家康は、さまざまなかたちで、天下がもはや豊臣のものではなく徳川のものとなったのだということを執拗《しつよう》に大坂方へ誇示してきた。

争ってもむだである。秀頼が、いさぎよく我に従えば徳川の臣下としての安泰を得ることが出来ようという意をふくめ、家康は孫の千姫を、秀頼夫人として大坂へやりもした。

「だが……」

家康は、きらりと正信を見やり、

「仕方もあるまい」

もう一度いった。

正信がうなずいた。

これだけのことで、二人の胸中は通い合った。

こうなれば、豊臣の残存勢力を、秀頼を徹底的に潰滅《かいめつ》してしまわねばならぬという決意がなされたのだ。

月見櫓の階段を下りかけたとき、ふと足をとめた家康が、せわしげに右手親指の爪をかみつつ、正信にささやいた。

「こうなると……主計頭《かずえのかみ》が、くだくだしゅうなったの」

加藤主計頭清正という大名が、めんどうなものになってきた、といったのである。

本多正信は、にんまりと微笑をもらし、

「左様……」

短くこたえたのみであった。

同じ日の夜――。

伏見城下にある加藤清正邸で、今度の祝賀に上洛していた主の清正が、重臣の飯田《いいだ》覚兵衛《かくべえ》をひそかに居間へまねき、

「右府さま（秀頼）の御上洛は沙汰《さた》やみになったこと、きいたか？」

「はい。城下の町人どもは早くも立退き仕度にかかりましたそうな」

「ふむ……覚兵衛よ。おぬし、いかが思うな？」

「大御所の胸のうちをはかれと申さるるので？」

「いかにも――」

うなずいた清正が、急に舌うちをした。

「大坂のおふくろさま（淀君）にも困ったものじゃ」

加藤清正は、五年前の関ヶ原大戦の折にも西軍を見捨てて徳川方に与《くみ》した。

このことについては、西軍の頭領・石田三成を憎んでいたからとか、亡き太閤の寵愛をほしいままにした側室の淀君がきらいであったからとか、いろいろにいわれもし、それはまた或意味において事実ではあるけれども、つまりは、

（太閤殿下亡きのち、豊臣家の存続は家康公にたのむのがもっともよい）

と、心を決めたからである。

加藤清正は、豊臣恩顧の筆頭大名として家康に屈服し、以来、忠誠をしめしつづけてきた。

戦後、家康が諸大名の力を殺《そ》ぐために課した数々の城普請にも、清正は率先してはたらき、このため、

「主計どの、主計どの――」

と、家康は下へもおかぬ様子を見せ、清正が熊本築城を願い出たときも、機嫌よく、

「おことが築く居城とあれば、いかにも見事なものとなろう」

こういって、何ら警戒の色も見せなかった。

清正は西国の押えを家康にたのまれ、肥後一国と豊後《ぶんご》を合わせ五十四万石を領している。

だから熊本の城は、薩摩の強豪・島津家を牽制するという意味もあるわけだが、それにしても、家康がしめしてきた、清正への厚遇ぶりは非常なものであった。家康は水野忠重の女をわが養女とし、清正に嫁がせてもいる。

家康は、清正を重く用いることによって、豊臣恩顧の大名たちを手なずけることにしたのだ。

五月十日の夜にもどる。

加藤清正はこの夜、飯田覚兵衛と、かなり長い間を密談にすごしていたが、そのうちに、

「熊本の城を早くせねば……」

と、つぶやいた。

工事の進行を出来得るかぎり早めなくてはならぬという意である。

同じころ、伏見城内の寝所で、徳川家康が本多正信に、

「熊本の城は、いつごろになるかの？」

「まだまだ、かと思われます」

「清正は工事を早めるにちがいない」

「は……」

「こうなると、熊本の城は、おそろしいの」

正信は黙っている。

「なあ、正信。そこへ寝ころばぬか」

正信は、夜具の上に寝そべっている家康と並び、畳に身を横たえた。若いころから、この主従はこうして密談をかわすのが習《ならわ》しになっている。

そのころ、清正が覚兵衛にこういっていた。

「間もなく、わしも熊本へ帰るが、その前に一度、九度山《くどやま》と意を通じておきたい」

「承知つかまつる」

紀州・九度山に隠れ住む真田昌幸《さなだまさゆき》・幸村《ゆきむら》の父子は、その武勇と反逆とで昔から徳川家康を苦しめつづけてきている。

関ヶ原のときにも、むろん西軍に味方をし、そのため死罪になりかけたのを、家康に従った昌幸の長男・信幸《のぶゆき》の嘆願によって死をゆるされ、九度山へ押しこめられたのだ。

真田父子の家康へ対する厭悪《えんお》は宿命的なものだし、たとえ九度山へ押しこめられてはいても、いざとなれば何を仕出かすか知れたものではない。

「押しこめるにしても遠くではなく、目のとどくところの方がよい」

と、家康は正信にいい、九度山へ真田父子を配流し、絶えず監視の目を光らせていた。

さて——。

五月十一日の白昼に、飯田覚兵衛の臣・鎌田兵四郎《かまたひょうしろう》というものが、京の四条室町《むろまち》にある〔印判師《いんばんし》〕仁兵衛《にへえ》の店先へあらわれ、

「先日、たのみおきし印判は出来たか？」

たずねると、主人の仁兵衛が、

「はい。これに——」

差し出した二顆《にか》の印判と引き替えに、

「つかわすぞ」

兵四郎が代金を入れた紙包みを仁兵衛に渡し、すぐに出て行った。

紙包みの中には金のほかに、密書がひそんでいた。

加藤清正から真田父子へ当てたものである。

この夜のうちに、印判師の仁兵衛が九度山へ飛んだ。

京から九度山まで約三十里。往復六十里の道を、仁兵衛は一昼夜で走破し、ふたたび京へ戻って来た。

仁兵衛の本名を、奥村弥五兵衛《やごべえ》という。

彼は、亡父の弥介と共に、古くから真田家へつかえてきた〔忍び〕であるが、父の出生地の甲賀とは、すでに関係もなく、弥五兵衛は真田の家臣になりきってしまっている。

間もなく、印判師仁兵衛が店を閉じた。

「仁兵衛はんは腕がよいので、加藤さまのお抱えになり、熊本の御城下へ行ったのじゃそうな」

と、近所の人びとは、壮年だが妻子もなく、勤勉に印判を彫りつづけて倦《う》むことを知らなかった仁兵衛の、おだやかで気さくな人柄をしのび、その出世をよろこび合った。

二

二年後の慶長十二年に、熊本城が竣工した。

六年がかりで築きあげられたこの城は、築城家としても名高い加藤清正が文字通り心血を注入したものであって、現在《いま》も残る熊本城の遺構のすばらしさは、まさに〔名城〕たることがただちに感得される。

城地の周囲は二里余にわたる実戦用の大城郭であった。

この年、加藤清正は四十七歳。

新しい居城へ移ってからの清正は、生来の謹厳な風貌に変化を見せはじめた。

派手やかな酒宴をたびたびひらいたり、役者を何人も抱えて中楽《さるがく》を張行《ちょうぎょう》したり、

「居城竣工し、よろこびにたえませぬ」

なぞといって、はるばる家康のもとへ莫大な献上の品を贈ったりした。

また名高い阿国《おくに》歌舞伎を京から招いて興行させたりして、

「あの清正がの……」

さすがの家康も呆気にとられたほどであった。

そしてまた三年後に、家康が第九子・義直のために尾張・名古屋への築城を諸大名へ課したときも、

「このたびは、それがしが天守を……」

と、清正はみずから天守閣の建造を買って出て、またも忠勤ぶりを遺憾《いかん》なくしめした。

清正とは少年のころから槍を並べて故秀吉につかえてきた福島正則が、

「関ヶ原以来、度重なる築城の課役に、われらがしぼりつくされることは、もはや我慢がならぬ」

たまりかねて清正にこぼすと、清正は、そのいかめしい髭の面《おもて》を人変わりでもしたような柔和な色に変え、

「我慢ならぬなら国もとへ帰り、大御所へ叛《そむ》いたらどうじゃ、市どの」

正則は、うなった。

「返事がないようじゃな。謀叛《むほん》が出来ぬのなら、黙って従うまでじゃ」

屈託もなげにいい放ったものだ。

家康の清正へ対する態度はいささかも変わらない。

「またも厄介をかけるが、おことの力で立派な城が出来そうじゃ」

さも親しげに清正の手をとり、家康はにこやかに礼をのべたものだ。

印判師の仁兵衛は、清正が上洛するたびに供をして来た。

印判をつくることのみでなく、仁兵衛は鼓も打つ、舞もやる。わけても流行の隆達《りゅうたつ》ぶしを唄うのが得意だし、また美声でもあり、何かというと、

「仁兵衛をよべ」

清正は、よく彼を酒の肴《さかな》にした。

もう一人、清正が目をかけている男がいる。

料理人の梅春《ばいしゅん》という老人であった。

年齢は五十にも見え、六十にも見えた。

見事に禿げ上った頭を振りたてながら、梅春も仁兵衛とは別に枯れた愛嬌《あいきょう》をふりまき、清正の機嫌を取りむすぶ。

梅春は、たしかに料理人としても優秀であり、だから仁兵衛と共に、清正あるところ、必ずこの老人も付き従っていた。

梅春老人が召し抱えられたのは、関ヶ原戦後間もなくのことで、加藤清正が家康の機嫌うかがいに初めて江戸の地をふんだときであった。

江戸へ向かう道中、遠州・白須賀《しらすか》附近の山中で、清正の一行が、半死半生の旅人を助けた。これが梅春なのである。

梅春は右肩から背にかけて、ざっくりと斬りつけられており、

「さ、山賊どもの、仕わざにござります」

身ぐるみ剝《は》ぎとられた裸体を血まみれにして、息も絶えんばかりにうったえた。

これが縁となり、梅春は加藤家に抱えられたのだが、

「寒うなって、この傷あとが疼《うず》くたび、わしは殿さまからうけた御恩を厭《いや》でも思い知らされてなあ……かたじけなや、ありがたや」

熊本でも、梅春は涙だらけの顔をふきもせず、仁兵衛に語ったことがある。

ちなみにいえば、梅春と仁兵衛は仲もよろしく、城内の長屋で、梅春がこしらえた肴をつつきながら、二人が親しげに酒を飲む姿もよく見られたという。

この年の八月に、加藤清正は、名古屋城・天守閣の石垣を完成したところで、一応、伏見屋敷へ帰って来た。

熊本へは帰らず、そのまま伏見に滞留している清正に、印判師の仁兵衛が、

「伊勢の楠部《くすべ》におりまする伯母に、久しゅう会《お》うておりませぬので、おひまを頂きとう存じまする」

と、願い出た。

「わしも名古屋の城が出来上るまでは帰国もならぬし……丁度よい」

家来でいえば下人《げにん》に近い印判師と料理人なのだが、いまの仁兵衛と梅春は、清正にとって無くてならぬものとなっているし、家中の人びとも、これをみとめていた。

仁兵衛が奥村弥五兵衛に戻り、紀州・九度山へあらわれたのは、伏見を出発した日の夜更けであった。

九度山は、高野山の北谷にある。

丹生《にう》川を眼前にのぞむ丘の竹林を背にして真田父子の隠宅があった。

その、真田幸村の寝所の闇の中に、奥村弥五兵衛の姿が滲《にじ》み出た。

「弥五兵衛か……」

眠りからさめた幸村の枕元へ、ひっそりと坐りこんだ弥五兵衛が清正からの密書を差し出した。

一読して、幸村が、

「これは父上にお見せせずばなるまい。おれの一存では行かぬ」

「大殿の御病気は、いかがなので？」

「思わしゅうない。おれは後一年と見ている」

「ははあ……」

あまりひろい屋敷内ではないが、それでも下女や家来たちが十名ほどいるし、昼間は彼らが農耕をしたり、組紐《くみひも》を製作したりしている。この組紐が例の〔真田紐〕とよばれたもので、この紐の行商を、家康も黙認していた。

真田父子といえども生活費を得る権利はあるからだ。

「待て――」

幸村は弥五兵衛を残し、廊下へ出た。

老父・昌幸の寝所はすぐ目の前にある。

入って、幸村が昌幸をおこし、

「弥五兵衛が、まいりましたが、すぐに引返させねばなりますまい。ゆえに、この密書を……」

「おぬしが見ればそれでよい。わしはもう役に立たぬ男じゃ」

「いえ、事が事なので……」

「主計頭殿からじゃな」

昌幸は密書を読み終え、瞠目《どうもく》した。

「主計殿が、あの清正が、ようもここまで思いつめたものよな」

加藤清正の密書は次のようなものであった。


――来春、家康公は上洛をされるらしい。これは後陽成《ごようぜい》天皇の御譲位についてであるが、自分が、ふかく考えるに、その折、大御所はふたたび、大坂の右府さまの御上洛をうながされるにちがいないと思う。

そしてまた、そのとき、おふくろさま（淀君）が介入し、この前のようにこれをはねつけられることも目に見えている。

自分は、大御所がこのことを待ちうけているかのように思う。今度、秀頼公が上洛の要請をことわったからには、われに謀叛のきざしありとして、豊臣家をほろぼす名目《みょうもく》がつくことになる。秀頼公討伐の大義名分が強引にたつことになる。

ゆえに、自分は全力をつくし、秀頼公御上洛の実現に努力をするつもりであるが、何としても心のせまいおふくろさまが傍についていて、それにまた大坂の城にいる家来どもは、いずれもおふくろさまの息がかかったものたちばかりである。

いつまでも天下は豊臣のものだと女の料簡で固執しているおふくろさまについて、自分は非常に悩んでいる。

悩みぬいたあげくに、そこもとへ申しあげるのだが、自分は、このさい、おふくろさまをひそかに殺害してしまった方がよいと思うのだが、いかがなものであろうか……。


と、清正はいってきている。

太閤につかえていたころから心が通い合った真田父子への密書ではあるが、これは、まさに重大なことであった。

昌幸も幸村も、清正が、ここまで肚《はら》を割って自分たちをたのみにしていたとは思わなかった。

五年前に、清正が、奥村弥五兵衛ほどの〔忍び〕を、いざという場合にそなえて傍におきたいと真田父子に乞うた理由も、うなずけようというものだ。

「わが家には忍びのそなえなく、おふくろさまを手にかけるとなれば弥五兵衛どのをわずらわせるより道はなく……」

と、清正はいう。

「さて……どう思うな？」

昌幸が嘆息と共に、幸村へきいた。

幸村は、これにこたえず、弥五兵衛をよび、清正からの密書を読ませた。

「どうじゃ？　弥五兵衛――」

弥五兵衛は、沈思の後に、

「殺害することは、いつにても出来まするが、いやしくも右府様の御生母のことなれば……手をつくした後のことにては、いかが？」

「うむ……」

昌幸が手を打ち、

「いかにも弥五の申す通りじゃ。主計殿が手をつくした後に、また考えてよいことであろう」

幸村が、

「それにしても、ここまで主計頭殿が思いつめられたのは、よほど、おふくろさまに手をやかれておるものと見ゆる」

「さればよ……」

と、昌幸は吐き捨てるようにいった。

「徳川の狸めのすることが、おふくろさまをそのようにさせてしもうたのじゃ。見よ、関ヶ原以来、諸大名は数々の城普請によって、右府さまは、おびただしいばかりの寺社修築によって、ふところを空《から》にされてしもうた。やれ太閤殿下の供養のためなどとすすめまいらせ、東山の方広寺《ほうこうじ》に十六丈の大仏を再建せよという。どうじゃ弥五……このことは？」

「莫大なる費用にて……仕方なく工事をすすめてはおりますが、大坂城の金銀も底をついたかのように思われまするな」

と、弥五兵衛はこたえた。

とにかく――もし、来年に上洛の要請あったときは、清正が何としても秀頼を連れ出し、家康との間に友好状態を持続させることを第一とし、もしも、淀君の容喙《ようかい》が手にあまるときには……。

「そのときは、おぬしが殺《や》れ」

昌幸が弥五兵衛に命じ、

「一人にてよいのか？」

「大丈夫にござります」

と、決まった。

# 三

奥村弥五兵衛が去った後で、真田昌幸が、幸村に、

「たとえ、右府様が上洛されても、無駄なことよ」

と、いった。

「もはや、狸めは肚を決めておろう」

加藤清正は、あくまでも平和裡に豊臣家の安泰をはかるつもりだが、もしも事あるときは、秀頼を熊本城へ迎えて家康に対抗する決意を秘めている。

そのとき、真田父子の果たす役割も、昌幸と幸村の間で練りに練られていた。

昌幸は、こういっている。

「いかに名城ではあっても、大坂の城に立てこもるは危い。狸めを迎え撃つなら、遠く、はるばると九州の地まで出て来てもらわねばならぬ」

にやりとして、

「熊本攻めの道中は長いからの」

と、いうのである。

その道中の間に、家康の首は、わが手ではね飛ばしてくれると意気込んでいた昌幸

も、

「あとは何も彼も、おぬしにたのむより仕方があるまい」

このごろは再起不能の病体になったことを、よくわきまえているようであった。

その夜の明けきらぬうちに、奥村弥五兵衛は五里を走って大和・五条へ出た。

五条は吉野川を利した奥郡《おくぐん》の町で、いまは松倉重政一万石の城下である。

ここを抜け、金剛山の裾《すそ》を高田へ出る途中で、

（や……？）

森の中を進んでいた弥五兵衛の獣《けもの》のような嗅覚が、危急を知った。

（後をつけて来る者がいる……）

瞬間、弥五兵衛の体は、むささびのように躍りあがって闇に溶けた。

弥五兵衛の後をつけて来たのは、伊賀の忍び三名であった。

いずれも、本多正信の命をうけ、九度山を見張っている者たちである。

弥五兵衛が九度山へ出入りする道程には、彼等が決して気づかぬだけの用意もしてあるし、たとえ悟られたにしても、弥五兵衛は彼らの眼前を空気のように通りぬけるだけの自信がある。

（これは妙だ……おれが九度山へ来たことが、どうして知れたか……）

杉の老樹の枝にとまっている弥五兵衛は全身の力をぬき、呼吸をとめ、下を通りか

かる徳川の忍びを待った。

やがて、来た。

三名とも木樵《きこり》の風体だが、脇差を帯《たい》している。

弥五兵衛は飛び降りる寸前に〔飛苦無《とびくない》〕数箇を三人の敵へ撃ちこんだ。

〔飛苦無〕は、甲賀忍者独自の手裏剣の一種であって、携帯に便利な小型ながら、よく工夫がこらしてあり、敵の皮肉へ喰い込む力は恐るべきものがある。

風を巻いて飛び降りた弥五兵衛を、

「うぬ‼」

〔飛苦無〕を突刺された手負いの忍者三名が、猛然と迎え撃った。

弥五兵衛は、刀をおびていない。

弥五兵衛の短刀と三人の脇差とが、すさまじく闇を切り裂いた。

どうあっても勝たねばならぬ弥五兵衛であった。彼の懐中には印判中に薄紙を巻いてひそませた真田父子の返書がある。

勝負は一瞬のうちに終わった。

忍びの決闘は、双方の熟練の結果が歴然とあらわれてしまう。

しかし、三名の敵も手強《てごわ》かった。

三名を殪《たお》して逃げる弥五兵衛は、左腕と右股に深い傷を負っていた。高田へ出たときには、弥五兵衛も万一を覚悟し、密書をひらいて内容を読み、これを嚥下《えんか》してしまった。

敵の襲撃は、まだあると見てよい。

そして自分は重傷を負っている。

必死で、弥五兵衛は逃走をつづけた。

夜が明けた。

用意の薬で手当をしてはあるが、いかにも出血がひどく、

「むウ……」

草の中に思わず膝をつき、弥五兵衛は唸った。

（おれとしたことが……）

七歳のころから亡父の弥介に鍛えぬかれた忍びとしての自信が、見る間に喪失して行くのを、彼は感じた。

理由は、わかっている。印判師になりきって清正につかえていた数年間が、弥五兵衛の忍者としての感性と肉体の力をうばいとってしまったのにちがいない。

だが、それでは理由になるまい。

いかなる環境におかれようとも、忍びとしておのれの力を鈍磨させるわけには行かないのだし、もしそうだとしたら、それはあくまでも、

（ああ……おれの不覚だ……）

弥五兵衛は、うめいた。

「もし……」

と、そのとき声がかかった。

身構えた弥五兵衛は、朝露にぬれつくした秋草の中に立っている旅姿の女を、見た。

「あ……」

思わず、

「小たまどのかい」

さすがに、京に住んでいたころの印判師仁兵衛の声になっていた。

「あい」

女は量感にみちみちた肥軀を傍《かたわら》へ寄せ、

「久しぶりやな」

にこりとして、いう。

室町に弥五兵衛がいたころ、店の隣家で革足袋《かわたび》を商っていた小たまというこの寡婦《やもめ》は、三十を少しこえたと見える年ごろであったが、いま見ても、あのころと少しも変わってはいない。肥ってはいても背は高いし、色白のぬめぬめと光った肌が、山の端《は》をのぼりはじめた朝陽に光って見える。

「どうして、ここに……？」

弥五兵衛は油断なく小たまを注視した。

「仁兵衛どのこそ、どうして、こないなところで血にまみれていなさるのじゃ」

「賊に襲われまいてな」

「ほほう」

小たまは、にやにやしながら、手早く傷の手当にかかった。腰につるした革袋の中から〔ねり薬〕を出して傷所へぬり、弥五兵衛の衣服を裂き繃帯《ほうたい》をした。

（こやつ、徳川の女忍びであったか……）

弥五兵衛は看破《かんぱ》すると共に、この女に二年もの間、隣りから見張られていたことに少しも気づかなかった自分の不覚に歯ぎしりをした。

「あとで、馬をよこす」

小たまは手当を終えて立ちあがり、

「弥五兵衛どの」

と、よびかけた。

「うぬ……おのれが九度山へ……」

「あい。戦さ忍びとしては、わたしも弥五どのに太刀打ちは出来ぬが、なれど忍びの術も日を追うて進み、むかしの城取り城攻めのころとはちごうて、いろいろと手段《てだて》もむずかしゅうなってきてなあ。これからも心せられよ」

「何――」

「もう用はすんだ。弥五どののことゆえ、九度山からの密書も始末されたことであろ」

弥五兵衛が躍りかかるより早く、小たまは三間の距離を飛んで草の中に姿を消した。

「こたびは助けて進ぜます、というのはなあ……」

と、小たまの声が遠ざかりつつ、

「むかし、むかし、わたくしの父が、そこもとの父御に一命を助けられたことがある。その恩返しというわけじゃ。なれど……この次からは容赦はしませぬぞえ」

はたと、声が絶えた。

間もなく、近くの村の男が馬をひいて来て、

「山賊にやられたのじゃとのう、お気の毒に――」

小たまから礼をたっぷりともらったらしく、農夫は上機嫌で、弥五兵衛を馬の背へ抱きあげた。

五日後の夜――。

伏見屋敷の寝所に眠っていた加藤清正は、ものの気配に目ざめ、

「たれじゃ」

半身を起こすと、目の前に一通の書状が置かれてあるのに気づいた。

人影は、どこにもなかった。

書状は弥五兵衛からのものである。

真田父子からの密書の内容を見たままにしたためたのちに、

「九度山と通じいたること、もはや大御所の耳へ入りたるものと思われそろ。それがし、ゆえあって御役には立ち申さず、恥をしのびつつ退転つかまつりそろ」

と、弥五兵衛は記していた。

数日後——。

真田紐の行商に京へ出た真田幸村の家来で樋口《ひぐち》右平というものが、

「四条河原にて僧形《そうぎょう》の弥五兵衛殿に出会い、これを……」

と、書状を差し出した。この内容も、清正に当てたものと同様のものである。

昌幸も幸村も嘆息をもらすのみであった。

そして、京の町から小たまの姿も消えていた。

# 四

翌慶長十六年三月——。家康は、ただちに豊臣秀頼の上洛をうながした。

「右大臣に会いたいのなれば、そちらが大坂へまいればよいのじゃ」

と、淀君は相変わらず強気で、

「家康は、みずからの印籠《いんろう》に、つねづね毒薬を入れ、肌身はなさぬそうな――そのようなものの招きにさそわれて、もしも、右府どのに万一のことあるときは何とする」

我子の秀頼のことであるから、淀君が夢中になるのも無理はないが、加藤清正をはじめ片桐且元《かたぎりかつもと》、浅野幸長《よしなが》たちも必死で、

「このたび右府さまの御上洛なきときは、必ず関東と不和になり、合戦となりましょう。先ず、御上洛あって徳川に異心なきことをしめさねばなりませぬ」

懸命に説得をした。

しかし、淀君は断乎《だんこ》としてききわけぬし、十九歳に成長した秀頼自身も、肚の内は、

(家康こそ、わが臣下ではないか)

と、自負しているものだから、

(弥五兵衛さえ、いてくれたなら……)

加藤清正は、彼の失踪後、九度山との連絡が絶えてしまったことを残念がった。

清正は、淀君の無謀な虚栄と興奮とを、このときほど憎悪したことはない。

ついに、清正は京にいる高台院にたのみ、わざわざ大坂城へ来てもらった。

高台院は、故秀吉の正室であったのだし、このひとの説得を、秀頼も淀君も無下に

はねつけるわけにはは行かぬ。

その席で清正は、

「右府さまの御安泰は、それがしめが身にかえて――」

と、受け合ったので、不満気な淀君よりも先に、

「主計頭にまかせよう」

ようやくに秀頼がいい出した。

これで決まった。

三月二十七日、秀頼は清正や浅野幸長の完璧をきわめた守護のもとに大坂を発し淀城へ一泊。翌二十八日の朝、二条城で家康と会見をした。父・秀吉の歿後、七歳で伏見から大坂へ移った秀頼だが、十二年を経てはじめて大坂城の外へ出たことになる。

「ほう……」

二条城・玄関前まで迎えに出た徳川家康は近寄って来る秀頼の堂々たる体軀を、感嘆の面持ちでながめやった。

十九歳のかがやくほどの若さが六尺二寸の大兵《たいひょう》にみなぎっている。

「よう、わせられた」

家康は満面の笑みくずして秀頼の手をとり、かるく二度、三度と打ち振った。

殿上における祝宴では、家康ひとりが上機嫌であったが、秀頼も心は落ちつかぬ風

に見えたし、居並ぶ大小名も緊張し切っているものだから、あまり宴もはずまない。

あっというほど簡単に、会見は終わった。

きらびやかな双方の進物が交換され、やがて、秀頼は辞した。

加藤清正はこの日、一瞬時も秀頼の傍をはなれなかったが、

「めでたい、めでたい」

秀頼の行列が伏見へ着いたとき、清正は思わず声を発した。清正は、ここ数日にわたる極度の緊迫から解放された明るい笑顔を出迎えた飯田覚兵衛に見せ、

「用意は、ととのうておるな?」

念を押した。あとは淀川を下って大坂へ帰るばかりの秀頼なのである。

この日の会見で、東西の冷戦が小康を保ったことを確認した清正は、喜色満面といった態で、秀頼を用意の宴席へみちびいた。

清正は、自邸に秀頼を入れることさえ、家康の目をはばかって遠慮をした。

宴席は川面に浮いた御座船《ござぶね》にしつらえてあった。

清正邸は伏見城下の西南端にあり、堀川に面した宏大なものである。

その堀川をはさむ両岸二町ほどに金屏風を立て並べ、秀頼の御座船を囲んで、東西の岸辺に供奉《ぐぶ》の人びとが詰め合い、たちまちに、にぎやかな酒宴となった。

出された料理も見事なもので、これは、あの梅春老人が先頭に立って腕をふるった

ものである。

「このようなものを、はじめて食《と》うべた」

と、秀頼をよろこばせたのは、梅春が手づくりの蒲鉾《かまぼこ》である。

飛びきりの鮮魚をおろし、臼に入れてみじんに搗《つ》きあげたのを強火でさっと炙《あぶ》った、その炙りたての蒲鉾を供したのだから、いつもは、さんざんに毒見をされて冷たくなった料理ばかり口にしていた秀頼にとっては、この野趣にあふれた食べものが、まさに珍味だったのであろう。

「城へ持ち帰れ」

と、秀頼は命じた。

二条城では一碗の茶すら口にしなかった加藤清正も、ここではじめて酒盃を手にした。

春の陽は中天にあった。

「わしも大坂まで御供をする」

と、清正は急にいい出し、着替えのため、屋敷へ入った。

「梅春をよべ」

清正によばれた梅春に、

「ようはたらきくれた。上様もおよろこびである」

清正は、ねぎらいの言葉をかけ、

「盃をとらす」

よほど愉快であったのか、清正は梅春を相手に屋敷内の居間で、しばらく酒をのんだ。

御座船出発の用意ができたのをきき、屋敷を出て行く清正のうしろ姿を、

「おほめいただき、身にあまる冥加《みょうが》……」

声をつまらせ、梅春老人は、その場にひれ伏した。

すべては、うまくはこばれたようである。

秀頼を送りとどけ、大任を果たした清正は翌月二十日に伏見を発ち、帰国の途についた。

熊本城へ帰って三日目のことであるが、突然、清正が吐血《とけつ》をした。

少量の吐血であったし、

「わしは朝鮮の役で胃をいためつくしておる。そのためであろう」

清正は意に介さなかった。

五月に入って、また吐血があった。今度は、おびただしい血量である。

今度は清正も病間へ入った。

同時に、熊本城から料理人の梅春が消えてしまった。梅春の失踪を、清正や加藤家

のものが何と見たかは不明である。

六月二十四日に、加藤清正は最後の吐血と共に五十一歳の生涯を終えた。

同じ月の四日に、九度山で真田昌幸が病歿をし、これより先、四月六日には浅野長《なが》政《まさ》が急死をしている。いずれも豊臣恩顧の、すぐれた武将たちであった。

清正は死にのぞみ、飯田覚兵衛のみを枕頭によびよせ、

「すべては終わったのう」

と、いった。清正の面には静謐《せいひつ》な死の世界へおもむくよろこびが、ゆったりとただよっていた。

## 五

三年後の慶長十九年から元和《げんな》元年にかけて、大坂戦争がおこなわれた。

徳川家康は七十余の老軀を燃やし、豊臣勢力最後の拠点、大坂城へ攻めかかった。

九度山にいた真田幸村が、秀頼のまねきに応じ、ひそかに九度山を脱して大坂城へ入ったとき、どこからあらわれたのか、奥村弥五兵衛が城内にいて、

「かくなりました上は、恥をしのんでまかり出ました」

幸村の陣所へ顔を見せた。

「おう。どこに行っておったのじゃ」

幸村は、いささかもこれを咎《とが》めず、

「あらわれると思うていた」

「実は……」

「理由《わけ》はきかいでもよい。こうなれば万に一つ、大御所の首をねらうだけのこと。たのむぞ」

「はっ――」

「あれからは、亡き清正殿とも不縁《ぶえん》になっての」

「おそれ入り……」

「よし、よし。もう何も申すな。清正殿生きてあれば、この大坂へこもらずとも、わしのみは外にいて、何とか手段もあったろうが……それも夢じゃ。清正亡きのちの加藤家へ、いや熊本の城へは、秀頼公を移しまいらせるわけにも行くまい」

弥五兵衛は、うつむいたまま声が出なかった。

彼は、すでに梅春の失踪を知っていた。

余人は知らず、弥五兵衛は、（清正公を毒殺したのは、梅春にちがいない）と、信じている。

伊賀の忍者が秘法としている毒の製法――それは、米を腐らせておき数種の草根をまぜ合わせたもの、ときいている。

甲賀の忍びだった亡父も、この毒薬の製法は知っていなかった。

この毒薬は特殊なもので、これを嚥下《えんか》したからといって、すぐに死ぬものではない。数ヵ月の間に、まるで別の病気によって心身がおとろえ全身の血を吐き出させてしまうというのである。

（おれは、数年を共に暮した梅春をさえ見破ることが出来なかった。しかし、梅春は、おれを真田の忍びだと見破っていたにちがいない……）忍者としての激しい敗北感にさいなまれつつも、尚《なお》、弥五兵衛は徳川方の完成された諜報網に驚嘆せざるを得なかった。

梅春は、事態が決定的なものとなり、弥五兵衛が加藤家へ入る四年も前に、清正の傍へ近づいていたのである。

弥五兵衛は、決意していた。

真田幸村と共に、戦場において、自分の忍びとしてのすべてを賭けるつもりであった。

家康の首をはね飛ばすことによって、彼は小たまと梅春に勝たねばならないのだ。

幸村は、大坂城三の丸・平野に出城をかまえ〔真田丸〕と名づけ、独自の戦闘をはじめた。

甲賀の女忍び・小たまのいう〔戦さ忍び〕としての弥五兵衛も、水に放たれた魚のように活躍をした。

冬の陣では、弥五兵衛のひきいる一隊が、二度ほど徳川家康の首をねらって奇襲をこころみ、惜しいところで失敗をしている。

真田隊の神出鬼没な戦力は、大坂方にとって実に心強いものであったといえよう。

冬の陣後の講和から、ふたたび翌年の夏の陣の戦争再開となった。家康の巧妙な謀略によって城の外濠を埋められた大坂方は、今度こそ、ひとたまりもなく押しつめられた。

最後の決戦がおこなわれたのは、五月七日である。この日の三日前の夜に、奥村弥五兵衛は十余名の一隊をひきい、真田丸から姿を消した。

決戦の当日、真田幸村は大坂方全軍の指揮にあたり、みずからは天王寺口《てんのうじ》・茶臼山《ちゃうすやま》に陣をかまえて徳川軍の主力をひきつけ、そのすきに別働隊をもって家康の本陣へ奇襲をかけようとした。

これは失敗した。指令の伝達に齟齬《そご》があって時機を逸したからである。

幸村は一子・大助に、

「おぬしは城へ戻り、右府様のおそばにおれ」

と、命じた。

大助を城へ送ってから、四十七歳の幸村は、最後の突撃を敢行すべく立ち上った。

徳川軍の浅野長晟《ながあきら》部隊が、大坂方へ寝返ったという、まことしやかな叫びが徳川陣営に巻き起こったのは、このときである。

「紀州殿、裏切り!!」

の叫びは、たちまち戦場に波及をした。

徳川の使番が乱戦の中を駆け廻り、浅野隊の寝返りを疾呼《しっこ》しているのだ。

これで、真田隊の正面に立ちふさがっていた松平忠直部隊が、あわてはじめた。

もし、浅野が大坂方へついたとなれば、真田と浅野にはさみ討ちになってしまう。

わあーっ……。

潮がひくように松平隊が、ななめに引きあげはじめた、その間隙《かんげき》を縫って、

「弥五兵衛、ようもやってのけたわ」

幸村は槍をしごき、

「かかれい!!」

猛然と手勢をひきいて突撃した。

紀州殿裏切りの叫びは、たくみに徳川軍へ潜入した弥五兵衛の一隊が叫び出したのがはじまりである。

幸村は、うろたえている前面の越前勢を一気に突き崩し、

「大御所の御首頂戴《みしるし》つかまつるぞ」

と、数人の影武者を駆使して呼号させつつ、小肥りの躰を馬上に伏せ、魔神のように家康の本陣へ殺到した。

鉛色にたちこめる戦塵と砲煙の中に、

「御首頂戴!!」

の叫びが諸方にわきたち、家康を守る旗本たちまで槍をふるわなければならぬほどの接戦、混戦となった。

本多家記録にいわく。

「幸村、十文字の槍を持って大御所を目がけ……大御所、とてもかなわずと思しめし、植松の方へ……」

命からがら、ようやくに逃げた。

後で家康は、

「もういかぬと思い、傍のものに介錯《かいしゃく》を命じたほどである」

と、語っている。だが幸村は、ついに家康を逸し、安居《あんご》天神の境内で討死をとげた。

# 六

四年後の元和四年六月一日の夜、江戸・神田の笹井丹之助という旗本屋敷で、事件が突発した。

主人の笹井は、大坂戦に功労があったとかで二千石の大身の上、財力もあるらしく、屋敷も立派だし、若い妾が何人もいて、妻子もない老主人を日夜なぐさめていたという。

その笹井丹之助が、死体となって発見された。見事な禿頭《とくとう》の笹井は裸体のまま、苦悶にゆがんだ死相で床に仰向けとなって倒れていた。

前夜、夜伽《よとぎ》をする女が廊下をたどり、主人の寝所まで来ると、一足先に入っていた筈の笹井丹之助が、奇怪な死をとげているのを発見したのである。

はだかの鳩尾《みずおち》に、長さ四寸ほどの太い釘様のものが突刺さっていた。

それだけである。血も流れていず、鳩尾の周囲が暗紫色にふくれあがっているのが異様であった。

なぜか公儀は、笹井丹之助の死について、あまりふかく探索をおこなわなかったようである。

幕府公儀に抱えられている伊賀者の一人が、丹之助を刺した釘状の武器を見て、

「尖端《さき》に毒がぬりこめられてあります。これは、甲賀の者がつかいおりまする飛苦無と申すものにて……」

すぐさま、こう答えた。

この事件があってから一ヵ月ほど後の或夜、美濃・大垣の城下外れにある林の中の地蔵堂に、二人の〔かぶり乞食〕が泊り合わせた。〔かぶり〕とは菰《こも》かぶりの意で、無流浪の乞食ということだ。

この中年の男と女の乞食二人は、大垣城下で声をかけ合い、親しくなったものらしい。

夜ふけになると、地蔵堂の中で二人は垢《あか》くさい躰を抱きしめ合い、けもののようなすさまじい愛撫にふけった。

女の躰は細く、意外にしなやかであった。

男の腕はたくましく、胸のあたりもひろびろとしており、声もふとい。

飽くことのない愛撫がすむと、男の乞食は、ふかい眠りに落ちた。

空が白みかけたころ、女乞食の手が、男の肩をゆりうごかし、しめった声で、

「もし……もし、起きぬかや、朝じゃぞえ」

女の、小さな窶《やつ》れた顔が笑っているのを見て、男が身を起こすと、

「またも敗《やぶ》れたのう、弥五兵衛どの」

がらりと変わった明るい声になり、女がいうのである。

「あ――」

男乞食は、うめいた。

今の女の声には、おぼえがあった。

「こ、小たまか……」

「あいなあ。昨日、城下でにぎり飯を分け合《お》うたとき、あの昼の光の中で、お前さまは、わたしがわからなんだと見ゆる」

「うぬ……」

「恥じるなよ、弥五どの。甲賀の小たまは、お前さまに敗れをとるような忍びではない。わたしの父は、甲賀二十一家のうち伴長信《ともながのぶ》さまの血すじのものにて、伴太郎左衛門という。むかしはなあ、お前さまの父御と同じ村にそだち、ともに術にはげみ合うた仲じゃが……」

語りつづける小たまの声を、奥村弥五兵衛は茫然ときいていた。

「ゆえに、共に織田家へつかえたが、あの甲州攻めの折、二人して武田の城下へ忍びに入ったおり、敵にかこまれて、わたしの父は危く死ぬところを、おぬしの父御が救うて下されたそうな……」

「むウ……」

「きいておろうな。ゆえにこそ、大和の高田では、味方を裏切ってまでも、わたしは、おぬしを救うたのじゃ」

小たまは地蔵堂の扉をあけ、霧のようにたちこめている夏の雨を見やった。

「互いの父も亡《の》うなり、子の代になって、このような宿命《さだめ》に遇おうとはなあ……」

皮肉な、うす笑いのうちに哀しみがただよっている小たまの顔を、弥五兵衛は、火のような眼で見つめつづけた。

「大坂では、お前さまも戦さ忍びとして、さすが見事なはたらきを見せたそうな」

「いうな‼」

「さらにまた、このたびは江戸で、旗本笹井丹之助を……いや料理人の梅春を討ち果たし、これも見事に仕返しをやってのけた」

「く、くく……」

「おききやれ。梅春はなあ、もはや、れっきとした旗本になり上り、忍びを忘れたのじゃ。それゆえ、お前さまにしてやられた。これもなあ、仕様があるまいわえ」

小たまは、ぼろぼろの麻の着物の胸もとをはだけ、小さな乳房をひろげて見せ、

「わたしは、顔つきも躰つきも、むかし室町で足袋やをしていたころと違うてしまったであろ」

「…………」

「わたしはなあ、十日もあれば、また、もとの小たまの顔と、肥《ふと》り肉《じし》の躰を取り戻すことが出来るえ。これが女忍びの得手《えて》なことは、お前さまも知っていよう。知っていながら見事だまされたなあ」

弥五兵衛が飛びかかる前に、小たまは外へ走り出て、

「わたしの躰を何度も抱いた弥五兵衛どのよ。それでもおぬしは、甲賀の流れをくむ忍びなのかえ。ふ、ふふ……」

「待て――」

「おぬしは、わたしに敗れつづけた敗れ忍びじゃ」

立ちあがった弥五兵衛は、

「おぬしは、けもののようにわたしを抱いた。忍びとして、もっとも恥ずべき油断ではないか。ふふ、ふ……わたしを、小たまと知らずして……」

あびせかける小たまの声に、力なくうなだれた。

霧の中から女の声がした。

「さらば、弥五どの」

「待ってくれい」

「何かや?」

「なぜ……なぜ、おれを、このような目にあわせた？」

「梅春老は、わたしの叔父じゃ」

「あっ……」

「さらば——甲賀の敗れ忍びの取る道は一つじゃぞえ」

小たまの声が跡絶《とだ》えた。

二刻ほどして、雨のあがった林の道を通りかかった百姓が、地蔵堂の中に男乞食の死体を発見した。

百姓は、ただちに届け出たが、役人が来ても、この乞食の正体はもちろん、その顔貌さえもつかむことは出来なかった。

この乞食の顔は、おのれの手によって無数に切り刻まれ、かたちをとどめず、しかも、短刀をもって立派に腹を掻《か》き切っていたのである。

# 秀頼走路

松本清張

**松本《まつもと》清張《せいちょう》**（一九〇九～一九九二）

福岡県生まれ。尋常高等小学校卒業後、印刷所の職工などを経て朝日新聞社に入社。一九五〇年に「週刊朝日」の懸賞に応募した「西郷札」が入選。翌年「或る『小倉日記』伝」で芥川賞を受賞する。社会悪を告発する『点と線』、『目の壁』が大ベストセラーとなり、社会派推理と呼ばれる新ジャンルを確立する。社会的な事件への関心は、ノンフィクション『昭和史発掘』、『日本の黒い霧』へと繋がっていく。『無宿人別帳』、『かげろう絵図』、『西街道談綺』など時代小説にも名作が多く、『火の路』、『眩人』では斬新な解釈で古代史に斬り込んでいる。

七月二十七日。（ユリウス暦。旧暦では元和元年閏六月十二日）

ヒデヨリ（秀頼）様は薩摩或は琉球に逃れたりとの報あり、然れども予は依然としてその真偽を疑ふものなり。

八月十三日。

夜半頃、イートン君京都より平戸に着せり。イートン君の談によれば、ヒデヨリ様は今なほ重臣の五六名と共に生存し、恐らく薩摩に居るべしとの風聞一般に行はるゝ由なり。

十月二十六日。

予はイートン君宛の書状を認め、ヒデヨリ様は薩摩に生存し、舟を多く備へつゝありとの風評行はるゝ由を報じたり。

——英国東印度商会・平戸商館長リチャルド・コックス日記

# 一

元和《げんな》元年の夏、家康が大坂に再度の兵をすすめたとき、開戦の理由の一つとしたのは、大坂方が夥《おびただ》しい浪人を召抱えていることであった。

慶長十九年と元和元年の両年に大坂城に召抱えられた浪人の人数は都合十万余人であったと見聞書は計算している。

関ケ原役によって生じた多数の浪人が大坂城に集まったのである。

山上順助もその一人であった。関ケ原の生残りだけに浪人衆はよく戦い、かえって攻囲の関東勢に戦意が薄かったといわれているが、順助も戦意のないことは敵の関東勢に劣らなかった。

順助の兄は石田方に加担して取潰された大名の家来だが、関ケ原で敗けたことを無念に思い、この度の東西の手切れを聞いて弟を遣ったのである。兄は病中であった。

順助は二十二歳の若者だったが、気の乗らぬまま大坂に入城したものの、戦闘する意欲は湧かなかった。彼は兄ほどに豊臣家に恩義を感じてもいなければ、徳川方を憎悪してもいなかった。

それに勝算のある戦ならまだ張り合いがあった。が、寄手が迫るにつれて城方の誰の顔にも敗北の興奮があらわれていた。一刻一刻と縮まってくるおのれの死に誰もが逆上《のぼせ》ているようである。その逆上が彼らを勇敢にし、自棄《やけ》にさせているようであった。それを見ると順助の心は更に萎びた。

順助は兄の名代などで、この連中と一しょに死にたくなかった。城の大矢倉から見渡すと、天王寺口《てんのうじ》から岡山口にかけての一帯にまで動く森のように真っ黒にかたまって馬煙を立て乍ら押寄せてくる敵兵を眼前にしつつ、彼は最後まで持ち場からの脱走を考えていた。

城中に火が上がったのは、夏のあつい太陽が西に落ちかかる申《さる》の刻であった。城の火の手をみて寄手は勢いづいて三の丸の木柵を越えてきた。放火によって黒煙は諸所から上がった。

こうなると城方で防備を下知する者もなかった。敵の打懸ける鉄砲の音や喚声に煽られて、城内の混乱はすさまじいものとなった。

秀頼《ひでより》や淀君《よどぎみ》や大野修理《しゅり》などは干飯蔵《ほしいいぐら》に入ったままどうなったか分からなかった。

順助が手に属していた七手組の郡主馬《こおり》は千畳敷で腹を割いて果ててしまった。秩序は完全に壊滅した。女達が叫びながら逃げ惑った。順助は多くの逃亡者と一しょに目的通り遁れることができた。混乱のため、思ったよりそれは容易であった。

灼《や》けるような陽が沈んだ。涼しい風が野面をわたった。疲れて草の中にひそんでいた順助は人の跫音に身を起こして様子を窺った。関東方の探索の者ではないかと気づかったのだ。

一人の女が忍ぶように歩いていた。

焼け落ちた城や町家の余燼が燃えていて夜空はその方角だけ赫くなっている。女の半身はその赤いあかりのなかに仄かに泛かび出た。帷子《かたびら》一枚に細い帯一つの姿だった。城中から脱けてきた女であることは一眼で知れた。

順助は身を起こして立ち上がった。

女は不意に男を見て叫び出しそうにした。あと退りして逃げ出しそうにしたが、やっと踏み止どまってこちらの様子を弱い動物のような格好で窺った。

「お前さまは寄手衆かえ?」

と女は口をきいた。顔ははっきり分からぬながら声は若かった。

順助はよっぽど女を安心させるために大坂方であると答えようかと思った。しかし女のその言葉の語感には敵であることをかえって期待しているようなひびきがあった。

彼は咄嗟《とっさ》に、

「いかにも細川の手の者じゃ」

と言った。

それを聞いて果たして女はかすかにうなずいたようであった。そしておそるおそる二三歩近づいてきた。敵兵に近づく女の媚態と恐怖をその全身が表わしていた。

「細川どのの家中なら、藤堂家の陣所をご存知あろう。これを進ぜるほどに、案内してたも」と女は懐ろから何やらとり出して差しだした。短い細い棒のようなものだった。順助がうっかり受け取ると、思いのほか重量があった。仄かな明かりのなかでもそれは光っていた。竹流しの金であることは改めるまでもなかった。

「七両二分ほどはある筈じゃ」

と品物を渡して、女はやや自信を得たように言った。

二

「藤堂の家中に知り人《びと》でもあってか?」

と順助は訊いた。

「言いとうない。お前さまには陣場までの案内をお頼みするだけじゃ」

と女は答えた。その言葉には、日頃使いなれているらしい権高な語韻の名残りが小憎らしく籠っていた。

「こうござれ」

と順助は先に立って歩き出した。

歩きながら彼はどういう方向に足をすすめたものか自信がなかった。相変わらず暗い空の一角には炎の色が赤く染めていた。彼はそれとは逆な方に向かった。やはり敵陣から遠い方をえらんだ。夏草が生い繁り腰まで達していた。

それまで後からついてきた女の足が停まった。

「お前さまはどこに連れて行くのじゃ?」と咎めるようにいった。声が少し慄えていた。

「はて、藤堂陣に連れて行くところではないか」と順助は答えた。

「嘘じゃ。これは鴫野《しぎの》へ行く方角じゃ。この先には川がある。まだ寄手の陣所は無い筈。お前さまは妾をだましたな」

女の慄え声の中には怒りが含んでいた。それはむざむざと竹流金を奪われたという口惜しさからのようであった。

順助は、こういう際でも、最後のおのれの生き道を敵方の中に連絡をつけている女の狡いやりかたに腹を立てた。

「竹流し一つでは足りぬ。もう一つ寄越せば藤堂陣に連れて行こう」

順助は突然に言った。それ以外にこの女に吐きかける言葉はないような気がした。

「もう、よい」

女は明らかに軽蔑を罩《こ》めた一言を投げた。そのまま背を見せると元の方へ足早に歩きだした。今まで気づかなかったが、その背には小さな包みを斜めにかけていた。蔑まれたと知って順助は女の背後からとびかかった。女は叫びを上げて身体を反らせた。細い頸と肩が腕の中に落ちた。

順助は女の懐ろの中に手を入れた。女は必死に両手で上から押えて防いだが、彼の指は固いものを摑み出していた。

それは竹流金ではなく、もっと大きくて円い形をしていた。うすい遠いあかりにすかしてみると小さな鏡で、背には桐の紋が彫ってあった。そこまで確かめたが女の手が伸びてそれを奪い取ってしまった。

「上様拝領の品を何とするぞ」

そういって女はそれを抱きしめた。

「そなたは右大臣家（秀頼）寵愛の者か？」

と順助が眼を瞠って訊くと、女は崩れるように跼《せぐくま》って歔《な》きはじめた。

「右大臣家はどうなされた？　何処へ渡らせられた？」

と順助はたずねた。女は一層に啜り歔いた。が、その嗚咽の間から、

「上様には干飯蔵で生害遊ばされた」

と言葉を啜った。

空の赤い色が又あかるくなった。どこかが新しい放火で燃えているのであろう。い

ま、その下で寄手の雑兵どもによって、どのような地獄が行なわれているか彼には眼に見えるようであった。

近々に見ると女の顔の輪郭が暗い中に美しくぼかされていた。薄い着物一枚に細い帯という姿も順助の心を燃やした。

「藤堂陣へ連れて参ろう。立て」

と彼は言った。

「まことかえ?」

と女はいった。その声には疑惑と希望が交っていた。順助は女の手をつかんだ。次に背にかけた小さな荷に手をかけた。どういうものか彼はさきほどからその荷が気になってならなかった。

「あれ、そればかりは」

と女は彼の手にしがみついてきた。

「これは上様より妾に賜わった御小袖じゃ。金目のものはさきほどの竹流金一つしか無い。藤堂どのの陣に着いたら何でも貰って進ぜる。拝領の品だけは勘忍して下され」

と泣き声で頼んだ。

残忍な気持が順助の心を突風のように吹き荒れた。

「藤堂陣に着いての約束は当てにならぬ。この場で欲しい。拝領の品を遣りとうなかったら、そなたは何でも此処でわしにくれる筈じゃ」と彼は女の耳の傍で言った。女は返事をしなかった。ただ呼吸が荒くなったことでその反応が知れた。女は憎々しげな瞳を順助の横顔に据えた。

無言で立ち上がると女は叢の間を先に歩いて入った。腰まで届いている伸びた草が薙《な》ぐと、女はその中に仰向いて長々と横たわった。

順助が寄っても女は動かなかった。近づいてさし覗くと、女はおのれの顔の上に袖を当てて蔽っていた。横たわる時に白い裾が少しまくれたが、女は身じろぎもしなかった。

順助は、女が秀頼から貰った品物を護るために、やすやすと身体を与えようとする心理が分からないではなかった。女の倒錯した虚栄と物欲の自我だけがあった。

順助は女の身体に進んだ。果たして女は覚悟のようにその間微動もしなかった。行為が過ぎ去ると、順助の手は女の身体をいたわらずに胸にある背の包みの結び目にかかった。

それを知って女は火がついたように狂い出した。順助は武者ぶりついてくる女を突き倒して遁げた。手にはその包みが握られていた。桐の紋のある小袖一枚と、同じく桐の紋を金泥で散らした七寸五分の黒鞘の短刀がその包みの中にあった。

# 三

大坂城から逃走した浪人は夥しい数であった。関東方は通路の要所に木戸を設けて警戒した。浪人者の詮議は厳しかった。それによって捕えられた脱走者も少なくはなかった。同時に逃亡し了わせた者も多かった。山上順助はその幸運な逃亡者の一人であった。

まず彼は十数日、摂津の豪農の土蔵に匿まわれた。偶然、食を求めて立寄ったのだが、そこの主《あるじ》は無類の豊家の同情者であった。

毎日毎日、陽もろくにこないところにひそんだ。食事は大てい下男が運んでくれた。ある日のこと、下男にかわって三十ばかりとも見える女が昼餉《ひるげ》を持ってきた。

「卒爾ながら、おねがいしたい。かように厄介になっていて、この上気儘を申して申し訳ないが、ご酒を少々頂戴出来ぬであろうか」

蠟燭の焰のかげで女はかすかに笑った。

「それは気の届かぬことを致しました。只今もって進ぜます」

と気易く立って行った。

順助は呑ませば一升でも二升でも飲んだ。彼は永いこと酒から遠ざかっているので欲しくてならなかった。

女はやがて小さな壺に酒を入れて持ってきてくれた。順助は乾いた砂が水を吸うように咽喉を鳴らした。水がよいのか、地酒ながら堪らなくうまかった。

それにしてもこの女は下婢とも見えなかった。様子もあか抜けていたし、落着きがあった。女は訊ねられるままに少し間が悪そうに答えた。

「当家の主の世話になっている者でございます」当時は妻妾ともに一つ屋根の下に暮らしているのが普通であった。

そのことがあってから、その女は三度に一度くらいは自分で膳を運んできた。女はその都度酒をすすめた。

ある昼間、順助は前に坐っている女の手を引いた。女は前に倒れそうになったが、争わなかった。そして自分で蠟燭の灯を消した。

女が土蔵に膳を運ぶ回数がそれから多くなったことは言うまでもなかった。

しかし、こんなことがいつまでも怪しまれぬ訳はなかった。ある日、蠟燭の灯が消えたばかりのところを主に踏み込まれた。主の持った提灯の灯は、どうとり繕いようもない二人の姿を照らした。

「すぐ出て行け」

と白髪まじりの髪を逆立てて主は瞋《いか》った。

順助は悪びれずに手を突いた。彼は、重々申し訳ないと言った。そして包みを開いた。包みの中には例の小袖と脇差があった。順助は畳んだ小袖の間から大事そうに竹流金をとり出した。

「お世話になったお礼やお詫びの印までに、この棒の三つ一ぶんを折り取ってお納め願いたい」と申し出た。

八両分のこの竹流しを半分遣《や》るのは惜しいと順助は思った。三分の一くらいがこの場の相当の値だと計算した。

然し、主の眼は別なものを見ていた。それは小袖についた桐の紋と、黒塗の脇差に散らしてある金泥の同じ紋章であった。

主の表情が複雑なものになった。

「もしや、お前さまは——?」

と彼は不埒な若者の顔を見つめた。畏敬とおどろきが拡大された瞳の中に混乱していた。順助は主が何を勘違いしたか、すぐに読み取った。とっさに、この急場を逃れる道を覚った。彼は顔をさしうつむけた。

一言ものをいう必要はなかった。

主が順助の前に膝を折った。

小さくなっていた妾がびっくりしてその主の様子を見た。

# 四

当時は、大坂城内にかなり朝鮮人もいた。秀吉の朝鮮役からついて来た者もあり、その後渡ってきた者もあった。

彼らも大坂落城と共に逃亡した。しかしそのまま真っすぐに朝鮮に帰れる訳ではないから、やはり何処かにかくれていた。

主は三名の朝鮮人を順助にひき合わせた。

「お供代わりにして下されませ。本国へ帰りたいと申して居りますから、九州まではお供が出来ますする」

順助は自分では何も名乗ったことはなかった。然し主は彼を秀頼と思い込んでいた。その頃は、落城と共に秀頼の最期も伝わったが、それと同じ位に有力に秀頼の脱出説も伝わっていた。

「何処に落ちられますか？」

と主は訊いた。酒はふんだんに呑ませて款待したが、さすがに妾はもう出さなかった。

「薩摩に行こうと存じている」

と順助は答えた。薩摩が一番遠いし、関ケ原の時から豊臣方に好意をもっている頼りになりそうな藩と考えた。それが尤《もっとも》らしい答えに思われた。

果たして主は何度もうなずいた。

そしてその途中までといって、帰国の朝鮮人をひき合わせたのである。

順助はもしや朝鮮人に顔を見破られはしないかと思った。が、その懸念は無用であった。彼らは順助に向かって本国式の揖礼《しゅうれい》をした。その様子から、順助は、彼らは秀頼の顔をろくに知っていないのだと思った。

が、そういう彼も秀頼の顔を間近に見たことはなかった。

ただ一度、落城の日の朝、遠くから彼の姿を眺めただけであった。その時、秀頼は最後の決戦をするため玄関から桜門まで出たのだった。この貴公子は梨子地緋縅の物具をきて、太閤《たいこう》相伝の切割、茜《あかね》の吹貫、玳瑁《たいまい》の千本鑓《やり》を押立て、梨子地の鞍をつけた太平楽という黒毛の馬をひいて現われた。

しかし秀頼が、その姿で床机に腰をかけていたのは長い時間ではなかった。かれは決戦を覚悟して其処まで出てきたのではあったが、天王寺口から岡山口にかけての先手の備えが総崩れと聞いて忽ち城内に引きあげた。

それきり順助は秀頼の姿を見たことはなかった。足早に大股で引返してゆく秀頼の緋縅の鎧の色だけが残像として鮮やかに未だに眼に残っているばかりだった。

この朝鮮人たちが秀頼の顔を見知っていないとしても怪しむに足りなかった。順助は誰にも秀頼と信じ込ませて出発するのに不都合はなかった。

古書によると、秀頼が三人の朝鮮人をつれて九州の中央部を横断したと記載している。彼らは豊前、豊後《ぶんご》、筑後にその通過の痕跡を遺したとしてある。そのことはあとで書くとする。

元和元年九月の末、順助は備後鞆《とも》の浦から乗船して周防中の関に至り、豊後日出《ひじ》に渡って上陸した。

ここから山国川に出て北行し、豊後森に歩いた。折りから秋で、この山峡は殊に紅葉が美しかった。

「酒はないか」

と順助の秀頼はぐぜり出した。彼は片時も酒がなくては済まなかった。そして女も好きであった。

そのため竹流金は疾《と》うに失せていた。今では三人の朝鮮人の懐ろの路銀で賄っていた。

朝鮮人たちは、この大酒と色好みの若い貴公子に早くから呆れていたが、彼らは大体律義であった。おとなしく一しょについて来ていた。

「酒は、ありませぬ」

と一人がいんぎんに答えた。

順助は不機嫌に歩いていたが、ふと眼を上げると傍の山の中腹を指した。

「あれ見い、寺がある。地酒なとあろう」

といった。なるほど杉木立のなかに古びた藁葺《わらぶ》きの大きな屋根が見えた。もう順助はその寺に向かって急な坂道を駆けるように登っていた。

住職は不意にきた見なれぬ若い武士にびっくりしていた。

「和尚、酒は無いか、地酒でよい。振舞ってくれ」

と順助は臆面もなく言い、

「これは身分のある者じゃ。粗略に扱うでないぞ」

と言い放った。

あとから三人の朝鮮人が追いついてきた。尤も彼らはみな日本の風采をしていたが、日本語を話すときは言葉つきが異っていたし、自分たちだけは朝鮮語をしゃべっていた。

彼らが朝鮮語で話している時は、順助にはおのれの悪口をいわれているような気がしてならなかった。

「ええい、また朝鮮語で話しているな。おれの雑言を言い合っているのであろう」

と順助はよく腹を立てたが、朝鮮人達は必ずにぶい表情を動かさずに、

「さようなことは、ありませぬ」

と一礼した。しかし実際は悪口をしているのかもしれなかった。

順助はそこで住職の出した酒を五合ばかり呑み、一刻《いっとき》ばかり鼾をかいて寝た。

眼をさますと懐ろから小布に捲いた脇差をとり出し、鞘の方をちらりと住職に見せた。無論、金泥で描いた桐の紋を示すためだ。

例の単重《ひとえ》の小紋は肌着の代わりに着物の下に着こんでいた。

「和尚、この寺は何と申す名じゃ？」

と順助はきいた。

「はい、豊前仲間村の明円寺と申します」

「うむ、明円寺か。憶えておくぞ。望みを遂げた暁には、いずれ一万石は寄進いたす」

と酒臭い息を吐いた。

住職は呆然としていた。

その翌晩は筑後田主丸の来迎寺に一行は泊った。田主丸というところは前に筑後川が流れ、夜霧が深い。

順助はここでも酒を所望して大酔し、宵から寝ていたが、夜中に姿を消した。

間もなく村の方が騒がしくなったかと思うと、順助が遁げかえってきた。

朝になって、村の若者が、昨夜は他所者《よそ》の夜這いを霧の中に見失ってとり遁したと口惜しそうに噂した。

順助はここでも桐の紋を見せ、その寺に寄進一万石を約束した。

## 五

十月の末というのに、歩いていると肌が汗ばむほどの陽気であった。農家の垣の内からも見慣れぬ植物が覗き、野山はまだ秋のはじめのような青さが残っていた。

「これ、ここから鹿児島までどの位ある？」

順助はこの薩摩領に入ってからでも、何度この同じ質問をしたか分からなかった。それほど彼はくたびれていた。彼の懐ろの中には、豊後日田で別れるとき、朝鮮人のくれた銀の残りが僅かばかりしかなかった。

今や彼は酒も呑めなかった。いや、食べものさえもこと欠いた。朝鮮人と一しょだった頃は彼らの懐ろをあてにしてあまり不自由はなかったが、今の境遇からみれば、それはどんなに贅沢であったか分かった。

順助は鹿児島に入ったら、豊臣家の残党として保護をたのむつもりであった。彼はここでも秀頼を偽称する意志は少しもなかった。単なる大坂の落人《おちうど》としてかくまわれ、郷士でも百姓でもして生きるつもりであった。そういうことの頼めるのは、この島津家だけのような気がした。

が、その鹿児島に到るまでの道は甚だ遠かった。路銀の心細さに倹約している食べものの不足と長い旅の疲労で身体は病人のように解怠《けだ》るかった。彼は路傍でもどこでも、ごろりと倒れて了いたい欲望を、歩きながら何度感じたか知れなかった。

これほどくたびれて鹿児島まで歩けるかどうか分からなかった。

こんなときに酒でも思うほど飲めたら元気が出るだろうと思った。しかし彼の心細い路銀は三度の食事さえ倹約するほどだから、酒が咽喉を満足させる余裕はなかった。しかし、もう我慢がならなかった。彼は山道を歩いていて、ふと一軒の百姓家をみつけると、わけもなく入った。

「たのむ、たのむ」

いくら声をかけても家の中からは返事がなかった。野良に出て留守なのか、広い土間に牛が首を出していた。順助は裏口に回った。そこにも人影がなかった。外のあかるい光線の中から入ってきた眼には内部《なか》は夜のように暗かった。

彼は手探りのようにして地酒を入れているらしい瓶を索した。がたがたといろいろな道具があった。が、かなりの苦労の末、それを探し出すことに成功した。手造りの濁酒ながら、強い酒であった。順助はそれを夢中に呑んだ。それから強《したた》かに酔いが回ると、其処に仆れて前後もなく寝込んでしまった。どの位、睡ったか分からなかった。

身体に痺れるような痛みを覚えたので、眼をあけると、十二三人の男たちが取り巻いていた。女も二三人居た。気づくと彼の両手は背中に回されて縄がまきついていた。

順助は、とっさに事情を知った、睡っている間に家人が帰ってきて部落の男たちをあつめたのであろう。彼は謝るのが一番だと思い、

「赦してくれ」

と言った。しかし熊襲《くまそ》の裔《すえ》かとも思える髭づらの男たちは、おそろしい眼をむいたまま一向に妥協しそうな風はなかった。のみならず彼らが罵っている言葉は、まるで異国の言葉のように日本語放れがしていた。

順助はこういう手合に、おのれが手籠めにされているのに怒りが湧いてきた。縄をかけられて転がされている自分のあさましい姿にも腹が立った、

「おのれ、よくもこのような恥辱を与えおったな。予を秀頼と知ってか。あとで後悔いたすな」と彼は叫んだ。

秀頼といったのは思わず不意に口から衝《つ》いて出た口惜しいあまりの言葉だった。

しかし男たちにはそれが通じなかった。竹棒の雨が彼の身体の上に打擲を加えた。彼は気を失った。下着の桐の紋のついた単衣の練絹の小袖が垢でよごれたまま、はだけて見えた、つづいて懐ろから脇差が転がり出た。さすがに男たちの中には、その紋

章を注視する者があった。

　順助は土地の役人の手にわたった。

「貴殿は豊臣家由縁《ゆかり》の者か？」

　と役人は訊いた。いんぎんな訊き方であった。

　順助は一言も答えなかった。答えぬことが肯定であり、且、威厳があると思った。その上、あとでどのようにも返事の出来る自在さがあった。

　役人はひとりで何度もうなずいた。それからすぐ鹿児島に早馬を奔らせた。

　順助は土地の庄屋のような家に預けられた。そこでは丁重な扱いで遇せられた。今や罪人と高貴な客人の中間に、彼の地位はさまよっていた。

「酒をくれ」

　と彼は要求した。そして久しぶりに、うまい酒をいくらでも飲むことが出来た。

　三日後、順助は鹿児島に護送された。

　そこでは、かなり上位らしい役人に取調べられた。

「お手前の名は？」

　と役人は質問した、礼儀正しかった。

　順助は、ここで、秀頼だ、と言わねば何か悪いような気がした。そういわねば、この礼儀正しい役人にも、その背後の眼に見えぬたくさんの当路者にも落胆を与えそうな気がした。いや、違う返事を出したら、おのれにさえも落ちつかぬ気がした。

「秀頼」

と呟くように答えたまま、彼は口を閉じた。その瞬間、そう答えてよかった、という何か安心感がきた。

役人はそれをきくと一番気に入った返答をきいたようにさも満足そうな表情をうかべて、微かに目立たない敬礼を送った。

順助は厳重な警固のなかに、丁重に拘禁された。

不自由はなかった。酒はいくらでも旨いのが呑めた。今更、引込みがつかなかった。平凡に生きていても面白いことはなさそうだし、万一、ここで殺されても仕方がないと思った。一旦、とり憑いた「秀頼」が運命的な巨大な意志で彼を縛っているようであった。

例の桐の紋のある小袖と脇差は、薩摩藩からの急使によって江戸表へ届けられた。鑑定の結果、間違いない品と分かった。脇差は吉光の銘刀であった。

幕府が薩摩藩に与えた指示は、

「気違者之儀にて詮議の筋も立つことにては無レ之、其方にて御成敗も不レ苦《くるしからず》、御指越御律儀之事と存知候」

とあった。

順助が斬られた年月は分かっていない。

＊

寛永年間の末ごろのことである。

豊後日田隈町の鍋屋惣兵衛という男が大坂から京都へ上る船中で、一人の武士と話を交わした。武士は肥前平戸藩の者であると名乗った。かれは惣兵衛が日田の人間であるときいて、

「日田には大きな川や野があるか？」

ときいた。

大きな川は隈川のことであろう。大きな野とは筑後にかけての平野であろう、と惣兵衛はそのように答えた。

すると武士はこれは自分の祖父の話であると次のように語った。

秀頼公が薩摩落のときに三人の朝鮮人がお供をした。豊後の日田というところに来て、大きな川を渡り、広き野のある今市という所までくると、秀頼公は三人の朝鮮人に暇を賜わった。公はそれから薩摩の方へ行かれた。

朝鮮人三人のうち二人は平戸から便船で本国に帰った。一人は本国には親も兄弟も

ないというので平戸に止どまった。

しかるにこの朝鮮人が、いつも秀頼公薩摩落の話をしてきかせ、日田の今市の川原で御暇の段になると声をあげて泣いたという。

武士はこの話を常に祖父から聞かされた。それであなたが日田の人間だときいて懐しく思い出したのだと言った。


――


この話は「亀山抄」にある記事である。そこでこの書には、この事実を裏づけるように、豊前下毛郡山国谷仲間村の明円寺に秀頼が立寄って昼餉をし、住職に箸で鯛の片身を賜わったという説をのせ、筑後田主丸の来迎寺に秀頼公が一夜の宿をかりたという伝をのせている。

たしかに、一人の詐欺漢が豊前、豊後、筑後を通って何処かに行ったのである。年月は彼の醜悪な素行、たとえば大酒のみとか、好色とか、吝嗇とかいう醜い骨を埋没して、その上に浪漫的な夢塚をつくり出したのであった。

# 大坂夢の陣

小松左京

小松左京《こまつさきょう》（一九三一～二〇一一）

大阪府生まれ。京都大学在学中に同人誌「京大作家集団」に参加、そこで三浦浩、高橋和巳らと交流を持つ。同時期に、モリミノルなどの名義でマンガも刊行している。大学卒業後は、雑誌記者、ラジオ番組の台本作家などを経て、第一回空想科学小説コンテストに応募した「地には平和を」で努力賞を受賞、一九六二年に「易仙逃里記」が「SFマガジン」に掲載されてデビュー。その後『日本アパッチ族』、『果てしなき流れの果に』、『虚無回廊』などを発表し、日本SF界の第一人者となる。一九七四年に『日本沈没』で日本推理作家協会賞を、一九八五年に『首都消失』で日本SF大賞を受賞している。

## R《ロール》──1　「慶長十九年十一月七日。大坂城南」

### Sc《シーン》──1

「千成《せんなり》より、どてかぼちゃへ……」

梅木は、首にかけたお守り札型の通信機のトーク・ボタンをおして、押し殺した声でいらいらとくりかえした。

「ハロー、どてかぼちゃ……応答ねがいます。こちら千成……」

「いやなコールサインだなあ……」草むらにねっころがって、枯草をくわえていたリンは、口を曲げて、吐きすてるようにいった。「どてどてして、何とも語感が汚ねえや……」

「しようがねえだろ。……はじめっから通信機に、このコードネームがついてるんだから……」梅木もげんなりした顔つきで、傍《そば》のリンをふりかえった。「おれたちのモンじゃなくて、借りもんだから、文句はいえねえよ」

「わいがつけたコールサインや。文句あっか……」岡の下から、うっそりと巨漢が五、六分ものびかかった坊主頭をのぞかせながら、牛の吼《ほ》えるような声でいった。「千成がSNで、どてかぼちゃがDKや。──大阪らしうてええやろ？　郷に入れば、郷にしたがえじゃ……」

「そりゃまあ、どうでもいいけどよ……」リンは、ごろりと寝がえりをうちながら、ぶつぶついった。「コールサインはともかく、このチームの通信機ときたら、どいつもこいつもまるっきり調子が悪くて、頭にくらぁ。いったいいつごろから使ってんだよ？　まさか鎌倉時代からじゃねえだろうな」

「なンかしてけつかる！　山崎の合戦の時におろしたばかりの、新品同様の品もンやぞ。――お前らの使い方が悪いんじゃ。わいに貸してみい……」

阿波座の宇のやん……というのが通り名の、「冬の陣チーム」第四班のＡ　Ｄ《アシスタント・ディレクター》は、手をのばすと、梅木の首からかかったお守り札型の通信機をむしりとった。――かけ紐で首をぐいとひかれた梅木は、枯草の上にどさっとうつぶせにたおれた。

「こら！　おんどれ、どてかぼちゃ！」と宇のやんは、グローブのような掌で、通信機をばん！　とひっぱたいて、唾《つば》をとばしながらどなった。「きこえとんのか？　返事さらせ！――何とかぬかさんかい！」

「**じゃかましい！**」

と、われ鐘のような声が通信機からひびいた。

「ぎゃあぎゃあわめかんでも、耳ぐらいあるわい！――こっちは今、死にもの狂いの盆正月じゃ。あとであんじょう遊んだっさかい、そっちはそっちで、もうちっときげんよう、いちびっとれ！」

「ほれ見てみ……」宇のやんは、通信機を梅木に投げてよこしながら得意そうにいった。「どだい機械とかお嬶《かか》ちうものはな、何でもどついたらなあかんのじゃ……」

「なるほどね……」リンは、あきれたように顔を歪めた。「あんたたちは、コンピューターでもタイムマシンでも、ぶったたいたり蹴っとばしたりしてなおしちまうんだろう……」

「さいな――わしかて、宇宙船のエンジンを二度ほどぶったたいて、なおしたった。わいのだちに一人、むちゃなやつがおって、核融合発電所の点火機《イグナイター》がきかん、いうので、トンカチでどつきよった……」

「いい度胸だな――それでなおったのかい？」

「あかん――おかげで出力二億キロワットの宇宙発電所が一個、煙《けむ》になりよった……」

「ハロー、どてかぼちゃ……こちら千成……」梅木は、音声レベルを少しさげて、もう一度おそるおそるよびかけた。「応答ねがいます、どうぞ……」

「ええ、どうせ、あたしゃァどてかぼちゃでやんすよ。――どてかぼちゃで悪うござんしたね……」突然さっきとかわった声が通信機からきこえた。「えーと、そちらさんは……ひょっとすると、梅《ばい》さんですかい？」

「ヤン・オダ！……」梅木はおどろいて、通信機をもちなおした。「どうしたんだ？　秀頼の少年時代の追跡取材をやっていたんじゃないのか？――いつ中継車にかえったんだ？」

「えへ、実はちょっと、慶長十一年の夏に、大坂城でとちりましてね……」とヤン・オダは、頭を掻いている情景が眼にうかぶような声音でいった。「夜間取材が一段落ついた時に、レッドホークのやつが、くわえ煙草で庭先にしょんべんに行きやがった所を、奥の女どもに見られて、人魂が出たって大さわぎになっちゃって……、山城の醍醐三宝院から、何とかってえらい坊主をよんで、七日七晩祈禱するやら、えらいこって……まあ、煙草は珍しくないが、この時代は細葉巻《シガリロ》なんかねえでしょう。レッドホークのやつが、ぷかぷかやりながら、庭先をうろついたんで、火の玉とまちがえられたんでしょうね。あとで、時間局の監督官から、こってりしぼられましたがね。――それでも、一度だけならまだよかったんですが、今度は慶長十三年六月の取材ン時に、今度は宇津城の旦那が、台本読みのペンライトを消し忘れたまま尻のポケットにつっこんで、庭木の間を走りまわって、またぞろ大さわぎになり、また三宝院から坊主が来て、どっさりお礼をもらって、ナムカラカンのトラヤーヤーって、護摩《ごま》を焚《た》いてお祓《はら》いの大祈禱……坊主はまるもうけで有卦《うけ》にいってたが、こちとらもうちょっとで誠《これ》もんで……まあ、監督官にゃ、土下座の三拝九拝で大泣きを入れて、あたしのギャラからいくらかつかませた上、神崎の遊廓《さと》の馴染みにこってりサービスさせて、何とか始末書だけは勘弁してもらったんでやすが……ステーションから来てる副班長がカースケで、お前ら、それでもプロのはしくれかって、わけで——まあ、前々から、ちいとばかり肌があわなかったんですが——わがオダ班は、ばらばらに現場からはずされちまって、へえ、あたしなんざ、中継のバックアップにまわされてますんで……」

「そいつぁまずかったな……」梅木は顔をしかめた。「〝重量級のカミカゼ特攻〟といわれたヤン・オダ・チームが、現場からはずされたとは……」

「へい、まあ……身から出た銹《さび》とはいえ、みっともねえこって……カメラのタメさんなんざ、かわいそうに、本局から来た青二才のカメラ助手をやってまさあ……。ハッサンにいたっては、VE《ぎじゅつや》の尻につかされて、機械かついだり、テープをはこんだりで……」ヤン・オダの声は、ちょっとしめった。「まあね——こちとらみてえな、現地契約の、お雇い外人部隊は、何をいわれても、お上にたてつくわけにゃいきませんや……」

「おい、待てよ……」梅木は不意に、ある事を思い出して、声をひそめた。「〝だぼはぜのタメゴロー〟が、二度とも現場にいたのか？　じゃ……ひょっとして、城中の女どものさわぎや、坊主の祈禱も撮《と》ってないか？　坊主の顔も……」

「ええ、そりゃもう……何しろ、〝地獄どり〟のタメのこってすから、さわぎが起ったとたんにまわしはじめ、レッドホークの煙草の火までばっちり……坊主の方も六、七カットはおさえてるはずです」

「いいか、ヤン・オダ――中継は、誰か話のわかるPDがいるだろう……。若松よりも、ヒルシャーがいい。彼にそのテープをちょっと見せて話してみるんだ。……」梅木はかんでふくめるようにいった。「その坊主はな、醍醐三宝院の門跡の義演大僧正といって……悪い、というか、いやな坊主なんだ。秀吉が生きているうちはずいぶんとりたててもらい、本人もゴマをすって、そのおかげで、門跡になり、准三后《じゅさんごう》なんて高い身分になれたんだ。――その坊主が、もうじき……十二月にはいってからだが、有馬へ湯治に行くから、その時、その坊主のやる事を、CVTRで録画しとく必要があるといって、そっちの方へ、オダ・チームを再編成して行かしてくれって、口説いてみろ」

「有馬の湯へ?――寒くなるだろうから、温泉も結構でやすが……で、いったい、有馬で何を撮るんで?」

「義演ってのは、ふざけた坊主でな……湯治に行っている時、ちょうど冬の陣がはじまって、有馬の里にまで鉄砲大砲《おおづつ》の音がきこえてくるってんだな。――仲間を裏山にあつめて〝鉄砲聞きの宴〟ってのをやらかすのよ。――大恩うけた秀吉の遺族が、徳川の大軍に包囲攻撃されてる砲声を肴にして、酒宴をたのしもうてんだから……」

「けっ！——いやな野郎だね。くさってるね。ようがす、そんな画をおさえる事なんか、誰も考えちゃいねえでしょう。さすが〝梅木百科事典〟だ。うまく行きゃ、怪我の功名で禍転じて福となるかも知れねえ。さっそくやってみやしょう。——ええと、ところで、そちらさんの用事は何でしたっけ？」

「ああ……茶臼山《ちゃうすやま》の上と、四天王寺の屋根の上にラジコン・カメラをしかけ終ったが、中継の方で操作テストをしてくれって……こちらのモニターではＯＫだ。あと、真田丸と宰相山の西方を見わたせる松の大木を見つけたが、そこにもラジコン・カメラをしかけなくていいかって……。兜《ヘルメット》カメラをかぶせて、特攻班を城側と寄せ手の雑兵にまぎれこませるつもりらしいが、空堀《からほり》の合戦は近接鳥瞰があった方がいいと思うんだが……カメラはいま、予備が一台だけ残っている……」

「四天王寺の塔にのぼってて、薄田隼人正《すすきだはやとのしょう》の足軽に、猿とまちがえて鉄砲でうたれたっていっといてくれ……」リンはねっころがったまま、大きく伸びをしながらいった。

「合戦が近づいて、城兵も見まわりも気がたってるから、こっちもうかうかしてらンないや。——カメラ取り付けは、夕刻から夜へかけてやるしかねえが、あまり明りをつかうわけにも行かないし……第一、今度は城が近いから、へたすると命にかかわる」

「わかりやした。――このまままちょいお待ちを……」

**R――1** (つづき)

Sc――2

ヤン・オダの声が切れると、通信機からはかすかにぶつぶつとノイズがきこえるだけになった。

どこかで百舌鳥《もず》が鋭く鳴く。

岡の少し下の斜面で、阿波座の宇のが、大きなくしゃみをするのがきこえた。

「うう……寒む……」

リンが布子の襟をかきあわせるようにして、ぶるっ、と体をふるわせて草むらから起き上った。

「日が短くなってきやがった。――これからまた、くそ寒い夜間作業がふえるんだろうな……」

海から吹いてくる冷たい風が、高台の上の枯草を蕭々《しょうしょう》と鳴らして行く。

摂州大坂の上町台地《うえまちだいち》――かつては西の茅渟《ちぬ》の海(大坂湾)と東の河内湾の間を南から北へ、淀川河口を扼する形でつき出していた岬で、畿内五大河の河水の集る広大な低湿地の中で、ここだけが太古以来の細長い乾陸だった。

　この上に、かつて仁徳帝は高津宮を営み、聖徳太子は四天王寺を建立し、孝徳帝は難波新都を画して大化の新政を令し、また一世紀ほど前、中世末期に蓮如がここに石山房を開いて、山科本願寺が京の法華の徒に焼かれたあとは、この地が全国門徒の総本山、石山本願寺となり、寺内十町堂塔伽藍を堀と柵と砦でまもり、「戦国の魔王」といわれた凶猛な織田信長の軍隊の包囲攻撃を、雑賀衆の鉄砲と、西の海よりする毛利水軍の兵站《へいたん》をたよりに、実に十年にわたって堪えつづけ、正親町帝の仲介で、やっと講和がなりたって、教主顕如が紀州鷺の森にたちのいたのが、わずか三十数年前の事なのだ。

　いま梅木たちの眼前には、その石山本願寺あとに出現した、豪壮にして魁偉《かいい》な巨城がそびえたっている。――十七年前に物故した豊臣秀吉が天正十一年（一五八三）から、ほぼ三年かけて完成した「三国無双の城」大坂城だ。外観五層、内部八階の大天守は、台地上にさらに土盛りした本丸中央に、天を摩してそそりたち、その周囲には深々たる森の緑の間に、西の丸、千畳敷、大小名の屋敷、狭間をうった塀、櫓、鉄張りの門、荒い野積の高峻な石垣、満々と濁水をたたえた堀を二重三重にめぐらしている。

　とりわけそれらの諸構をぬきんでて、初冬の曇天にそびえる天守は、銅葺屋根に軒瓦はすべて漆ぬりに金箔をおき、四方の壁もまた黒漆ぬり、各階に破風《はふ》がつき、最上階には勾欄をめぐらして、その黒壁に、上層舞鶴、下層虎の、巨大な黄金のレリーフがはめこまれ、いま、西方の難波の海上に傾きかけた秋の陽が、凶兆をたたえるが如く、低く重苦しくたれこめる灰色の雲の間から、黄ばんだ光箭を、二筋三筋、うすく投げかけるのを反射して、黄金の翔鶴も走虎も、にぶい、不吉な輝きを、水銀色の難波の海に投げかけていた。

いま、この天下一統をなしとげ、唐天竺《からてんじく》の征覇まで妄想した、かつての「天下人」の要の大城砦は、ここ数日の激しい動きが嘘のように、不気味にしずまりかえっていた。——老臣片桐且元《かたぎりかつもと》の必死の奔走もむなしく、彼が「裏切り」の汚名を着せられて、「関東攻め寄せ」の噂のとびはじめた九月の末から、十月へかけて、堺、伏見の商人を移住させてつくった、城の西下の、船場《せんば》、下船場の町々や天王寺《てんのうじ》、生玉《いくたま》の門前町は蜂の巣をつついたような騒ぎになった。諸国の牢人や、豊臣方に味方するわずかな武将、大名が、あるものは破れ具足に雇い下人の二、三人に槍打ち物を持たせただけの見すぼらしい風態で、またあるものは、一応美々しい馬揃えに足軽鉄砲隊の行列をつくって、諸方口から続々と城中につめかけ、それが家財を持ち、女童《めわらわ》を連れて堺、平野や、より遠方の在所めざして立ち退く町人、職人や、城中に居を移そうとする武人、下司の家族、また遂に、夜にまぎれてひそかに城中から遠く国もとへ難を逃れようとする女房老女などの一団とぶつかりあい、その間をぬって、眼を血走らせ、槍、長刀、太刀の抜き身をぎらつかせた城兵の一隊がはげしくののしりあいながら走りまわって、そこここの橋をおとし、惣構《そうがま》え外の、敵の陣拠になりそうな建物を焼きはらい、要所要所に出城の柵《さく》を打ったり、土俵や石を積んで臨時の塁を築いたり――てんやわんやの喧騒が城内城外にいつ果てるともなくつづいた。その間にも、四方からかきあつめられた大工石工がはいって、惣構え三里半の周囲を、塀、矢倉には厚板大材木をうちつけて補強し、石火矢、大筒、小筒、鉄砲、弓矢を要所要所に備えつけ、また濁水をたたえた堀の底には、何万本という廃刀の抜き身や、数十万個の鏃《やじり》、鉄菱、はては折釘、大かすがい、錐《きり》などを撒き沈め、米、味噌、塩魚、乾菜などの兵糧や薪炭、火薬、飴なども、周辺諸郷諸町から、数かぎりない荷駄の列となって城中へはこびこまれた。「関東お手切れ」がはっきりして、駿府の徳川家康が、「大御所」の名において、諸国大名に大動員令を下し、自ら駿府を立って西にむかった事がつたわってきた十月なかごろへかけて、この騒ぎは頂点となった。――そのさ中に、城中からものものしい一隊が熊野街道を南に駆けて、徳川方につくらしい、という噂の高い堺の街を襲撃し、ほとんど無防備に近い街を荒しまわって、この近畿随一の貿易都市から、かなりな量の火薬、硝石、武具、鉄砲、大砲、さらに金銀から茶道具までもうばいとり、鉄砲鍛《か》冶《じ》の職人などもさらって城中へはこびこんだ。――それから三旬後の十一月五日、薄田隼人正兼相《かねすけ》のひきいる軍隊は、堺と中世から自治郷村として同盟関係にあった、大坂城東面の平野郷を急襲し、これを焼き払った。むろん、徳川方の軍隊が、まだ布陣していない間の事とて、戦いは一方的で、住民はあらかた避難してしまって、抵抗もほとんどなかった。

「白粉ぬって紅さしたるお城の武者どのも、徳川どのの軍勢とまともにうちあわぬ時は、とんとお強うござるわ……」

といった、皮肉な声が、阪南の地に流れた。

河泉《かせん》には、南北朝以来、といっては大げさかも知れないが、京や畿北の地に対する、漠然たる違和感や反感が蟠《わだかま》っている。

足利幕府によって、「朝敵の地」にされた、という憤懣が、その対立をもちこんだ南朝よりも「北方政権」にむけられ、それが古代以来農業先進地帯として、強力な行政の介入なしに村単位の経済自立を可能とした濃密な生産力に裏うちされ、新来の勢力に対して、いつもどこかに傲然とした批判の視線をひそめてきた。——「茶の湯」という不可思議な魔力をひめた社交技術を縦横に駆使して、荒々しい戦国大名たちをその席にひきこみ、華やかな「文化外交」によって、その相対的独立性を維持しつづけた堺衆にしても、基本にはこの剛直冷徹な批評眼をもっていて、九州征伐で博多の海外文化業績を知り、それまでの「茶道熱」に水をさされた思いの秀吉が、千利休に賜死《しし》して以来、堺衆は、「西攻め狂い」におちいった秀吉に対する一辺倒を修正し、ひそかに関東の雄家康にヘッジしはじめている。

「天下の形勢」がきまった関ヶ原の役から、十五年もたとうという今になって、追いつめられたあげく「太閤恩顧」をヒステリックにふりまわす大坂城中枢部の、「白粉ぬりの貴人」たちには、すでに以前から、白い眼をむける傾向があった。——大坂城では、城主秀頼をはじめ、側近の大野治長《はるなが》や、あの木村長門守重成《ながとのかみしげなり》でさえ、平時は京都公家風に白粉を塗り、歯を染めていたし、また大坂方の外交が、片桐且元などの大名武将外交がうとんじられ、淀君はじめ、大蔵卿局、二位局、饗庭局、常高院など、これまたいかにも京風の「女官外交」にうつりつつあった事をもふくめての皮肉である。

いずれにしても、闘いを前に、ただでさえ土地の社会から浮き上り勝ちだった城方が、他方は「見せしめ」のつもりがあったにせよ、地元の町村を攻撃略奪して、その反感を決定的にした事は、些細な事ながら、大坂の地における「豊臣政権」の立場を、そしてその象徴である大坂城というものの存在意義を、誰の眼にも明らかにしてしまった。

秀吉は、この城の未曾有の偉容を、特に遠来の客——外人宣教師や、九州大名に示威し、得意がったが、その態度はちょうど大きな子供が、奇抜な玩具をつくって人を驚かせては喜んでいるような所があった。天守に集められた金銀財宝、外国の衣裳や寝台、黄金の茶屋、そして天守最上階からの四方の展望など、そこには壮大な「遊び」は感じられるが、果してこの城の、日本全国における真の「重味」を、どれほど真剣に考えていたかちょっとわからない所がある。完成して二、三年もすると、次は京に聚楽第をつくり、つづいて伏見城をつくり、また小田原攻め、島津攻めと東奔西走して、おちつかなかった。——また幼い秀頼にこの城をゆずって、自分が死んだのは伏見城でだった。

伏見、堺の町人を城下に強制移住させたが、大坂という新都市の「町づくり」に、彼がどれほどの情熱をもっていたのか……。「北野の茶会」や黄金の茶室の一般への展観、伏見の学問所や醍醐の花見など、地元への「宣撫」は、むしろ京、伏見でなされるのである。

いずれにしても、いま、梅木の眼前に、薄い西日を浴びてそびえる巨大でいかめしい城は、いかに壮大でマッシヴに見えようとも、地元とのつながりを失って、歴史の中に浮き上り、漂い、あと半歳のうちに、熱に浮かされたような華やかであわただしい織豊期の最後の残像として消え失せようとしている一個の幻にすぎなかった。——慶長三年、伏見城で死の床についていた秀吉が、にわかに思いたって大坂城三の丸内の民家一万七千戸を廓外に立ちのかせ、その外壁に塁塀工事をおこなわせたのも、彼の溺愛する秀頼のよるべき城と大坂の地が、まだ「永代王城の地」としては、甚だしく未完不安定な砂上楼閣にすぎない事を思い出して、焦慮のあまり命じた応急の措置であり、それさえこの壮麗な幻を、地に根づかせるに足らないと悟った時、あの「王都大坂」の構想に対していたましい絶望の想いをよせた、

つゆとおきつゆと消えにしわが身かな
なにはのことも夢のまた夢

という辞世の歌がうかんだのではなかったか？

梅木たちの眼前で、難波上町丘陵の上に、三十年の間その美しく壮大な幻を現出しつづけた「太閤の夢」は、やがて半歳ののちの「大坂夏の陣」に、草に宿った一滴の露として消えて行こうとしていた。——その壮大な「幻影」の消えて行く歴史のドラマの序曲の最初のタクトが、旬日のうちに、この丘陵の上にふりおろされようとしている。

慶長十九年十一月……大坂冬の陣……そして、かつてはＧＢＣ——「グローバル放送機構」の時間《タイム》ＴＶプログラムで、歴史現場特番をやらせたら右に出るものはないといわれた敏腕プログラム・ディレクター梅木と〝梅木サーカス〟とよばれた一騎当千の彼のチームは、「建武の中興」現場取材中に時空チャンネルの故障によって、歴史のはざ間をただよいつづけ、今は、いつとも知れぬ時代の、それも本体は見た事もな

い巨大なTSN――「タイム・スペース・ネットワーク」の取材チームと出あって、現地雇われの「外人部隊」として、この壮大な悲劇の録画の一部を担当する事になったのだった。(「とりなおし」を御参照ください)

「へい、お待ち……」と、ヤン・オダがやっと通信機からよびかけてきた。「えー、さっきお申し越しの件は、全部チェックOKでござんす。――そいから、予備カメあったら、どこでも、ここぞという所にセットしといてくれって……テストはこちらでやるそうです。取り付け場所や、セッティングは、梅さんの腕を信頼してるから、おまかせしますってさ……」

ヤン・オダはちょっと声をひそめてつづけた。

「ここのE班の班長、――パブロ・宮長ってハーフですが、この人ァなかなか話のわかる、紳士ですぜ。それにIQだって二百クラスだってえしね。日本史の事もよく知ってまさ。ああ、あの義演って悪坊主の有馬取材……あれも提案したら、ばっちしOKくれやした。あたしのチームを好きなように編成して、ドンパチはじまりそうになったら現場へとんでくれって……。いい所に気がついたって、ほめられやしたよ。かわりにあの意地悪副班長が、油をしぼられやがって、へっ、ざまあねえ、渡る世間に鬼はねえって、――ねえ……」

「よかったな……」と梅木はちょっと口もとをほころばせた。「そちらはOKと……

で、こちらは、予備カメセットが終ったら、宿舎へ引き揚げていいか？」

「ええと、ほかの方はいいんですがね。――ちょいと伝達がありやして……酉《とり》の下刻てえから、午後七時ごろからですかい？――その時に、夕食をはさんで、総合取材本部で、各班班長と、チーム・リーダー全員集合で、拡大作戦会議をやるそうで……」

「了解《ロジャー》……」と、多少職業意識にもどった気分で梅木はこたえた。「それじゃそろそろ、こちらを引き揚げる準備にかかるか……」

「何なら、ヤン・オダ組と、ひさしぶりにいっしょに夕食でもちょこっとどうですい？――レッドホークの大将なんか、あいたがってましたぜ。それに、珍しく五時ごろ白川アナがこっちへよるって言ってましたぜ……」

「いいな……」と梅木はつぶやいた。「顔がそろうなら……作戦会議とやらがなけりゃあ、ひさしぶりに大宴会やって、朝まで飲みてえ所だが……」

「ま、そうは行かねえでしょうが、……ここら辺で、もと〝梅木サーカス〟も、ちょいと旧交をあったためとかねえと、これから先、どうなるかわかりませんぜ……」ヤン・オダは、大きく息を吸いこむ音をたてた。「ようがすか？　チーフ……。今日の午後、また新手《あらて》の取材班が六班、こちらへついたんです。そのほか、監修グループとか、研究グループ、アドバイザー・グループなんて学者のグループが四組四十八名、それに今夜おそく、現地シンポジウムだの、現地セミナーだの、弥次馬だか観光半分かわからねえ〝有料参加者〟ってのが、三団体四百二十六人ものりこんでくるんです……」

「どういうつもりだ？　大丈夫なのか？」さすがに毒気をぬかれて、梅木は上ずった声できき返した。「そんなに……お素人衆もまじった何千人という人数が、このあたりにつめかけたんじゃ、いくら大戦闘の混乱があったにしても……」

「何千人じゃねえ、もう万人でさあ……」ヤン・オダは溜息まじりにいった。「ようがすか？　いま、大坂周辺だけで、おたくらをふくめて二十数班百チームぐらいはりこんで、もう一部はまわしはじめているでしょう？　それに、江戸城から秀忠軍にくっついてくるやつ、駿府からの家康軍にくっついて、京都二条城にまで来てるやつ、東軍諸大名の軍隊の主だった所にくっついているやつ、それに遊軍と空撮班何や彼やひっくるめて、さっきチェックしたら四十六班百八十八チーム、人数にして、これだけでもざっと千二百人をこしまさあ。それに中継車がざっと六十台、電源車が二十五台、技術、資材、給食、連絡、事務、医療その他もろもろのバックアップに四千人ちかくがぶちこまれ、キャンピング・ヴィークルが、VIP用の特別デラックスをふくめて四百二十台、メイド、ボーイだの、酒庫係《ソムリエ》やメートル・ドートや、有名シェフまで入れると、これにはっついてるのが千四、五百人……そこへ、学者やシンポジウム参加者なんて、体《てい》のいい観光客までがのりこんでくるとなると……」

「いったいTSNってのは、どんな組織なんだ？」梅木は、軽い頭痛がはじまるのを感じながらかすれた声でつぶやいた。「いったいこの……〝歴史現場特番〟で、何をやらかそうってんだ？」

「さあ、その事は、こっちがききてぇと思ってたんだ。――いったい、どのくらいでかい組織で、どういう仕組みでどのくらい予算をぶんどってきてぶちこんでるんだか知らねえが、こりゃ〝時間《タイム》テレビ特番取材〟てなもんじゃなくて、何ていうか――〝ノルマンジー上陸作戦〟でもやらかすんじゃないかと思うくれえの、とてつもないしかけですぜ……」

「〝Dデイ〟か……」と梅木はほろ苦く笑った。「そういや……お前さん、古い映画に浮かされちまって、ぜひいつか、おれたちのチームで、現場取材をやりてえなんて、企画書を書きかけてたっけ……」

「ま、昔の事は夢のまた夢、泣いても帰らぬホトトギス……ところで、そろそろこっちも通話を切りますが……そっちの様子はどうです？　何だかいやに静かでやすね？」

「うん……昨日までとちがって、今日はな……」

梅木はそっとあたりを見まわし、草むらに身をひくくした。……陣笠胴丸に、槍、長刀をもった城兵の一隊が、丘の西側を、城の方へむかって動いて行く。がらがらと轍の音がして、切石、土俵をつんだ荷車が十輛ばかり、足軽に護衛されて、つくりかけの土塁の方へ移動して行くのを見ると、ついこの間、紀州九度山の幽閉先を脱出して、城中にはいった真田左衛門尉幸村《さなださえもんのじょうゆきむら》が、戦略上急造した真田丸の補強を急いでいるらしい。

城兵が去って行くと、再びあたりは静まりかえってしまった。……この半月の間このあたりに渦まいていた喧騒が嘘のような静けさだった。茶臼山東北方の、冬の陣で松平忠直の陣になるはずの小高い丘の周辺でも、民家も社も、かたく戸窓を打ちつけ、あるいは戸格子雨戸がはずれて、あんぐりと黒い口をあけ、もはや立ち退くものは立ち退き、あとは海より吹く寒風が蕭々《しょうしょう》と松の枝葉をゆすり、枯草を伏しなびかせ、どこかの空き屋の戸を鳴らすのがきこえるばかりだった。

東横堀から城南八丁目黒門内の惣構えの堀内には、土塁防壁を築いた中に、まだ職人や零細商人が店を開き、船場、生玉へんにも、様子を見ながら商いをつづける者が残っていたが、大坂の町は、全体として、せまりくる嵐を前に、ひそと息を殺していた。――城中の、甲冑武具のふれあう音、隊士武将の怒声、駒のいななき、大勢が隊伍を組んで走りまわる足音の轟きや、にわか訓練とおぼしきにわかの矢声、といったものも、その日の午後からぱったりきこえなくなり、ただ、橋板をおとし、鉄扉を閉じた惣構え、出丸、三の丸の門塀の傍に、びっしりとかざりたてられた色とりどりの旗、差し物、馬標《うまじるし》が、はたはたと風に鳴り、槍、長刀が時折りふれあって、からからと乾いた音をたてるばかりだった。

　薄日はまだ、淡路の島影の上に高いのに、城中で夜陰の如く長々と犬が鳴く。——それにこたえるように、生玉の森の大樟の梢で、ぎえっ、と鴉がいやな声で鳴いて、ばさばさと数羽が低い雲にむけてとびたった。

　あたりは静かだが、この「海内無双」の巨城と、その膝下にひろがる大坂の街は、遠く東国西国四方、全国の地から起って、この城をめがけてひたひたと押しよせてくる大軍の気配をたちこめる雲の下に察して、重苦しく身を縮め、息を殺して「最後の刻」を待ちうけているようだった。

「文字通り——〝嵐の前の静けさ〟ってやつだ……」と梅木はあたりを見まわしていった。「あまり気持のいいもンじゃない。——城中の女共はなおさらの事だろうが……」

「そろそろ、関東方の先手が、河内、摂津にとっつきかけてます……」とヤン・オダはいった。

「あと一週間で、大御所は、秀忠と合流して、二条城を動きますぜ。そうなりゃ、お互い走りまわって、ゆっくり顔をあわす暇もねえでしょうから——ま、六時に、本部の方のPX《メス・ホール》で待ってやす。今夜くらい、ダブル・ステーキでもはりこみましょうや、

——以上《オーヴァ》……」

「〝Dデイはどの取材陣〟か……」傍でリンが、にやりと口を曲げて笑った。「人間ってのは、血がたくさん流れて、人が山ほど死ぬのを見るのがそれほど好きだってわけだ……。自分が死にさえしなけりゃな……。視察団や観測班、研究班って名称の弥次馬が、続々のりこんでくるのも……」

ひえっくしょい！——とリンは、しゃべっている途中ででかいくしゃみをした。

「しっ！」

と、頂きから少し下にすわっていた阿波座の宇のが、法界坊のような願人頭を動かして、ぎろりとリンの方を見た。

「なんだ？」リンは鼻をこすりながら首をのばした。「誰か——兵隊でもくるか？」

「そやない……」

見てみい——というように、宇のやんは不精ひげだらけの顎をしゃくった。

梅木も一緒に、宇のやんが顎でさした方を、身体をのばして眺めると——斜面の枯草にはえた低い灌木の根方の、石塊《いしくれ》の傍で、何か灰色がかった茶色のものが動いている。

「何でえ、犬ころか……」とリンはつまらなそうにいった。「それとも狐かな……」

「狸じゃ……」と宇のはぼそりといった。「ほんまにもう、どんな眼さらしとんじゃ。

あの獣がお狐《きつ》に見えるか……」

「あそこに穴があるらしいな……」と梅木はつぶやいた。「何だ……子供がいるのか？」

「このあたりも、生駒、和泉の山裾にも、狐や狸は、昔からぎょうさんおってな……。葛城の方にゃツチノコなんかもおるが……」と宇のは、もこもこした、脚の短い、頭の丸い小獣を眺めながら、この男にしては珍しく感傷的な口調でいった。「ずうっと先の……二十二世紀ぐらいになっても、まだ大阪の街中で、豆狸が出てきたりしたもんやが……」

グローバル・ネットワークに統合される前の、「河内テレビ」という、ユニークな衛星U局にいた、という阿波座の宇の――というのも、上方落語の一つからとった綽名ときいたが――は、統合されてからも、半分フリーで、地元ローカルの「歴史トラベルもの」ばかりやって来た、というキャリアを買われて、三人の「子分」と一緒に、この大企画の外人部隊に雇われて梅木の下についた。もう、四十近い年ごろで、「地を這う」ような現場取材でたたき上げて来た、その道ではベテランだった。

「で、あの狸公をあんたどうするんだい？」リンが枯草をくわえてたち上りながらきいた。「とっつかまえて、晩のおかずに、狸汁でもこさえようってのかい？」

「はったおされっぞ……」と宇のは、ぶすっとした声でいった。「狸は上町の主《ぬし》みたいなもんやぞ……とはいうものの、いずれここらが戦場になると、あいつらアホやから、よう逃げもせんと、仔狸もろとも矢弾にあたって死ぬか、火に巻かれて黒焦げになるか――でなくても雑兵につかまって、腹の足しにされるかも知れん。それも不愍《ふびん》やから、いっそ不愍ついでにここでとっつかまえて、駿府の狸親爺にあててこんでバーベキューにしたろかしらん……」

「くだらねえ事いってないで、ほれ、仕事だ……」と、梅木は宇のの頑丈な肩をたたいた。

「早い事カメラをしかけて、本部へひきあげようぜ……」

**R――2　1614AD、Nov・8～**（※E班内Uチーム作業検討用記録に付き、チームで保存の事。編集用本ロール上げ不要）

Sc――3

「よし、みんな――ちょっとこの図を見てくれ……」

年はまだ三十五、六だが、いかにも秀才でエリート畑を歩いてきたという感じの、彫りの深い、がっしりとした長身の青江隊長が、本部大会議室の正面の多用途3Dスクリーンを指さした。――コンピューター・グラフィックも、百二十六面割りマルチ映像も、またそれをつかった「テレビ会議」も、すべて三次元立体映像で出せるのだが、いまはごく平凡な、大坂を中心とした五畿内の衛星カラー写真が、白地図パターンと重ねあわせてうつっている。

「本日午後五時の時点で、大坂隊の二十四班九十六チームの配置は、こういう具合に終了した。リモコン・カメラの設置は、固定式自走式あわせて四百三十二台だ。——いま、固定式を青点、自走式を赤点で画面に出すから、おのおののチーム・リーダーは、自分のチームの責任下のカメラ配置にまちがいがないか、手もとのディスプレイでめいめい分割チェックして、OKだったら、固定式カメラをグリーン、自走式を白点に変えてくれ……」

大坂湾の海底十五メートルに着底している巨大な司令船《コマンド・ヴィークル》……全長二百二十メートルの、一見セールなしの潜水艦のように見える、この宇宙空間、大気圏、水上水中の自走可能な巨大な時間機《タイムマシン》からは、海岸斜面にもぐりこみ、人眼につかない海岸地帯や、丘陵、古墳、森の中に出入口を開く、六本の太いパイプ型通路が土中をくぐってのびていた。

その内部に、「TSN歴史特番取材団」の総本部があり、「大坂隊」の司令部もその中におかれていた。そしていま——本部付属の五百人はいれる大会議室に、大坂隊の各班長、現場のチーム・リーダーの大半が集って、本番前の何度目かの拡大作戦会議をおこなっていた。都合で、その大会議室に出席できない班長、チーム・リーダーも、それぞれの部署、あるいはデポ、萱葺民家型《かやぶき》あるいは苫《とま》をかけた釣舟型のキャンピング・ヴィークルの中で、3D双方向TVを通じて、この会議に参加しているはずだった。

「OK……チェックが終ったら、次はこちらを見てくれ。――大坂隊の本格的な戦闘取材は、十一月十五日、秀忠と合流した家康が、二条城を出発する所からはじまる。もちろんその前から、秀忠軍は江戸城出発の時から、家康は駿府出発の時から、おのおの別班二十チームがそのまま、フォローしてくるが、二条城出発の時から、当大坂隊の守備範囲にはいると思ってくれ。フォローしてきた別動隊との協力うちあわせは、担当班の班長が、おそくとも前日乃至《ないし》前々日までに、こまかくやっておくように……。家康軍は、伏見から奈良を迂回し、大和川沿いに竜田を通って住吉へぬけ、十七日に茶臼山に着陣する。秀忠軍は、枚方から若江方面へ南下して平野に布陣する。道中、奈良、住吉、枚方、若江、平野などの住民の表情や会話を丹念にひろう事を忘れないように……。地元待機の各チームは、十一月十七日をまたず、城中の評定と、東方諸大名の着陣を、十日すぎあたりから、これと思ったらじゃんじゃんまわしてくれ、前に説明した通り、成層圏高度に、四百チャンネルのメーザー回線をもつ、中継飛行体を二機、ダイナミック・ポジショニングで定位置にうかべてあるから、映像はどんどん中継本部におくってもらってけっこうだが、手もとでも3DVDRに録画して行って欲しい。ギガビット単位のディスクならたっぷり用意してあるし、補給にはこと欠かないはずだ。また中継車には、テラビット単位のスーパー・メモリイが準備してあるから、ファイバー送りの可能な範囲では、そいつを利用してもらっても結構だ。生玉口、木津川方面は、特に毛利、福島、島津軍を丁寧にとるように……」

青江隊長は、コンソールに手をのばしてキイを操作し、スクリーンの画面には、「大坂冬の陣」のスケジュールが、ＯＬでうかび上った。

「もう、諸君の手もとには、それぞれの部署に応じて、戦闘進行スケジュールが行っているはずだが、ここではもう一度、ごくあらっぽく、戦闘の進行の経緯を、全体的に見ておこう。――ごらんの通り、この〝冬の陣〟は、十一月十七日の、家康、秀忠親子の着陣から、十二月十九日の講和成立、二十日から二十二日へかけて、淀君、秀頼対家康、秀忠の起請文交換すなわち講和調印、十二月二十五日の包囲軍ひきあげまで、約五週間におよぶ闘いである……」

「おお、サンタ・マリア！――クリスマスまでかかるのですか？」会議場の中から、誰かの頓狂な声が上った。「あのう……イヴには、内々でミサをおこなってよろしいですか？――もう戦争はあらかたすんでいるのですから……」

「ああ、かめへんぞ。――何なら、クリスマス・キャロルでも歌って、陣中城内、キャンドル・サービスしてまわったらどないや……」と別の濁《だ》み声が、からかうように応じた。「ついでに、取材班の現場に、七面鳥の丸焼きとクリスマス・ケーキ、差し入れたってくれや。わいら、サンタの恰好して、城の姐ちゃんとシャンパンぬいて、ジングルベルうとうて、徹夜でどんちゃんさわぎすっさかいな……」

会場に、二百数十名いた連中が、どっと笑った。――青江隊長も、くすっと笑って、さらに声をはり上げた。

「まあ、いずれにしても、時間旅行管理規定の基本原則に抵触しない範囲で、お手やわらかに……。さて、ここにスケジュールが出ている通り、この〝冬の陣〟は、半年あとの〝夏の陣〟とちがって、総攻撃や、天守炎上といった派手派手しいシーンはない。十九日あたりから、城内の、主として功名をねらった、牢人組武将が城外へうって出て、周辺で小ぜりあいがはじまる。二十六日は、城の西方鴫野《しぎの》、あと二十九日に伯楽淵《はくろう》、西北の野田、福島、三十日から十二月一日へかけてが、天満、船場、高麗橋と、主に西方の東横堀防衛ラインにそって戦闘が展開され、その間、関東方は、包囲陣を少しずつちぢめて行く。――十二月四日の朝は、総攻撃命令が出ないのにじりじりした包囲軍の中から、城の東南隅惣構え外の真田の出丸に、南方軍の松平忠直、前田利常、井伊直孝が強襲攻撃をしかけ、空堀の中で鉄砲の一斉射撃をうけて大被害を被るから、この時は、平野口、南方方面の各班は、一つ、規定に触れない範囲で、はりきって取材してくれ……。この間、十二月のはじめごろから、家康と城方の織田有《おだう》楽斎《らくさい》、大野治長の間で和平交渉がはじまっている。Q班各チーム、および城内潜入組のうち、X班の一チームが、これをフォローする。また、関ヶ原の役の時、真田昌幸《まさゆき》、幸村に上州で進路をはばまれて、合戦に間にあわなかった秀忠が、今度は新・征夷大将軍として、十五年前の汚名をそそごうと功を焦り、土井利勝を通じて、大御所家康に総攻撃をせっつくから、このシーンも、担当チームはおさえておいてくれ……。それから、北方チームは、毛馬《けま》、長柄《ながら》方面の、関東軍による淀川堰止め工事のフォローを忘れないように……。十一月半ばすぎからはじめて、十二月八、九日ごろ完成、淀川の水は、長柄へんで全部中津川に流れこみ、城北天満川の水量がへりはじめる。もっとも、大和川、猫間川、平野川三川の水が流れこんでいるから、ゼロになる事はないが……」

「搦手《からめて》の京橋側や山里の曲輪には、城内の女子供がだいぶこもっているから、水がへり出したらおびえるだろうなあ……」と、場内で誰かがつぶやいた。

「そう――これは実際効果より、城内の女どもの動揺をさそう心理効果を狙った、家康得意の恫喝《どうかつ》、脅迫作戦だ……」青江隊長は、ばん、と手の甲でスクリーンをたたいた。「家康は、子供の時から辛酸をなめていたから、ひどく自己抑制がきいて辛抱づよい人だったと思われているが、晩年になって、政治的成功によって権力がつよまる一方、自己抑制力が衰弱してくると、陰湿なサディズムが頭をもたげてきたのではないか、と思われる。——特に、秀吉死後のたよりない淀君、秀頼親子に対しては、その残忍性が一層触発される傾向が見られる。今回に大坂の役の原因となった方広寺《ほうこうじ》鐘銘事件や、片桐且元《かたぎりかつもと》と大蔵卿局を手玉にとったやり方、冬の陣から夏の陣へかけて、淀君、秀頼を中心とする女官、側近たちを脅迫したり、甘い言葉で釣ったり、猫が鼠をいたぶるように、舌なめずりしながら自滅へ追いこんで行くようなやり方は、どうも普通の戦略策略の域をこえて、晩年の家康の、一種の〝性格異常〟が、そこに露呈されているような気がする。またそれを助長し、家康の心の〝暗部〟の代行者をつとめるのが、天海、金地院崇伝《こんちいんすうでん》、本多正純《まさずみ》、林羅山、また少しはなれるが大久保長安や本多正信といった、一種異様な連中といえよう。大坂の役が、豊臣方のどうしようもない愚かさ、長年かけて実力日本一にのし上ってきた徳川方の、海千山千のタフネス、といった強烈なコントラスト以外に、なんともいえない後味の悪さが残るのは、晩年の家康の性格異常、真綿でくるむような陰湿なサディズムの傾向が、この事件の裏に影をおとしているからではないかと思われる。——今回の歴史特番では、こういったさまざまの歴史の当事者の性格が、歴史的事件にどう反映しているか、というポイントについても、かなり重要な柱の一つとしてつっこんでみたいと思っているので、それぞれの担当者は、その例証についての映像素材を、できるだけ丹念にひろっておいてほしい……」

えへん！……と、いやに大きな咳ばらいが、梅木の斜め後でひびいた。——その咳ばらいの、一種独特な、野太い叫びのような特徴にききおぼえがあるような気がして、反射的にふりむくと、二列後方の席に、灰色の僧衣に巨体を包んだ阿波座の宇ののいが栗頭が見えた。

会議場は、五分の三ほど席が埋っており、空席はたくさんあったが、一応班長とチーム・リーダーの作戦会議に、そのどちらでもない宇のが、どういうつもりで、またどうやってもぐりこんだのか、あとできいてやろう……と梅木は思った。——宇のは、どういうわけか、顔を赤らめ、太い眉をぎゅっとしかめて、いらいらと首を動かし、爪をかんでいる。

「十二月九日から、徳川方の大砲による砲撃がはじまる……」と青江はスケジュール表を指さしながらつづけた。「豊臣方の防衛拠点と、戦力の破壊によって、突入の突破口をひらく、といった目的ではなく、城内中枢部に命中させて、城方の女房達の動揺をさそい、講和にもちこむ、といった心理作戦の一翼を荷う神経戦の一つだから、大砲は長射程のものがつかわれるはずだ。また着弾点も、天守、西の丸、山里曲輪といったあたりが目標になるから、弾道追跡する望遠カメラは、この徳川方の狙いが、あとの編集ではっきり表現できるようにとってくれ。——砲撃開始と前後して、大手南方の寄せ手は、佐渡代官間宮元直、甲府代官島田直時の指揮のもとに、城の南方から、城中へむけて、鉱山の鉱道掘り人夫をつかって、地下道を掘りはじめる。——最前線の掘口は、この真田丸のすぐ西の小丘、前田利常の前衛陣地だ。これも、実用性よりも、穴から掘り出した土を盛り上げて、城方の心理効果を狙うものだから、そのつもりで取材してもらっていいが、講和後に、城方の検分があるはずだから、それにまぎれて内部もひろっておくように……。前田軍の少し後方から近江の六角衆をつかって掘りはじめる井伊直孝《いいなおたか》軍の坑道や、その西から掘りはじめている藤堂軍のトンネルは、かなりでかいから、コマンド・チームは、人夫に化けて、掘っている現場の雰囲気も取材してほしい。——井伊軍のトンネルが、停戦までに一番進んで、空堀のすぐ下まで、約一キロ半ほども掘りすすめられる。中に〝大広間〟という大きな空所をこしらえて、井戸を掘ったり、土の武器倉や宿居所までつくっている。また、古田重然の掘ったトンネルの中には、さすが茶人らしくて、土を掘った茶室までしつらえてある……」

「そりゃすごいや……」と誰かが、叫んだ。「あとまで残ってりゃ、核戦争の時のシエルターにつかえたろうに……」

「この坑道の一部は、二十世紀後半、昭和三十年代まで残っていた……」と青江はいった。

「だが、そのあと、都市のはげしい再開発のため、埋められてしまい、あとがすっかりわからなくなった……」

ふと――、梅木は、異様な気配を感じてあたりを見まわした。

さっきの位置にすわったままの宇のが、眼を血走らせ、凶暴な表情で、いま声をあげた人物の方をにらみつけていた。

「ええと――十二月十五日から、豊臣方の実権者大野治長と家康・秀忠の間に、講和交渉のコンタクトがはじまる。その間も、双方の戦闘はつづき、包囲軍には、オランダ製の、海軍用長距離砲が鍋島軍によって搬入されて、弾着は本丸に達しはじめる。十六日に、天守閣と千畳敷に砲弾が命中し、淀君と側近がふるえ上って、講和促進の動きが城内中枢部につよまる。翌十七日、後水尾帝の勅使、権大納言広橋兼勝、三条西実条《さねえだ》が、帝の内意をうけて京から下向、茶臼山の家康本陣を訪れて、勅命による講和斡旋を申し入れるが、家康は体よくこれをことわっている。――後水尾帝と徳川幕府との、最初の軋轢《あつれき》だ。このあと、秀忠の代になって、朝廷公家の権力は猛烈に圧迫され、後水尾帝は憂憤のうちに退位されるが、その朝幕摩擦が表面化する最初の事件だから、家康本陣のかくしどりカメラは、充分注意しておいてくれ……。次の日、十八日、今度は〝女の講和〟がはじまる。城中に淀君の妹で、京極高次の未亡人の常高院がいて、寄せ手の側に、彼女の子供の京極忠高がいたので、〝母子対面〟という事で常高院を忠高の陣によび出し、徳川方は家康の妾阿茶の局と本多正純が出て、講和の下話がはじまる。翌十九日、淀君、秀頼、治長の内意をうけて、常高院、二位局、饗庭局の三女官が、本多正純らとあって、この時本格的に講和条件をきめる。この時、有名な〝外濠埋めたて〟がとりきめられるから、ここもマークしてほしい……」

青江は、キイをおしてスクリーンの上のスケジュールをおくった。

「このあと、ただちに講和調印にはいる。——二十日、二十一日の間に家康、秀忠から秀頼へ誓紙が、翌二十二日に淀君、秀頼から家康、秀忠へ誓紙が交換される。——この時、使者にたつのが、木村長門守重成、この時まだ二十一歳の若武者だが、城の南西部の秀忠本陣岡山での立居振舞いが水際だっていた、というのが後世の語り草だ。M班……緊張した場面で、かくしどりはむずかしいだろうが、よろしくたのむ。彼は秀頼の乳兄弟で、幼い時から近侍に上り、この大坂の役の花形の一人だから……特に、番宣（番組宣伝）もかっこいい絵を期待している。若い女性の視聴率を、重成であげたいそうだから……」

青江は、コンソールに片手をついて、もう一方の手を腰にあて、ディスプレイ・スクリーンをふりかえった。

「あと、家康、秀忠は十二月二十五日に大坂陣をひきあげ、二条城へはいる。駿府ひきあげは、年があけて、慶長二十年の正月三日になるが、大坂隊としては、二条城まではフォローして、あとは別動隊にひきつぐ。——外濠……つまり惣構えの堀と、三の丸、二の丸の堀の埋めたては、これはかなりの騒ぎになるが、こちらはあらかじめ指定しておいた七班が残って取材する。――そのほか、五班、二十二チームが、〝夏の陣〟の取材班にひきつぐまで……つまり来年四月まで残ってもらう。そのほかの班は、取材すみ次第撤収――以上だが、何か質問はあるか？」

「ちょっと……」といって、最前列の端から副隊長のボブ・メレディスが手をあげて立ち上った。「いまの隊長の話にちょっとおぎなうが――われわれの方で、以前、この〝冬の陣〟の両軍の動きを、衛星高度から撮影した高分解能３Ｄディスクがある。各班に、持場ごとに分割拡大した映像をチェックして、本場取材の時の、こちらの動きを充分研究するようにと伝達したが、まだ本部にディスクをとりに来ていない班が四つ五つある。包囲軍二十万、城方十万、周辺住民でまきこまれるもの十四、五万、あわせて四、五十万もの人間が一ヵ月にわたって動く戦闘だから、総攻撃といった派手なシーンはないものの、この時代の連中との衝突や事故を避けるためにも、各班各チームごとに、充分動き方を研究しておいてほしい。ディスク・コピーは、本部大坂隊司令部の、私の秘書の所にある。まだ見ていない班は、――チーム毎でもいいが、私のデスクに至急コンタクトしてほしい。……以上です……」

「質問――いいですか？」と、十徳に頭巾という、茶の湯の宗匠のような恰好をした中年男が手をあげた。「来年の〝夏の陣〟まで残る五班の事ですが、――この五班は、

〝夏の陣〟がはじまるまで残留すればいいんですか？　それとも〝夏の陣〟取材部隊と協力して、取材にあたるんですか？」

「原則として、四月二十五日をもってひきつぎは終る事になっている……」青江は、慎重な口調でいった。「しかし、〝夏の陣〟は、〝冬の陣〟のように一ヵ月もかかる戦闘とちがって、元和元年四月二十九日からはじまって、五月七日には城方将兵はほとんど全滅、五月八日には淀君、秀頼は自殺して、城は炎上してしまう。つまり、十日たらずで戦闘が終ってしまうから、大変な人数による集中取材になると思う。場合によっては、命令変更で、〝夏の陣〟取材部隊に協力という事になるかも知れない。

——もちろん、その時は特別手当が出るが……」

そこまで言って、青江はちょっとためらいの表情を見せた。

「実は——これはまだ上層部で検討中で、はっきりした事はいえないのだが……。ひょっとすると、〝夏の陣〟は、十日間にわたって、現場からの生ま中継になるかも知れない……」

——えっ！

という声が、会議場のあちこちで上った。

——生ま中継《ライブ》だって？……

——十日間も……そいつはすげえや……。

「静かに！」と青江は声をはり上げた。「これはまだ決定したわけではないし、また、大坂隊の残留引き継ぎをやる五班を除いて、〝冬の陣〟取材団には直接何の関係もないから、諸君は、当面の作業の完遂に全力をあげるように……。なお〝冬の陣〟は、〝夏の陣〟のように、城外の大戦闘、後藤又兵衛の小松山での戦死、真田幸村の家康本陣茶臼山強襲、大坂城の炎上と豊臣一族の死といった派手な山場はなく、一ヵ月にわたって、だらだらと包囲戦がつづき、退屈な戦いのように思っているものがいるかも知れないが、実はこの闘いを通じて、和戦のかけひき、恫喝《どうかつ》と甘言による城方の動揺、淀君や女たち、秀頼、治長、それに合戦一旗《ひとはた》組の牢人たちの意見の分裂、そして、講和の条件を拡大解釈して、城の外濠内濠を遮二無二埋めたててしまう、徳川方のやり方など、政略がらみの内面は、実に面白い要素がたくさんふくまれている。――豊臣氏と大坂城の命運は、実はこの〝冬の陣〟の時に決定されてしまい、〝夏の陣〟は、見た目は派手だが、その最終段階の仕上げにすぎないのだ。――包囲軍の方も、将軍秀忠、外孫松平忠直などの焦りや、島津、毛利、福島、蜂須賀、佐竹など、外様やもと豊臣方の諸侯の表情も面白いし、また、毛利、島津、池田、鍋島などの水軍も、ちょっと珍しい取材対象だろう。それから……例の大坂方に裏切者の汚名を着せられた老将片桐且元が、茨木から、淀川堤、京街道方面へ出陣している。彼は、この十月一日に、大坂城を退去したばかりだ。彼は来年夏の陣のあと、豊臣の滅亡をみとどけてから二十日ばかりで、京都で死ぬ。〝沓手鳥《ほととぎす》孤城落月《こじょうのらくげつ》〟（逍遥）など、後世の作品に名をのこすが、この老将の、〝冬の陣〟における表情など、しっかりおさえてもらいたい。——つまり、われわれの特番制作の目的は、大坂の役、豊臣氏滅亡、という歴史の転換点に関する、もっとも総合的な、内容の充実した歴史番組をつくる事にあるが、さらにそれにくわえて、〝夏の陣〟の内容の充実のためにも、大きく貢献する事になるわけだ。各班大いに頑張って、ふくらみのある取材をおこなってもらいたい。——以上でこのミーティングは終る……」

「番組放映の寸法はきまりましたか？」

と、隅の方から声がした。

「一応、一回八時間、二日連続放映という事に決定したが、——実は、四月の編成がえの会議が、一月にスタートするので、それまでのあら編集の結果によっては、枠がもっとのびる可能性がある。放送日も、四月新編成以降になる事はほぼまちがいない……」

「もう一つだけ……」今度は梅木が手をあげた。「何でも、この〝冬の陣〟の特番取材にひっかけて、大量の学者、評論家、文化人によって編成された現地研究グループや、一般参加の現地シンポジウム・セミナーチームが、何千人というオーダーでやってくるそうですが——そういった人たちの事は、現場取材班は考慮にいれなくていいんですか？　あるいは、多少とも面倒を見なくちゃならないんでしょうか？――もし、そうだとすると、そういったお素人衆の観光団みたいなものが、もし時間管理規定にふれたり、また怪我や事故が起ったりした場合……」

「その事については……」青江はちょっと困ったような表情になり、メレディスの方をちらと見た。「今日十日の最終ミーティングでくわしく説明するつもりだったが、そちらの方は、原則として、われわれの取材活動とは一線を画してもらっている。またわれわれの作業を妨害したり、全体の企画に支障を来すような事故など起さないように、責任者に厳重に申し入れてある。まあそちらの方は、歴史観光局から監督官もついてくる事だし、プロのエージェントの大所が、四社もジョイント・ヴェンチャーをくんで処理にあたっているから大丈夫だとは思うが……といって、取材現場の、支障のない範囲での見学や、作業が一段落したあとでの、学者グループなどから質問をうける事を、無下《むげ》にはことわれない場合も出てくると思う。というのは、そちらの企画には、TSN本社の事業部が、一枚かんでいるからだが……いずれにしても、それらの〝冬の陣見学・研究団〟と、われわれの取材活動とは、いまいったように、原則としては、何の関係もない。まあ、何かあった場合、あまり手荒くどなったり、剣突《けんつく》を食わせたりしないでほしいが……というのは、そちらの団体には、だいぶあっちこっちのえらいさんが、まじっているようだからだが……諸君らは、気にせず取材に専念してもらいたい。以上、解散……」

「梅木くん……ちょっと……」いつの間にか梅木の席の傍に来ていたメレディス副隊長が、耳もとでささやいた。「あとで青江さんが、君とちょっとあいたいといっている……」

「いますぐですか？」と梅木は、コンソールの細孔《スリット》から、記録カードをぬきとりながらきいた。「どこへ行けばいいんです？」

「そうだな——今、八時だから、八時半……いや、九時ごろ、ここのＰＸのＶＩＰコーナーへ来てくれないか？　隊長が、一杯やりながら話したい事があるそうだ。君、酒はいけるんだろう？」

「ええ、まあ……きらいな方じゃないですけど……」

梅木はちょっと胸さわぎがした。——何だか厄介な事をもちかけられそうな予感がしたのだ。

じゃ、九時に……といってメレディスが去って行くのを眼で追いながら、途中で思い出して、阿波座の宇のの姿を探したが、巨漢の姿はもう会議場から消えていた。

## R―2（つづき）

### Sc―4

「梅《ばい》さん……」ＰＸの奥の、うす暗がりから声がかかった。「こっち……」

食事時間はとうにすぎたＰＸの中は、いま、ダンス・タイムになっていて、テーブルをまわりに移動させた中央のスペースで、五、六組の男たちが、東南アジア系シンガーの等身大の３Ｄ映像が歌う、テンポがはやいわりには涙っぽい８ビートの曲にあわせて、思い思いのスタイルで踊っている。――何の踊りという事はない。それぞれ即興で、ある男は大仰にフラメンコのような見得を切り、ある組は、古めかしいジルバ風のほこりっぽいステップでむやみやたらにはねまわり、こちらでは、まるで阿波踊りの手ぶり身ぶりで、えらいやっちゃえらいやっちゃヨイヨイヨイヨイと一人で剽《ひょう》げて見せていた。

特別取材班には、戦争取材のためか、女性の数が極端にすくなく、五十代まで洗いざらいにかり出しても三十人にならないだろう。――多少とも、見映えするのは、三十五、六ぐらいまで、ちゃんとしかるべき、お気に入りの相手や、とりいる相手を見つけていて、この時間、適当にしっぽりしけこんでいるか、はげしいセックスにふけっているかだった。――中に、多少頭の甘い、しかしふるいつきたいようなグラマーがいて、この娘《こ》は博愛衆に及ぼす方だったが、それだけに取り巻きがわんさといて、こんな時間、がらんとしたPXでうろうろしているはずがなかった。

まわりのテーブルで、男同士ぼそぼそ飲んでいるのが、二、三組いた。――男同士で、まるでカラテかカンフーの組み手みたいな踊りをやっているのがいたが、筋肉のつき方からみて、ホモらしかった。

ちょっとはなれた所に、ちょいと小ましなポニー・テールがいて、中年のひげもじゃのとっつぁんと、ディスコ風に踊っていたが、小柄なくせに、白黒のあらい横縞《ストライプ》のTシャツにつつまれた胸がものすごくぼいんで、ラヴェンダー色のジーンズに包まれた臀《しり》もはちきれんばかりに張っているのを見ると、梅木はふと、かつて彼が所属していたGBS日本総局の、報道制作部のタイム・キーパーをやっていたモモコを思い出した。――十三世紀の日本で、建武の中興の時の、新田義貞の鎌倉攻め、北条執権政府の滅亡を取材している最中に、突然、時空チャンネルが狂って、GBS中継本部との接触が切れ、取材班もろとも、もとの時代のもとの職場にもどれなくなってから、もういったいどのくらいたつだろう?

――モモコのやつ、どうしたかな……

と、梅木は、フロアを横切りながら、ふと感傷的になった。

――もう誰かと結婚したろうか？　あのデカパイを誰かにしゃぶらせて……ひょっとしたら今ごろ、三つ子ぐらいをあのパイオツからぶらさげてるんじゃないだろうか？

　ゆさゆさと胸をゆすっておどるポニー・テールの傍を通りすぎる時、さっとはちきれそうなジーンズの臀をなでた梅木は、その手がお臀をすりぬけて、空を泳いだので、ぎょっとして眼をこらした。――何と、海賊黒ひげ《ブラック・ベアード》よろしき大兵肥満のとっつぁんは、3Dヴィデオのマイナス・ワンシリーズにはいっている、「ダンス・パートナー」の立体映像を相手に踊っているのだった。

「やあ、梅さん、おつかれのところを申しわけない……」と、青江は愛想よく言いながら、テーブルをはさんでむかいのシートをさした。「酒は何にする？　あいにくと、補給船が二日ほどおくれて――なに、VIP用《おえらがた》の特別銘柄の手配でおくれてるんだが――ここの酒倉《セラー》は、ちょいしけてるんだ。コニャックならマーテルとクールボワジェ……それにカミュがあったかな……この三品ならナポレオンがそろうそうだ。スコッチなら、バランタインの十七年に、キング・オブ・キングズ……あとはなみだって……。バーボンは、ジャック・ダニエルと、ワイルド・ターキーが辛うじて一本ずつ、オールド・クロウはごまんとあるそうだ。それともワインにするかい？　ボルドー、ブルゴーニュ、ライン、モーゼル、……トーカイもあったはずだ。そうそう、ロマネ・コンティとはいかないが、ルイ・ラターシュなら、とっときのがあるぜ……」

「豪勢なもんですね……」

　梅木は溜息まじりにつぶやいて、天井を見上げた。――PXの天井いっぱいに、ぬれるような星空がひろがっている。南十字星が光っているから、赤道へんの星空だ。VIPコーナーは、防音エアカーテンでしきられているから、音量はずっと小さいが、フロアの方でやっているカリビアン・ミュージックのコンガのひびきや、ギロ、マラカスのリズムがかすかにひびいてくる。――まったくこれで、曲によって夜空にカーテン型のオーロラがはためいたり、アンドロメダ星雲のクローズアップがうかび上ったりしなければ、ここが、慶長十九年霜月はじめの、大坂湾の海底十五メートルの場所だという事を、完全に忘れてしまいそうだった。

「私は、そんな上品なものはとても……酎《ちゅう》のたぐいで結構です。アクアビットかキルシュヴァッサー、……ええと……カルヴァはあるかしら？」

「〝凱旋門〟かい？」青江はにやりと笑った。「梅《ばい》さんもしぶいね。なかなかすみにおけないじゃない？」

「隊長も……レマルクなんかお読みになるんですか？」

「映画も見たよ。ライブラリイでね……ラヴィックをやったボワイエもさることながら、マゾーをやったバーグマンは、最高だった。暗く、哀しく、しかも歴史の闇を荒々しく生きなければならない女を演じて、……〝カサブランカ〟の時より、ずっとよかったんじゃないか？——じゃ、私もカルヴァドスをつきあおう……」

「あのう……そいつにバドワイザーのカリカリに凍結しかけのやつをそえていただきたいんですが……チェイサーがわりに……」梅木は眼を伏せて、ちょっと照れた笑いをうかべた。「〝釜たきと助手《ウオーターボイラー・アンド・ヒズ・ヘルパー》〟ってやつです。上品な飲み方じゃありませんが……」

「強いんだね……」青江は片っ方の眉を吊り上げた。「じゃ、カルヴァはボトルでもらっておこう……」

テーブルの上のトーク・ボタンをおして、注文をカウンターに通すと、ゆったりとソファにもたれ、長い脚を優美に組んだ。

「ところで、梅《ばい》さん……今夜は少しゆっくり話をきいてもらいたいんだが……」

梅木はもじもじと居心地悪そうに体を動かし、鼻の頭を掻いた。

「どうしたい？　梅《ばい》さん……」

「いえね……隊長みたいな、えらい人に、〝梅《ばい》さん〟とよばれると、何だか妙な感じで……」

「いいじゃないか。あんたの昔の仲間がそうよんでるのをきいて、いいな、と思ったもんだから……私だって、隊長とか何とかしゃっちょこばってよんでもらわなくても、青さんとよんでもらっていいんだよ。お互いのよび方で人間関係の距離が……肌のふれあいや親密度の距離がきまってくる。こいつは、昔かたぎの、とてもいい所だと思うし、われわれの方でも、積極的にとり入れたいと思ってるくらいだ。どうも、このごろは、組織がでかくなりすぎた上に、やれダブル・ドクターだ、IQ二百だって、大秀才ばかりがふえすぎて、組織がかたくるしく、杓子定規になっちまっていけない。〝人間関係の硬直化〟ってやつだな。だから、こういった大がかりな現場取材団を組んで、危険な所にもちこまなきゃならない時は、もっと熱っぽいチームワークをひき出すためにも……」

「わかりました。じゃ、梅《ばい》さんでも梅公《うめこう》でもよござんす……」と梅木はぼんのくぼを掻きながら肩をすくめた。「私の方も、おのぞみなら、青さんとおよびする事もあるでしょう。いつか、あなたをそうよんでいいような関係になったらね。それはいいとして……話ってのは、何なんですか」

「君は、GBSにつながってた時、歴史もののライヴの中継をやった経験があるそうだね……」青江は、梅木の眼をのぞきこみながら、ずばりといった。「関ヶ原の合戦の現場多元中継で……視聴率《レート》は五十六パーセントもとったというじゃないか！」

「ヤン・オダ！」突然梅木は、青江の右側の、ずっと隅の方の薄暗がりを見すえてどなった。「どうも、くせえと思ったら……てめえ、さっきからずっとそこにいやがったな！」

「ひえっ！……ど、どうかおめこぼしを……」ヤン・オダは巨体をもたもたもがかせながら、ソファの隅から身をにじらせて、ほの暗いスタンドの明りの中に顔をつき出した。「隊長のお声がかかるまで、ひっこんでようと思ってたんですが——やっぱ、ばれましたか？」

「当り前だ。例によって半年も風呂にはいってねえんだろう。——床下にもぐってたって、臭いで一ぺんにわからあ……。このおしゃべり野郎が、こちらの旦那に、またある事ない事、吹きまくりやがったろう！」

「そ、そんな……あたしゃあね、ほら御存知六号中継車にいて、各班の通信うけてましてね。そしたら、中に一チーム、どうにもかったるいのがいて、トウシロっぽい事もたもたぬかすんで、ちょいとわめき合いになったあと、〝関ヶ原〟現生中の事を思い出してついぶつぶついっていたら……」

「ぶつぶつなんて柄か。またその地声で、あたりかまわずわめきたおしたんだろう……」

「またまた……ちったァ、あたしの話を信じてくださいよ。ほんと、小声でぶつぶつ言ってたら、ちょうど中継車をのぞきに来たこちらの旦那が耳にはさんで……ええ、そのあとでね、〝梅木サーカス〟について、も少しきかせてくれとのたまうんで、そりゃこっちにしても、なつかしくもほこらしいじゃござんせんか。で、〝栄光の五十六パーセント〟のいきさつを一くさり……」

「ついでに、建武の中興の時に、〝ジャイアン特攻隊〟のハッサンがやった、大チョンボもばらしちまったんだろう？」

「へえ、まあ……そりゃ、その故にサーカスが、時代も場所もさだめなき、浮寝の旅に出たいきさつ、ま、おききなされて、くださりましょう……チチチチ……てえわけで……」

「のるな！　バカ！」

「まあまあ……」青江はくすくす笑いながら二人を手で制した。「そんな事より、――酒が来たから、まず乾杯といこう」

ほっそりしたスーパー・アクリル製のウエイター・ロボットが、音もなくすべるように近づいてきて、梅木と青江の前に、酒壜とリキュールグラス、びっしり汗をかいた罐ビールとゴブレットを、まちがいなくおいた。

「さ、梅さん……」と青江は酒壜の栓をぬいて、すすめた。

「おやま、南蛮わたりの林檎焼酎とは、こりゃまたおつなもんで……」とヤン・オダは、ぬうと巨体をすりよせた。「あたしもお相伴させて頂いてようがすか？」

「お前は、このバドワイザーを一口のましてやらァ。手でうけろ……」

と梅木が毒づいた。

「またまたァ……こっちのタンブラーに、そのカルヴァちゃんを、乾杯用にちびっとくださいよ。……それが交際《あいつき》ってもんで……」

「じゃ……」と、青江はグラスをあげた。「ジョアン・マゾーをやったイングリッド・バーグマンのために……」

「ラヴィックを演じたシャルル・ボワイエのために……」と梅木は応じた。

「じゃあたしは、……何とかってゲシュタポのおっちゃんをやったチャールス・ロートンのために……」とヤン・オダが和した。

かすかな臭気とくせのある腫《はれ》ぼったい液体が、焼ける様な痕跡をのどにひきながら、胃にむかっておちて行く。胃でひろがって、まだ火がつく所まで行かない。一気に飲みほして、梅木はすぐ壜に手をのばし、二杯目をつぐ。つづいて罐ビールの蓋をはね、ゴブレットに三分の二ほど、雪白の冠を頂く琥珀色の液体をつぐ。——二杯目のカルヴァドスは、ちょっとふくんで舌でころばし、臭いと灼ける感覚を鼻へぬいて、三分の一ほど飲んだ。つづいて灼けたのどを、きんきんに冷えたビールでひやし、唇についた泡を手の甲でぐいとこする。

蒸溜酒の火種が、冷えたビールをほんのりと燃やし、腹の中に、白金懐炉をのみこんだような、なつかしい温かさがしずかにひろがった。

酒——と、わずかに色のついた、重い液体のはいったグラスをつまみ上げながら、梅木は思った。——強い酒の最初の一杯は、いつでも、そしてどこにいても、いま、ここにいる自分という存在をまるで足もとにおちる小さな明るいランプの光のように、まっすぐに、単刀直入にさし示す。カルヴァドスや、ヴォトカ、アクアビットといったたぐいの酒に捧げる讃は、「看脚下《かんきやつか》」あるいは「脚下照顧」というところか……。ここが、どこか別の歴史の中の、慶長十九年の大坂湾の水の下であろうが、はては銀河系の彼方、宇宙の涯ての生命のない惑星の上であろうが、そこに酒があり、それを飲みさえすれば、いつも、「いま、ここにいる自分」というものに火がともるのだ……。もし「実存」の何十パーセントかが、胃の腑にあるとすれば、酒こそは、実存の内部、中心部に小さな熱と光を点火して、それを意識させてくれるささやかな啓示であろうか……。

「〝夏の陣〟……ですか?」グラスを見つめながら、ぽつりといった。「その生ま中継を手つだえと……」

「いや——〝冬の陣〟だ……」青江は、ぎゅっと顎の線をひきしめて、きびしい眼つきになった。「〝夏の陣〟の現場多元生ま中継は、まだ本ぎまりじゃない。だが、〝冬の陣〟の方のできばえによっては……」

「だが……そんな事、いまから無理だ。あなたならわかってるでしょう?」グラスをもつ手を宙にとめ、それにひたと眼をすえながら、梅木はかすれた声でつぶやいた。

「今から……どうやって、こんな大じかけな取材配置のプランをかえるんです？　百何十台かのCSR（立体録画装置）が、いっせいにバラでまわってて、各班はしゃかりきになって、それぞれの持ち場でつっこんで行くんですぜ……。釈迦に説法かも知れませんが、とれるだけとりまくった厖大な素材を、あとから編集して、コメントやパターンや、テロップ、スーパー、BGMをつけたり、スタジオ・トークをインサートしたりして行くのと、はじめっから現場にあちこちカメラやキャスターを配置しておき、スタジオの方にもコメンテーターや映像素材をスタンバイしておいて、事件進行にあわせて番組を中継して行くのとでは……何しろ構成も人員、機材配置もまるっきりちがいます。こっちは、一度はじまっちまったら、NG、リテイクのきかない一発勝負で、カメラや素材の逃げ場はつくっておくものの、流しっぱなしであとにひけません……」

「それはわかっている……。だから、ダミーだ……。本当に〝冬の陣〟を、現場から生ま中継するんじゃなくて、生ま中継のダミーをつくるんだ。手っとり早くいえば、歴史現場生ま中継の、オーディション版をつくってほしいんだ……」

　梅木は、見つめていたカルヴァドスを、眼をつぶって一気に流しこんだ。あいたグラスを、眼にもとまらぬ早さでゴブレットにもちかえると、残っていたビールをこれまた一口に飲みほした。

——腹と頭が、がーんとして、何だか急速に酔っぱらって行きそうだった。

「かいつまんでわけを話そう……」と、こちらは、カルヴァドスをちびりとなめながら、青江は話し出した。「四月の番組改編で、どうしても、四月二十九日から五月八日までの連続中継枠をとりたい。これは、編成も、制作も、番宣も、躍起になってるんだ。そりゃ、陰暦と太陽暦で、実際の暦はくいちがうが、視聴者にしてみれば、何百年前の事でも、日付けの上の月日から生ま中継がはじまり、日付けの上で同時進行して大坂城炎上まで持ってった方が、印象が強烈にきまってるからな。——だけど、十日間の事で、〝冬の陣〟より布陣範囲はずっと小さいとはいえ、生ま中継となれば、仕かけはずっと複雑になり、やりなおしがきかない上、リスクも大きい……。で、上層部の一部が、どうしてもふんぎりがつかない。まあ、御多分にもれず、おじいちゃん方で、たとえ、一度は失敗しても、これだけの規模の事はやってみるだけの価値があるって考え方にもう一つのってこないんだ……」

「いずこも同じ、でやすな……」ヤン・オダが、妙にしんみりとした調子で言葉をはさんだ。「おたくらの方が、あたしたちが所属してた時代より、だいぶ先の時代だから、もっと進んでるかと思ったが……」

「で、編成の方が、煮えくりかえってきた。制作の出した、予算の大枠は、尨大なものだったが、何とか承認のめどがついた。政府官公庁の方も、後援協力をとりつけ、輸送に宇宙軍《スペースフォース》の一部をまわしてくれる話までついた。――ここまできて、トップの一部のじいさんが、尻ごみして首をたてにふらないため、準備がおくれてみっともない事になったり、流れたりしちまったらひっこみがつかない。手をかえ品をかえ、おとしにかかっているうちに、じいさん連は、録画取材をつなぎあわしたものと、本当に現場進行にあわした生ま中継と、どこがどうちがうのか、なぜわざわざ、危険をおかしてまで生ま中継をやるのか、そこがよくわかってないって事がはっきりしてきた。

で――」

「で――」と梅木も鸚鵡《おうむ》がえしにいった。「〝生《な》ま中継《ちゅう》のオーディション版〟という妙なものをつくって、説得材料にしようという事になった……」

「それも、来年一月に、番組会議スタートまでに、だ……」青江は、カルヴァドスを苦そうに飲みほした。「間にあう現場といえば、ここしかない。何とかやってくれないか、と編成のトップが、この取材団の団長に泣きついてきたが、団長の方は、もう年だし、体の調子が悪いとか何とかで逃げちまって、次に私にプレッシャーがもろにかかってきた。最初のうちは、私だって、つっぱねつづけたよ。機材、人員ともに、もうびっしりはりつけちまって、これっぱかりも余裕がない、取材プランも、一年以上かかって、練りに練り上げたものだから、これっぽっちも動かせない……」

「おっしゃる通りだ……」梅木は三杯目のカルヴァドスをつぎながらうなずいた。

「これだけすごい人員、機材を動員して、これだけ長い間準備期間をかけりゃあ、こりゃいい番組ができなきゃうそですよ。――私なんざあ、昔、歴史番組をつくってたなんていったって、この企画にくらべりゃおはずかしい。この企画の人員機材の、五十分の一以下……いや、もっとせこいチームで、月一本のペースでかけずりまわってたんですからね。一度はこういう〝理想的体制〟のもとで、仕事をしてみたかったたんだが――それでも、もとの局のやり方だったら、三割以上手ぬきで、同じぐらいのものをつくっちまいますね……」

「そりゃ皮肉かい？　梅さん……」青江の眼はきらりと光ったが、唇には、なぜか満足げな笑いがうかんでいた。「で、一度や二度つっぱねても、敵はひっこまない。人員機材は、別途送るから、何とかぜひ、と執拗にいってくる。とうとう、おとついは編成局長と制作局長がおつながりで、こっちへ来ちまった。明日は、担当重役までがおこしで、業務命令だ、とまで高飛車においでなすった。そこまでやられては、こちらももう落ちたも同然だが、――何とか泣き泣きひきうけるつもりにはなったものの、はたと弱ったのは――局でかきあつめてこちらにつれて来ている連中の中には、歴史的事件の〝現場生ま中継〟なんて、やった事のある奴が一人もいない。しかたがないから、盲蛇に怖じずで、私が出たとこ勝負で手をふるしかないか、と思い悩んでいた所へ……」

「やい！　オダ公！」と梅木は少し呂律《ろれつ》のあやしくなった口でどなった。「てめえ、だから……口は災の門だってえ事を、少しは骨身にしみねえと……累《るい》を同僚にまで及ぼしやがって」

「まあ、そういいなさんな、私にしてみれば、地獄で仏にひきあわせてくれたのが彼なんだから……」と青江はにやにや笑った。

「しかしですね……」梅木はすわりなおした。「たとえダミーにしろオーディション版にしろ、今から中継体制を組むとなると……機材は……」

「実は、学者、観光団グループの方で、これはどうしても、シンポジウムや研究討論会の現地記録をとってほしい、と事業部が申しこまれたんで、これは報道制作の方が、教養特番にしたてるという事にして、別班で、中継車と機材がもちこんである。まあかけ出しの、ADから一本になったばかりの青二才ディレクターが手をふる事になっているが、こいつはもう一度ADとしてこきつかってもらってけっこうだ。――現地滞在中、最低一本でいいから、研究班入れこみの記録をとる、という約束だから、こちらの番組をコピーさせてやればおんの字だ……。VEも中継屋も、技術陣は全部このグループのをつかってもらっていい」

「コメンテーター……」梅木はグラスをのぞきこみながら、体を小さくゆすってつぶやいた。「現場アナ、……スタジオ進行アナ……」

「コメントは——それこそ、専門学者が、こちらへごまんときてる。連中に現場を見せながらコメントさせたり、ディスカッションさせるといえば、喜んで参加してくれるのは眼に見えてる。アナは——君たちのチームに、たしかベテラン・アナが二人いたんじゃなかったかな？」

「スタジオ……3D《サド》マキー……」

「スタジオは、この総本部の中に、でかいのが二つある。生ま中継班のカメラだけじゃなくて、歴特班の映像が全部、いったん本部にはいってくるから、CSRで出そうと、進行途中その時点でうつっているどの映像をインサートしようと、それは中継チーフDの君にまかせる。——〝関ヶ原〟の時ほど、完璧なものでなくていいんだ。とにかくライブのタッチと雰囲気が……」

「あの野郎……オダのあン畜生……」と梅木はうなった。「関ヶ原の時のやり方を、みんな先に、べらべらしゃべっちまいやがったな……」

「えー、あン畜生の本人はここにおりますんで！」ヤン・オダは、うれしそうにニタニタしながら口を挟《ネ》んだ。「どうかお手柔かに……」

「一つ、とりひきと行き《ゴ》やしょう……」と梅木は眼をすえて、舌なめずりした。「もとの……私のチーム、できれば全員を……」

「それは、あんたのくる前に、一番はじめにオダちゃんがネゴったよ。——あんたを落すのはその条件をのむのが一番手っとり早いって……」青江は笑いながらさえぎった。

「で、私はもう手配の下準備をすませちまったよ。もとGBS歴特現地取材班梅木チームの十二名全員は、私があんたたちにわたすパスワードさえ使えば、今からでも即刻、現在の配置をはなれて君の指揮下にはいる。それにプラス、もう五人、誰でも君の欲しい現場メンバーを、君の手もとにふりむける余裕がある……。それに、教特番の中継車、機械、人員全員だ。これでいいかね？」

「うう……畜生、オダの野郎……」梅木は頭をぐらぐらゆすってうめいた。「裏切りやがったな……くそったれ……」

「裏切りはねえでしょう。それに、実をいうともう一つのネゴがあるんだ……」ヤン・オダは、梅木の肩をどん、とたたいた。「ようがすか？　もしこのオーディションがうまく行ったら……」

「そう、うまく行ったら……その時は、特別ボーナスとして、こちらで手配して、君たちが、もとの時代にかえれる方策を見つけてあげられるかも知れない」

「青さん……」突然、梅木はくっ、くっと笑いながら、今までとちがったよび方で青江に語りかけた。「参りましたよ。お手上げだ……あんたのやり方を見てると、昔、

GBSで、あたしを雪隠詰めにして、むちゃくちゃなスケジュールのレギュラー歴特をひきうけさせやがった永田に阿頼耶《あらや》ってプロデューサーを思い出しちまった。それをむりやりのまされたのがもとで、建武の中興をしくじって、こんな時空のジプシーみたいなチームになっちまったので、もうこの手の話にゃ金輪際のるまいと思ってたんだが……ここまでつめられりゃ、降参だ。どうなるかわからないが、お引きうけしやしょう。——どうせあたしゃァ、でんと本社にかまえた大プロデューサーや、芸術院会員候補の大芸術家ディレクターなんか性にあわねえんだ。現場にのめりこみっぱなしにのめりこんで、ぎりぎりの条件をあらっぽくしのいで、セコくとも何とか恰好つけてみせる、旅まわりのサーカスがいの〝特番の犬〟ってとこだ。とにかく、その条件で、手をうちましょう……」

「じゃ……ほんとに？……」青江の顔が、ぱっと輝いた。「構成もおまかせして……」

「やい！ オダ公！——そうときまったら何をぐずぐずしてやがんだ？」梅木はいきなり大声でどなった。「早いとこ、こちらの旦那にパスワードとやらを頂いて、すっとばねえか！ 〝梅木サーカス〟ひさかたぶりのリバイバルだい。午後十一時に、この隣りのD会議室全員集合で打ち合せ開始だ。——寝てるやつはたたき起して水でもぶっかけろ！ 女の腹にのってる奴ァかまわねえからひっぺがしてこい！ 白川旦那も、リン・ペイティンも、ハッサンもレッドホーク酋長も、一人残らず雁首そろえるんだぞ――ああそれから……チーム再結成の、乾杯用の酒も忘れるな！」

「へい、合点承知の助！」ヤン・オダは巨体を信じられないくらいのすばやさで、出口へむかってダッシュさせた。「パスワードは、もう先刻いただいてまさ。じゃ、ちょっくら、急急如律令《きゅうきゅうにょりつりょう》で……」

「青江さん……」ヤン・オダの姿が、PX入口の通信ボックスにむかって遠ざかって行くのを眼で追いながら、梅木は急にしんみりと、酔いもさめたような表情で語りかけた。「それにしても……あなたたちの時代の、そのTSNって放送機構は、いったい、どうなってるんです？　私も、GBSにいた頃は、関ヶ原現場中継で、五十六パーセントの視聴率を、日本全国ネットでとって、賞をもらうやらボーナスもらうやらで舞い上っちまって、次が太陽系ネット売りで、思う通りにつくらせてくれるというので、無理を承知でひきうけたんですが……それでも、関ヶ原の時は、この〝冬の陣〟の取材体制の、五十分の一、あるいは六十分の一以下の予算と人員機材をぶちこんだだけでふるえました。もしこれだけ使わしてもらって、視聴率が二桁行かなかったらどうしよう、首でもくくろうかと思って……。あなたたちの方は、どうなんですか？　これだけのものすごい物量人員を、たった一つの、近世合戦につぎこんで……それでペイするんですか？」

「ペイという事は、あまり問題にならないんだよ。――視聴率のほかに、興奮度や満足度といったレートが、きびしく問題にされるんだがね……」青江は鎮静スティックをくわえながらいった。「まあ、〝未来もの〟や〝科学もの〟は、タイム・スペース・ネットワークの〝スペース・ビジョン〟部門にほとんどまかして、われわれの〝タイム・インヴェスティゲーション〟部門は、ほとんどがこういった歴史ドキュメンタリイの制作に従事しているんだ。歴史ドキュメンタリイの制作予算は、TSNの全制作予算の、ほとんど三分の一をつぎこんでいる。この額は、太陽系連邦の全予算の一・五パーセントにもあたる厖大なものだ……」

「で……視聴者はそれで満足しているんですか？」

「時代の流れかね。――この番組編成は、視聴者の要望にもとづいているんだよ。そもそも、時間《タイム》テレビというものが、歴史の現場を再チェックするためにうまれてきた、という考え方が世間の大勢を占めていてね。ドラマなんかも、ほとんど歴史ドキュメンタリイか、せいぜいパロディで、それ以外の創作物なんかやっても、あまり視聴率が上らないんだよ。その一方、歴史特番や、ドキュメンタリイ・ドラマは、あらゆる角度から、手をかえ品をかえ、また新解釈や新発見をくわえながら、くりかえし放映され、それが視聴者に喜ばれている。〝歴史にまさるフィクションなし〟という意見が、われわれの時代の主流でね。まあこれは、イマジネーションの枯渇によるフィクションの衰弱かも知れんがね……」

「そうかなあ――。そりゃぼくも、歴史ものは好きですし、歴史は場所によっては無限に多様な解釈を許しますがね……。しかし、大枠として考えると、所詮、歴史というものは、〝実現されてしまった結果〟の集積で、そこには本当の意味での冒険も、意外性もないんじゃないですか？」

「もっとも、歴史的事実の中にも、過去から逆に見とおせば、意外性もあるし、フィクションと見まがう現象も起り得るだろうがね……」青江は小さくあくびをした。「第一……ずっと未来の、それぞれ異る時代から時を溯って来たわれわれ二人が、こうして、慶長十九年の大坂湾の底で、不思議な仕事の話をしながら酒を酌みかわしているという歴史的事実も……この時代の人がきかされたら、フィクションとしか思えないだろうがね……」

その時、テーブル二つへだてて、奥のうす暗がりにすわっていた二、三人の男の間から、坊主頭の巨大な姿がうっそりとたち上って、梅木たちのテーブルに近づいてきた。

「お話中すんまへん、失礼します……」と、阿波座の字のは、太い眉の下で大きな眼をぎょろりと光らせて、いが栗頭をさげた。「さっきから、あこで、ずーっとお話をきいていたんでっけど……梅木はん、あんたのやらはるその、生まれ中継番組のチームに、わたいとあこのわいの友達《だち》二人、加えたってくれまへんやろか？」

## R——3

（梅木チームひかえ、ND、LIVE前半NG、本番マザーⓇ1、2、3、4、参照）

### Sc——5

「射った！」と、モニターをのぞきこんでいたADが叫んだ。「あれです！——あの弾丸が、コースから見て、天守閣に初めて命中するはずです！」

「2カメ、3カメ！　はいったか？　よし、2カメそのまま、3カメ、トラッキングをロックしろ！　5カメ、天守閣おさえてろよ！」梅木は六個のモニターと三個のモニターにせわしなく視線をとばしながら、インカムに叫んだ。「よし、3カメ、ずん！——宇津城、まだそのままそのまま……弾速が低いから、まだまだ当りゃしない。2カメ！　天守ロングでおさえて、キューでフルスピード、ズーム・イン、いいな……リンちゃん、モニター見てるな、当ったら、城内ノイズバックで、一呼吸おいてどなりよ。そのあと2スタきりかえ……Aカメおさえ、白さん、キューでひきとって……まだまだ……あと二秒……」

曇り空の下を、赤く焼けた砲丸が、うすい煙の尾をひきながら、不規則に自転しつつ、パントをあげられたラグビーボールぐらいのスピードの感じでゆるゆると、大きい抛物線を描いてとんで行く。火薬を定量より多くつめ、砲術の名手が照準したらしく、仰角四十五度に近い角度で射ち出された鉄丸は、抛物線の頂点までのぼりつめて、今度はかなり急角度で、天守の中階目がけて落下しはじめた。――ひゅー、という風を切る音が、スピーカーの一つからだんだん近づいてくる。

「音声！　この音行こう！――本丸かくしマイク？　よし、そのまま……くるぞ！　2カメ、3カメにOL行くよ。はい、2カメ！　ズーム、3カメFO！――5カメ、ばん！」

「わぁー　当ったァ……」と、副調室の中で誰かが叫んだ。

どうん……ばりばり、という音がスピーカーから轟いて、わーっという大勢の怒号がきこえ、かすかにごろごろと、重いものが床に転る音に女たちの金切り声がまじる。

――別のスピーカーから、城兵の怒号にまじって、お天守じゃ！　お天守に大砲の弾丸《たま》が当った！　という上ずった声もかすかにきこえ、それにおしかぶせるように、ぴし、ぴし、という鞭の音とともに、ええ、しずまれ！　しずまらんか！　持ち場をはなれるな！　と、上士のヒステリックなわめきもきこえてくる。

「これ、どこにおいてあるマイク？」と若い音声ADが、イアフォンをおさえながら、感にたえたようにつぶやく。「感度いいなあ……今夜、誰か近くでセックスでもやらないか、きいてみようか？」

「リン！　べしゃれ！」みんなが弾丸命中さわぎに気をとられて、ちょっと間ができかけたのに気づいて、梅木は急いでカフをあげてどなった。「上ずるな！　荘重に……荘重に……」

「当りました、今、徳川軍の大砲《おおづつ》の弾丸が、はじめて天守閣に当りました！——いやあ、これは大きい……」

「あのバカ！——場外ホームランじゃないってんだ。これは大きい、たあ何だ！」

梅木は頭をかかえてどなった。——副調内のうす暗がりで、二、三人が、ぷっとふき出した。

「ごらんになりましたでしょうか？　弾丸は天守三層目の屋根の軒をわずかに破壊し、三層目の壁をつきやぶって、内部にとびこみました。私のいる所からは、破壊された壁の穴から、かすかに白煙がたちのぼっているのが見られますが、火災の発生した様子は見られません。——集音マイクには、三層の中で、女たちがおびえて泣き叫び、人をよぶ声がかすかにきこえてまいります。怪我人が出たのでしょうか？——あ、ただいま、徳川陣営から、第二弾が発射されました。これも大きい……これも見事です。さっきよりやや高めの、しかしほとんど同じコースを、まっすぐ天守へむかってとんでおります。これも当るか？　当るでしょう……」

「白さん、ひきとれ！」梅木は頭に来てスタジオによびかけた。「Aカメ、アップ……宇のやん、秒読みなし、即、キュー……」

「ごらんの通り、いよいよ徳川方の攻撃は本格化し、本丸天守をねらって、大砲をうちかけ、一発を命中させせました……」白川アナは、ひびきのよいバリトンで、おちついた調子でしゃべり出した。「これを合図に、寄せ手は、はじめての大規模な総攻撃をしかけてくるか、あるいはさらに大量の砲火を、本丸中枢部に集中し、火災による破壊をねらってくるか――と、おそらく大坂城方の、特に淀君をはじめとする女官たち、秀頼、治長などは気も動顚《どうてん》したでしょうが……実は、この砲撃、そういった城方の指揮中枢の、恐怖、動揺をねらっての、徳川方の恫喝砲撃だったという事が、定説になっております。家康は、この砲撃をつづけさせる一方、大野治長や淀君側近に、講和の可能性をちらつかせております。そして、事実、この天守砲撃によってふるえ上った淀君周辺のプレッシャーにより、城方の意向は急速に講和に傾きますが――河村先生、いかがでしょう？　城中では、これが恫喝砲撃だという事に、気がついていた人たちはいなかったのでしょうか？」

「もちろん、武将の中で、これが単なるおどかしだ、という事に気づいていたものはたくさんいたと思います……」河村という、白髪の戦史研究家は、大きくうなずいた。「城中には、真田幸村という砲術の大ヴェテランや、後藤又兵衛《またべえ》などという、朝鮮の役に参加した古強者がおりますからね――真田幸村は、〝真田の張り抜き筒〟という、和紙でつくった大砲を自分でもこさえていますし、まあこれは〝夏の陣〟の方で、実際につかったかどうか見られると思いますが、〝国崩し〟という、大径砲をつかったとつたえられています。部下には、穴山小助などという鉄砲の名人もいますし、……幸村などは、当時の火砲の性能、威力など熟知していたので、徳川方が、天守に当てるため、射程を伸ばすのに相当無理をしている……つまり、火薬量を砲身耐久力の限界以上につかっている、という事を見ぬいていたにちがいありません。当然砲身破裂の危険もあるし、それでなくても数発うったらつかいものにならなくなる、という事もね。――それに、長射程の砲が、そんなに数がそろうはずがない事も知っていたでしょうし……城方の、一旗組の牢人が、功名をたてたいために主戦論にかたむく、という事とは別に、幸村などは、信州上田にいた時、父昌幸とともに一国一城をめぐっての、戦争の〝かけひき〟というものを知っていましたから、この砲撃が、家康側が講和に追いこむためのおどかしだ、という事も読んでいたでしょう。――もっとも、幸村がそれをどんなに説明した所で、秀頼周辺は、受け入れる状態ではなかったでしょうが……」

「それにしても、天守閣の壁って、以外にもろいんですね……」と、若い建築デザイナーがいった。「かなり見事に穴があきましたね。――直接砲撃をうける所まで、敵をよせつけないつもりで、構造を考えたのかな?」

「チーフ……。あと三十秒で、千畳敷が砲撃されます……」と、城の南方を担当しているハッサンが知らせてきた。「天守砲撃用の大砲とちがう、でっかい臼砲みたいなのを準備してます……」

「4カメ！……レッドホーク！……絵が来てないぞ！　どうした？」

梅木はマイクにかみつくようにしてどなった。

「うう……アンテナに、矢があたった……」とシャイアン族酋長の後裔の声がきこえた。「今、すぐなおす……出たか……」

「OK、来た！――そのままフィックス……2スタ宇のやん……発射シーンをインサートするぞ。白川アナに、モニターを注意させろ……発射されたら、話をそちらにふるように……」

どうん……と腹の底にひびくような、重い砲声がスピーカーからひびいた。

その時、梅木の肩にそっと誰かの手がおかれた。

「いい調子だ……梅《ばい》さん……」と、青江は満足そうな微笑をうかべながらささやいた。

「さすがだよ。――おれたちも、いい勉強になった……」

「からかわないでよ……」梅木は顔をしかめた。「何しろ、しこみに時間がないわ、人員はたらないわ、特番取材にわりこまなきゃならないわで、もうメロメロ……見てよ、腋の下冷や汗かきっぱなし……。おえら方の点数をかせぐには、あとでちょっと手なおしさせてもらわねえと……」

「そんな事ないよ。――こっちでも、本局の方でも、頭のかたいお年寄りのVIP連が、三時間、モニターの前に釘づけになってるぜ……」

「えっ?」梅木はとび上らんばかりにおどろいた。「そんな……青さん、約束がちがうよ。こいつは生ま中継のダミーで……あとでまずい所はつまめるっていうから……」

「だから、別に放映してるわけじゃないさ!」青江はにやにや笑った。「ラウンジのモニターのライン・アウトを、途中からちょいとVIP用の乗物と、本局との返信回線につながないで、〝やってるけど、みるかい?〟って知らせてやっただけだよ」

「恥しい!……おれ、もう消えたい……」梅木はどっと汗をかきながら身をもんだ。

「そんなんだったら……ひきうける自信はなかったのに……」

「いいんだ。――やっぱりライヴって、すばらしい迫力と臨場感があるよ。おかげで〝夏の陣〟の生ま中継は、二十分前に内定したって、編成がころころよろこんで通報してきたよ。――りっぱに効果があったわけさ……」

「じゃ、もううちきっていいかい?」

「そうは行かない。これはこれで、最後をどーんともり上げて、有終の美をかざってよ。――どっちみち、印象は強烈な方がいいからさ……」

「梅木はん……そろそろスタジオにカメラもらえまっか?」と、2スタのフロアから宇のがよびかけてきた。「このコーナー、あと十分ほしいんやけど……」

「十分は無理だ！　いいとこ、ぎりぎり七分……六分四十秒ぐらいかな！」

「そんな殺生な……。六分やそこらでは、トークのなかみがとうてい煮つまらん！　生ま煮え、欲求不満で、お互い後味悪い事になりまっせ……」

「よし、わかった。いや、もう二分やる。——そのかわり、リン・ペイティンのしゃべりをけずって、3D《サド》マキーで、スタジオの絵を、城外の岡の上にはめこむ。3Dマキーにはいってから、二分でしめてくれ。いいな……じゃ、2スタ……Bカメから！」

「この戦闘は、武田信玄、織田信長の時代から生きのこった、戦国梟雄《きょうゆう》の最後の一人である徳川家康が、みずから、全力をあげて指揮をとっている、と思っていいでしょう……」と、日本史専攻のフラハーティ博士が、流暢《りゅうちょう》な日本語でしゃべり出した。

「はやる秀忠をおさえ、井伊、松平をおさえ、自分で全軍の進退と、城中に対する威嚇、心理操作、政治的かけひきといった一切の作戦を、彼が自分であやつっています、——家康にしてみたら、〝夏の陣〟より〝冬の陣〟の方が、よっぽど面白くて、いい気持ちだったでしょうね。……血気にはやる一線の武将、若い大名のいうように、総攻撃をかけ、双方大きな損害が出てから、講和にもちこむ、というやり方も、無論一つの可能性としてあるでしょうが、それよりも、——恫喝威嚇によって、講和にもちこみ、その時の条件として外濠内濠をうめてしまう事ができれば、損害対効果比から見て、こんなうまい話はない……。しかも、家康の眼には、城方の情勢から、その可能性〝おいしい話〟の実現可能性が、きわめて大きい事がわかっていたと思います。砲撃も、夜間における包囲軍兵士の威嚇的なときの声も、その可能性の実現へむかって、城方を次第次第においこんでくるための手段だったでしょうね……家康が、舌なめずりしながら、おびえた子供のような豊臣方を、追いこんで行くような、一種残忍な表情が見えるような気がします……」

「その通り……〝冬の陣〟のあと、講和条件に、〝濠の埋めたて〟を入れる事を了承した時、もう豊臣家は、実質的に完全にほろびていたといっていいでしょう。講和交渉の相手に、常高院や二位の局といった、戦争というもののわからない女性たちをひっぱり出す事に成功した時から、もうこの闘いは徳川家の完全な勝利に終ったといっていいでしょうね……〝夏の陣〟は、その意味では、すでに実質的に終っていた闘いの、最後のあと始末をやったといっていいでしょう。」東洋史の権威の葉子淵博士が、ゆったりした口調でひきとった。

――大坂の役は、実は、豊臣対徳川の最後の決戦などといったものではなかった。国内を二分する、二つの勢力の決戦は、すでに十四年前の関ヶ原の役の時に終っている。

――〝冬の陣〟の時点における豊臣方は、もはや摂河泉《せっかせん》を領する大名としての態さえなしていません。大名なら大名らしく、自分の家中をとりしきり、新しい状勢の中で、

〝国〟を保ち、〝家〟を生きのびさせるために、将軍にへりくだって頭をさげようが、もとの臣下だった諸侯たちと対等につきあい、相談をもちかけようが、とにかく、あらゆる努力をはらっていたでしょう……。この時点の豊臣方というのは、もはやそういった政治単位としての大名ですらなく、関白太政大臣という、なり上りの極限をきわめた秀吉の遺族という亡霊が、かつての〝天下人〟がつくりかけた未完の都城の幻にすんでいるだけ、といっていいでしょう……」

「３Ｄマキー！……2カメ……徐々にフェイド・インしてくれ……」梅木は叫んだ。

「まだまだ……ゆっくりよ……ゆっくり、そ……」

「大変きびしいコメントも出たようでございますが……」

　白川アナのしゃべりにつれ、スタジオの学者たちのまわりには、徐々に、大坂城東南東の丘陵の光景があらわれ、３Ｄ効果によって、彼らが、戦闘正面から少しはなれた丘の上に実際すわっているような立体映像がうかび上った。

「いずれにいたしましても、本日、つまり慶長十九年十二月十六日からはじまりました、徳川方の天守砲撃、これが一つの契機になりまして、大坂方の中枢部は急速に戦意を失い、明日の、京からの勅使下向——この調停は家康の婉曲な拒絶にあってうまく行きませんでしたが、——この勅使下向をはさんで、明後十七日、城方常高院と、徳川方はその実子京極忠高と本多正純の話しあいがはじまり、十八日、十九日にかけて講和成立、二十日から二十二日へかけての調印と、大坂〝冬の陣〟は、あわただしい結着をむかえてまいります。――しかし、秀頼や淀君が、ほっと一息ついたこの平和条約自体が、実は徳川方のしかけた大きな陥穽であり、この講和をうけいれた事自体が、豊臣一族の息の根をとめる事になった、という事は、先ほどのフラハーティ先生、葉先生の指摘された通りであります。――運命のわかれ目となった、大坂城天守閣の砲撃、その実況中継を中心におおくりしてまいりました、歴史現場生ま中継、もうあと少しでおわかれの時間でございます。大坂城周辺にはまだ、大砲鉄砲の音、城中寄せ手の喊声《かんせい》がひびいておりますが、上野台地の上には、あかあかと冬の西日がさし、運命の日も、そろそろ夜の帳がしのびよりつつあります。前田利常《としつね》、酒井家次の陣地では、早くも夕餉の煙がたちはじめました。――このあと、城の近くで観戦をつづけているリン・アナウンサーにマイクをゆずりまして、この現場中継番組の幕を閉じたいと思います……」

**R**――3（つづき）

Sc―6

「おつかれさん」

という、これだけは何世紀にもわたって変らない、あいさつをききながら、梅木はスタジオを出た。六時間という長丁場を、はりつめっぱなしだった神経のしこりが、番組が終ってもすぐにはゆるみそうになく、今夜いっぱい、〝梅木サーカス〟の連中と大さわぎして酔っぱらい、酔いつぶれなくてはもとにもどらない事がわかっていた。

スタジオには、ほっとした空気がもどり、技術やADたちが冗談をたたきあったり、きげんのいい笑い声をたてたりしていた。スピーカーも、各現場からの、ごくろうさん、おつかれのあいさつを次々と流していたが、梅木は直接それにこたえる気にはならず、スタジオを出て一人で廊下の隅のドリンク・ターミナルへ行き、熱く、苦いコーヒーをカップになみなみとつぐと、それをかかえて、なるべく人眼につかない隅の椅子に腰をおろした。

――歴史現場生ま中継……。

ひさしぶりにやったが、あとに残ったのは、何とか無事にやりとげた、という快い興奮ばかりではなかった。何となく……人間というものの、底知れぬ「弥次馬根性」が、そこで一つの頂点に達しているような気がして、彼はその企画に一種のおぞましさを感じはじめていた。

「倫理規定」とやらで、カメラはできるだけ逃げているが、今度の場合だって、おびただしい血が流れている。弾丸で手足がとびちり、無数の槍、長刀でたった一人の武将をつきさし、きりきざみ、昼日中から、逃げそびれた女を陣中で強姦し、何かといえば切腹し、首をはね……それでも〝冬の陣〟はまだよかった。〝夏の陣〟は、血の河と炎の海だ。天満、淀川を問わず、大坂中の河という河は、死体にあふれ、その中には城中の女の死骸も無数にあった。――あんなものを〝生ま中継〟して、家庭で見るのだろうか？　何百人の武士がならんで切腹する所を、千以上の生ま首が地面にちらばっている所を……本当の〝歴史の現場〟をしっかりと映像でとらえてみせるのだろうか？

「梅さん……」

その時、青江が硬い表情でちかづいてきた。

「ああ、青江さん――VIPルームへは、一服したら行きます。おえらいさんに説明するのは得意じゃないが……」

「それどころじゃない。えらい事になった！」青江の顔はまっさおだった。「君の部下の、あの阿波座の宇のってのはどういう男だ？」

「部下といったって、こっちへ来てからチームにはいってきた男です。建武の中興取材の時、千早赤坂班が、ローカル局の取材で同じ所に来ていた彼と、ちょっと顔見知りになったらしいですが……彼が何かしましたか？」

「彼と、仲間二人、VIPについてきたガードマンを、いきなりなぐりつけて、武器をとって外へ逃げた。――それもハンド・ミサイルだ。いったいどういうつもりなんだ？」

梅木はきくより早く、本部と大坂台地をつなぐ通路の方へとび出して行った。ありあわせのカートにとびのって、管路を台地へむかおうとした時、先に中にひそんでいた誰かに、がん、と後頭部をなぐられて気を失った。

「悪う思わんといてや、梅木はん、出あい頭でこうなった、おたくの不運や……」うすい明りがたった一つ照す、しめっぽいまっ暗な穴の中で、阿波座の宇のは、ぐるぐるまきにしばられた梅木にいった。「ここは、木津から台地の西南へ通ずるぬけ穴や。――ずっと前、石山本願寺の連中が、木津の砦との連絡用に掘ったやつや。徳川も豊臣も関係あらへん……」

「何をするつもりだ？」梅木はこわばった口をやっと動かしていった。「そのハンド・ミサイルは……」

「ああ、知っとる。破壊力最高にすれば今日の昼見た、しょもないへろへろ大砲の玉の三、四倍の威力がある事はな……」宇のは大型拳銃ほどのそれを、明りにすかした。

「これを使うて何をするて？――きまっとるがな。講、和、ぶ、ち、こ、わ、し、や！」

「おい！――馬鹿な事を……」

「あさっての晩か、あるいは十九日……京極忠高の陣屋に、城方の常高院と、本多正純なんかが集って話しあいしとる所にぶっこんだるねン。それとあわせて、わいの友達《だち》が、城中にしのびこんで淀君と大蔵卿の局、なんなら大野治長も殺す……そしたら――講和はぶちこわれるやろ？」

「無茶するな――そんな事したって……」

「わいはもう、いらいらしてるんや。――ずうっといらいらしてたんやが、今日の中継で、スタジオでいろんなやつのごたくきいてるうちに、どうにもどたまに来て、しんぼうでけんようになったんや。結果論では何ともいえるわい……」宇のは暗がりのむこうで、にったり笑った。「豊臣や徳川がどうなったって、どっちも土地のもんやなし、そんな事どうでもええわい。尾張中村から出てきた成り上りモンが、一代でのし上ったいうて、それがどれだけのもんじゃ。そんなもん、〝夢のまた夢〟じゃ……。遺族いうたかて、京育ちのへなへなと、近江もんばかりや、土地の連中は、顔みた事もない……。そんなの死のうがくたばろうがどうでもええけどな、あの城――あれつくる時には、大名、侍だけやのうて、土地の連中がようけしぼられたんやぞ。それでもまあ、あれだけごつい、きんきらきんのものがでけて、おまけに難攻不落ちうんで、これをみんなでつくっときゃ、町をまもってくれるやろ、という期待もあった……。それを、何じゃい、城のへなちょこどもが、町どころか、城一つようまもらんと、城のしかけをとことんよう使いきらずに、〝冬の陣〟でぐじゃぐじゃにされてしもて、〝夏の陣〟でたった十日でさらんぱぁや……」

「その気持ちはわかるけどな、宇の……」梅木はさとすようにいった。「たとえ、いま講和をぶちこわしたって歴史の大勢というものは……」

「わかっとるわい。どうせ豊臣方は、〝冬の陣〟の前から死に体じゃ。つっぱろうがつっぱるまいが、もうあかんのはわかりきっとる。――そやけどな、ええか、どうせ死に体になってるにしても、これだけの城、そのもともともっとる力をつかえるだけつかいきって華々しうたおれるのと、こんなにアホみたいなへたばり方するのとでは、あとの気分がちがう。こんなええかげんな事で、ぐずぐずになってしもたら、これをつくった太閤のおっさんや、土地のもんが、泣いても泣ききれんわ……。坂田三吉やないが、〝城がしくしく泣いとる〟ちう所や。そやから、ここ一発で、講和をぶちこわして、城の形はもとのままで、死にもの狂いに戦わせてみたら、同じへたばるにしても、何ぼか胸がすくやろやないか。講和をうけても、どうせ半年先には〝夏の陣〟で、大坂の町や近郷近在はまる焼けになって、住民もようけ死ぬんや。それやったら、外濠そのままで、つっぱるだけつっぱって徳川勢にアゴ出させてから同じ負ける方が、何ぼか胸がすく。――ええか、石山本願寺はな、こんなごっつい濠や石垣もなしに、坊主と農民と、そこらへんの有象無象で、あの信長の軍勢を相手に、十年がんばったんやぞ、それにくらべて、いまの大坂城は何じゃ。プロの侍があれだけおって、大将のまわりにやる気がないために、冬の陣で一と月、夏の陣でたった十日でパアや。——ほんとにやる気になったら、この城でも、二年や三年もつやろ。そのうち、家康の狸親爺も死ぬやろ、そうなったら、あの融通のきかん秀忠では、伊達や島津や毛利、福島では、まとめきれんやろ。そのうちまた、京都が動くやろ。——そうなったら、何年もつかわからんし、その先どうなるかわからん。ちょっとおもろいやないか……」

「待てよ………」梅木は立ち上りかけた宇のに、必死になってすがりつくようにいった。「あんただって、ローカル局の時間《タイム》TVで、歴史ものをつくってたんだろう？もし、歴史に対して、そんな干渉をしたら……」

「どないなるか、そんな事わかっとるようでわからんわい。いずれ時間管理局とやらのおたずねものになるやろけど、こっちゃはどうせ、時間の中の流れもんじゃ。どないなろうとも、やったらいかんという事を、つっぱってわざとやったるのも面白いやないか……。〽坂田三吉、端歩をついて……じゃ。お……はる、ぼちぼち行こか？」

宇のが、二人の仲間と暗い穴の中にひたひたと足音をひびかせながら去って行ったあと、梅木はしめった暗がりの中へ、小さなランプとともにたった一人で残された。

——いったい、これからおれはどうなるのだろう……。

と、梅木は思った。

——これで……何も彼もぶちこわしだ。青江は責任をとらされ、おれたちのチームも、もとの世界と時代へかえるのぞみはなくなった……。

だが、事態は絶望的とはいえ、一方では、こうなればなるようになれといった一種やけくそな、からからした気持ちでいる自分がおかしかった。じめじめした土の上にすわりなおし、身をよじってなわをゆるめ、ずいぶんかかってやっとなわをほどいた時、すぐ近くで、どさっ、と重いものがなげ出される音がした。つづいて、どさっ、どさっ、と二つ……明りにすかして見ると、気を失った阿波座の宇のとその仲間だった。

「あんたの仲間か？」と穴の低い天井の、そのまた奥から声がきこえた。「いろいろと取材するのは勝手だがな。進行を邪魔してもらっちゃこまるよ。注意してくれ……」

「あ、あなたは……誰です？」梅木はうろうろと土の天井を見上げながらきいた。

「時間管理局の方ですか……」

「時間管理局？　何だ、そりゃ……」と声はいった。「何だか知らないが、こっちは何人もの天才的作家が書いた脚本にしたがって、役も充分吟味して、ドラマをつくってるんだ。——いきなり外野からとびこんできて、ドラマの進行をぶちこわさないでくれ……」

「ドラマって……あの……この〝冬の陣〟の事ですか？　〝夏の陣〟も？」

「そうだよ、これでけっこう高視聴率をあげてるんだ。おれは下っ端の演出助手だけど、おれの持ち場に変なのがとびこんできたんで、えらく文句言われちゃった。そっちだって、同業だろ？　これから充分注意してくれ……」

「あの……ちょっと待ってください……」梅木は滝のように汗を流しながら闇へむかって叫んだ。「こ、この今見てる〝大坂の陣〟が、ドラマのロケとして……じゃ、いったい本ものの大坂の陣は、どこにあってどうなっとるんです？」

「本ものの大坂の陣？」相手はあきれたようにいった。「そんなもの、どこにもありゃしないさ。これは純然たる創作歴史劇……フィクションさ……」

「これが……フィクション……創作劇ですって？」梅木はかすれた声でつぶやいた。「じゃ、あの……〝関ヶ原〟は？……〝建武の中興〟は……あれも、〝創作歴史劇〟なんですか……」

闇の中からは、もう答えはなかった。……暗がりの中でたちすくみながら、梅木には、まわりのすべてが……〝本願寺のぬけ穴〟も、足もとにたおれている三人の男も、そしてそれを呆然と見おろしている自分自身も、一切が、流れおちる汗とともに、くずれて行く一片の悪夢のように感じられてきた。

# 編者解説

末國善己

二〇一四年は大坂冬の陣から、翌一五年は夏の陣から四〇〇年を記念する節目の年となり、二〇一六年のNHK大河ドラマは、真田幸村を主人公に、三谷幸喜が脚本を担当する『真田丸』に決まった。豊臣家が滅びた大坂の夏の陣は、その圧倒的な戦力差から開戦前に勝負はついていたとされる。それなのに、この戦いが伝説として語り継がれているのは、明石全登《あかしたけのり》、後藤又兵衛《またべえ》、毛利勝永が奮闘し、真田幸村《さなだゆきむら》隊が家康を後一歩のところまで追い詰めるなど、名将が華々しく戦い散ったからだろう。大坂の陣が、農民から天下人にまで昇り詰めた秀吉が築いた豊臣家と共に、戦国乱戦の終焉を象徴していることも、戦国ファンを引き付けているのかもしれない。

本書『決戦！　大坂の陣』は、最前線で戦った英雄を主人公にした歴史小説から、伝奇的な手法を用いた時代小説、さらにSFとしてアプローチした異色作まで、大坂の陣を題材とした傑作を一〇編セレクトした。収録作は、豊臣と徳川の対立が本格化する関ヶ原の合戦から大坂城落城までの歴史をたどれるように、おおむね年代順に並べたが、読みどころやエピソードの重複を考慮して、多少の入れ替えを行っている。

## 山田風太郎「幻妖桐の葉おとし」（『不知火軍記』集英社文庫）

大坂城には、秀吉によって抜け穴が掘られていたとの伝説がある。本作は、この抜け穴伝説に、徳川と豊臣の緊張が高まる大坂の陣前夜の謀略戦をからめている。

秀吉の未亡人・高台院湖月尼《こうだいいんこげつに》の呼びかけで、豊臣恩顧の七人の武将が集められた。湖月尼は、秀吉が臨終に際してもらした謎の言葉を記した大坂城の絵図を示し、暗号を解読して大坂城にある抜け穴の場所を特定して欲しいという。七人は順番に謎を解くことになるが、一番手の浅野長政《ながまさ》、二番手の真田昌幸《まさゆき》、三番手の堀尾吉晴、四番手の加藤清正が相次いで殺されてしまうのである。

この連続殺人の謎を、湖月尼から連絡役を命じられた侍女の蛍火《ほたるび》、真田幸村の腹心の忍者・猿飛《さるとび》佐助らが推理していくのだが、忍者が死闘を繰り広げたり、蛍火をめぐって護衛の伊賀忍者・安西隼人と甲賀忍者・松葉小天治が恋の鞘当てをしたりするので、謎あり、恋あり、活劇ありの物語を楽しむことができる。作中で殺される武将は、実際に大坂の陣の直前に落命しており、虚実を操る手腕が卓越しているだけに、作中の事件が実際に起きていたのではと思わせるリアリティがある。

伏線を丁寧に回収しながら、意外な犯人を浮かび上がらせるラストは、ミステリーとしてもクオリティが高いが、その先にはさらなるどんでん返しと〝犯人〟の凄まじい情念が置かれているので、衝撃を受けるのではないか。

## 中山義秀「風に吹かれる裸木」

（『中山義秀全集　第四巻』新潮社）

関ヶ原の合戦から大坂夏の陣の敗戦までを、主に豊臣方の視点から描いている。天下の覇者となった信長、秀吉、家康の人物評は多くの作家が行ってきたが、著者は、短気だが戦争では辛抱強い信長、敵を籠絡するのが巧い秀吉に対し、家康は自然の時間を待つ武将だったとしている。関ヶ原の勝利から一五年近く経って豊臣打倒の兵を挙げたのも、基礎を固め自然に枯れるのを待った結果だというのである。

本作は、敵を安心させた後に滅ぼす残酷な戦略の標的にされた秀頼《ひでより》の生母・淀殿《よどどの》が、どのようにして〝鎧《よろい》〟を剝ぎ取られ、「裸木」にされたのかを丹念に追っている。

淀殿といえば、傲慢で自分勝手、先を見据えた戦略もないのに場当たり的な指示を出して大坂の陣を敗戦に導いた〝悪女〟とのイメージも強い。ところが著者は、名門の家に生まれたがゆえに気位が高く、大坂の陣の直前は誰が敵で、誰が味方か分からないことから精神的に追い詰められ、エキセントリックな言動も取るようになっていたが、決して愚かな女性ではなかったとしている。そのため、家康に翻弄されながらも最期まで毅然としていた淀殿がせつなく感じられ、悪い印象も払拭されるだろう。

東秀紀「長曾我部盛親」（『優しい侍』講談社）

本作の主人公は、明石全登、後藤又兵衛、真田幸村、毛利勝永と並び、〝大坂五人衆〟の一人に数えられている長曾我部盛親《ちょうそかべもりちか》である。本書への収録に際し、著者は加筆、修正を行い、大坂城へ向かう盛親の決意とラストのリリシズムがより際立つ作品に生まれ変わっている。

四国を制覇した元親《もとちか》の四男として生まれた盛親は、最も期待されていた長男の信親《のぶちか》が戦死、次男の親和が病死後、三男の孫次郎を差し置いて家督を継ぐ。だが、その直後に勃発した関ヶ原の合戦では、西軍に付くも戦わずして退却。盛親は、徳川家に領国を安堵してもらうためには、後顧の憂いとなる孫次郎を暗殺する必要があるという老臣の方針を黙殺するが、この家中の争いが徳川の怒りを買い、長曾我部家は改易されてしまう。

いつも偉大な父と比べられる悲哀を味わい、関ヶ原で戦闘に参加できなかったことを人生の痛恨事と考えるなど、優しさゆえに優柔不断なところがある盛親は、英雄豪傑とは程遠い等身大の人物なので、その苦悩には思わず共感してしまうだろう。

牢人になったといっても、盛親は京で寺子屋の師匠をしながら、愛妻の奈々と平穏に暮らしていたので、決して不幸ではなかった。著者は、その盛親が静かな生活を捨て、大坂の陣に参加したのは、新領主となった山内一豊《やまのうちかずとよ》に虐げられているかつての領民のためとしている。これは現代の政治家とは正反対だけに、深い感動がある。

（『司馬遼太郎短篇全集 第六巻』文藝春秋）

## 司馬遼太郎「若江堤の霧」

新聞記者、政治家、史家として活躍した福本日南は、〝大坂五人衆〟に大野治房と木村重成《しげなり》を加えた七人を、〝七将星〟と称していた。本作は、日南が著書『大坂城の七将星』の巻頭で紹介するほど評価していた木村重成の生涯を描いている。

大坂の陣での活躍を知る現代人からすると、〝七将星〟はいずれも一騎当千の猛将に思える。だが司馬は、彼らが大坂城に入城した頃は目立った武功はなく、その中でも重成は特に無名だったとしている。司馬は『竜馬がゆく』の坂本竜馬、『坂の上の雲』の秋山好古、真之兄弟のように、無名の若者が時代を切り開いていく物語を好んだ。その意味で、司馬が〝七将星〟の中でも最年少で、優れた将器と若者らしい無鉄砲さを併せ持つ重成に着目したのは、必然だったのである。重成は、大坂城で暮らすすべての女性が噂するほど美男子で、大きな役割を与えられ才能を開花させていくので、大坂落城という悲劇が描かれながら、暗い物語になっていないのも嬉しい。

まったく無名の重成が一軍の将に抜擢されたのは、大坂城を守る七軍団のうち、五つの将は新規召し抱えの牢人〝大坂五人衆〟に決まったため、どうしても豊臣家の譜代から残りの二人を出したい大野治長《はるなが》の働きかけが大きかったとされている。しかも老将の閑斎に断られた結果だというのだ。こうした派閥重視の人事は、宮仕えをしていれば誰もが経験しているはずなので、身につまされるのではないだろうか。

　重成の子孫が住んだ村から、多くの近江商人が出たというラストも、経済の視点を導入する歴史小説を得意とした司馬らしい。


（『壮心の夢』文春文庫）

## 火坂雅志「老将」

「若江堤の霧」が若武者の活躍を描いたとするなら、本作は決してメジャーとはいえない老将の和久宗是《わくそうぜ》を歴史の大海から発掘した作品といえる。

　西軍として関ヶ原の合戦を戦った宗是は、伊達政宗《だてまさむね》を頼って奥州へたどり着く。尾羽うち枯らした宗是だったが、政宗に二千石の高禄で迎えられ、領地として与えられた黒川郡大谷邑で暮らし始める。政宗に小姓として仕える一三歳の桑折《こおり》小十郎は、主君の命令で宗是の世話係となるが、優れた武将とは思えない宗是を侮っていた。しかし小十郎は、政宗が宗是を厚遇する理由を知り、武術にも学問にも秀でているのに飄々としている宗是の人柄に触れるうち、尊敬の念を抱くようになっていく。

　徳川と豊臣の決別を知った宗是が、恩義ある豊臣方として戦うため大坂へ向かうと知った小十郎は共に戦いたいと願いでるが、この展開は、若い世代から尊敬される大人になるには何が必要かを問い掛けているように思えてならない。

（『権謀の裏』新潮文庫）

## 滝口康彦「旗は六連銭」

江戸の昔から、〝真田十勇士〟を率いて徳川軍に打撃を与えた英雄として知られ、今なお人気が衰えない真田幸村。だが、華々しいイメージとは裏腹に、幸村が実際に前線で指揮をしたのは、大坂の陣だけだったともいわれている。本作は、冬の陣における真田丸での攻防から、夏の陣における茶臼山《ちゃうすやま》にある家康本陣への突撃まで、幸村の最初で最後の晴れ舞台を迫力いっぱいに描いている。

上田城で徳川の大軍を二度にわたって撃退した父・昌幸に勝るとも劣らない知略を持ちながら、幸村は経験の少なさと外様ゆえの不信感によって、何度も献策が無視される悲哀を味わう。卓越した才能を認めるのではなく、出る杭は打つという嫉みによって足を引っ張られ、窮地に立たされる幸村を見ていると、日本社会の悪しき習慣が、今も昔も変わらないことがよく分かる。

（『血の日本史』新潮文庫）

## 安部龍太郎「大坂落城」

古代から明治に至る日本の歴史を、四六の短編でたどる『血の日本史』の一編で、冬の陣末期から夏の陣の敗北までを、秀頼の視点で描いている。

大坂の陣で豊臣方の総大将を務めた秀頼は、温室育ちで覇気のない暗君だったとも、父・秀吉譲りの才覚を持った名将だったともいわれ、評価が分かれている。

著者は、秀頼は決して暗愚ではなかったとしているが、開戦前は強気だったのに、戦況が不利になると慌てふためく大野治長《はるなが》と淀殿に振り回され、何より、淀殿との母子の情を捨てきれなかったことで、その才能を発揮できなかったとしている。自分が出陣していれば家康の首が取れる状況になるも、母の懇願で数少ないチャンスを潰された秀頼が、母を恨むのではなく受け入れて死んでいくラストは、胸が熱くなる。

**池波正太郎「やぶれ弥五兵衛」**　（『完本池波正太郎大成　第二十五巻』講談社）

大作『真田太平記』で重要な役割を果たす奥村弥五兵衛《やごべえ》は、壺谷又五郎が率いる真田「草の者」の中心人物で、関ヶ原の合戦の直前には、家康を暗殺するため護衛の列に紛れ込んだ凄腕である。その弥五兵衛を主人公にした本作は、『真田太平記』のスピンオフ作品といえるだろう。

豊臣と徳川の仲を取り持ちたいと考えている加藤清正は、和睦の障壁になっている淀殿の暗殺までを考えていた。九度山《くどやま》に蟄居しながら、やはり豊臣の行く末に心を砕いていた真田昌幸は、清正との連絡役に弥五兵衛を使うが、既に清正の周辺には、謀略の糸が張りめぐらされており、弥五兵衛も陥穽に嵌まっていく。

豊臣家の滅亡と重ねられているようにも思え、物悲しさも募る。
昌幸が最も信頼し、大坂の陣では忍びらしい詐術で幸村をサポートした弥五兵衛が、敵の罠にからめとられていた事実に気付く終盤のどんでん返しは、栄耀栄華を誇った

**松本清張「秀頼走路」**　（『松本清張傑作総集Ⅰ』新潮社）

秀頼には、落城する大坂城から落ち延び、秘かに薩摩に逃れたとの伝説がある。本作は、この秀頼生存説を題材にしている。

関ヶ原の合戦の後に浪人となり、気の乗らないまま大坂城に入った山上順助は、豊臣家の敗北と共に逃走、その途中で、秀頼の寵愛を受けていたらしい女を襲い、拝領の品を奪う。そのため順助は、秀頼に間違われてしまうのだが、無名の浪人を主人公にすることで、なぜ秀頼は薩摩に行ったとされるのかや、なぜ日田（現在の大分県日田市）に秀頼の伝承が多いのかなどに、独自の解釈が施されていくのが面白い。

社会の最下層にいる人間たちが、貴人の生存説を作ったという皮肉な展開は、常に政治家や官僚を批判的に見ていた清張の持ち味が遺憾なく発揮されている。

**小松左京「大坂夢の陣」**　（『大坂夢の陣』徳間文庫）

俳優の要潤が演じる時空ジャーナリストが、たった一人で時間を遡り、密着ドキュ

メントを撮影するという体裁のNHKの歴史番組『タイムスクープハンター』が、人気を集めている。その先駆ともいえる本作だが、大坂の陣の撮影に動員されるテレビ局員は、取材クルーが千二百人、サポートチームが四千人を超えるとされているので、ハリウッドの大作映画を思わせる規模になっている。

SF的なアイディアや、撮影のドタバタを描くのと平行して、晩年の秀吉が、明の征伐や城普請といった常軌を逸した行動を取ったように、真綿で首を締めるように豊臣家を追い詰めた晩年の家康も異常だったとか、大坂の町衆は、尾張から出てきて地元民を移住させて大坂城を建設した秀吉をそれほど慕っていなかったなど、独自の歴史解釈が描かれていくのも興味深い。司馬と小松は共に大阪出身だが、豊臣贔屓とされる司馬と異なり、小松は豊臣家をもう少し客観的にとらえていたことがうかがえる。

別の取材で過去に遡るも元の世界に帰れなくなり、大坂の陣の撮影スタッフに加わった梅木は、首が飛び、敗者が切腹し、女が犯される最前線の凄惨な現実を、お茶の間で弥次馬気分で見る視聴者に疑問を持つ。技術の発達で、日本から遠く離れた戦場の情況が、家庭のテレビにリアルタイムで届くという梅木の心配が現実になった時代を生きる読者は、戦争報道のあり方を問うテーマを重く受け止める必要がある。

歴史をシニカルにとらえたラストのどんでん返しも、強く印象に残るはずだ。

【編者略歴】

末國善己《すえくによしみ》

一九六八年広島県生まれ。明治大学卒業、専修大学大学院博士後期課程単位取得中退。時代小説・ミステリーを中心に活躍する文芸評論家。著書に『時代小説で読む日本史』（文藝春秋）、『夜の日本史』（辰巳出版）、共著に『名作時代小説100選』（アスキー新書）などがある。編書に『国枝史郎伝奇風俗／怪奇小説集成』、『山本周五郎探偵小説全集』（全六巻＋別巻一）、『岡本綺堂探偵小説全集』（全二巻）、『戦国女人十一話』、『小説集 黒田官兵衛』、『小説集 竹中半兵衛』（以上作品社）、『軍師の生きざま』『軍師の死にざま』（作品社・実業之日本社文庫）、『軍師は死なず』（実業之日本社文庫）などがある。

＊本書は実業之日本社文庫のオリジナル編集です。

## 実業之日本社文庫　好評既刊

池波正太郎、隆慶一郎ほか／末國善己編
**軍師の生きざま**
直江兼続、山本勘助、石田三成…群雄割拠の戦国乱世を、知略をもって支えた策士たちの戦いと矜持！　名手10人による傑作アンソロジー。
ん21

司馬遼太郎、松本清張ほか／末國善己編
**軍師の死にざま**
竹中半兵衛、黒田官兵衛、真田幸村…戦国大名を支えた名参謀を主人公にした傑作の精華を集めた、11人の作家による短編の豪華競演！
ん22

山田風太郎、吉川英治ほか／末國善己編
**軍師は死なず**
池波正太郎、西村京太郎、松本清張ほか、豪華作家陣による〈傑作歴史小説集〉。黒田官兵衛、竹中半兵衛をはじめ錚々たる軍師が登場！
ん23

鳥羽 亮
**残照の辻 剣客旗本奮闘記**
暇を持て余す非役の旗本・青井市之介が世の不正と悪を糾す！　秘剣「横雲」を破る策とは!?　等身大のヒーロー誕生。（解説・細谷正充）
と21

佐藤雅美
**戦国女人抄 おんなのみち**
千世、お江、於長、満天姫、千姫ら戦国の世のならい、政略結婚により運命を転じた娘たちの、悲しくも強い生きざまを活写する作品集。（解説・末國善己）
さ11

荒山 徹
**徳川家康 トクチョンカガン**
山岡荘八『徳川家康』、隆慶一郎『影武者徳川家康』を継ぐ「第三の家康」の誕生！　興奮&一気読みの時代伝奇エンターテインメント！（対談・縄田一男）
あ61

火坂雅志
**上杉かぶき衆**
前田慶次郎、水原親憲ら、直江兼続とともに上杉景勝を盛り立てた戦国の「もののふ」の生き様を描く「天地人」外伝、待望の文庫化！（解説・末國善己）
ひ31

実業之日本社文庫 ん24

決戦《けっせん》！ 大坂《おおさか》の陣《じん》

2014年6月15日 初版第一刷発行

著　者 山田風太郎《やまだふうたろう》、中山義秀《なかやまぎしゅう》、東《あずま》 秀紀《ひでき》、司馬遼太郎《しばりょうたろう》、火坂雅志《ひさかまさし》、滝口康彦《たきぐちやすひこ》、安部龍太郎《あべりゅうたろう》、池波正太郎《いけなみしょうたろう》、松本清張《まつもとせいちょう》、小松左京《こまつさきょう》
発行者 村山秀夫
発行所 株式会社実業之日本社
〒104-8233 東京都中央区京橋3-7-5 京橋スクエア
電話 [編集]03(3562)2051 [販売]03(3535)4441
ホームページ http://www.j-n.co.jp/
印刷所 大日本印刷株式会社
製本所 株式会社ブックアート

フォーマットデザイン 鈴木正道(Suzuki Design)


ISBN978-4-408-55177-7（文芸）